国家示范性高职院校建设规划教材

数控车床

技能鉴定培训教程

SHUKONG CHECHUANG
JINENG JIANDING PEIXUN JIAOCHENG

倪春杰　主　编

徐昆鹏　副主编

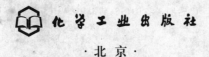化学工业出版社

·北京·

本书是根据数控车工国家职业标准中数控车床操作工的基本要求，为职业技能鉴定而编写的培训教材。以数控车工国家职业技能鉴定的应知应会内容为依据，以零件编程、加工的具体实现过程为主线，以培养工艺能力为重点，涵盖 FANUC、SIEMENS、华中三大主流数控系统，主要包括：基础知识模块、数控车床编程模块（含宏程序和 CAXA 数控车软件）、数控车床操作与仿真模块（上海宇龙仿真软件）、典型零件加工实例模块以及数控车工中级、高级和技师的考工模拟试题五部分内容。只要跟着书上的操作步骤做就能轻松入门，轻松掌握。模块后面附有大量的各类训练项目，以便练习和提高。

本书始终以实例为主，穿插实际应用的经验和策略，简明扼要，图文并茂，理论和实践相结合，是一本针对性和实用性较强的教材。

本书可以作为职业技能鉴定的培训教材或技能鉴定考核用书，可以作为高等职业院校数控技术应用的实训教材，也可以作为数控技术培训、进修的教学用书和从事数控车床工作的工程技术人员的实用参考书。

与本书配套的电子课件可在化学工业出版社的官方网站上下载。

图书在版编目（CIP）数据

数控车床技能鉴定培训教程/倪春杰主编. —北京：化学工业出版社，2009.1
国家示范性高职院校建设规划教材
ISBN 978-7-122-04043-5

Ⅰ. 数⋯　Ⅱ. 倪⋯　Ⅲ. 数控机床：车床-职业技能鉴定-教材　Ⅳ. TG519.1

中国版本图书馆 CIP 数据核字（2008）第 169512 号

责任编辑：李　娜　高　钰　　　　　　装帧设计：史利平
责任校对：宋　夏

出版发行：化学工业出版社（北京市东城区青年湖南街 13 号　邮政编码 100011）
印　　装：北京市兴顺印刷厂
787mm×1092mm　1/16　印张 17　字数 422 千字　　2009 年 1 月北京第 1 版第 1 次印刷

购书咨询：010-64518888（传真：010-64519686）　　售后服务：010-64518899
网　　址：http://www.cip.com.cn
凡购买本书，如有缺损质量问题，本社销售中心负责调换。

定　　价：29.00 元

前　言

　　本书是根据数控车工国家职业标准中数控车床操作工的基本要求，为职业技能鉴定培训而编写的。

　　本书是以数控车工国家职业技能鉴定的应知应会内容为依据，以工作过程为参照系，将陈述性知识与过程性知识整合、理论知识与实践知识整合，以培养工艺能力为重点，能够满足数控车工职业资格取证。

　　本书采用单元模块式编写，以使用 FANUC、SIEMENS 或华中数控系统的具体操作为基础，阐述零件从制订数控加工方案、刀具选择、程序编制、对刀、程序录入、校验修改、自动加工的全过程，穿插实际应用的经验和策略，强调实例的可参考型号和可操作性。强化对实际操作的现场意识，培养岗位适应性较强的高技能人员和较丰富加工工艺知识的工艺人员。为方便应考，零件加工实例都配有评分表。模块后面还附有大量的各类训练项目，以便练习和提高。

　　本书可以作为职业技能鉴定的培训教材或技能鉴定考核用书，可以作为高等职业院校数控技术应用的实训教材，也可以作为数控技术培训、进修的教学用书和从事数控车床工作的工程技术人员的实用参考书。

　　参加本书编写的有倪春杰（单元 1、9、14、16、各训练项目）、李明山（单元 2、3、7、11）、杨红鑫（单元 4、8）、吴应昌（单元 5）、胡宗政（单元 6、10、12）、徐昆鹏（单元13）、马延斌（单元 15）。兰州石化职业技术学院倪春杰为主编，徐州工业职业技术学院徐昆鹏为副主编。

　　本书在编写过程中得到了兰州石化职业技术学院领导的大力支持以及胡相斌、王金明、李润的帮助，借鉴了国内同行的最新资料，在此表示衷心的感谢。

　　由于编者水平有限，谬误欠妥之处在所难免，恳请读者批评指正。

编者

2008 年 10 月

目 录

第四篇　典型零件加工实例模块

第五篇　数控车工考工模拟试题

第 一 篇
基础知识模块

单元 1　数控车削加工基础知识

1.1　读图与绘图知识

1.1.1　三视图、局部视图和剖视图

视图是根据有关标准和规定，用正投影法绘制出机件的图形，主要是用来表达机件外部结构和形状。一般只画出可见部分。视图通常有基本视图、向视图、局部视图和斜视图四种。

三视图是指主视图（向正面投影）、俯视图（向水平面投影）和左视图（向侧面投影），主视图在上方，俯视图在主视图的正下方，左视图在主视图的正右方。

将物体的某一部分向基本投影面投影所得的视图，称为局部视图。局部视图可按基本视图的配置形式配置，也可按向视图的配置形式配置并标注。当局部视图按照投影关系配置，中间又没有其他视图隔开时，可省略标注。局部视图的断裂边界应以波浪线表示。当它们所表示的局部结构是完整的，且外轮廓线又成封闭时，波浪线可省略不画。

假想的用剖切面剖开物体，将处在观察者和剖切平面之间的部分移去，而将其余部分向投影面投影所得到的图形称为剖视图。剖视图可分为全剖视图、半剖视图和局部剖视图。

1.1.2　零件的特点

（1）轴套类零件的特点

结构特点：通常由几段不同直径的同轴回转体组成，常有键槽、退刀槽、越程槽、中心孔、销孔，以及轴肩、螺纹等结构。

视图表达：主视图按加工位置——轴线水平放置，表达其主体结构；用剖视、剖面、局部视图和局部放大图等辅助视图加以补充表达，实心轴无须剖开。

尺寸标注：以回转轴线作为径向尺寸基准，轴向的主要尺寸基准是重要端面。主要尺寸直接注出，其余尺寸按加工顺序标注。

技术要求：有配合要求的表面，其表面粗糙度参数值较小。有配合要求的轴颈、主要端面一般有形位公差要求。

（2）盘类零件的特点

结构特点：主体部分常由回转体组成，也可能是方体或组合体。零件通常有键槽、轮

辐、均布孔等结构，并且常有一段与零件中的其他零件配合。

视图表达：一般采用两个基本视图再配以其他辅助视图表达；主视图按加工位置——轴线水平放置，采用全剖视图表达内部结构；另一视图表达外形轮廓和其他结构，如孔、肋、轮辐的相对位置。

尺寸标注：以回转轴线作为径向尺寸基准，轴向的主要尺寸基准是重要端面。

技术要求：重要的轴、孔和端面尺寸精度较高，且一般有形位公差要求，如同轴度、垂直度、平行度和端面跳动度要求，材料多为铸件，有时效处理和表面处理等要求。

1.1.3　零件图的读图知识

识读零件图就是要弄清零件图中所表达的各种内容，以便于制造或检验。识读零件图一般按以下步骤进行。

① 概括了解。看标题栏了解零件的名称、材料、比例及编号等。

② 分析视图。分析零件各视图的配置及视图之间的关系，了解每个视图的作用及所采用的表达方法。

③ 分析尺寸和技术要求。分析零件径向和轴向的尺寸基准，分析尺寸的加工精度要求及其作用，理解标注的尺寸公差、形位公差和表面粗糙度等技术要求。

④ 综合归纳。综合考虑视图、尺寸和技术要求等内容，对所读零件图形成完整的认识。

1.1.4　装配图的读图知识

识读装配图一般按以下三步进行。

（1）概括了解

先从标题栏入手，了解装配体的名称、性能和绘图比例，从明细栏了解零件的名称和数量，并在视图中找出相应零件所在的位置。再浏览所有视图、尺寸和技术要求，对整体有一个初步了解。

（2）详细分析

① 分析工作原理、装配关系。弄清工作原理，了解各零件之间的连接和装配关系。

② 分析零件。对照视图，将零件逐一从复杂的装配关系中分离出来，想出其结构形状。在分离零件时，利用剖视图中剖面线的方向或间隔的不同及零件间互相遮挡时的可见性规律来区分零件是十分有效的。对照投影关系时，借助三角板、分规等工具，往往能大大提高看图的速度和准确性。轴套类、盘类和其他简单零件一般通过一个或两个视图就能看懂。

③ 分析尺寸、技术要求。找出主要尺寸基准，了解技术要求的标注情况并弄懂它们的表达含义。

（3）归纳总结

针对部件的结构、工作原理和装配关系，进行系统的总结，以求对部件有更全面、完整的认识。

1.1.5　尺寸公差与形位公差

（1）尺寸公差

尺寸精确程度用公差等级衡量，标准公差分为20级，即IT01，IT0，IT1，…IT18，等级值越小，其精度越高。基本偏差是指在标准的极限与配合中，确定公差带相对零线位置的上偏差或下偏差，一般指靠近零线的那个偏差。孔的基本偏差 A～H 和轴的基本偏差 k～zc 为下偏差；孔的基本偏差 K～ZC 和轴的基本偏差 a～h 为上偏差，JS 和 js 的公差带对称分布于零线两边，孔和轴的上、下偏差分别都是＋IT/2、－IT/2。根据使用要求的不同，孔和轴之间的配合有松有紧，因而国标规定配合种类有 3 种（如图 1-1 所示）：间隙配合（孔的公差带在轴的公差带之上）；过渡配合（孔的公差带与轴的公差带互相交叠）；过盈配合（孔的公差带在轴的公差带之下）。

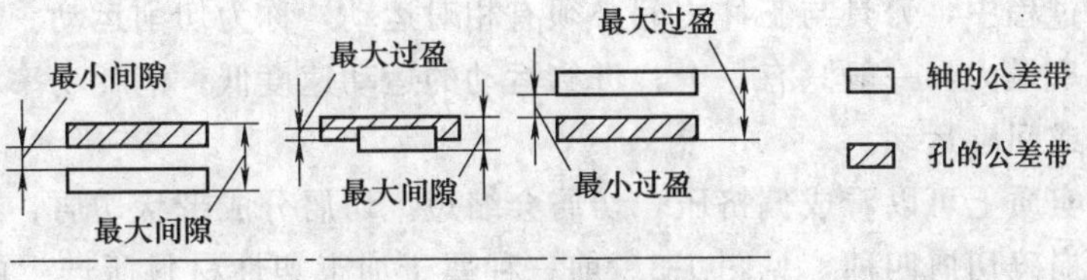

图 1-1 配合种类图

(2) 形状和位置公差

国家标准 GB 1182～1184《形状和位置公差》包括：形状公差——直线度、平面度、圆度、圆柱度、线轮廓度、面轮廓度；定向位置公差——平行度、垂直度、倾斜度；定位位置公差——同轴度、对称度、位置度；跳动——径向、斜向、端面圆跳动，径向、端面全跳动，参见表 1-1。一般情况下，形状误差应限制在位置公差之内，而位置误差又应限制在尺寸公差之内。

标注形状和位置公差时应注意以下几点。

① 形位公差内容用框格表示，框格内容自左向右第一格总是形位公差项目符号，第二格为公差数值，第三格以后为基准，即使指引线从框格右端引出也是这样（如图 1-2 所示）。

表 1-1 形状和位置公差表

分类	特征项目	符号	分类		特征项目	符号
形状公差	直线度	—	位置公差	定向	平行度	//
	平面度	▱			垂直度	⊥
	圆度	○			倾斜度	∠
	圆柱度	⌭		定位	同轴度	◎
	线轮廓度	⌒			对称度	⌯
	面轮廓度	⌓			位置度	⌖
				跳动	圆跳动	↗
					全跳动	⌰

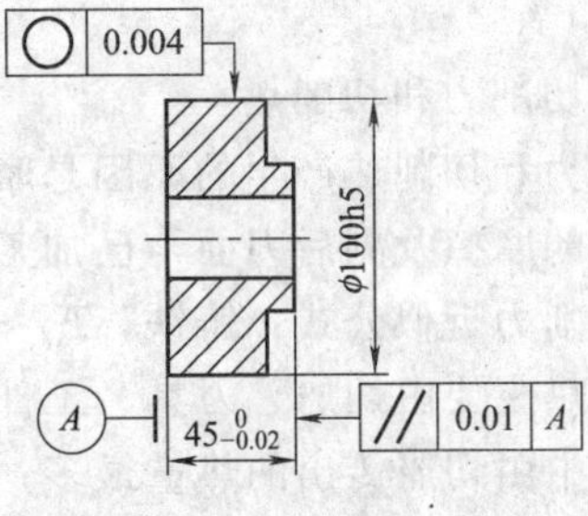

图 1-2 形位公差标注示例

② 被测要素为中心要素时，箭头必须和有关的尺寸线对齐。只有当被测要素为单段的轴线或各要素的公共轴线、公共中心平面时，箭头可直接指在轴线、中心线或中心平面，这样标注很简便，但一定要注意该公共轴线中没有包含非被测要素的轴段在内。

③ 被测要素为轮廓要素时，箭头指向一般均垂直于该要素。但对圆度公差，箭头方向必须垂直于轴线。

④ 当公差带为圆或圆柱体时，在公差数值前需加注符号“ϕ”，其公差值为圆或圆柱体的直径。这种情况在被测要素为轴线时才有。同轴度的公差带总是一圆柱体，所以公差值前总是加上符号“ϕ”；轴线对平面的垂直度、轴线的位置度一般也是采用圆柱体公差带，需在公差值前也加上符号“ϕ”。

⑤ 对一些附加要求，常在公差数值后加注相应的符号，如（＋）符号说明被测要素只许呈腰鼓形外凸，（－）说明被测要素只许呈鞍形内凹，（>）说明误差只许按符号的小端方向逐渐减小。

1.2 常用金属材料知识

1.2.1 金属材料的加工性能

（1）切屑

在金属切削过程中，刀具与工件之间必须有相对运动，称为切削运动。主运动的运动速度最高，消耗功率最大，一般只有一个；进给运动的运动速度低，消耗功率小，进给运动可以有几个，连续或间歇运动。

切屑的形成实质上可以看成偏挤压，切屑会缩短。切屑分成带状切屑、节状（挤裂）切屑、粒状切屑、崩碎切屑四种，见图 1-3，前三种属于加工塑性材料所产生的切屑，第四种为加工脆性材料的切屑。切屑不同的原因是工件塑性和切削参数。带状切屑适合精加工，工件质量好。加工塑性材料时，一般得到带状切屑，如果前角较小，速度较低，切削厚度较大时将产生挤裂切屑；如果前角进一步减小，降低切削速度，或加大切削厚度，则得到单元切屑。掌握这些规律，可以控制切屑形状和尺寸，达到断屑和卷屑目的。

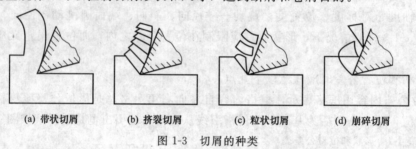

| (a) 带状切屑 | (b) 挤裂切屑 | (c) 粒状切屑 | (d) 崩碎切屑 |

图 1-3　切屑的种类

（2）切削力和切削热

切削力和切削热产生的原因是摩擦和变形。摩擦包括前刀面与切屑的摩擦、主后刀面与切削表面的摩擦及副后刀面与已加工表面的摩擦。变形主要是前刀面导致的切屑变形。

主切削力近似公式：铸铁，$F_z \approx 1000 a_p F$（N）；钢料，$F_z \approx 2000 a_p F$（N）。

切削热主要由切屑、刀具、工件和周围介质（空气或切削液）传出，如不考虑切削液，车削加工中由切屑传出的热量最多；钻削加工中由工件传出的热量最多。

影响切削力和切削热的因素有工件强度硬度、刀具角度、切削用量和切削条件等。刀具前后角越大，切削力和切削热越小；工件强度硬度越大，切削力和切削热越大。切削速度对切削热的影响最大，但是对切削力没什么影响。主偏角影响径向切削力和轴向切削力的大小分配，90°偏刀的径向力几乎没有，适合于车削细长轴。刀具材料影响到它与被加工材料摩擦力的变化，因此也影响切削力的变化。同样的切削条件，陶瓷刀切削力最小，硬质合金次之，高速钢刀具切削力最大。切削液的正确应用，可以降低摩擦力，减小切削力。

（3）积屑瘤

在一定的切削速度和保持连续切削的情况下，加工塑性材料时，在刀具前刀面常常黏结一块剖面呈三角状的硬块，这块金属被称为积屑瘤。切削速度、切削温度与压力对产生积屑瘤有较大的影响，中速切削塑性工件容易产生积屑瘤。精加工用高速或者低速、增大前角、更换切削液、适当降低进给量或者提高工件硬度降低塑性等方法都可以有效避免积屑瘤的产生。

（4）刀具的磨损和刀具磨钝标准

刀具从切削零件开始到刀具不能进行切削为止，称为刀具磨损。刀具的磨损形式如图

1-4 所示，有前刀面磨损、后刀面磨损、前后刀面同时磨损等。

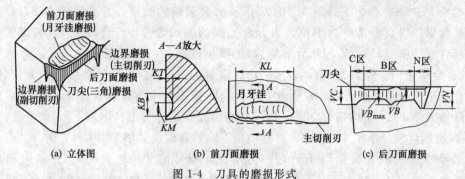

图 1-4 刀具的磨损形式

刀具磨损过程可分为初磨损阶段、正常磨损阶段和急剧磨损阶段。刀具在产生急剧磨损前必须重磨或更换新刀片，这时刀具的磨损量称为磨钝标准。由于后刀面的磨损最常见，而且易于控制和测量，因此，规定以主后刀面中间部分的平均磨损量 VB 作为刀具的磨钝标准，如图 1-4 所示。

（5）切削用量对耐用度、切削力和断屑的影响

① 对耐用度影响最大的是切削速度，其次是走刀量和切削深度。

② 对切削力影响最大的是切削深度，其次是走刀量和切削速度。

③ 对断屑影响最大的是走刀量，其次是切削深度和切削速度。

1.2.2 钢的分类及其牌号

钢可分为碳素钢和合金钢两大类：碳素钢是指含碳量为 0.05%～2% 的铁碳合金；为了提高钢的力学性能、工艺性能或某些特殊性能，冶炼中有目的的加入一些合金元素（如 Mn 锰，Ni 镍，Co 钴，Cr 铬，V 钒，Mo 钼，W 钨，Ti 钛等），这种钢称为合金钢。

（1）碳素钢的分类及其牌号

① 碳素钢按其用途可分为碳素结构钢和碳素工具钢。按含碳量不同又可分为低碳钢、中碳钢和高碳钢。低碳钢含碳量≤0.25%；中碳钢含碳量为 0.25%～0.6%；高碳钢含碳量≥0.6%，含碳量越高钢材的硬度越高。

② 碳素钢牌号的表示方法。

a. 碳素结构钢。碳素结构钢的牌号由屈服点"屈"字汉语拼音第一个字母 Q、屈服点数值、质量等级符号（A、B、C、D）及脱氧方法符号（F、b、Z）四部分按顺序组成。如 Q235-AF 表示屈服强度为 235MPa 的 A 级沸腾碳素结构钢。

b. 优质碳素结构钢。优质碳素结构钢的牌号用两位数字表示，平均含碳量以万分之一为单位。如 45 钢表示平均含碳量为 0.45% 的优质碳素结构钢。

c. 碳素工具钢。碳素工具钢的牌号是用碳字汉语拼音字头 T 和数字表示，平均含碳量以千分之一为单位。若为高级优质，则在数字后面加"A"。如 T10A 表示平均含碳量为 1% 的高级优质碳素工具钢。

（2）合金钢的分类及其牌号

① 按合金元素总含量多少分类，低合金钢合金元素总含量<5%；中合金钢合金元素总含量为 5%～10%；高合金钢，合金元素总含量>10%。

② 合金钢牌号的表示方法，合金钢是按钢材的含碳量以及所含合金元素的种类和数量

编号的。

a. 合金结构钢、合金工具钢牌号首部是表示含碳量的数字，方法同碳素钢，后面是合金元素及含量，以百分之一为单位，当合金元素的平均含量小于 1.5% 时，只标明元素符号，不标含量。如 25Mn2V，表示平均含碳量为 0.25%，含锰量约为 2%，含钒量小于 1.5% 的合金结构钢。又如 9SiCr，表示平均含碳量为 0.9%，含硅、铬都少于 1.5% 的合金工具钢；对于含碳量超过 1.0% 的合金工具钢，则在牌号中不表示含碳量。如 CrWMn 钢，表示含碳量大于 1.0% 并含有铬、钨、锰三种合金元素的合金工具钢。

b. 高速钢含碳量小于 1.0% 时，牌号中均不表示含碳量。如 W18Cr4V 钢。

c. 特殊性能钢的含碳量以千分之一为单位，钢号前 "00" 和 "0" 分别表示含碳量 ≤0.03% 和 ≤0.08%。如 2Cr13，表示平均含碳量为 0.2%，含铬量约为 13% 的不锈钢。

（3）有色金属材料代号

"T" 代表纯铜（紫铜），"H" 代表黄铜（铜锌合金），"B" 代表白铜（铜镍合金）；"L" 代表纯铝，"LY" 代表硬铝，"LD" 代表锻铝，"LF" 代表防锈铝。

1.2.3　金属材料的切削性能

（1）钢的切削性能

低碳钢易产生粘刀现象，中碳钢的可切削性能最佳，高碳钢的硬度高，不易加工，而且刀具磨损快。

（2）不锈钢的切削性能

不锈钢可分为铁素体不锈钢，马氏体不锈钢和奥氏体不锈钢。镍是一种添加剂，它可以提高钢的淬硬性和稳定性，当镍的含量达到一定程度时，不锈钢就拥有了奥氏体结构，不再具有磁性，它的加工硬化倾向严重，易产生毛面和积屑瘤，车削螺纹效果不佳，表面涩糙，切屑缠绕。改善方法：刀片选择韧性好抗塑变的材质，选择大切深大进给配低切速，精车余量大于硬化层。

（3）铸铁的切削性能

灰铸铁中含硅量的增加，将使铸铁强度增加，延展性降低，积屑瘤倾向减小。加工铸铁的刀片要求具有高的热硬性、化学稳定性，陶瓷广泛地与硬质合金一起应用。

灰铸铁的切屑是短屑，加工性能最好，可锻铸铁与球墨铸铁的切屑是长屑，加工性能其次，白口铁的加工性能最差，一般用 CBN 与陶瓷刀片来代替磨削。

（4）铝合金的切削性能

铝合金的加工性能应该是好的，很低的切削温度允许很高的切削速度，但切屑不易控制。铝合金刀具要求有大的前角，甚至有些刀柄都是为铝合金加工而专门设计的。积屑瘤的产生是加工铝合金最常见也最难解决的现象，多见于通用型刀具加工铝合金，甚至很高的速度下也不能消除。后刀面磨损过快，推荐使用金刚石刀具。高速下相对的低进给会使刀片从切削变成磨削，导致过早失效。

1.2.4　钢的热处理

热处理工艺一般包括加热、保温、冷却三个过程，通过热处理可以改变钢的组织结构，从而改善钢的性能。退火、正火、淬火、回火是整体热处理中的 "四把火"。

退火的主要目的是均匀钢的化学成分及组织，细化晶粒，调整硬度，并消除内应力和加工硬化，改善钢的切削加工性能并为随后的淬火做好组织准备。生产上常用的退火操作有完全退火、等温退火、球化退火、去应力退火等。

正火比退火的加热温度略高，主要目的是消除网状碳化物，细化晶粒，调整硬度，改善切削加工性能，既可作为中间热处理，也可用作最终热处理。

淬火的主要目的是获得马氏体，提高钢的强度和硬度。淬火与回火常常配合使用，缺一不可。

回火的目的是降低淬火钢的脆性，减少或消除内应力，使组织趋于稳定并获得所需要的性能。常用的回火操作有低温回火、中温回火、高温回火。低温回火得到的组织是回火马氏体；中温回火得到的组织为回火屈氏体；高温回火得到的组织为回火索氏体。

1.3 数控车削刀具

1.3.1 车刀的几何角度

（1）车刀的组成

如图 1-5 所示，刀具切削部分主要由以下几个部分组成。

① 前刀面 A_r：切屑沿其流出的表面。

② 主后刀面 A_a：与过渡表面相对的面。

③ 副后刀面 A_a'：与已加工表面相对的面。

④ 主切削刃：前刀面与主后刀面相交形成的刀刃。

⑤ 副切削刃：前刀面与副后刀面相交形成的刀刃。

⑥ 刀尖：主切削刃与副切削刃的连接处的一小部分切削刃。分为修圆刀尖和倒角刀尖。

（2）车刀的几何角度

① 辅助平面。车刀的刀面在空间是倾斜相交的，要标注主刀刃上的角度，需三个辅助平面，如图 1-6 所示，这三个平面相互垂直。

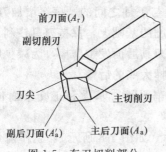

图 1-5　车刀切削部分

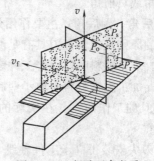

图 1-6　正交平面参考系

a. 基面 P_r：通过主刀刃上的某一点，并与该点切削速度相垂直的平面。在静态时，以主刀刃点与工件中心线等高来考虑基面，应与车刀底面平行。

b. 切削平面 P_s：通过主刀刃上某一点，与切削平面相切的平面。切削平面包含直线主刀刃，与基面垂直。静态时，切削平面垂直于车刀底面。

c. 主剖面 P_o：通过主刀刃上某一点，并与主刀刃在基面上的投影相垂直的平面。

② 刀具的标注角度。

a. 在正交平面中测量的角度有前角 γ_o、后角 α_o、楔角 β_o。

b. 在基面中测量的角度有主偏角 κ_r、副偏角 κ_r' 和刀尖角 ε_r。

c. 在切削平面中测量的角度有刃倾角 λ_s。如图 1-7 所示。

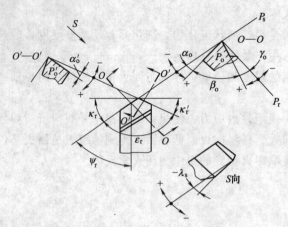

图 1-7 车削刀具的几何角度

以上各角度中，前角与后角分别是确定前刀面与后刀面方位的角度，而主偏角与刃倾角是确定主切削刃方位的角度。

③ 车刀几何角度在切削中的作用及选择。

a. 主偏角：其主要作用是改变刀具的散热情况，产生轴向力及径向力。因此在加工刚性较差和有垂直阶梯的零件时，应选用较大的主偏角（如 90°）。若零件刚性好且无垂直阶梯或粗加工时，可选择较小的主偏角（如 75°）。

b. 副偏角：其主要作用是减少副刀刃与工件之间的摩擦，并改善工件表面的粗糙度和刀具的散热性，产生径向力。系统刚性不好，会引起振动。副偏角应根据系统刚性和工件表面的粗糙度要求选择，一般副偏角选择在 4°～15°之间。

c. 刃倾角：主要作用是改变切屑的流向，增加刀尖的强度。正的刃倾角，切屑排向待加工表面；负的刃倾角切屑流向已加工表面，容易把已加工表面拉毛。刃倾角应根据零件加工情况而定，一般粗加工时，可选负值，精加工时应选正值。

d. 前角：主要作用是产生切削力，降低功率消耗，减少切削变形，降低切削温度及提高刀具的耐用度。前角的大小与工件材料、刀具材料、加工性质有关，影响最大的是工件材料。切削塑料时，由于切屑沿刀面流过，切屑与刀具面产生摩擦，一般应取较大的前角。切削脆性材料时，由于产生碎屑，切屑变形大，且不从刀面流过而集中在刀刃附近，一般可取较小的前角或负前角。

e. 主后角、副后角：主要作用是减少刀具后刀面与工件之间的摩擦，增加刀具的强度。后角选择的原则是在保证刀具有足够的散热性能和强度的基础上，保持刀具锋利，减少与工件的摩擦。加工塑料时，由于工件表面弹性复原会与刀具后面发生摩擦，为减少摩擦应取大些的后角；加工脆性材料时取小些后角；精加工时选择大些的后角。

④ 刀具的工作角度。在实际的切削加工中，切削平面、基面和正交平面位置会发生变化。

a. 若刀尖安装得高于工件轴线，当加工外表面时（如图 1-8 所示），工作前角变大，工作后角减小，内孔镗削时情况相反。

b. 若刀尖安装得低于工件轴线，当加工外表面时，工作前角变小，工作后角增大，内孔镗削时情况相反。

（3）车刀的安装

① 车刀不要伸出太长，一般不超过刀杆厚度的 1.5 倍；

② 刀尖应与工件中心线等高，否则会影响前角和后角的大小；

③ 刀杆中心线应与工件中心线垂直，否则会

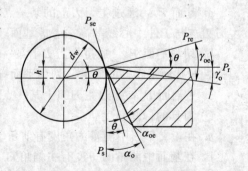

图 1-8 刀刃安装高度的影响

影响主、副偏角的大小；

④ 车刀垫片要平整，宜少不宜多，以防振动。

1.3.2　刀具材料

（1）刀具材料应具备的性能

在切削过程中，刀具切削部分不仅要承受很大的切削力，而且要承受切屑变形和摩擦产生的高温，要保持刀具的切削能力，刀具应具备如下的切削性能：高的硬度和耐磨性；足够的强度和韧性；良好的耐热性和导热性；良好的工艺性以及良好的经济性。

（2）常用的数控刀具材料

目前最常用的刀具材料有高速钢和硬质合金两种。

① 高速钢。高速钢是含碳量 0.7%～0.85% 的碳钢中加入 W、Cr、V 及 Co 等合金元素而成，合金元素总量达 10%～25% 左右。它在高速切削产生高热的情况下（约 500℃）仍能保持高的硬度，HRC 能在 60 以上，这就是高速钢最主要的特性——红硬性。高速钢分 W 系（如 W18Cr4V、W9Cr4V2）和 Mo 系（如 W2Mo8Cr4V、Mo8Cr4V2）两大类，W 系高速钢的脆性较大，易于产生崩刃现象。

② 硬质合金。ISO 把切削用硬质合金按工件的材料类别（钢 P，不锈钢 M，铸铁 K，非铁金属 N 如铝合金，难加工材料 S 如镍基耐热钢，高硬度材料 H 如淬硬钢）分为 P、M、K 三类。其中牌号小的耐磨性较高，适合精加工，牌号大的韧性高，适合粗加工，并分别以蓝、黄、红三种颜色来标识。

a. P 类（国标 YT，钨钛钴类）：适合加工塑性材料如钢件。常用国标 YT 牌号有 YT5、YT14、YT15、YT30 等，其中 T 后的数字表示 TiC 的百分含量，TiC 含量越高，其硬度、耐热性、耐磨性和抗氧化能力越好，而强度和韧性越差。因此，YT30 适于精加工，YT15 适于半精加工，YT5 适于粗加工。

b. M 类（国标 YW，钨钴钛钽铌类）：介于 P 类与 K 类之间，既可加工不锈钢又可加工铸铁及有色金属。常用国标 YW 牌号：YW1、YW2。

c. K 类（国标 YG，钨钴类）：适合加工铸铁件等脆硬材料及有色金属和非金属材料。常用国标 YG 牌号有 YG3、YG6、YG8。数字表示 Co 的百分含量，Co 越多韧性越好，而硬度和耐热性越低。因此，YG8 适于粗加工，YG6 适于半精加工，YG3 适于精加工。

③ 超硬刀具材料。主要有陶瓷、金刚石及立方氮化硼等。

a. 陶瓷：陶瓷特别耐高温，在 2000℃ 条件下仍具有高的硬度，非常耐磨，但是韧性很低，不能承受冲击，适用于精加工和高速切削淬火钢。

b. 聚晶金刚石（PCD）：即人工合成的金刚石，是在高温、高压下合成的新型刀具材料，硬度极高，但是与铁系材料有很强的亲和力，易使碳元素扩散而磨损，只适用于加工有色金属（2500m/min 加工铝合金）、非金属如陶瓷等极硬的材料。

c. 立方碳化硼（CBN）：硬度与耐磨性仅次于人造金刚石，此刀具适用于加工坚硬、耐磨的铁族合金和镍基合金、钴基合金，是高速切削的首选刀具材料。

d. 涂层刀具：涂层硬质合金刀片的耐用度至少可提高 1～3 倍，而涂层高速钢刀具的耐用度则可提高 2～10 倍。

1.3.3　数控车削刀具的种类与刀片、刀柄代号

（1）数控车刀的种类

根据刀刃形状的不同，车刀可分为尖形刀、圆弧刀和成形刀；根据与刀体联结固定方式

的不同，车刀可分为焊接式和机械夹固式；外圆刀可分为右偏刀和左偏刀（手心向下对着车刀上表面，四指指向刀尖，拇指为刀刃的进给方向，左手符合为左偏刀，右手符合为右偏刀）；根据工件加工表面以及用途的不同，焊接车刀又可分为切断（槽）刀、外圆车刀、端面车刀、内孔车刀、螺纹车刀等，如图1-9所示。

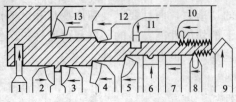

图1-9　车刀的种类

1—切断（槽）刀；2—90°左偏刀；3—90°右偏刀；

4—弯头车刀；5—直头车刀；6—成形车刀；

7—宽刃精车刀；8—外螺纹车刀；

9—端面车刀；10—内螺纹车刀；

11—内槽车刀；12—通孔车刀；

13—盲孔车刀

目前的主流刀具是可转位刀片的机夹刀具，因此，刀具的选择主要指刀片的选择，包括刀片与工件材料的匹配性选择、刀片与零件结构形状的匹配性选择、刀片与加工工艺的匹配性选择、刀片槽型的选择等。

（2）可转位刀片的代号规则

ISO 1832—91规定了可转位刀片的代号规则，它是由给定意义的字母和数字代号按一定顺序排列组成的，共有9位，其中第8、9位代号只有在需要的情况下才予以标出，另外制造商还可以加两个编号。如图1-10所示。

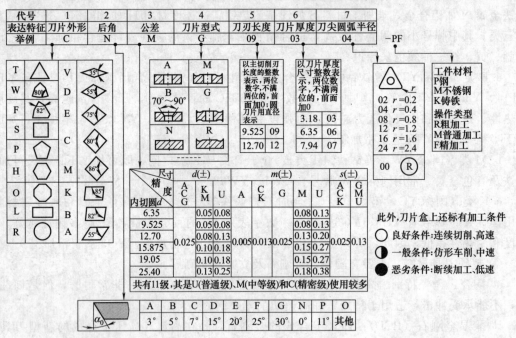

图1-10　可转位刀片代号规则

（3）刀柄代号

① 外圆车刀刀柄代号，如图1-11所示。

② 内圆车刀刀柄代号，如图1-12所示。

（4）车削刀具的选择

① 确定工件材料和加工类型。

② 根据操作类型和加工条件，确定刀片的几何形状。

③ 选择刀片的刀尖半径：粗加工、工件直径大、要求刀刃强度高、机床刚度大时选大刀尖圆弧，精加工、切深小、细长轴加工、机床刚度小选小刀尖圆弧。

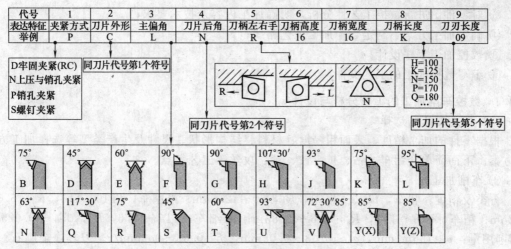

图 1-11 外圆车刀柄代号规则

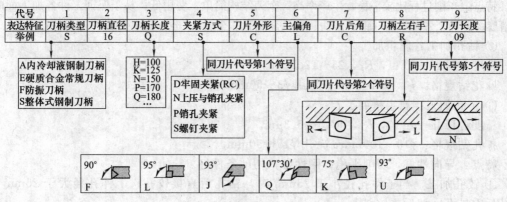

图 1-12 内圆车刀柄代号规则

④ 通过刀片代号查到切削用量的推荐值。

⑤ 选择刀柄。

1.4 数控车削加工工艺基础

1.4.1 数控车削加工工艺概述

（1）数控车床的主要加工对象

数控车床主要用于轴类和盘类回转体工件的加工，能自动完成内外圆柱面、圆锥面、圆弧、螺纹等工序的切削加工，并能进行切槽、钻、扩、铰孔等加工，特别适合复杂形状工件的加工、轮廓形状特别复杂或难于控制尺寸的回转体零件、精度要求高的零件、特殊的螺旋零件、淬硬工件的加工等。

（2）数控车削加工工艺的主要内容

数控加工工艺是指应用数控机床加工零件的方法和手段。数控加工的关键是编程，而编制程序的前提是制定零件的加工工艺方案。

数控车削工艺的主要内容有：

① 确定零件数控加工的内容；

② 根据生产纲领（年产量）确定生产类型；

③ 对零件图进行数控工艺性分析，明确加工内容及技术要求；

④ 确定加工方案，制定数控加工工艺路线；

⑤ 数控加工工序设计；

⑥ 编写数控加工的工艺文件。

1.4.2　数控车削加工的工艺分析与设计

（1）加工方法的选择

根据零件的加工精度、表面粗糙度、材料、结构形状、尺寸及生产类型等选择加工方法和方案。下面简单介绍车、钻、扩、铰、镗、攻丝等工艺特点。

① 车削加工。

分类及精度：粗车，IT13～IT11，R_a，50～12.5μm；半精车，IT10～IT8，R_a，6.3～3.2μm；精车，IT8～IT7，R_a，1.6～0.8μm；精细车，IT7～IT6，R_a，0.4～0.025μm（切削用量：$v > 156$m/min，$a_p \leqslant 0.03$～0.05mm，$f = 0.02$～0.2mm/r。刀具：金刚石。加工范围：小型有色金属零件或零件结构不宜磨削的光整加工）。

特点：车削过程比较平稳，生产率高；车刀结构简单，费用低；易于保证工件各加工面的位置精度；可加工各种材料（钢、铸铁、有色金属和非金属），难加工淬火钢件（30HRC以上）。

② 钻孔加工：属粗加工。

精度：IT13～IT11，R_a，25～12.5μm。

麻花钻规格：ϕ0.1～100mm，常用ϕ3～50mm。

③ 扩孔加工：属半精加工。

精度：IT11～IT10，R_a，12.5～6.3μm。

扩孔钻规格：ϕ10～100mm，常用ϕ15～50mm。

特点：导向性好，切削平稳；刚性好；切削条件好。

④ 铰孔加工。当工件孔径小于25mm时，钻孔后直接铰孔；工件孔径大于25mm时，钻孔后需扩孔，然后再铰。

分类及精度：粗铰，IT10～IT8，R_a，3.2～1.6μm；精铰，IT8～IT7，R_a，1.6～0.8μm。

铰刀规格：ϕ10～100mm，常用ϕ10～40mm。

特点：精度高，表面粗糙度小；铰孔纠正位置误差的能力很差，位置精度需由前道工序保证；铰刀是定径刀具，易保证铰孔质量；适应性差；可加工钢、铸铁和有色金属零件，不宜加工淬火或硬度过高的工件；手铰比机铰质量高。

⑤ 镗孔加工。

分类及精度：粗镗（车），IT13～IT11，R_a，12.5～6.3μm；半精镗（车），IT10～IT9，R_a，6.3～3.2μm；精镗（车），IT8～IT7，R_a，1.6～0.8μm。

特点：适应性较强；可有效校正原孔的轴线偏斜；生产率低；镗刀的制造和刃磨简单，费用低；可加工钢、铸铁和有色金属，不宜加工淬火钢和高硬钢。

⑥ 攻丝和套扣加工。

精度：IT8～IT6，R_a，6.3～1.6μm。

刀具：丝锥（内螺纹），板牙（外螺纹）。

应用：加工M16以下的内外螺纹。

（2）工序的划分方法

在数控车床上加工零件时，应按工序集中的原则划分工序，即在一次装夹下尽可能完成大部分甚至全部表面。

① 按零件加工表面划分：将位置精度要求较高的表面安排在一次装夹下完成，以免安装误差影响位置精度。

② 按粗、精加工表面划分：对毛坯余量较大或加工精度要求较高的零件，应将粗车和精车分开，划分成两道或更多的工序。

（3）加工顺序的安排

① 数控车削加工的工序安排。

a. 基面先行。用作精基准的表面，要首先加工出来。所以，第一道工序一般是进行定位面的粗加工和半精加工（有时包括精加工），然后再以精基面定位加工其他表面。例如，轴类零件顶尖孔的加工。

b. 先粗后精。按照粗车—半精车—精车的顺序，逐步提高加工精度。

c. 先近后远。离对刀点近的部位先加工，离对刀点远的部位后加工。

d. 先内后外，内外交叉。对内表面（内型、腔）和外表面都需要加工的零件，安排加工顺序时，应先进行内外表面的粗加工，后进行内外表面的精加工。

② 热处理的工序安排。热处理工序在工艺路线中安排得是否恰当，是影响零件加工质量和材料使用性能的重要因素，应根据零件材料和热处理的目的来定。如退火、正火等预备热处理是为了改善切削加工性能，故一般安排在切削加工之前；时效、退火等消除残余应力热处理最好安排在粗加工之后精加工之前；淬火、渗碳、渗氮等最终热处理则应安排在切削加工之后，磨削加工之前进行；而表面处理一般安排在工艺过程的后期。

（4）加工路线的确定

确定加工路线的重点是确定粗加工及空行程的路线，因为精加工切削过程的路线基本上都是沿着零件轮廓顺序进行的。确定加工路线时应考虑：

① 寻求最短路径，减少空刀时间以提高加工效率；

② 应选择对加工变形小的走刀路线，对薄板类零件应采用分层切削或对称切削的走刀路线；

③ 刀具切入、切出工件时最好沿切线方向进行，以避免在工件表面形成接刀痕；

④ 使数值计算简单，以减少编程运算量；

⑤ 为保证加工精度和粗糙度要求，精加工轮廓应在一次走刀中连续加工出来。

（5）加工余量的选择方法

加工余量是指加工过程中，所切去的金属层厚度。平面的加工余量指半径余量，内圆和外圆等回转体表面的加工余量指双边余量，即以直径方向计算。

① 工件加工余量的选择原则。

a. 尽可能采用最小的加工余量的总和，以求缩短加工时间，降低零件的加工费用。

b. 应有足够的加工余量，特别是最后工序，加工余量应能保证得到图纸上所规定的表面粗糙度和精度要求。

c. 决定加工余量时，应考虑到零件在热处理后的变形，否则可能出现次品，造成浪费。

d. 决定加工余量时，应考虑被加工零件的大小。零件越大，由切削力、内应力引起的变形会越大。因此加工余量也相应大些。

e. 数控加工余量不宜过大，特别是粗加工时，其加工余量不宜太大，否则数控机床高效、高精度的特点难以体现。对于加工余量过大的毛坯，可在普通机床上安排粗加工工序。

② 确定加工余量的方法。经验估算法、查表修正法和分析计算法。

（6）切削用量的确定

切削用量是切削加工过程中切削速度（v_c）、进给量（f）和背吃刀量（a_p）的总称。切削用量的选择原则是：保证零件质量，在充分利用机床和保证合理的刀具耐用度的前提下，最大限度地提高生产率，降低加工成本。粗加工时，若刀具耐用度一定，首先应选择尽可能大的背吃刀量，其次选择较大的进给量，最后选择合理的切削速度；精加工时，首先应根据粗加工后的余量确定背吃刀量，其次根据已加工表面粗糙度要求选择较小的进给量，最后在保证刀具耐用度的前提下尽可能选用较高的切削速度。当然，切削用量的选择还要考虑各种因素，最后才能得出一种比较合理的最终方案。

① 背吃刀量 a_p。它是指已加工表面与待加工表面间的垂直距离（半径量），$a_p = (d_w - d_m)/2$，mm。其中，d_w 为待加工表面直径；d_m 为已加工表面直径。

a. 粗车（$R_a = 50 \sim 12.5\mu m$）时，在允许的条件下，尽量一次切除该工序的全部余量，在中等功率机床上，背吃刀量可达 8～10mm。如分两次走刀，则第一次背吃刀量尽量取大，取单边余量的 2/3～3/4，第二次背吃刀量尽量取小些。

b. 半精车（$R_a = 6.3 \sim 3.2\mu m$）时，背吃刀量可取为 0.5～2mm。

c. 精车（$R_a = 1.6 \sim 0.8$）时，背吃刀量可取为 0.2～0.4mm。

② 进给量 f。

a. 粗车时，一般以提高生产率为主，应选择大的进给量。表 1-2 是硬质合金车刀粗车外圆及端面的进给量参考表。

表 1-2　硬质合金车刀粗车外圆及端面的进给量参考表

工件材料	刀杆尺寸 $B \times H$ /mm²	工件直径 d/mm	切削深度 a_p/mm				
			≤3	3～5	5～8	8～12	>12
			进给量 f/(mm/r)				
碳素结构钢 合金结构钢 耐热钢	16×25	20	0.3～0.4	—	—	—	
		40	0.4～0.5	0.3～0.4	—	—	
		60	0.5～0.7	0.4～0.6	0.3～0.5	—	
		100	0.6～0.9	0.5～0.7	0.5～0.6	0.4～0.5	
		400	0.8～1.2	0.7～1.0	0.6～0.8	0.5～0.6	
	20×30 25×25	20	0.3～0.4	—	—	—	
		40	0.4～0.5	0.3～0.4	—	—	
		60	0.5～0.7	0.5～0.7	0.4～0.6	—	
		100	0.8～1.0	0.7～0.9	0.5～0.7	0.4～0.7	
		400	1.2～1.4	1.0～1.2	0.8～1.0	0.6～0.9	0.4～0.6
铸铁 铜合金	16×25	40	0.4～0.5	—	—	—	
		60	0.5～0.8	0.5～0.8	0.4～0.6	—	
		100	0.8～1.2	0.7～1.0	0.6～0.8	0.5～0.7	
		400	1.0～1.4	1.0～1.2	0.8～1.0	0.6～0.8	
	20×30 25×25	40	0.4～0.5	—	—	—	
		60	0.5～0.9	0.5～0.8	0.4～0.7	—	
		100	0.9～1.3	0.8～1.2	0.7～1.0	0.5～0.8	
		400	1.2～1.8	1.2～1.6	1.0～1.3	0.9～1.1	0.7～0.9

注：1. 断续加工和加工有冲击的工件，表内进给量应乘系数 $k = 0.75 \sim 0.85$；

2. 加工无外皮工件，表内进给量应乘系数 $k = 1.1$；

3. 加工耐热钢及其合金，进给量不大于 1mm/r；

4. 加工淬硬钢，应减少进给量。当钢的硬度为 44～56HRC，应乘系数 $k = 0.8$；当钢的硬度为 57～62HRC 时，应乘系数 $k = 0.5$。

b. 精车时，主要考虑加工质量，兼顾切削效率、经济性和加工成本。表 1-3 是按表面粗糙度选择进给量参考表。

③ 切削速度 v_c。粗车时，应选较低的切削速度，精车时选择较高的切削速度，表 1-4 是硬质合金外圆车刀切削速度参考表。此外，还应考虑：

a. 加工材料强度、硬度较高时，选较低的切削速度，反之取较高切削速度；

b. 刀具材料的切削性能越好，切削速度越高；

c. 要尽可能避开积屑瘤的速度范围；

d. 断续切削、大件、细长件和薄壁大件加工、带外皮工件加工时，应适当降低切削速度；

e. 在易发生振动的情况下，应避开临界速度。

表 1-3　按表面粗糙度选择进给量参考表

工件材料	表面粗糙度 $R_a/\mu m$	切削速度范围 $v_c/(m/min)$	刀尖圆弧半径 r_c/mm		
			0.5	1.0	2.0
			进给量 $f/(mm/r)$		
铸铁 青铜 铝合金	5~10	不限	0.25~0.40	0.40~0.50	0.50~0.60
	2.5~5		0.15~0.25	0.25~0.40	0.40~0.60
	1.25~2.5		0.10~0.15	0.15~0.20	0.20~0.35
碳钢 合金钢	5~10	<50	0.30~0.50	0.45~0.60	0.55~0.70
		>50	0.40~0.55	0.55~0.65	0.65~0.70
	2.5~5	<50	0.18~0.25	0.25~0.30	0.30~0.40
		>50	0.25~0.30	0.30~0.35	0.30~0.50
	1.25~2.5	<50	0.10	0.11~0.15	0.15~0.22
		50~100	0.11~0.16	0.16~0.25	0.25~0.35
		>100	0.16~0.20	0.20~0.25	0.25~0.35

注：$r_c = 0.5mm$，一般选择刀杆截面为 $12 \times 12mm^2$；$r_c = 1mm$，一般选择刀杆截面为 $30 \times 30mm^2$。

表 1-4　硬质合金外圆车刀切削速度参考表

工件材料	热处理状态	$a_p = 0.3~2mm$ $f = 0.08~0.3mm/r$ $v_c/(m/min)$	$a_p = 2~6mm$ $f = 0.3~0.6mm/r$ $v_c/(m/min)$	$a_p = 6~10mm$ $f = 0.6~1mm/r$ $v_c/(m/min)$
低碳钢易切钢	热轧	140~180	100~120	70~90
中碳钢	热轧	130~160	90~110	60~80
	调质	100~130	70~90	50~70
合金工具钢	热轧	100~130	70~90	50~70
	调质	80~110	50~70	40~60
工具钢	退火	90~120	60~80	50~70
灰铸铁	HBS<190	90~120	60~80	50~70
	HBS=190~225	80~110	50~70	40~60
高锰钢			10~20	
铜及铜合金		200~250	120~180	90~120
铝及铝合金		300~600	200~400	150~200
铸铝合金		100~180	80~150	60~100

注：表中刀具材料切削钢及灰铸铁时耐用度约为 60min。

（7）工序尺寸及其公差的确定

为了便于加工，工序尺寸都按"入体原则"标注极限偏差，即被包容面（轴）的工序尺寸取上偏差为零；包容面（孔）的工序尺寸取下偏差为零；毛坯尺寸按双向布置上、下偏差。

① 基准重合时工序尺寸的计算：由最后一道工序尺寸开始向前推算。

② 基准不重合时工序尺寸的计算：通过解工艺尺寸链获得。

a. 工艺尺寸链的概念。由若干相互有联系的尺寸按一定顺序首尾相接形成的尺寸封闭图形叫尺寸链。在零件加工过程中，由同一零件有关工序尺寸所形成的尺寸链，称为工艺尺寸链。组成尺寸链的每一个尺寸称为环，按照环形成的顺序和特点不同，可分为封闭环和组成环，凡在零件加工过程中最终形成的环（或间接得到的环）称为封闭环，一个工艺尺寸链只有一个封闭环；尺寸链中除封闭环以外的各环称为组成环，一般是由加工直接得到的。在其他各组成环尺寸不变的条件下，当某组成环增大（或减小），封闭环随之增大（或减小），此组成环为增环；当某组成环增大（或减小），封闭环随之减小（或增大），此组成环为减环。

增环、减环简易判断方法：回路法，在封闭环上方任给一个方向标出箭头，然后沿箭头指定的方向，由封闭环的一端顺序地在各组成环上方标出箭头，直到与封闭环另一端封闭为止，与封闭环反向的为增环，与封闭环同向的为减环；直观法，与封闭环串联的是减环，与封闭环共基线并联的是增环。

b. 工艺尺寸链的计算——极值法。

封闭环的基本尺寸：封闭环的基本尺寸等于所有增环的基本尺寸之和减去所有减环的基本尺寸之和。

封闭环的上偏差：封闭环的上偏差等于所有增环的上偏差之和减去所有减环的下偏差之和。

封闭环的下偏差：封闭环的下偏差等于所有增环的下偏差之和减去所有减环的上偏差之和。

封闭环的公差：封闭环的公差等于所有组成环的公差之和。

c. 工艺尺寸链的计算举例。

如图 1-13 所示，$A_1 = 70_{-0.07}^{-0.02}$ mm，$A_2 = 60_{-0.04}^{0}$ mm，$A_3 = 20_0^{+0.19}$ mm。因为 A_3 不便测量，请重新标出测量尺寸 A_4 及其公差。

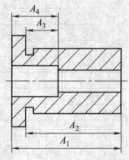

图 1-13　测量尺寸链例图

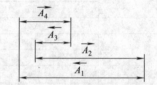

图 1-14　尺寸链回路法例图

解：由于 A_3 不便测量，需要通过 A_4 替代而间接获得，因此 A_3 为封闭环。图 1-14 是用回路法判断增环、减环时标记的箭头方向，由此可判断出 A_2、A_4 为增环，A_3 为减环。

① 由封闭环的基本尺寸计算公式可得：

$A_3 = A_4 + A_2 - A_1 \Rightarrow A_4 = 30mm$

② 由封闭环的上偏差计算公式可得：

$ESA_3 = ESA_4 + ESA_2 - EIA_1 \Rightarrow ESA_4 = 0.12mm$

③ 由封闭环的下偏差计算公式可得：

$EIA_3 = EIA_4 + EIA_2 - ESA_1 \Rightarrow EIA_4 = 0.02mm$

因此得测量尺寸 A_4 及其公差：$A_4 = 30^{+0.12}_{+0.02}mm$

（8）切削液的选择

① 切削液的作用：金属切削液在切削过程中有润滑、冷却、清洗和防锈等作用。

② 切削液的种类：切削液可分为水溶液、乳化液和切削油。

a. 水溶液：主要成分是水，为具有良好的防锈性能和一定的润滑性能，常加入一定的添加剂（如亚硝酸钠、硅酸钠等）。电介质水溶液是在水中加入电介质作为防锈剂；表面活性水溶液是加入皂类等表面活性物质，增强水溶液的润滑作用。

b. 乳化液：用乳化油加 $70\% \sim 98\%$ 的水稀释而成的乳白色或半透明状液体，它由切削油加乳化剂制成。乳化液具有良好的冷却和润滑性能。乳化液的稀释程度根据用途而定，浓度高润滑效果好，但冷却效果差。

③ 切削液的选用。

a. 粗加工时切削液的选用。粗加工时，切削用量大，产生的切削热量多，容易使刀具迅速磨损。此类加工一般采用冷却作用为主的切削液，如离子型切削液或 $3\% \sim 5\%$ 乳化液。切削速度较低时，刀具以机械磨损为主，宜选用润滑性能为主的切削液；切削速度较高时，刀具主要是热磨损，应选用冷却为主的切削液。硬质合金刀具耐热性好，热裂敏感，可以不用切削液，如采用切削液，必须连续、充分浇注，以免冷热不均产生热裂纹而损伤刀具。

b. 精加工时切削液的选用。精加工时切削液的主要作用是提高工件表面加工质量和加工精度。加工一般钢件，在较低的速度（$6.0 \sim 30m/min$）情况下，宜选用极压切削油或 $10\% \sim 12\%$ 极压乳化液，以减小刀具与工件之间的摩擦和黏结，抑制积屑瘤。精加工铜及其合金、铝及合金或铸铁时，宜选用粒子型切削液或 $10\% \sim 12\%$ 乳化液，以及 $10\% \sim 12\%$ 极压乳化液，以降低加工表面粗糙度。

c. 根据工件材料的性质选用。切削油常被推荐用来加工黄铜、铝合金。含硫化极压剂的切削油则用于加工碳钢、合金钢、耐热钢和不锈钢。乳化液含油量高，也被建议用在铝合金切削中。水溶液适合加工碳钢、合金钢。

（9）机械加工精度及表面质量

① 机械加工精度和表面质量的概念。机械加工精度是指零件加工后，其几何参数与理想几何参数的符合程度，包括三个方面内容：尺寸精度、几何形状精度和相互位置精度。

表面粗糙度反映了零件表面的质量，它对零件的装配、工作精度、疲劳强度、耐磨、抗蚀和外观等都有影响。评定表面粗糙度的参数有三项：轮廓算术平均偏差，用 R_a 表示；微观不平度十点高度，用 R_z 表示；轮廓最大高度，用 R_y 表示。

② 产生加工误差的原因。加工误差是指零件加工后实际几何参数与理想几何参数的偏差，用数值表示，数值越大，其误差越大。在机械加工过程中，机床、夹具、刀具和工件组成了一个完整的系统，称为工艺系统。工艺系统的误差被称为原始误差。原始误差主要来自两方面：一方面是在加工前就存在的工艺系统本身的几何误差，包括加工原理误差，机床、

夹具、刀具的制造误差，工件的安装误差，工艺系统的调整误差等；另一方面是加工过程中工艺系统的受力变形、受热变形、工件残余应力引起的变形和刀具的磨损等引起的误差，以及加工后因内应力引起的变形和测量引起的误差等。在影响机械加工精度的诸多误差因素中，机床的几何误差、工艺系统的受力变形和受热变形占有突出的位置。

　　a. 对加工影响较大的机床几何误差是主轴回转误差、机床导轨误差以及传动链误差。

　　b. 工艺系统的受力变形。机械加工过程中，工艺系统在切削力、传动力、惯性力、夹紧力、重力等外力的作用下，各环节将产生相应的变形，使刀具和工件间已调整好的正确位置关系遭到破坏而造成加工误差。例如，在车床上车削细长轴时，工件在切削力的作用下会发生变形，使加工出的工件出现两头细中间粗的腰鼓形。

　　减少工艺系统受力变形是保证加工精度的有效途径之一。生产实际中常采取如下措施：提高接触刚度；提高工件定位基面的精度和表面质量；设置辅助支承，提高工件刚度，减小受力变形；合理装夹工件，减少夹紧变形；对相关部件预加载荷；合理设计系统结构；提高夹具、刀具刚度；控制负载及其变化。

　　c. 工艺系统的受热变形主要有机床热变形；工件热变形；刀具热变形。减少工艺系统热变形的控制措施：隔离热源；强制和充分冷却；采用合理的结构减少热变形；减少系统的发热量；使热变形指向无害加工精度的方向。

　　③ 提高加工精度，减少误差的方法。保证和提高加工精度的方法，大致可概括为以下几种：减少原始误差法、补偿原始误差法、转移原始误差法、均分原始误差法、均化原始误差法、自身加工修配法。

1.5 数控车削工具、夹具、量具

1.5.1 常用车削工具

　　常用车工工具有卡盘扳手、套筒扳手、刀架扳手、毛刷、中心钻及夹头、扳手、内六角扳手、起子、板牙套、螺纹样板、活动顶尖、死顶尖、钻夹头、毛刷、油壶、榔头、铁钩、铁耙、锉刀、划针盘、油石、铜皮等。

1.5.2 常用车削量具

　　量长度（深度）尺寸的有：深度尺，钢皮尺，卷尺，游标卡尺等。

　　量直径（内、外）尺寸的有：游标卡尺，千分尺，内径百分表，内、外卡钳，塞规（测量两配合表面间隙）等。

　　量槽尺寸的有：钢皮尺，游标卡尺，角尺，千分尺，塞规，卡规等。

　　量锥体尺寸的有：游标卡尺，角尺，万能角尺（测量范围是 $0° \sim 320°$），莫氏（公制）锥套等。

　　量成形体的有：游标卡尺，千分尺，R 规，成形样板等。

　　量螺纹尺寸的有：游标卡尺，螺纹样板，螺纹牙规，螺纹塞（或环）规，螺纹千分尺，三针测量等。

　　（1）游标尺的使用和读数方法

　　① 游标尺的使用。用软布将量爪擦干净，使其并拢，查看游标和主尺身的零刻度线是否对齐。如果对齐就可以进行测量；如没有对齐则要记下误差，测量时用它来修正读数。

　　测量时，右手拿住尺身，大拇指移动游标，左手拿待测外径（或内径）的物体，使待测物位于测量爪之间，如图 1-15 所示，当与量爪紧紧相贴时即可读数。

② 游标尺的读数方法，如图 1-16 所示：读主尺，读出单位为毫米的整数；读游标尺，读出游标尺上与主尺刻线对齐的刻线格数，用格数乘以精度（精度一般有 0.1、0.02、0.05 等）；将主尺读数与游标尺读数相加即得实际尺寸。

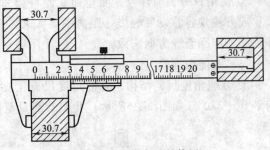

图 1-15　游标卡尺的使用

（2）螺旋测微器的工作原理和读数方法

① 螺旋测微器的工作原理。螺旋测微器内部螺旋的螺距为 0.5mm，因此副刻度尺（微分筒）每旋转一周，螺旋测微器内部的测微螺丝杆和副刻度尺同时前进或后退 0.5mm，而螺旋测微器内部的测微螺丝杆套筒每旋转一格，测微螺丝杆沿着轴线方向前进 0.01mm，0.01mm 即为螺旋测微器的最小分度数值。在读数时可估计到最小分度的 1/10，即 0.001mm，故螺旋测微器又称为千分尺。

② 螺旋测微器的读数方法，如图 1-17 所示：观察固定标尺读数准线（即微分筒前沿）所在的位置，可以从固定标尺上读出整数部分，每格 0.5mm，即可读到半毫米；以固定标尺的刻度线为读数准线，读出 0.5mm 以下的数值，估计读数到最小分度的 1/10；两者相加。

图 1-16　游标尺的读数方法

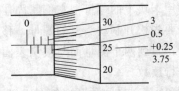

图 1-17　螺旋测微器的读数方法

③ 使用螺旋测微器应注意：使用前应校准尺寸，测量面应保持清洁；测量时，先转动活动套管，当接近被测体时改用转动棘轮；测量时尺要放正，并要注意温度影响；读测量值时，要防止在固定套管上多读或少读 0.5mm。

（3）百分表的结构及读数方法

① 百分表的结构及工作原理。百分表是一种精度较高的比较量具，它只能测出相对的数值，不能测出绝对数值。主要用来检查工件的形状和位置误差（如圆度、平面度、垂直度等），也常用于工件的精密找正，校正装夹位置。它是通过各种机械传动原理，将测量杆的微小直线位移转变成指针的角位移，指出相应的被测量值，测量杆向上或向下移动 1mm，大指针转一圈，小指针转一格，如图 1-18 所示。刻度盘在圆周上有 100 等分的刻度线，其每格的读数为 0.01mm；小指针每格读数为 1mm。测量时，大小指针所示读数之和即为尺寸变化量。

② 百分表的使用及读数方法：根据被测尺寸公差的情况，先选择一个百分表（分度值为 0.01mm）；使测量杆测头与被测物体接触并受到一定的压缩（在百分表量程的中部位置）；使用百分表对工件进行比较测量时，要选用块规或其他标准量具调整百分表指针对准零位；把被测工件放在测头下，观察指针偏摆记取读数，确定被测工件的误差。读数时，眼睛视线要与指针垂直，偏斜会造成误差。

③ 使用百分表应注意：测量面和测杆要垂直；使用规定的支架；测头要轻轻地接触测量物或方块规，移动要轻缓，距离不要太大，更不能超量程使用；测量圆柱形产品时，测量杆轴线与产品直径方向一致。

（4）万能角度尺

① 万能角度尺的结构。万能角度尺有Ⅰ型和Ⅱ型两种形式：Ⅰ型万能角度尺的测量范围是0°～320°，如图1-19所示；Ⅱ型的测量范围是0°～360°。

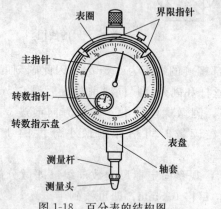

图1-18　百分表的结构图

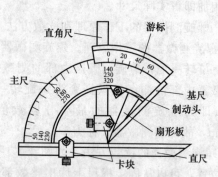

图1-19　Ⅰ型万能角度尺的结构

② 万能角度尺百分表的使用。测量时，根据产品被测部位的情况，先调整好角尺或直尺的位置，用卡块上的螺钉把它们紧固住，再来调整基尺测量面与其他有关测量面之间的夹角。这时，要先松开制动头上的螺母，移动主尺作粗调整，然后再转动扇形板背面的微动装置作细调整，直到两个测量面与被测表面密切贴合为止。然后拧紧制动器上的螺母，把角度尺取下来进行读数。

a. 测量0°～50°之间角度：如图1-20所示，角尺和直尺全都装上，产品的被测部位放在基尺和直尺的测量面之间进行测量。

b. 测量50°～140°之间角度：如图1-21所示，可把角尺卸掉，把直尺装上去，使它与扇形板连在一起。工件的被测部位放在基尺和直尺的测量面之间进行测量。

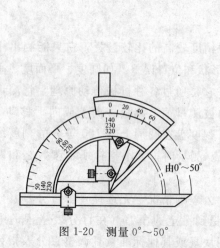

图1-20　测量0°～50°

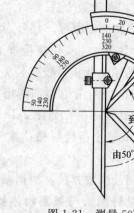

图1-21　测量50°～140°

c. 测量140°～230°之间角度：如图1-22所示，把直尺和卡块卸掉，只装角尺，但要把角尺推上去，直到角尺短边与长边的交线和基尺的尖棱对齐为止。把工件的被测部位放在基尺和角尺短边的测量面之间进行测量。

d. 测量230°～320°之间角度: 如图1-23所示, 把角尺、直尺和卡块全部卸掉, 只留下扇形板和主尺 (带基尺)。把产品的被测部位放在基尺和扇形板测量面之间进行测量。

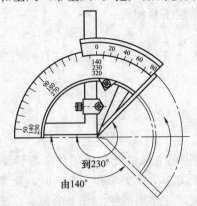
图1-22　测量140°～230°

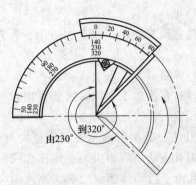
图1-23　测量230°～320°

③ 万能角度尺的读数方法。万能角度尺的读数装置, 是由主尺和游标组成的, 也是利用游标原理进行读数。其读数方法可分三步: 先读"度"的数值: 看游标零线左边, 主尺上最靠近一条刻线的数值, 读出被测角"度"的整数部分, 如图1-24所示, 被测角"度"的整数部分为16; 再从游标尺上读出"分"的数值: 看游标上哪条刻线与主尺相应刻线对齐, 可以从游标上直接读出被测角"度"的小数部分, 即"分"的数值。图1-24中游标的25刻线与主尺刻线对齐, 故小数部分为25; 被测角度等于上述两次读数之和, 即 $16°+25'=16°25'$。

图1-24　万能角度尺的读数方法

④ 使用万能角度尺应注意: 主尺上基本角度的刻线只有90个分度, 如果被测角度大于90°, 在读数时, 应加上一个基数 (90, 180, 270), 即当被测角度为90°～180°时, 被测角度=90°+角度尺读数; 为180°～270°时, 被测角度=180°+角度尺读数; 为270°～320°时, 被测角度=270°+角度尺读数。

1.5.3　常用车床夹具

车床夹具是为了保证工件的位置准确, 并可靠地夹紧工件的装置。车床夹具一般可分为通用夹具和专用夹具两类。常用的卧式车床夹具有卡盘、花盘、顶尖、拨盘、鸡心夹头、心轴、中心架和跟刀架等。

(1) 卡盘

卡盘是应用最为广泛的卧式车床夹具。它靠背面法兰盘上的螺纹直接装在车床主轴上。用来夹持轴类、盘类、套类等件。

① 三爪卡盘。三爪卡盘有三个相距120°的卡爪, 三个卡爪始终同时张开或靠拢。三爪卡盘的夹紧力较小不能夹持形状不规则零件, 但夹紧迅速方便, 不需找正, 具有较高的自动定心精度, 特别适合于中小型工件的半精加工与精加工。

② 四爪卡盘。四爪卡盘上面对称分布着四个相同的卡爪, 每一个卡爪均可单独动作, 故又称为四爪单动卡盘。用方扳手旋动某个卡爪后面的螺杆, 就可带动该卡爪单独沿径向移动。

用四爪卡盘夹持工件，当工件直径较大且必须夹持外圆时，可将卡爪全部反装。又因各卡爪均可单动，所以可用于夹持形状不规则工件及偏心工件。

四爪卡盘的夹紧力较大，所以特别适合于粗加工及加工较大的工件。利用卡爪的"单动"性质，对工件进行轴线找正，但费时，且找正精度不易控制。

（2）花盘

花盘直接旋装在主轴上。适用于装夹不对称和形状复杂的工件，装夹工件时需反复校正和平衡。

（3）弹簧夹头卡盘

用棒料直接加工零件时需要采用弹簧夹头卡盘。

（4）顶尖、拨盘与鸡心夹头

① 顶尖。顶尖分前顶尖和后顶尖两种。前顶尖装在主轴锥孔内随工件一起转动，与中心孔无相对运动。后顶尖装在尾座套筒内，又分死顶尖和活顶尖两种，车削时，死顶尖与工件中心孔由于滑动摩擦而发热，高速时会使顶尖退火，故多用镶硬质合金的顶尖。死顶尖优点是对中性刚性好，适于低速加工较高精度的工件。顶细小工件可使用反顶尖活顶尖与工件一起转动，减少摩擦，适于高速切削，它克服了死顶尖的缺点，但有一定装配误差，使加工精度降低。

② 拨盘与鸡心夹头。前后顶尖均不能带动工件旋转，当工件用两顶尖装夹时必须通过拨盘和鸡心夹头带动旋转。拨盘靠螺纹旋装在主轴上，拨盘带动鸡心夹头转动，工件和鸡心夹头由螺钉紧固在一起。

（5）心轴

心轴是加工盘套类零件常用的夹具，按其定位表面的不同，可分为以下几种。

① 锥度心轴。不带台阶的实体心轴有 $1:1000 \sim 1:1500$ 的锥度，其特点是制造简单，加工出的零件精度较高。但在长度上无法定位，承受切削力较小，装卸不方便。

② 圆柱心轴。用螺帽及垫圈压紧工件，利用内孔与心轴圆柱部分较小的间隙配合来定位，加工外圆。这种心轴一次能安装多个零件，但加工精度不高。

③ 胀力心轴。靠弹性变形所产生的胀力夹紧工件并进行车削加工。装夹时把工件套在心轴上，拧紧螺帽，使开口套筒轴向移动，心轴锥部使套筒外圆胀大，就可把工件牢固撑紧。这种心轴装卸工件方便，能保证工件的同轴度要求，适于中小型零件的加工。

（6）中心架与跟刀架

在加工细长轴时，因工件的刚性较差，容易引起振动和变形，影响加工精度。为增加工件的刚性和防止变形，常用跟刀架或中心架作工件的辅助支承。

1.6　零件的定位与装夹

工件的安装包括定位和夹紧两个过程：在机床上加工工件之前，为了保证加工质量，需要使工件在机床上占有正确的位置，即定位；工件定位后，还需对工件压紧夹牢，使其在加工过程中受到切削力等外力作用时，始终不发生位置变化，即夹紧。

1.6.1　工件安装时的定位

（1）六点定则

任何一个自由刚体，在空间均有六个自由度，即沿空间坐标轴 X、Y、Z 三个方向的移动和绕此三个坐标轴的转动。工件定位的实质就是限制其自由度。工件定位时，在夹具上合理设置相当于定位元件的六个定位点，使工件的定位基准与定位元件紧贴接触，来限制工件的六个自由度，使工件的位置唯一确定，称为"六点定则"。六点定则是工件定位的基本法则，用于实际生产时，起支承作用的是一定形状的几何体，即定位元件。

（2）六点定则的应用

① 完全定位：工件的六个自由度被完全限制了的定位称为完全定位。

② 不完全定位：在满足加工要求的前提下，工件的六个自由度没有被完全限制的现象称为不完全定位。采用不完全定位是允许的。

③ 欠定位：根据加工要求应该限制的自由度而没有限制，这肯定不能保证加工要求，这种现象称为欠定位。欠定位是不允许的。

④ 过定位：工件的某个自由度被重复限制的现象称为过定位。一般情况下应当尽量避免过定位。但是在某些条件下，过定位的现象不仅允许，而且是必要的。此时应当采取适当的措施提高定位基准之间及定位元件之间的位置精度，以免产生干涉。如车削细长轴时，工件装夹在两顶尖间，已经限制了所必须限制的五个自由度（除了绕其轴线旋转的自由度以外），但为了增加工件的刚性，常采用跟刀架，这就重复限制了除工件轴线方向以外的两个移动自由度，出现了过定位现象。此时应仔细地调整跟刀架，使它的中心尽量与顶尖的中心一致。

（3）定位与夹紧的关系

定位与夹紧的任务是不同的，两者不能相互取代。若认为工件被夹紧后，其位置不能动了，所以自由度就都已经限制了，这种理解是错的。因为这个夹紧位置可能没有满足加工要求；若认为工件在定位元件的反方向仍有移动的可能，因此位置不确定，这种理解也是错的。定位时，必须使工件的定位基准紧贴夹具的定位元件，否则不能称其为定位，而夹紧则使工件不离开定位元件。

1.6.2 定位基准的选择

（1）基准

根据基准功用的不同，分为设计基准和工艺基准两大类。在零件图上用以确定其他点、线、面的基准，称为设计基准。零件在加工、测量、装配等工艺过程中使用的基准统称工艺基准。工艺基准又可分为：装配基准、测量基准、工序基准和定位基准。

（2）定位基准的选择原则

① 粗基准的选择：以未经过机加工的毛坯表面作定位基准的称为粗基准，粗基准往往在第一道工序第一次装夹中使用。粗基准的选择，主要考虑如何保证加工表面与不加工表面之间的位置和尺寸要求，保证加工表面的加工余量均匀和足够，以及减少装夹次数等。具体原则有以下几方面。

a. 如果零件上有一个不需加工的表面，在该表面能够被利用的情况下，应尽量选择该表面作粗基准。

b. 如果零件上有几个不需要加工的表面，应选择其中与加工表面有较高位置精度要求的不加工表面作第一次装夹的粗基准。

c. 如果零件上所有表面都需机械加工，则应选择加工余量最小的毛坯表面作粗基准。

d. 粗基准比较粗糙且精度低，一般在同一尺寸方向上，粗基准只能用一次。

e. 粗基准要选择平整、面积大的表面。

② 精基准的选择：以已加工表面作定位基准的称为精基准，选择精基准时，主要应考虑如何保证加工表面之间的位置精度、尺寸精度和装夹方便，选择原则有基准重合原则、基准统一原则、互为基准原则和自为基准原则。

1.6.3 常见的定位方式和定位元件

数控车床常见的定位方式有：

① 工件以平面定位；

② 工件以圆孔定位，常用圆柱体和圆锥体作为定位元件。

a. 圆柱销（定位销）。短圆柱销限制 2 个自由度，长圆柱销限制 4 个自由度。

b. 圆柱心轴。圆柱心轴可以作为一个单独的夹具，广泛应用于车、铣、磨床上加工套筒及盘类零件。短圆柱心轴限制 2 个自由度，长圆柱心轴在定位过程中限制工件的 4 个自由度。

c. 圆锥销。固定圆锥销限制工件的 3 个移动自由度。工件在单个圆锥销上容易倾斜，因此圆锥销一般与其他定位元件组合使用。

d. 锥度心轴。这种定位方式的定心精度较高，可达 0.01～0.02mm，但工件的轴向位移较大，适用于工件定位孔精度不低于 IT7 的精车和磨削加工，但加工端面较为困难。小锥度心轴限制工件的 2 个自由度，长锥度心轴限制工件的 5 个自由度。

e. 锥顶尖。固定顶尖限制工件的 3 个自由度，浮动顶尖限制工件的 2 个自由度。

③ 工件以外圆柱面定位，最常用的定位元件有 V 形块、定位套和半圆套。

a. V 形块定位。工件以外圆柱面在 V 形块上定位的突出优点是对中性好，即工件上定位用的外圆柱面轴线始终处在 V 形块两斜面的对称面上，且不受定位基准直径误差的影响。用于较短的精基准定位，一般限制工件 2 个自由度。用于较长的未加工过的定位基准，一般限制工件 4 个自由度。活动 V 形块限制工件一个转动自由度。

b. 定位套定位。大多与端面定位相结合。

1.7 数控车床的组成、加工特点

1.7.1 数控系统的组成

数控车床主要由数控系统和机床本体组成。数控系统有 CNC 数控装置、伺服驱动系统、PLC、机床 I/O 电路和装置、辅助装置等。如图 1-25 所示。

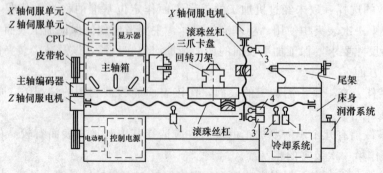

图 1-25　数控车床结构原理图

1—Z 轴限位保护开关；2—Z 轴回零行程开关；

3—X 轴限位保护开关；4—X 轴回零行程开关

1.7.2 数控系统的分类

按数控机床的控制功能分为：点位控制数控机床、直线控制数控机床和轮廓控制（连续控制）数控机床。

按数控系统的进给伺服子系统有无位置测量装置可分为：开环（没有位置测量装置）、闭环（光栅、磁尺、感应同步器等直线位移检测元件安装在机床拖板上）和半闭环（旋转变压器、脉冲编码器、圆光栅等转角检测元件安装在伺服电机或丝杠端部）。

1.8 数控车床操作规程

1.8.1 数控车床的安全操作规程

操作规程是保证数控机床安全运行的重要措施之一，操作者一定要按操作规程操作。

① 数控系统的编程、操作和维修人员必须经过专门的技术培训，熟悉所有数控车床的使用环境、条件和工作参数等，严格按机床和系统的使用说明书要求正确、合理地操作机床，严禁超性能使用。

② 数控车床的使用环境要避免光的直接照射和其他热辐射，避免太潮湿或粉尘过多的场合，特别要避免有腐蚀气体的场合。

③ 为避免电源不稳定给电子元件造成损坏，数控车床应采取专线供电或增设稳压装置等，以减少供电质量的影响和电气干扰。

④ 数控机床开机前，先检查数控机床各部分结构是否完好；液压系统液压油是否充裕；自动润滑系统油箱内的润滑油是否充裕（润滑油 5～6 个月更换一次）；切削液的液面是否高于水泵吸入口（切削液 1～2 个月更换一次），及时添加或更换；机床控制面板上各旋钮是否转动灵活、各按钮是否有卡住现象；采用手动变速的数控车床其变速手柄位置是否正确等，以防开机后因突然撞击、液压系统压力不够等原因而损坏机床。

⑤ 在上电和关机之前应按下"急停"按钮，以减少设备的电冲击。

⑥ 在每次电源接通后，必须先完成回参考点操作，注意机床各轴位置要距离参考点 $-100mm$ 以上，回参考点的顺序为：首先 $+X$ 轴，其次 $+Z$ 轴。

⑦ 启动后，应使主轴低速空转 1～2min，使润滑油散布到各需要之处（冬天更为重要），数控机床一切正常后才能工作。

⑧ 装卸花盘、卡盘或较重工件时，应在床面上垫好木板。

⑨ 手动对刀时，应注意选择合适的进给速度；手动换刀时，刀架距工件要有足够的转位距离不至于发生碰撞。

⑩ 使用手轮或快速移动方式移动各轴位置时，一定要看清机床 X、Z 轴各方向"＋、－"号标牌后再移动。移动时先慢转手轮观察机床移动方向无误后方可加快移动速度。

⑪ 加工程序必须经过校验确信无误，加工之前认真查验参数设置是否完成。

⑫ 启动程序时要关好防护罩门，程序正常运行中严禁开启防护罩。

⑬ 紧急停止开关的位置必须十分清楚，在自动运行过程中，操作者站立位置应合适，随时观察切削、冷却等状况，一旦发现有撞刀等可能发生的事故时，应立即按下"急停"按钮，待故障排除后重新回零，运行程序，杜绝机床带故障运行。

⑭ 及时清理切屑，要用专用钩子或毛刷清除，不允许用扳手或量具去拨切屑，特别是不能用手直接去拉切屑。

⑮ 每次安装、拆卸刀具、测量工件时须将机床完全停止。工件和车刀要夹紧牢固，卡盘扳手要及时取下，以防飞出伤人。

⑯ 对采用手动变速的数控车床，在工作中需要变速时，必须先停车，变换手柄位置必须确保正确到位，以免打坏齿轮。

⑰ 机床在正常运行时不允许打开电气柜门。

⑱ 机床发生事故，操作者要注意保留现场，并向维修人员如实说明事故发生前后的情况，以利于分析问题，查找事故原因，严禁关机了事。

⑲ 多人共用一台数控机床时，每次只能一人操作并注意其他人安全，其他围观的人员不准乱动任何按钮、旋钮。

⑳ 工作结束后，工夹具量具、附件妥善放好，清除切屑，擦拭机床，清理场地，将刀架移至机床尾座一侧，按下"急停"，关闭电源。不要以压缩空气清理机床，这样会导致油污、切屑、灰尘或砂粒从细缝侵入精密轴承或堆积在导轨上面。

1.8.2　现场文明生产要求

① 工作时要穿好工作服或紧身衣服，袖口要扎紧。

② 操作者一般应戴上工作帽，长头发要压入帽内。

③ 不准戴手套去操作开关，以免造成信息失常。

④ 工作时，头不要离工件太近，以防切屑飞入眼睛。

⑤ 不允许在卡盘上、床身导轨上、数控机床工作台面上敲击工件，工作台面上不准放置工具、量具及非加工的零件。

⑥ 工作时所用的工具、夹具、量具以及工件，应尽可能靠近和集中在操作者的周围，布置物件时，右手拿的放在右面，左手拿的放在左面，常用的放得近些，不常用的放得远些。物件放置应有固定的位置，使用后要放回原处。

⑦ 爱护量具，经常保持清洁，用后擦净，涂油，放入盒内。

⑧ 工具箱的布置需要分类，物件放置要稳妥，重的放下面，轻的放上面。

⑨ 操作工艺卡片、零件图等应放在便于阅读的部位，并注意保持清洁和完整。

⑩ 毛坯、半成品和成品应分开，并按次序整齐排列，以便安放和拿取。

1.9　数控车床的维护保养与故障诊断

1.9.1　数控机床的维护

数控机床使用寿命的长短和故障率的高低，不仅取决于机床自身的质量与性能，在很大程度上也取决于对其正确的使用和维护保养。常见的维护保养要点有以下几点。

（1）数控系统的维护

① 严格遵守操作规程和日常维护制度。

② 应尽量少开数控柜和强电柜的门。

③ 每半年或每季度检查清扫一次数控柜的散热风道过滤器。

④ 每年检查一次直流电动机电刷，发现磨损及时更换。

⑤ 每年更换一次存储用电池，即使尚未失效。电池的更换应在数控系统供电状态下进行，以防更换时 RAM 内信息丢失。

⑥ 在没有加工任务时，数控机床最好每周通电 1～2 次，每次空运行 1h 左右，使电子

元件不致受潮，同时也能及时发现有无电池报警发生。

（2）机械部件的维护

① 定期调整主轴驱动带的松紧程度，防止因带打滑造成的丢转现象。

② 定期检查、调整滚珠丝杠螺纹副的轴向间隙，保证反向传动精度和轴向刚度；定期检查滚珠丝杠与床身的连接是否有松动。

（3）润滑、液压系统维护

定期对各润滑、液压系统的过滤器或分滤网进行清洗或更换；定期更换液压油。

（4）机床精度的维护

定期进行机床水平和机械精度检查并校正。机械精度的校正方法有软硬两种：软方法主要是通过系统参数补偿，如丝杠反向间隙补偿、各坐标定位精度定点补偿、机床回参考点位置校正等；硬方法一般要在机床大修时进行，如进行导轨修刮、滚珠丝杠螺母副预紧调整反向间隙等。

1.9.2　日常保养

（1）外观保养

① 擦清机床表面，关机前，所有的加工面抹上机油防锈。

② 清除切屑（内、外）。

③ 检查机床内外有无磕、碰、拉伤现象。

（2）主轴部分

① 观察液压夹具运转情况。

② 观察主轴运转情况。

（3）润滑部分

① 观察各润滑油箱的油量。

② 各手动加油点按规定加油。

（4）尾座部分

① 每周一次，移动尾座清理底面、导轨。

② 每周一次拿下顶尖清理锥孔。

（5）电气部分

① 检查三色灯、开关。

② 检查机床控制面板上各开关按钮位置。

（6）其他部分

① 观察液压系统有无滴油、发热现象。

② 观察切削液系统是否工作正常，1～2 个月更换一次切削液。

第 二 篇
数控车床编程模块

单元 2 数控车床编程基础

本单元主要介绍机床坐标系、编程坐标系、加工坐标系的概念，通过这一部分的学习使初学者掌握数控机床的坐标系统，具备实际动手设置机床加工坐标系的能力。

2.1 数控车床编程的坐标系统

数控车床坐标系统分为机床坐标系和工件坐标系（编程坐标系）。在数控编程时，为了描述机床的运动，简化程序编制的方法及保证记录数据的互换性，特意将数控机床的坐标系和运动方向进行明确的规定。

2.1.1 数控车床的坐标系

（1）坐标系和运动方向命名原则

① 刀具相对于静止工件而运动原则。数控机床在加工工件时，我们始终认为工件静止，刀具相对于静止的工件运动。这样编程人员在不考虑机床上工件与刀具具体运动的情况下，就可以依据零件图样，确定机床的加工过程。

② 运动的正方向。增大工件和刀具之间距离的方向，即刀具远离工件的方向为正。

③ 右手笛卡儿直角坐标（标准坐标系）原则。

a. 伸出右手的大拇指、食指和中指，并互为 90°，则大拇指代表 X 坐标，食指代表 Y 坐标，中指代表 Z 坐标；

b. 大拇指的指向为 X 坐标的正方向，食指的指向为 Y 坐标的正方向，中指的指向为 Z 坐标的正方向；

c. 围绕 X、Y、Z 坐标旋转的旋转坐标分别用 A、B、C 表示，根据右手螺旋定则，大拇指的指向为 X、Y、Z 坐标中任意轴的正向，则其余四指的旋转方向即为旋转坐标 A、B、C 的正向，如图 2-1 所示。

（2）机床坐标轴的确定

① 先确定 Z 轴。Z 坐标的运动方向是由传递切削动力的主轴所决定的，即平行于主

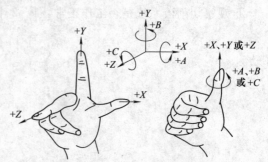

图 2-1 右手笛卡儿直角坐标系

轴轴线的坐标轴即为 Z 轴，Z 轴的正向为刀具离开工件的方向。如果机床上有几个主轴，则选一个垂直于工件装夹平面的主轴方向为 Z 轴方向；如果主轴能够摆动，则选垂直于工件装夹平面的方向为 Z 轴；如果机床无主轴，则选垂直于工件的方向为 Z 轴方向。

② 再确定 X 轴。X 坐标平行于工件的装夹平面，一般在水平面内。确定 X 轴的方向时，要考虑两种情况。

a. 如果工件做旋转运动，则刀具离开工件的方向为 X 坐标的正方向。

b. 如果刀具做旋转运动，则分为两种情况：Z 坐标水平时，观察者沿刀具主轴向工件看时，$+X$ 运动方向指向右方；Z 坐标垂直时，观察者面对刀具主轴向立柱看时，$+X$ 运动方向指向右方。

③ 最后确定 Y 轴。在 Z、X 坐标确定后，用右手直角坐标系来确定。

（3）附加坐标系

为了编程和加工的方便，有时还要设置附加坐标系。

对于直线运动，通常建立的附加坐标系有以下几种。

① 指定平行于 X、Y、Z 的坐标轴。可以采用的附加坐标系：第二组 U、V、W 坐标，第三组 P、Q、R 坐标。

② 指定不平行于 X、Y、Z 的坐标轴。也可以采用的附加坐标系：第二组 U、V、W 坐标，第三组 P、Q、R 坐标。

2.1.2　机床坐标系与工件坐标系

（1）机床坐标系

机床坐标系是以机械原点为原点建立的坐标系，它是机床上固有的坐标系，且固定不变。机床原点是指在机床上设置的一个固定点，即机床坐标系的原点，它在机床装配、调试时就已确定下来，是数控机床进行加工运动的基准参考点。

① 数控车床的原点。在数控车床上，机床原点一般取在卡盘后端面与主轴中心线的交点处，如图 2-2 所示。同时，通过设置参数的方法，也可将机床原点设定在 X、Z 坐标的正方向极限位置上。

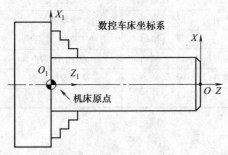

图 2-2　数控车床的机床原点

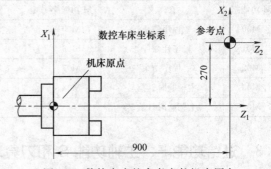

图 2-3　数控车床的参考点与机床原点

② 机床参考点。机床参考点是用于对机床运动进行检测和控制的固定位置点。

机床参考点的位置是由机床制造厂家在每个进给轴上用限位开关精确调整好的，坐标值已输入数控系统中。因此参考点对机床原点的坐标是一个已知数。

通常在数控铣床上机床原点和机床参考点是重合的；而在数控车床上机床参考点是离机床原点最远的极限点。如图 2-3 所示为数控车床的参考点与机床原点。

数控机床开机后，必须先确定机床原点，而确定机床原点的运动就是刀架返回参考点的操作，这样通过确认参考点，就确定了机床原点。只有机床参考点被确认后，刀具（或工作台）移动才有基准。

（2）编程坐标系（工件坐标系）

编程坐标系（工件坐标系）是编程人员根据零件图样及加工工艺等要求建立的坐标系，一般供编程使用，确定编程坐标系时不必考虑工件毛坯在机床上的实际装夹位置。

编程原点是编程坐标系的原点，在编制数控车削程序时，首先要确定作为基准的编程原点。对于某一加工工件，编程原点的设定通常是将主轴中心设为 X 轴的基准，将加工工件的精切后的右端面或精切后的夹紧定位面设定为 Z 轴的基准，因此，编程原点通常选取工件的右端面或左端面与轴线的交点，如图 2-4 所示为编程坐标系与编程原点。编程原点随着加工工件的改变而改变位置。

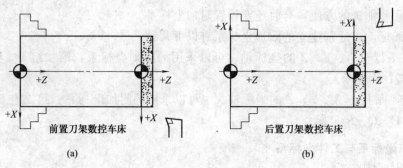

图 2-4　编程坐标系与编程原点

2.2　辅助功能 M 代码

辅助功能字的地址符是 M，后续数字一般为 1～3 位正整数，又称为 M 功能或 M 指令，用于指定数控机床辅助装置的开关动作等，如表 2-1 为 FANUC0i 系统常用的 M 功能。

表 2-1　M 功能含义表

M 功能字	含　义	M 功能字	含　义	M 功能字	含　义
M00	程序停止	M05	主轴旋转停止	M09	冷却液关
M01	程序计划停止	M06	换刀	M30	程序结束并返回
M02	程序结束	M07	2 号冷却液开	M98	调用子程序
M03	主轴顺时针旋转	M08	1 号冷却液开	M99	从子程序返回
M04	主轴逆时针旋转				

2.3　进给功能 F、主轴功能 S 和刀具功能 T

2.3.1　F 功能

F 功能指令用于控制切削进给量。在程序中，有两种使用方法（以 FANUC0i 系统为例）。

（1）每转进给量

指令格式：G99 F__；

F 后面的数字表示的是主轴每转一转刀具的进给量，单位 mm/r。例如：G99 F0.2 表示进给量为 0.2 mm/r。

（2）每分钟进给量

指令格式：G98 F ___；

F 后面的数字表示的是每分钟刀具的进给量，单位 mm/min。例如：G98 F100 表示进给量为 100mm/min。

2.3.2 S 功能

（1）S 功能指令用于指定主轴转速

指令格式：S ___；

S 后面的数字表示主轴转速，单位 r/min。一般配合 M03/ M04 指令使用，例如 S600 M03。

（2）在具有恒线速功能的机床上，S 功能指令还有如下作用

① 最高转速限制。

指令格式：G50 S ___；

S 后面的数字表示的是最高转速，单位 r/min。例如：G50 S1500 表示最高转速限制为 1500r/min。

② 恒线速控制。

指令格式：G96 S ___；

S 后面的数字表示的是恒定的线速度，单位 m/min。例如：G96 S150 表示切削点线速度为 150m/min。

如图 2-5 所示零件，为保持 A、B、C 各点的线速度在 150m/min，则各点在加工时的主轴转速分别为

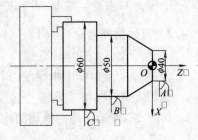

A：$n=1000 \times 150 \div (\pi \times 40)=1193$ （r/min）

B：$n=1000 \times 150 \div (\pi \times 50)=954$ （r/min）

C：$n=1000 \times 150 \div (\pi \times 60)=795$ （r/min）

③ 恒线速取消。

指令格式：G97 S ___；

图 2-5 恒线速切削图例

S 后面的数字表示恒线速度控制取消后的主轴转速，如 S 未指定，将保留 G96 的最终值。例如：G97 S3000 表示恒线速控制取消后主轴转速 3000r/min。

2.3.3 T 功能

T 功能指令用于选择加工所用刀具。

指令格式：T ___；

T 后面通常跟四位数字，前两位是刀具号，后两位即是刀具位置补偿号，又是刀尖圆弧半径补偿号。例如：T0303 表示选用 3 号刀及 3 号刀具位置补偿号和刀尖圆弧半径补偿号；T0300 表示取消刀具补偿。但也有 T 后面跟两位数字表示所选刀具号的情况。

2.4 常用准备功能 G 代码

准备功能 G 代码由 G 后面跟一或二位数字组成，用来规定刀具和工件的相对运动轨迹、机床坐标系、坐标平面、刀具补偿、坐标偏置等多种加工操作。本部分对各个数控系统通用的 G 代码进行分析讲解。

2.4.1　快速点定位指令（G00）

① 指令格式：G00 X（U）＿ Z（W）＿ ；

② 指令功能：G00 指令表示刀具以机床设定的快速进给速度移动到目标点，又称为点定位指令，通常先沿各轴同时运动，最后再沿没有到达目标的某一轴单向移动，因此 G00 的运动轨迹可能是几条线段的组合，而不是一条直线。

③ 指令说明：绝对坐标编程时，X、Z 表示目标点在工件坐标系中的绝对坐标值；增量坐标编程时，U、W 表示目标点相对当前点的移动距离与方向。直径编程时，X（U）按直径值输入。

如图 2-6 所示，以 G00 指令刀具从 A 点移动到 B 点的程序如下。

绝对坐标编程：G00 X40 Z2；

增量坐标编程：G00 U−60 W−50；

④ 相关知识点：

a. 符号"◉"代表编程原点；

b. 在某一轴上相对位置不变时，可以省略该轴的移动指令；

c. 在同一程序段中绝对坐标指令和增量坐标指令可以混用；

d. 从图 2-7 中可见，实际刀具移动路径与指令路径可能会不一致，因此，要注意刀具是否与工件和夹具发生干涉，对不确定是否会干涉的场合，可以考虑每轴单动；

e. 刀具快速移动速度由机床参数设定；

f. 模态 G 指令：G 指令一旦被执行会一直有效，直到同一组的其他 G 指令出现为止。

2.4.2　直线插补指令（G01）

① 指令格式：G01　X（U）＿ Z（W）＿ F＿ ；

② 指令功能：G01 指令使刀具以设定的进给速度从所在点出发，直线插补至目标点。

③ 指令说明：F 表示进给速度，在无新的 F 指令替代前一直有效，属于模态指令。

如图 2-7 所示，外圆锥切削程序如下。

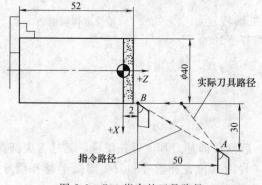

图 2-6　G00 指令的刀具路径

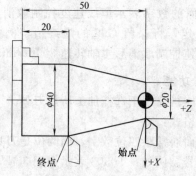

图 2-7　直线插补图例

绝对坐标编程：G99 G01 X40 Z−30 F0.4；

增量坐标编程：G99 G01 U20 W−30 F0.4；

混合坐标编程：G99 G01 X40 W−30 F0.4；

2.4.3　圆弧插补指令（G02，G03）

① 指令格式：G02　X（U）＿ Z（W）＿ I＿ K＿ （或 R＿ ）F＿ ；

G03　X(U)＿ Z(W)＿ I＿K＿（或 R＿）F＿；

② 指令功能：G02、G03 指令表示刀具以 F 进给速度从圆弧起点向圆弧终点进行圆弧插补。

③ 指令说明。

a. G02 为顺时针圆弧插补指令，G03 为逆时针圆弧插补指令。圆弧的顺、逆方向判断：朝着假想"Y轴"的负方向看，顺时针为 G02，逆时针为 G03，如图 2-8 所示。

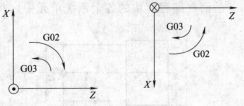

图 2-8　顺逆圆弧方向

b. X(U)、Z(W) 为圆弧终点坐标值；R 为圆弧半径，当圆弧所对圆心角为 0°＜圆心角≤180°时，R 取正值；当 180°＜圆心角＜360°时，R 取负值。I、K 为圆心在 X、Z 轴方向上相对圆弧起点的坐标增量（I 用半径值表示，I、K 始终为增量值），可以从圆弧起点到圆心画矢量，再将矢量向 X 轴和 Z 轴分解，I、K 分别为 X 轴和 Z 轴的分矢量，与坐标轴同向为正，反向为负，I、K 为零时可以省略。当 I、K 和 R 同时被指定时，R 指令优先，I、K 无效。

如图 2-9 所示，圆弧插补的程序如下。

I、K 指令编程：G02 X50 Z−20 I25 K0 F0.5；
　　　　　　　　G02 U20 W−20 I25 F0.5；

R 指令编程：G02 X50 Z−20 R25 F0.5；
　　　　　　　G02 U20 W−20 R25 F0.5；

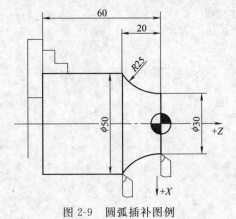

图 2-9　圆弧插补图例

2.5　数控加工路线及数控程序结构框架

2.5.1　数控加工路线

数控加工路线是由编程人员根据零件的图样要求、工艺要求而制定的，通常先快速接近工件，以缩短空行程时间，再从工件外侧切入工件，加工结束后快速退刀至换刀点，以防换刀时碰撞工件。如图 2-10 所示。

2.5.2　数控程序的结构框架

数控程序通常按照下列顺序编写：

① 先起程序名；

② 建立工件坐标系；

③ 主轴正转；

④ 快速接近工件到加工起点，如图 2-10（b）所示；

⑤ 按加工路线编写数控程序；

⑥ 退离工件；

⑦ 快速退刀至换刀点；

⑧ 换刀；

⑨ 重复步骤④～⑦；

⑩ 主轴停止；

⑪ 程序结束。

后面在编程模块的各个系统单元中，将给出图 2-10 的参考程序，供大家比较参考。

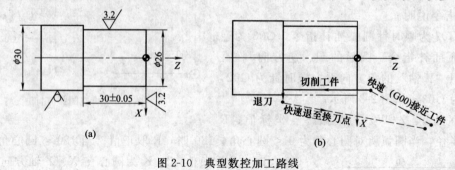

图 2-10　典型数控加工路线

单元 3 FANUC0i 系统数控车床的常用编程代码

本单元将结合配置 FANUC0i 数控系统的 CAK6150 数控车床，重点讨论数控车床的编程代码及格式。

3.1 FANUC0i 系统数控程序结构

如图 2-10 所示，毛坯直径为 φ30，使用机床为 CAK6150Dj 经济型数控车床（FANUC 0i 系统），按图 2-10（b）所示路线编程，参考程序如下。

O1111；	程序名（地址码 O＋四位数字）
N10 G99 M08；	转进给方式，冷却液开
N20 T0101；	自动换刀，建立工件坐标系
N30 M03 S800；	主轴正转，转速 800r/min
N40 G00 X26.0 Z2.0；	快速接近工件
N50 G01 Z－30.0 F0.1；	车削路径，长 30，φ26 的圆柱
N60 G00 X31.0；	退刀路径
N70 X150.0 Z150.0 M09；	快速退刀，冷却液关
N80 M05；	主轴停止
N90 M30；	程序结束，光标返回程序开头

如果将 ♯3401 号参数的第 0 位（DPI）改成 1，编程时坐标值以 mm 为单位，即坐标值为整数时小数点可以省略。本单元程序坐标以 mm 为单位。

3.2 FANUC0i 系统准备功能 G 代码

3.2.1 FANUC0i 数控系统常用的准备功能

FANUC0i 数控系统常用的准备功能 G 代码参见表 3-1，其中※为系统默认指令。

表 3-1 FANUC0i-TA 准备功能 G 代码

代码	功能	组	指令格式（FANUC0i-TA 数控系统）
G00	快速移动	01	G00 X(U)__ Z(W)__；X、Z 为目标点的绝对坐标；U、W 为目标点相对于起点的增量，以下同
※G01	直线插补	01	G01 X(U)__ Z(W)__ F__；
G02	顺时针圆弧插补	01	G02 X(U)__ Z(W)__ I__ K__（或 R__）F__；
G03	逆时针圆弧插补	01	G03 X(U)__ Z(W)__ I__ K__（或 R__）F__；
G04	进给暂停	00	G04 X__ 或 G04 U__ 或 G04 P__；X、U、P 为暂停时间，X、U 的数值带小数点，P 不带小数点，单位 s

续表

代码	功能	组	指令格式(FANUC0i-TA 数控系统)
G20	英制编程选择	06	G20;
※G21	公制编程选择	06	G21;
G27	返回参考点检查	00	G27 X(U) __ Z(W) __;X(U)、Z(W)为指定参考点坐标
G28	经中间点返回参考点	00	G28 X(U) __ Z(W) __;X(U)、Z(W)为指定中间点坐标,经中间点返回参考点
G32	等螺距螺纹切削	01	G32 X(U) __ Z(W) __ F __ Q __;F 为 X、Z 向中长轴方向的螺纹导程;Q 为螺纹起始角,不指定时为 0,单位 0.001°
G34	变螺距螺纹切削	01	G34 X(U) __ Z(W) __ F __ K __;K 为主轴每转螺距的增减量
※G40	取消刀具半径补偿	07	G40 G00(或 G01) X(U) __ Z(W) __;
G41	刀尖半径左补偿	07	G41 G00(或 G01) X(U) __ Z(W) __ D __;
G42	刀尖半径右补偿	07	G42 G00(或 G01) X(U) __ Z(W) __ D __;
G50	工件坐标系设定	00	G50 X __ Z __;
	主轴最高转速设定		G50 S __;S 为恒线速功能中允许的最高主轴转速设定
G53	机床坐标系选择	00	G53;
G54~G59	坐标系偏置指令(共 6 个)	14	G54(或 G55、G56、G57、G58、G59);
G65	非模态宏程序调用	00	G65 P __ L __ <自变量指定>;P 为宏程序号,L 为循环次数
G66	模态宏程序调用	12	G66 P __ L __ <自变量指定>;参数含义同 G65
G67	模态宏程序调用取消	12	G67;
G70	精加工循环		G70 Pns Qnf;
G71	(无凹槽)内外径粗车复合循环	00	G71 UΔd Re; G71 Pns Qnf UΔu WΔw Ff Ss Tt;
G72	端面粗车复合循环	00	G72 WΔd Re; G72 Pns Qnf UΔu WΔw Ff Ss Tt;
G73	闭环粗车复合循环	00	G73 UΔi WΔk Rd; G73 Pns Qnf UΔu WΔw Ff Ss Tt;
G76	螺纹切削复合循环	00	G76 Pm r a QΔd_{min} Rd; G76 X(U) __ Z(W) __ Ri Pk QΔd Ff;
G90	内外径车削固定循环	01	G90 X(U) __ Z(W) __ R __ F __;R 为切削起点与终点的半径差,含符号
G92	螺纹切削固定循环	01	G92 X(U) __ Z(W) __ R __ F __;
G94	端面车削固定循环	01	G94 X(U) __ Z(W) __ R __ F __;R 为切削起点与终点的 Z 向差值,含符号
G96	恒线速度控制	02	G96 S __;S 为切削的恒定线速度,单位 m/min
※G97	取消恒线速度控制	02	G97 S __;S 值为指定的主轴转速,单位 r/min
G98	进给速度单位设定	05	G98 F __;单位 mm/min
※G99	进给速度单位设定	05	G99 F __;单位 mm/r

3.2.2　设定工件坐标系指令 G50

① 指令格式：G50 X __ Z __;

② 指令功能：通过设置刀具起点在工件坐标系的坐标值来建立工件坐标系。

③ 指令说明：G50 指令后面的坐标值表示刀具起点在工件坐标系中的坐标值。执行 G50 指令时，刀具位置不变，系统将刀具起点的工件坐标值置成 G50 指令后面的坐标值。如图 3-1 所示。

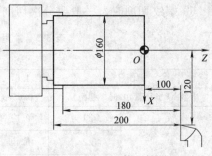

图 3-1　设置工件坐标系

工件坐标系原点设定在工件左端面中心时的编程指令为：G50 X240 Z200；

工件坐标系原点设定在工件右端面中心时的编程指令为：G50 X240 Z100；

工件坐标系原点设定在卡爪前端面中心时的编程指令为：G50 X240 Z180；

显然，当 G50 指令中的坐标值 X、Z 不同时，所设定工件坐标系原点的位置会发生变化。同理，改变刀具的起点位置时，所设定工件坐标系原点的位置也会发生变化。因此，为了防止工件坐标系的位置改变，通常程序结束前，刀具必须返回到起点位置。

对刀操作参见 7.3.2 节。

3.2.3　螺纹切削指令 G32

指令格式：G32　X（U）_ Z（W）_ F_ ；

指令功能：切削加工圆柱螺纹、圆锥螺纹和平面螺纹。

指令说明。

① F 表示长轴方向的导程，如果 X 轴方向为长轴，F 为半径量。对于圆锥螺纹如图 3-2 所示，其斜角 α 在 45° 以下时，Z 轴方向为长轴；斜角 α 在 45°～90° 时，X 轴方向为长轴。

② 圆柱螺纹切削加工时，X、U 值可以省略，格式为：G32 Z（W）_ F _；

③ 端面螺纹切削加工时，Z、W 值可以省略，格式为：G32 X（U）_ F _；

④ 螺纹切削应注意在两端设置足够的升速进刀段 δ_1 和降速退刀段 δ_2，以消除伺服滞后造成的螺距误差。近似公式

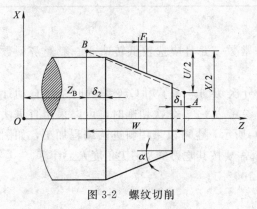

图 3-2　螺纹切削

$$\delta_1 = nF/400$$

$$\delta_2 = nF/1800$$

式中　n——主轴转速，r/min；

　　　F——螺纹导程，mm。

注：δ_1 取值略大！

⑤ 螺纹的数值计算：在实际加工中，通常按以下公式计算。

外螺纹大径：$d_{大径} = d_{公称} - (0.1 \sim 0.14) \times$ 螺距；

外螺纹小径：$d_{小径} = d_{公称} - 0.65 \times 2 \times$ 螺距；

内螺纹大径：$D_{大径} = D_{公称}$；

内螺纹小径：$D_{小径} = D_{公称} - 0.65 \times 2 \times$ 螺距；

内螺纹底径：$D_{底径} = D_{公称} - (1 \sim 1.05) \times$ 螺距；

内螺纹取正偏差，外螺纹取负偏差。

⑥ 螺纹切削时，一般要分次切削，切削次数与吃刀量可参考表 3-2。

表 3-2 常用米制螺纹切削进给次数与吃刀量

公 制 螺 纹							
螺距	1.0	1.5	2	2.5	3	3.5	4
牙型高(半径量,0.65×螺距)	0.65	0.98	1.3	1.625	1.95	2.275	2.6
切削次数与 吃刀量(直径值) 第1刀	0.7	0.8	0.9	1.0	1.2	1.5	1.5
第2刀	0.4	0.6	0.6	0.7	0.7	0.7	0.8
第3刀	0.2	0.4	0.6	0.6	0.6	0.6	0.6
第4刀		0.16	0.4	0.4	0.4	0.6	0.6
第5刀			0.1	0.4	0.4	0.4	0.4
第6刀				0.15	0.4	0.4	0.4
第7刀					0.2	0.2	0.4
第8刀						0.15	0.3
第9刀							0.2

英 制 螺 纹							
牙数/in(牙距=25.4/每吋牙数)	24	18	16	14	12	10	8
牙型高(半径量)	0.68	0.905	1.02	1.165	1.355	1.63	2.035
切削次数与 吃刀量(直径值) 第1刀	0.8	0.8	0.8	0.8	0.9	1.0	1.2
第2刀	0.4	0.6	0.6	0.6	0.6	0.7	0.7
第3刀	0.16	0.3	0.5	0.5	0.6	0.6	0.6
第4刀		0.11	0.14	0.3	0.4	0.4	0.5
第5刀				0.13	0.21	0.4	0.5
第6刀						0.16	0.4
第7刀							0.17

⑦ 螺纹切削时应注意以下几点。

a. 从粗加工到精加工，主轴转速必须保持一常数，并且应选较低转速，一般经济型数控车床主轴转速 $n \leqslant (1200/$导程$) - 80$。

b. 由于切削量较大，刀具强度较差，一般要分次切削。除了用 G76 编程时系统自动计算外，G32 和 G92 编程时的切削次数及吃刀量可参考表3-2。分次切削时，可以采用直进法编程加工，即循环起点的 Z 值相同，如图 3-3 (a) 所示，也可以采用斜进法编程加工，如图 3-3 (b)所示，但每次螺纹加工的循环起点的 Z 值都需要按其吃刀量及刀尖角度人工计算。

c. 在螺纹切削期间进给速度倍率无效（固定 100%）。

d. 在螺纹切削期间，进给保持无效。

e. 主轴速度倍率功能在切螺纹时失效，主轴速度固定在 100%。

f. 切螺纹时，不使用恒线速度功能。

g. 当在单段状态下执行螺纹切削时，在螺纹切削程序段后面的第一个非螺纹切削程序段执行之后，刀具停止。

例 3-1：如图 3-4 所示，切削螺纹编程，螺纹导程为 2mm，单线螺纹。

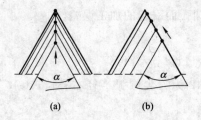

图 3-3　螺纹加工进刀方法

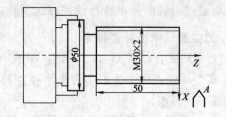

图 3-4　直螺纹编程图例

```
O0031；
T0303；
M03 S200；
G00 X32 Z5；      定义 A 点
G00 X29.1；       下刀到第一次切深
G32 Z-53 F2；     切削螺纹
G00 X32；         退刀
Z5；              退刀
X28.4；           下刀到第二次切深
…               切削螺纹、退刀同第一刀
G00 X150 Z150；
M05；
M30；
```

3.3　刀尖圆弧半径补偿

3.3.1　刀尖圆弧半径补偿的目的

数控机床是按假想刀尖运动位置进行编程，如图 3-5 所示，实际刀尖部位是一个小圆弧，理想刀尖点 A 是刀尖圆弧在试切对刀时与工件端面与外圆的切线交点。在车削圆柱面和端面时，实际切削轨迹与工件轮廓一致；在车削锥面和圆弧时，实际切削轨迹与工件表面存在位置与形状误差（图 3-6 中的 δ 值为加工圆锥面时产生的加工误差值），直接影响工件的加工精度。

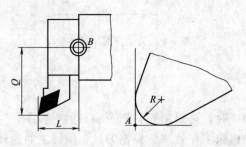

图 3-5　刀尖与刀尖圆弧

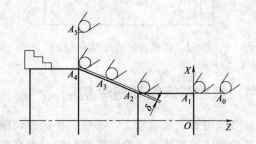

图 3-6　假想刀尖的加工误差

如果采用刀尖圆弧半径补偿方法，把刀尖圆弧半径和理想刀尖点 A 相对于刀尖圆弧圆心的位置（如图 3-7 所示）等参数输入刀具数据库内，我们就可以按工件轮廓编程，数控系统根据刀尖圆弧半径补偿指令自动计算刀心轨迹，控制刀心轨迹进行切削加工，如图 3-8 所

示，从而通过刀尖圆弧半径补偿的方法消除由刀尖圆弧而引起的加工误差。

3.3.2 刀尖圆弧半径补偿指令

① 指令格式：G41（G42、G40）G01（G00）X（U）_ Z（W）_ ；

② 指令功能：G41 为刀尖圆弧半径左补偿；G42 为刀尖圆弧半径右补偿；G40 是取消刀尖圆弧半径补偿。

③ 指令说明：朝着假想"Y 轴"的负方向并且顺着刀具运动方向看，补偿后刀具刀心在工件轮廓的左边为左补偿；刀具刀心在工件轮廓的右边为右补偿。只有通过 G00 或 G01 指令才能建立和取消刀尖圆弧半径补偿。

例 3-2：如图 3-8 所示，运用刀尖圆弧半径补偿指令编程，刀尖圆弧半径 $R=0.8$，理想刀尖点相对于刀尖圆弧圆心的位置编码 $T=3$。

O0032；

T0101；

M03 S600；

G98 G00 X20 Z5；　　　　　快进至 A_0 点

G42 G01 X20 Z2 F100；　　　建立刀尖圆弧半径右补偿 A_0-A_1

Z−20；　　　　　　　　　　按工件轮廓编程，A_1-A_2

X42 Z−42；　　　　　　　　A_2-A_4，圆锥沿 Z 向延长 2mm

G40 G00 X80；　　　　　　　退刀并取消刀尖圆弧半径补偿 A_4-A_5

X100 Z100 M05；　　　　　　退刀至换刀点

M30；

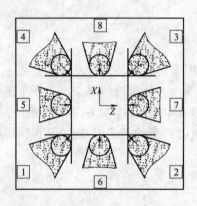

图 3-7　后置刀架的刀尖圆弧位置

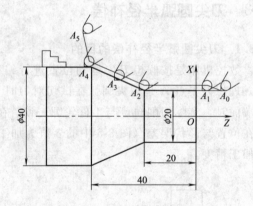

图 3-8　刀尖圆弧半径补偿

3.4　数控车床循环指令应用

当车削加工余量较大，需要多次进刀切削加工时，可采用循环指令编写加工程序，这样可减少程序段的数量，缩短编程时间和提高数控机床工作效率。根据刀具切削加工的循环路线不同，循环指令可分为单一固定循环指令和多重复合循环指令。

3.4.1　单一固定循环指令

对于加工几何形状简单、刀具走刀路线单一的工件，可采用固定循环指令编程，即只需用一条指令、一个程序段完成刀具的四步动作：进刀、切削、退刀与返回。

（1）内外圆切削循环指令 G90

① 指令格式：G90 X（U）＿ Z（W）＿ R ＿ F ＿；

② 指令功能：实现外圆和锥面切削循环，刀具从循环起点按图 3-9 与图 3-10 所示走刀路线，最后返回到循环起点，图中虚线表示按 R 快速移动，实线表示按 F 指定的进给速度移动。

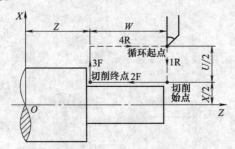

图 3-9 外圆切削循环

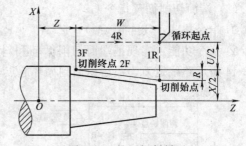

图 3-10 锥面切削循环

③ 指令说明：X、Z 表示切削终点的绝对坐标值；U、W 表示切削终点相对循环起点的坐标增量；R 表示切削始点与切削终点在 X 轴方向的坐标增量（半径量），圆柱切削循环时 R 为零，可省略；F 表示切削进给速度。

例 3-3：如图 3-11 所示，毛坯直径 $\phi50$，运用外圆切削循环指令编程（后置刀架）。

O0033；

T0101；   外圆刀 T1

M03 S600；

G00 X60 Z65；   快进至 A 点

G99 G90 X40 Z20 F0.3； A—B—C—D—A

X30；   A—E—F—D—A

X20；   A—G—H—D—A

G00 X100 Z160 M05；

M30；

如果将工件坐标系建在工件右端面时，如何编程？请读者自行考虑。

例 3-4：如图 3-12 所示，运用锥面切削循环指令编程。

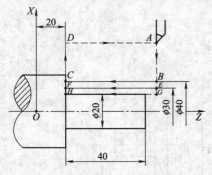

图 3-11 圆柱面切削循环应用

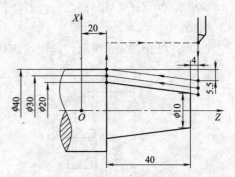

图 3-12 圆锥面切削循环应用

O0034；

T0101；

G98 G90 X40 Z20 R－5.5 F30;　　　快进至循环起点

X30;

X20;

G00 X100 Z160 M05;

M30;

（2）端面切削循环指令 G94

① 指令格式：G94 X（U）__ Z(W)__ R__ F__;

② 指令功能：实现平端面切削循环和斜端面切削循环，刀具从循环起点，按图3-13与图 3-14 所示路线走刀，最后返回到循环起点。

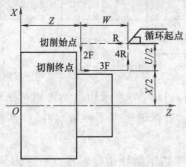

图 3-13　平端面切削循环应用

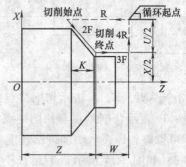

图 3-14　斜端面切削循环应用

③ 指令说明：R 表示端面切削始点至切削终点在 Z 轴方向的坐标增量，平端面切削循环时 R 为零，可省略，其他参数同 G90。

例 3-5：如图 3-15 所示，运用端面切削循环指令编程。

O0035;

T0202;

M03 S600;

G98 G00 X70 Z24;

G94 X20 Z16 F30;　　　　　　　$A—B—C—D—A$

Z13;　　　　　　　　　　　　$A—E—F—D—A$

Z10;　　　　　　　　　　　　$A—G—H—D—A$

G00 X100 Z160 M05;

M30;

例 3-6：如图 3-16 所示，运用端面切削循环指令编程。

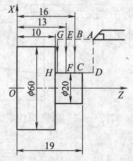

图 3-15　端面切削循环应用

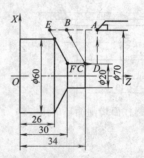

图 3-16　斜端面切削循环应用

O0036；

T0202；

M03 S600；

G98 G00 X70 Z40；

G94 X20 Z34 R−5 F30；   A—B—C—D—A

Z30；   A—E—F—D—A

G00 X100 Z160 M05；

M30；

（3）螺纹切削循环指令 G92

① 指令格式：G92 X（U）__ Z(W)__ R __ F __；

② 指令功能：切削圆柱螺纹和锥螺纹，刀具从循环起点，按图 3-17 与图 3-18 所示路线走刀，最后返回到循环起点。

③ 指令说明：R 表示锥螺纹始点与终点在长轴方向的坐标增量（X 轴用半径量），圆柱螺纹切削循环时 R 为零，可省略；其他参数同 G32。

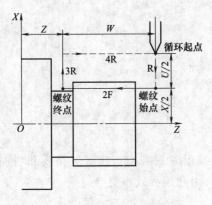

图 3-17　圆柱螺纹切削循环

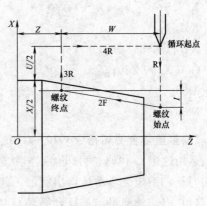

图 3-18　锥螺纹切削循环

例 3-7：如图 3-19 所示，运用圆柱螺纹切削循环指令编程。

O0037；

T0303；

M03 S600；

G00 X35 Z3；

G92 X29.2 Z−21 F1.5；

X28.6；

X28.2；

X28.05；

G00 X100 Z50；

M05；

M30；

例 3-8：如图 3-20 所示，运用锥螺纹切削循环指令编程。

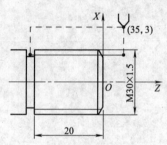

图 3-19 圆柱螺纹切削循环应用

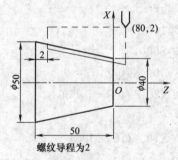

图 3-20 圆锥螺纹切削循环应用

O0038；

T0303；

G00 X80 Z2；　　　　　　　　　快速定位至起始点

G92 X48.7 Z−48 R−5 F2；　　　根据图上尺寸可求出螺纹终点的大径为 49.6，第一刀
　　　　　　　　　　　　　　　切深 0.9（直径量）

X48.1；　　　　　　　　　　　第二刀切深 0.6

X47.5；　　　　　　　　　　　第三刀切深 0.6

X47.1；　　　　　　　　　　　第四刀切深 0.4

X47；　　　　　　　　　　　　第五刀切深 0.1

G00 X100 Z50；

M05；

M30；

3.4.2　多重复合循环指令 G70～G76

运用这组 G 代码，可以加工形状较复杂的零件，编程时只需指定精加工路线和粗加工背吃刀量，系统会自动计算出粗加工路线和加工次数，因此编程效率更高。

（1）内、外圆粗加工复合循环 G71

① 指令格式：G71　UΔd　Re ；

　　　　　　　G71　Pns　Qnf　UΔu　WΔw　Ff　Ss　Tt ；

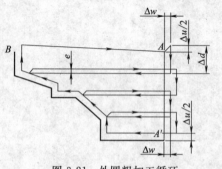

图 3-21 外圆粗加工循环

② 指令功能：切除棒料毛坯大部分加工余量，切削是沿平行 Z 轴方向进行，如图 3-21 所示，A 为循环起点，A→A′→B 为精加工路线。

③ 指令说明：

a. Δd 表示每次切削深度（半径量），也就是背吃刀量，无符号；

b. e 表示退刀量（半径量），无符号；

c. ns 表示精加工路线第一个程序段的顺序号；

d. nf 表示精加工路线最后一个程序段的顺序号；

e. Δu 表示 X 方向的精加工余量，直径量，与 X 轴同向为正反向为负；

f. Δw 表示 Z 方向的精加工余量，与 Z 轴同向为正反向为负。

④ 编程顺序。

a. 使用循环指令编程，首先要确定换刀点、循环起点 A、切削始点 A' 和切削终点 B 的坐标位置。为节省数控机床的空行程时间，从换刀点至循环点 A 使用 G00 快速定位指令，外轮廓加工时，循环起点 A 的 X 坐标位于毛坯尺寸之外，Z 坐标值与切削始点 A' 的 Z 坐标值相同；内轮廓加工时循环起点 A 的 X 坐标略小于毛坯孔尺寸，Z 坐标值与切削始点 A' 的 Z 坐标值相同。

b. 其次，按照内、外圆粗加工循环的指令格式和加工工艺要求写出 G71 指令程序段，在循环指令中有两个地址符 U，前一个表示背吃刀量，后一个表示 X 方向的精加工余量。

c. $A' \rightarrow B$ 是工件的轮廓线，$A \rightarrow A' \rightarrow B$ 为精加工路线，粗加工时刀具从 A 点后退 $\Delta u / 2$、Δw，即自动留出精加工余量。顺序号 ns 至 nf 之间的程序段描述刀具切削加工的路线。

例 3-9： 如图 3-22 所示，运用外圆粗加工循环指令编程。

O0039；

T0101；

G99 G00 X36 Z2；

G71 U2 R1；

G71 P1 Q2 U0.5 W0 F0.2；

N1 G00 X0；

G01 Z0 F0.1；

G03 X11.74 Z−10.757 R6 F0.05；

G01 X16.5 Z−16 F0.2；

X18 Z−16.75；

Z−40；

X26；

Z−46；

N2 X36 Z−51；

G70 P1 Q2；   外径精加工循环

G00 X100 Z50；

M05；

M30；

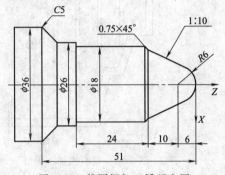

图 3-22 外圆粗加工循环应用

（2）端面粗加工复合循环 G72

① 指令格式：G72   WΔd Re ；

　　　　　　　　G72   Pns Qnf UΔu WΔw Ff Ss Tt ；

② 指令功能：除了切削是沿平行 X 轴方向进行外，该指令功能与 G71 相同，如图 3-23 所示。

③ 指令说明：Δd、e、ns、nf、Δu、Δw 的含义与 G71 相同。

例 3-10： 如图 3-24 所示，运用端面粗加工循环指令编程。

O0310；

N010 T0101；

N020 G99 G00 X41 Z1；

N030 G72 W1 R1;

N040 G72 P50 Q80 U0.1 W0.2 F0.2;

N050 G00 X41 Z−31;

N060 G01 X20 Z−20;

N070 Z−2;

N080 X14 Z1;

N090 G70 P50 Q80 F0.05;

G00 X150 Z100;

M05;

M30;

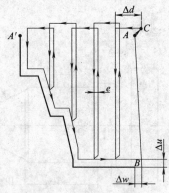

图 3-23　端面粗加工循环

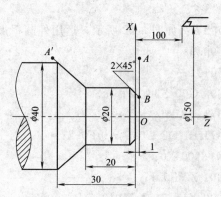

图 3-24　端面粗加工循环应用

（3）固定形状切削复合循环 G73

① 指令格式：G73　U$\underline{\Delta i}$ W$\underline{\Delta k}$ R$\underline{d}$；

　　　　　　　　G73　P$\underline{ns}$ Q$\underline{nf}$ U$\underline{\Delta u}$ W$\underline{\Delta w}$ F$\underline{f}$ S$\underline{s}$ T$\underline{t}$；

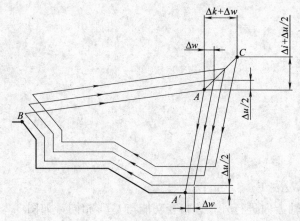

图 3-25　固定形状切削复合循环

② 指令功能：适合加工铸造、锻造成形的一类工件，如图 3-25 所示。

③ 指令说明：

a. Δi 表示 X 轴向粗加工总退刀量（半径量，含符号）；

b. Δk 表示 Z 轴向粗加工总退刀量（含符号）；

c. d 表示粗加工循环次数；

d. 其他参数同 G71 和 G72。

④ 固定形状切削复合循环指令的特点，刀具轨迹平行于工件的轮廓，故适合加工铸造和锻造成形的坯料。背吃刀量分别通过 X 轴方向总退刀量 Δi 和 Z 轴方向总退刀量 Δk 除以循环次数（$d-1$）求得。总退刀量 Δi 与 Δk 值的设定与工件的切削深度有关。

使用固定形状切削复合循环指令，首先要确定换刀点、循环点 A、切削始点 A' 和切削终点 B 的坐标位置。分析上道例题，A 点为循环点，$A'{\rightarrow}B$ 是工件的轮廓线，$A{\rightarrow}A'{\rightarrow}B$ 为刀具的精加工路线，粗加工时刀具从 A 点后退至 C 点，后退距离分别为 $\Delta i + \Delta u/2$，$\Delta k + \Delta w$，这样粗加工循环之后自动留出精加工余量 $\Delta u/2$、Δw。

⑤ 棒料使用 G73 指令加工时参数的计算方法。

a. 加工余量的计算：（毛坯直径－工件最小直径）/2。

b. 加工余量的分配：先选取精加工余量，剩余为粗加工余量。

c. 粗加工的次数 R 计算：粗加工余量/切深，R 往大里取整。

d. 每次实际切深计算：粗加工余量/粗加工次数。

e. Δi 的计算：实际切深×$(d-1)$，少走一空刀。

f. 同理计算 Δk。

例 3-11：如图 3-26 所示，运用固定形状切削复合循环指令编程。

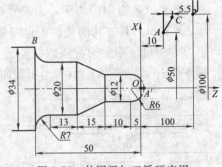

图 3-26　外圆粗加工循环应用

O0311;

N010 T0101 M03 S600 G99;

N020 G00 X50 Z10;　　　　快速定位至 A 点

N030 G73 U18 W5 R10;　　（$\Delta i = \dfrac{d_{毛坯} - A_{第一刀}}{2} - \dfrac{d_{零件最小尺寸}}{2}$，可以稍偏大）

N040 G73 P50 Q100 U0.5 W0.5 F0.2;

N050 G01 X0 Z1;

N060 G03 X12 W－6 R6;

N070 G01 W－10;

N080 X20 W－15;

N090 W－13;

N100 G02 X34 W－7 R7;

N110 G70 P50 Q100 F0.05;

G00 X100 Z100;

M05;

M30;

（4）精加工复合循环 G70

① 指令格式：G70　P*ns* Q*nf*;

② 指令功能：用 G71、G72、G73 指令粗加工完毕后，可用精加工循环指令，使刀具进行 $A \rightarrow A' \rightarrow B$ 的精加工。

③ 指令说明：G70～G73 循环指令调用 N(ns) 至 N(nf) 之间程序段，其中程序段中不能调用子程序。

（5）端面切槽复合循环 G74

① 指令格式：G74　R*e*;

　　　　　　　G74　X（U）__ Z（W）__ PΔi QΔk RΔd F*f*;

② 指令功能：用于端面断续切削，走刀路线如图 3-27 所示，如把 X（U）和 P 值省略，则可用于端面深孔钻削循环。

③ 指令说明：

a. e 表示退刀量；

b. X、Z 表示 D 点的绝对坐标值；

c. U、W 表示 D 点相对于 A 点的增量坐标值；

d. Δi 表示 X 方向的移动量，无符号；

e. Δk 表示 Z 方向的切深，无符号；

f. Δd 表示刀具在切削底部的退刀量，符号总是"＋"，但是，如果把 X(U) 和 P 值省略，退刀方向可以指定为希望的符号。

例 3-12： 如图 3-28 所示，运用端面钻孔循环指令编程，每次钻深 8mm，退刀 1mm。

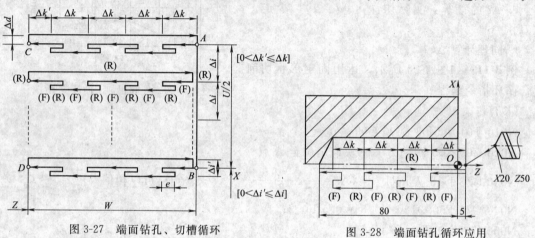

图 3-27　端面钻孔、切槽循环　　　　图 3-28　端面钻孔循环应用

O0312；

T0101；

M03 S600；

G99 G00 X0 Z5；　　　　　　快速接近工件

G74 R1；

G74 Z－80 Q8000 F0.1；

G00 Z50；

M05；

M30；

（6）外圆切槽复合循环 G75

① 指令格式：G75　Re；

　　　　　　　G75 X(U)＿ Z(W)＿ PΔi QΔk RΔd Ff；

② 指令功能：用于外径/内径断续切削，走刀路线如图 3-29 所示，如果把 Z（W）和 Q 值省略，则可用于外圆槽的断续切削。

③ 指令说明：

a. e 表示退刀量；

b. X、Z 表示 D 点的绝对坐标值；

c. U、W 表示 D 点相对于 A 点的增量坐标值；

d. Δi 表示 X 方向的切深，无符号；

e. Δk 表示 Z 方向的移动量，无符号；

f. Δd 表示刀具在切削底部的退刀量，符号总是"＋"，但是，如果把 $Z(W)$ 和 Q 值省略，退刀方向可以指定为希望的符号。

应用外圆切槽复合循环指令，如果使用的刀具为切槽刀，该刀具有两个刀尖，通常设定左刀尖为该刀具的刀位点，在编程之前先要设定刀具的循环起点 A 和目标点 D，如果工件槽宽大于切槽刀的刃宽，则要考虑刀刃轨迹的重叠量，使刀具在 Z 轴方向位移量 Δk 小于切槽刀的刃宽，切槽刀的刃宽与刀尖位移量 Δk 之差为刀刃轨迹的重叠量。

例 3-13：如图 3-30 所示，运用外圆切槽复合循环指令编程。

O0313；

T0404；

M03 S400；

G99 G00 X42 Z22；　　　　　　　　快速定位至 A 点

G75 R1；

G75 X30 Z10 P5000 Q2800 F0.1；　　X 向吃刀量 5mm，Z 向每次增量移动 2.8mm

G00 X60 Z70；

M05；

M30；

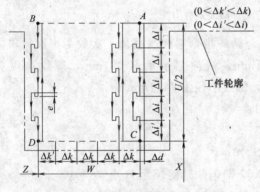

图 3-29　外圆切槽复合循环

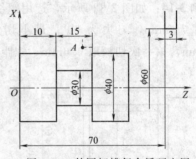

图 3-30　外圆切槽复合循环应用

（7）螺纹切削复合循环 G76

① 指令格式：G76　Pm r α Q$\Delta d_{\min}$ Rd ；

　　　　　　　G76　X(U)__ Z(W)__ Ri Pk QΔd Ff；

② 指令功能：该螺纹切削循环的工艺性比较合理，编程效率较高，螺纹切削循环路线及进刀方法如图 3-31 所示。

③ 指令说明。

a. m 表示精加工重复次数；r 表示斜向退刀量单位数（$0.0 \sim 9.9f$，以 $0.1f$ 为单位，用 $00 \sim 99$ 两位数字指定）；α 表示刀尖角度，如 $55°$，$60°$ 等。

b. Δd 表示第一次粗切深度（半径量，无符号）。

切削深度计算公式

$$d_2 = \sqrt{2}\Delta d；\quad d_3 = \sqrt{3}\Delta d；\quad d_n = \sqrt{n}\Delta d$$

每次的粗切深度为

$$\Delta d_n = (\sqrt{n} - \sqrt{n-1})\Delta d$$

c. $\Delta d_{\min}$ 表示最小切削深度（半径量，无符号），当切削深度 $\Delta d_n < \Delta d_{\min}$ 时，取 $\Delta d_{\min}$ 作为切削深度。

d. X、Z 和 U、W 分别表示 D 点的绝对坐标和 D 点相对于 A 点的增量坐标。

e. i 表示锥螺纹的起点 C 与终点 D 的半径差。

f. k 表示螺纹高度（X 方向半径量，无符号）。

g. d 表示精加工余量（X 方向直径量）。

h. f 表示螺纹导程。

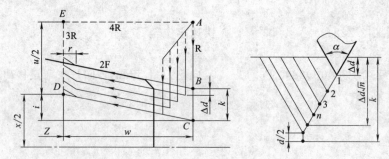

图 3-31　螺纹切削复合循环路线及进刀法

例 3-14：如图 3-32 所示，运用螺纹切削复合循环指令编程（精加工次数为 1 次，斜向退刀量为 3mm，刀尖为 60°，最小切深取 0.1mm，精加工余量取 0.1mm，螺纹高度为 1.95mm，第一次切深取 0.6mm，螺距为 3mm，螺纹小径为 44.1mm）。

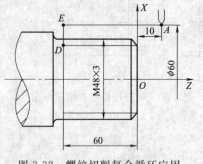

图 3-32　螺纹切削复合循环应用

O0314；

T0303；

M03 S200；

G00 X60 Z10；快速定位至 A 点

G76 P011060 Q100 R0.1；

G76 X44.1 Z−60 R0 P1950 Q600 F3；

G00 X60 Z70；

M05；

M30；

(8) 多重循环注释

① G74、G75 和 G76 不支持 P、Q 用小数点输入，以 0.001 为单位指定移动量和切深；

② G70、G71、G72 或 G73 指令的程序段中，由 P、Q 指定的顺序号之间不能有 M98/M99 指令；

③ MDI 方式可以执行 G74、G75 和 G76 指令，但不能执行 G70、G71、G72 或 G73 指令；

④ G71、G72 或 G73 由 P 指定的程序段中只能使用 G00/G01 指令；

⑤ 刀尖圆弧半径补偿功能在 G71～G76 中无效，只有在 G70 中才起作用。

3.5 子程序功能

① 子程序的命名。子程序的命名规定同主程序。

② 子程序的调用格式：M98 P __ L __；P 指定子程序名，L 指定调用次数；或 M98 P ××××××××；P 中前三位数字表示调用次数，后四位数字表示子程序名，单独占一行。

③ 子程序结束。以 M99 结束子程序返回主程序。

注意：在子程序中可以改变模态有效的 G 功能，比如 G90 到 G91 的变换。在返回调用程序时请注意检查一下所有模态有效的功能指令，并按照要求进行调整。

3.6 FANUC 系统宏程序编程

用户宏程序与普通程序的区别在于：在用户宏程序本体中，能使用变量，可以给变量赋值，变量间可以运算，程序可以跳转；而普通程序中，只能指定常量，常量之间不能运算，程序只能顺序执行，不能跳转，因此功能是固定的，不能变化。宏程序本体既可以由机床生产厂提供，也可以由机床用户自己编制。使用时，先将用户宏主体像子程序一样存入到内存里，然后用子程序调用指令调用。

3.6.1 宏变量的类型

宏变量有四种类型，如表 3-3 所示。

表 3-3　宏变量的类型

变量号	变量类型	功　　能
#0	空变量	此变量总是空
#1～#33	局部变量	局部变量只能用在宏程序中存储数据，断电时自动初始化为空；调用宏程序时，自变量对局部变量赋值
#100～#199 #500～#999	公共变量	#100～#199 断电时自动初始化为空； #500～#999 断电时数据不丢失
#1000～	系统变量	用于读和写 CNC 运行时的各种数据，用户只能调用不能修改

3.6.2 运算符与表达式

① 算术运算符：＋，－，＊，/

② 条件运算符：EQ(＝)，NE(≠)，GT(＞)，GE(≥)，LT(<＝)，LE(≤)

③ 逻辑运算符：AND，OR，NOT

④ 函数：SIN，COS，TAN，ATAN（反正切），ABS，INT（取整），ROUND（四舍五入），SQRT（平方根），FIX（下取整），FUP（上取整），BIN（二进制）。角度单位为度；ATAN 函数后的两个边长要用"/"隔开，如 #1＝ATAN [1]/[-1]；括号为中括号，最多 5 重，圆括号用于注释语句。

⑤ 表达式：用运算符连接起来的常数、宏变量构成表达式。例如：#3 * 6 GT 14。

3.6.3 条件转移语句

(1) 无条件的转移

格式：　GOTO　n；n 为行号

（2）条件转移

格式：　IF ［＜条件式＞］　GOTO　n；n 为行号

3.6.4　循环语句

格式：WHILE ［＜条件式＞]DO　m；（m＝1，2，3）

…

ENDm

单元 4　SINUMERIK 802D 系统数控车床常用编程代码

4.1　SINUMERIK 802D 数控系统的程序结构

4.1.1　程序名称

SINUMERIK 802D 数控系统规定，在编程时可以按以下规则给程序命名：

① 开始的两个符号必须是字母；

② 其后的符号可以是字母，数字或下划线；

③ 最多为 16 个字符；

④ 不得使用分隔符。

举例：XMZ2008. MPF（主程序扩展名为 MPF，可省略不写）、XMZ2008. SPF（子程序扩展名为 SPF，不可省略，必须写）。

4.1.2　SINUMERIK 802D 数控系统的程序结构

如图 2-10 所示，根据 SINUMERIK 802D 数控系统的格式规定，编写数控程序如下。

XMZ2008. MPF；		程序名
N10	G0 G90 G94 M08；	指定快速定位、绝对编程、分进给方式，冷却液开
N20	T1 D1；	自动换刀，建立工件坐标系
N30	M3 S500；	主轴正转，转速 500r/min
N40	DIAMON；	直径编程
N45	G0 X26 Z5；	快速接近工件
N50	G1 Z－30 F30；	车削长 30，ϕ26 圆柱
N60	X32；	退刀
N70	G0 X150 Z150 M9；	快速退刀，冷却液关
N80	M5；	主轴停止
N90	M2；	程序结束，光标返回程序头

4.2　SINUMERIK 802D 系统准备功能 G 代码

4.2.1　常用的准备功能

SINUMERIK 802D 常用的准备功能 G 代码及其编程格式见表 4-1，其中※为系统默认指令。

表 4-1　SINUMERIK 802D 准备功能表

代码	功能	组	指令格式
G0	快速移动		G0 X＿ Z＿；X、Z 为目标点的坐标，以下同
※G1	直线插补		G1 X＿ Z＿ F＿；
G2	顺时针圆弧插补	1	G2 X＿ Z＿ I＿ K＿（或 CR＝＿）F＿；CR 为圆弧半径，相当于 FANUC 系统 G02 中的 R，其他参数含义同 FANUC 中的 G02/G03
G3	逆时针圆弧插补		G3 X＿ Z＿ I＿ K＿（或 CR＝＿）F＿；同 G2 中的含义

代码	功　能	组	指令格式
G4	进给暂停	2	G4 F__ 或 G4 S__；F 为暂停时间，单位 s；S 为暂停主轴转数，单位转，如 G4 S30，表示暂停 30 转
G33	等螺距螺纹切削	1	G33 X__ Z__ K__ (或 I__)SF=__；K/I 位移较大方向的导程，K 为 Z 向的螺纹导程，I 为 X 向的螺纹导程；SF 为螺纹起点的主轴转角偏移量(绝对位置)，相当于 FANUC 系统 G32 中的 Q，默认 0°
※G40	取消刀具半径补偿		G40 G00(或 G01) X__ Z__；参数含义同 FANUC
G41	刀尖半径左补偿	7	G41 G00(或 G01) X__ Z__；参数含义同 FANUC
G42	刀尖半径右补偿		G42 G00(或 G01) X__ Z__；参数含义同 FANUC
G53	取消可设定零点偏置 取消可编程零点偏置	2	G53；
※G500	取消可设定零点偏置	8	G500；
G54~G59	坐标系偏置指令(共 6 个)		G54(或 G55、G56、G57、G58、G59)；参数含义同 FANUC
G70	英制编程选择	13	G70；参数含义同 FANUC 中的 G20
※G71	公制编程选择	13	G71；参数含义同 FANUC 中的 G21
G74	回参考点	2	G74 X1=0 Z1=0；X1、Z1 为机床坐标轴的名称
G75	回固定点		G75 X1=0 Z1=0；固定点位置存储在机床数据中
※G90	绝对坐标编程	14	G90；另外，=AC__ 也是绝对坐标编程，只是程序段有效
G91	增量坐标编程		G91；另外，=IC__ 也是增量坐标编程，只是程序段有效
G94	进给速度单位设定	15	G94 F__；单位 mm/min
※G95	进给速度单位设定		G95 F__；单位 mm/r(只有主轴旋转时才有意义!)
G96	恒线速度控制		G96 S__ LIMS=__；S 为恒线速度，单位 m/min；LIMS 为主轴转速上限，只在 G96 中有效
※G97	取消恒线速度控制		G97 S__；S 值为指定的主轴转速，单位 r/min
DIAMOF	半径编程	29	DIAMOF
※DIAMON	直径编程		DIAMON

4.2.2　圆弧插补的其他指令格式补充

SIEMENS 系统有多于 FANUC 系统的圆弧插补格式。

① 通过圆心坐标和圆心角进行圆弧插补的指令格式为：

G2/G3 AR=＿＿＿ I＿＿＿ K＿＿＿ F＿＿＿；

其中：AR 为圆弧的圆心角，无符号；I、K 为圆心相对于圆弧起点的增量，从起点到圆心画矢量，对应为 X、Z 轴的投影矢量。

如图 4-1 (a) 所示，按直径编程的程序段为 G3 AR＝90 I0 K－20 F100。

② 通过终点坐标和圆心角进行圆弧插补的指令格式为：

G2/G3 Z＿＿＿ X＿＿＿ AR=＿＿＿ F＿＿＿；

如图 4-1 (a) 所示，按直径编程的程序段为 G3 Z10 X50 AR＝90 F100。

③ 通过中间点进行圆弧插补的指令格式为：

G2/G3 Z＿＿＿ X＿＿＿ K1=＿＿＿ I1=＿＿＿ F＿＿＿；

其中：K1、I1 为圆弧上中间点的坐标，G90 方式下为绝对坐标，G91 方式下为增量坐标。

如图 4-1（b）所示，按直径编程的程序段为 G3 Z10 X50 K1＝15 I1＝48.73 F100；

④ 通过与前一段轮廓切线连接进行圆弧插补的指令格式为：

CT Z ＿＿＿ X ＿＿＿ F ＿＿＿；

如图 4-1（c）所示，按直径编程的程序段为 G1 Z30 X10 ；CT Z10 X50；

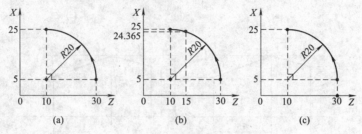

图 4-1　圆弧插补图例

4.3　SINUMERIK 802D 系统的倒角、倒圆和子程序功能

4.3.1　倒角、倒圆功能

在直线与直线、圆弧与圆弧、直线与圆弧之间倒角或倒圆过渡。

① 在轮廓拐角处倒角，已知倒角长度，编程指令为：

CHF＝＿＿＿ ；其中，CHF 指定倒角长度。

如图 4-2（a）所示，在两直线间倒角，按直径编程的程序段为：G1 X40 Z0 CHF＝7.071。

② 在轮廓拐角处倒圆，已知倒圆半径，编程指令为：

RND＝＿＿＿ ；其中，RND 指定倒圆半径。

如图 4-2（b）所示，在两直线间倒圆，按直径编程的程序段为：G1 X40 Z0 RND＝5；Z…

如图 4-2（c）所示，在圆弧与直线间倒圆，按直径编程的程序段为：G3 X28 Z－8 CR＝5 RND＝3；G1 Z…

③ 在轮廓拐角处倒角，已知倒角边长，编程指令为：

CHR＝＿＿＿ ；其中，CHR 指定倒角边长。

如图 4-2（a）所示，在两直线间倒角，按直径编程的程序段为：G1 X40 Z0 CHR＝5；Z…

④ 从图纸中无法看出轮廓终点的全部坐标，但已知两直线间的夹角，编程指令为：

ANG＝＿＿＿ ；其中，ANG 指定直线与＋Z 轴间的夹角。

如图 4-2（d）所示，按直径编程的程序段为：G1 X20 Z0；Z－15 ANG＝160；X29 ANG＝185；

如图 4-2（e）所示，按直径编程的程序段为：G1 X20 Z0；Z－15 ANG＝160 RND＝10；X29 ANG＝185。图中？为允许未知的尺寸。

注意：程序按倒角或倒圆之前的轮廓指令编程，终点坐标为两段轮廓的交点坐标，再写倒角或倒圆指令。

4.3.2　子程序功能

原则上讲主程序和子程序之间并没有区别，只需要将子程序以 SPF 为扩展名。

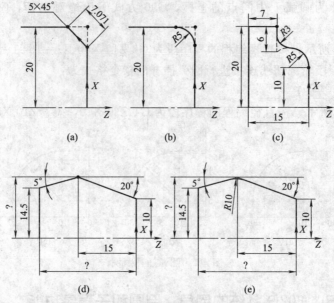

图 4-2　倒角或倒圆编程图例

① 子程序的命名：子程序的命名规定同主程序，此外，还可用 L 后跟 7 位整数命名（LL6 除外）。注意：地址字 L 之后的每个零均有意义，不可省略。

② 子程序的调用格式：子程序名　P ____；P 指定调用次数，单独占一行。

③ 子程序结束：除了用 M2 指令可以结束子程序以外，还可以用 RET 指令结束子程序。RET 要求占用一个独立的程序段。用 RET 指令结束子程序、返回主程序时不会中断 G64 连续路径运行方式，用 M2 指令则会中断 G64 运行方式，并进入停止状态。

④ 子程序的嵌套：子程序的嵌套深度为 4 级嵌套。

4.4　SINUMERIK 802D 数控系统的部分车削循环功能

4.4.1　毛坯切削循环 CYCLE95

（1）指令格式

CYCLE95（"NPP"，MID，FALZ，FALX，FAL，FF1，FF2，FF3，VARI，DT，DAM，__VRT）

FANUN 系统　G71 U $\underline{\Delta d}$ R $\underline{e}$；

　　　　　　　G71 P $\underline{ns}$ Q $\underline{nf}$ U $\underline{\Delta u}$ W $\underline{\Delta w}$ F $\underline{f}$ S $\underline{s}$ T $\underline{t}$；

① NPP：轮廓可以定义为子程序，NPP 为子程序名，也可以定义为程序的一部分，NPP 为 "起始标记符：末尾标记符"，标记可以自由选取，但必须由 2～8 个字母或数字组成，其中开始两个符号必须是字母或下划线。标记符必须位于程序段段首。NPP 相当于 G71 中 ns、nf。

② MID：进给深度（无符号），相当于 G71 中的 U（Δd）。

③ FALZ，FALX：分别是 Z 向与 X 向（直径值）的精加工余量（无符号），相当于 G71 中的 Z Δu 和 X Δw。

④ FAL：沿进给轴方向给轮廓指定的精加工余量（无符号），只沿某一轴指定精加工余量，适合于有凹槽的轮廓加工。FALZ，FALX 与 FAL 可以只指定一组参数，如果两组同

时指定，执行时精加工余量为两组的累加。

⑤ FF1：无凹槽处的粗加工切削进给率。

⑥ FF2：进入凹槽处的粗加工切削进给率。

⑦ FF3：精加工的切削进给率，相当于 FANUN 系统的精加工切削进给率。

⑧ VARI：加工类型，范围值为 1～12，具体含义参见图 4-3 和表 4-2。

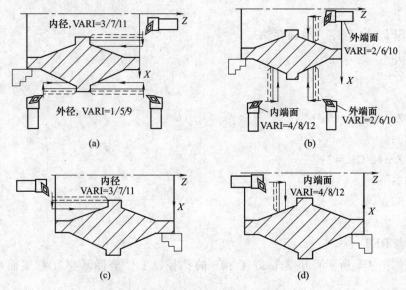

图 4-3　CYCLE95 加工类型示意图

表 4-2　CYCLE95 的加工类型

VARI 的值	加工表面	加工类型	相当于 FANUC 系统的加工类型	VARI 的值	加工表面	加工类型	相当于 FANUC 系统的加工类型
1	外径	粗加工	G71 外径粗加工	7	内径	精加工	内径精加工
2	外端面	粗加工	G72 外端面粗加工	8	内端面	精加工	内端面精加工
3	内径	粗加工	G71 内径粗加工	9	外径	粗加工＋精加工	外径粗、精加工
4	内端面	粗加工	G72 内端面粗加工	10	外端面	粗加工＋精加工	外端面粗、精加工
5	外径	精加工	外径精加工	11	内径	粗加工＋精加工	内径粗、精加工
6	外端面	精加工	外端面精加工	12	内端面	粗加工＋精加工	内端面粗、精加工

⑨ DT 和 DAM：粗加工时为了断屑而设置的一对参数。加工多长距离后暂停，DAM 为暂停前的路径长度；DT 为暂停时间。不需要断屑时可不指定这对参数。

⑩ __VRT：粗加工时的退刀量，相当于 G71 中的 Re。

（2）编程实例

例 4-1：如图 4-4 所示，毛坯是 φ48 的棒料，工件坐标系建在右端面，对刀方法参见 8.3 节。编写外轮廓粗、精加工程序如下。

CY10.MPF；主程序

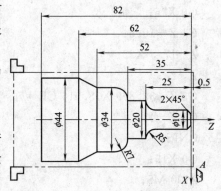

图 4-4　CYCLE95 外径编程示例

T1 D1 S600 M3；

DIAMON；

G94 G0 X50 Z1；

CYCLE95（"CYZ10"，2，0.4，0.8，，150，120，120，9，，，0.5）

G90 G0 X80 Z100 M5；

M2；

CYZ10.SPF；子程序（单独存储）

G0 X4 Z1；

G1 X10 Z−2；

Z−20；

G2 X20 Z−25 CR＝5；

G1 Z−35；

G3 X34 Z−42 CR＝7；

G1 Z−52；

X44 Z−62；

Z−85；

M2；或者 RET

例 4-2： 如图 4-5 所示，事先钻好了 $\phi16$ 的孔径，工件坐标系建在右端面，加工程序如下。

CN20.MPF；主程序

G54 T1 D1 S600 M3；（对刀方法参见 8.4.1 节）

DIAMON；

G94 G0 X15 Z1；

CYCLE95（"CNKS：CNJS"，2，0.4，0.8，，100，80，80，3，，，0.5）；

G90 G0 X80 Z100；

G55 T2 D1 S800；（对刀方法参见 8.4.2 节）/或者改用 G54 T2 D1（对刀方法参见 8.4.3 节）

G0 X15 Z1；

CYCLE95（"CNKS：CNJS"，2，0.4，0.8，，100，80，80，7，，，0.5）；

CNKS：

G0 X26；

G1 Z−10.5；

Z−17.5 X22；

Z−28；

G3 Z−32.899 X18.016 CR＝7；

G1 Z−43；

CNJS：

G0 X15；

Z100 M5；

M2；

4.4.2 螺纹切削循环 CYCLE97

（1）指令格式

CYCLE97（PIT，MPIT，SPL，FPL，DM1，DM2，APP，ROP，TDEP，FAL，IANG，NSP，NRC，NID，VARI，NUMT）

① PIT 和 MPIT：PIT 为螺纹导程（无符号）。当加工公制粗牙圆柱螺纹时，也可以用 MPIT 指定螺纹的公称尺寸（M3～M60）。两个参数选其一。

② SPL，FPL 和 DM1，DM2：如图 4-6 所示的位置，DM1 和 SPL 分别为零件图上螺纹毛

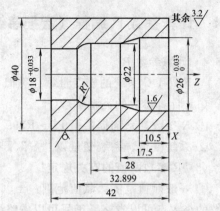

图 4-5　CYCLE95 内径编程示例

坯起点的 X 坐标和 Z 坐标，DM2 和 FPL 分别为螺纹毛坯终点的 X 坐标和 Z 坐标。对于外螺纹，DM1，DM2 是指螺纹的大径；对于内螺纹，DM1，DM2 则是指螺纹的小径。

③ APP 和 ROP：分别为螺纹加工的升速段和降速段长度（无符号）。

④ FAL：精加工余量（半径值，无符号）。

⑤ TDEP 和 IANG：TDEP 为螺纹牙型高（半径值，无符号）。IANG 为螺纹的切入角。直进法取 0，斜进法（沿侧面切削）取刀型半角。如果是正值，表示斜向进给始终在同一侧进行，如果是负值，在两个侧面交替进行。

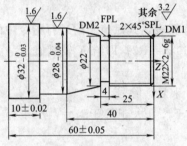

图 4-6　CYCLE97 外螺纹编程实例

⑥ NSP：螺纹切削起始点与主轴基准零脉冲的转角差。

⑦ VARI：加工类型，范围值 1～4。1 为外螺纹恒定切削深度进给。2 为内螺纹恒定切削深度进给。3 为外螺纹恒定切削面积进给（递减进给）。4 为内螺纹恒定切削面积进给。

⑧ NRC：粗加工切削次数。

⑨ NID：光整次数。

⑩ NUMT：螺纹头数。

（2）编程实例

例 4-3：如图 4-6 所示，毛坯 $\phi 35 \times 90$，工件坐标系建在右端面轴线处，编写外螺纹加工程序如下。

```
CLW. MPF；
T4 D1 S200 M3；
DIAMON；
G90 G0 X25 Z6；
CYCLE97 (2，，0，-21，22，22，6，2，1.3，0.05，0，0，4，1，3，1)；
G0 X80 Z100 M5；
M2；
```

4.5　计算参数 R 编程（宏程序编程）

4.5.1　计算参数 R

与 FANUC 系统的宏变量编程类似，SIEMENS 系统用 R 参数作为计算变量。

（1）计算参数的类型

① R 参数。系统提供了 R0～R299 共 300 个 R 参数供用户自由使用。

② 系统变量。系统变量以"$"开头。

（2）R 参数赋值的有关规定

① 一般赋值范围。赋值范围：±（0.000 0001～9999 9999）（8 位，带符号和小数点），整数的小数点可以省略，正号可以省略。

② 用指数表示法的赋值范围。赋值范围：（10^{-300}～10^{+300}）。指数值写在 EX 符号之后，最大符号数：10（包括符号和小数点），比如，R1=1.874EX8；即 R1=187400000。

③ 赋值地址。地址 N、G 和 L 例外的任意 NC 地址。

④ 赋值符号。赋值时在地址符之后写入符号"="。

注意：一个程序段中可以有多个赋值语句；也可以用计算表达式赋值。给运行指令中的坐标轴地址赋值时，要求有一独立的程序段，例如：N10 G0 X=R2；即给 X 轴赋值。

（3）R 参数的计算

① 算术运算符：＋、－、*、/分别作为加号、减号、乘号、除号。

② 条件运算符：等于==，不等于<>，大于>，小于<，大于等于>=，小于等于<=。

③ 逻辑运算符：逻辑与 AND，逻辑或 OR，逻辑非 NOT，逻辑 XOR 异或。

④ 函数。如表 4-3 所示，角度单位为度。

表 4-3　函数

SIN()	正弦	ATAN2()	反正切	TRUNC()	舍位到整数
COS()	余弦	SQRT()	开平方	ROUND()	舍入到整数
TAN()	正切	ABS()	绝对值	LN()	自然对数
ASIN()	反正弦	POT()	平方	EXP()	指数

在计算参数时也遵循通常的数学运算规则：圆括号内的运算优先进行；乘法和除法运算优先于加法和减法运算；角度计算单位为度。

（4）R 参数例

N10 R1=5 R3=2；	多个赋值语句
N20 R2=R1＋R3；	R2=7
N30 R13=SIN（60.5）；	R13 等于正弦 60.5°
N40 R14=R1 * R2－R3；	乘法和除法运算优先于加法和减法运算 R14=（R1 * R2）－R3=33
N50 G1 G91 X=R1 Z=－R2 F0.3；	坐标轴的赋值，G1 G91 X5 Z－7 F0.3
N60 R15=SQRT（R1 * R1＋R2 * R2）；	R15=$\sqrt{R1^2+R2^2}=\sqrt{74}$

4.5.2 程序跳转

（1）标记符

标记符或程序段号用于标记程序中所跳转的目标程序段。标记符可以自由命名，但必须由 2～8 个字母或数字组成，其中开始两个符号必须是字母或下划线。标记符位于程序段段首，如果程序段有段号，则标记符紧跟着段号。在一个程序段中，标记符不能含有其他意义。

跳转目标程序段中标记符后面必须为冒号。

（2）绝对跳转

① GOTOF Label；向前跳转，即向程序结束方向跳转

② GOTOB Label；向后跳转，即向程序开始方向跳转

（3）有条件跳转

① IF 跳转条件表达式 GOTOB Label；向后跳转，即向程序头方向跳转

② IF 跳转条件表达式 GOTOF Label；向前跳转，即向程序尾方向跳转

如果满足跳转条件，则进行跳转。

（4）跳转说明

Label 为跳转标记符，跳转目标只能是有标记符或一个程序段号的程序段，此程序段必须位于该程序之内，跳转指令必须占用一个独立的程序段。

4.6 SINUMERIK 802D 编程实例

例 4-4：零件如图 4-7 所示，编写数控加工程序。

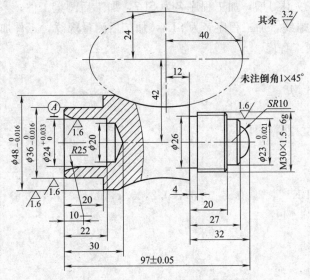

图 4-7　CYCLE97 外螺纹编程示例

（1）制定数控加工方案

① 设备选用：数控车床型号 CK6140，配置 SINUMERIK802D 数控系统，六工位卧式刀架，机床检查后开机，回零。

② 刀具设置。T1：93°硬质合金外圆粗车刀，刀尖圆弧半径 0.8。T2：93°硬质合金外圆精车刀，刀尖圆弧半径 0.8。T3：4mm 宽的硬质合金切槽刀。T4：60°硬质合金外螺纹车

刀。T5：93°硬质合金粗镗刀。T6：93°硬质合金精镗刀。刀具安装之后要检查刀具是否干
涉，然后各自对刀，对刀方法参见8.3节。

③ 工件的装夹。毛坯材料：45号钢，规格 $\phi50\times100$，测量检查毛坯尺寸。

④ 制定加工工艺路线及程序分配。以零件 $\phi48_{-0.016}^{0}$ 与椭圆的交线为界，先夹右侧，加
工左侧的内外轮廓，再掉头装夹 $\phi36_{-0.016}^{0}$ 的外圆，并顶住轴肩，加工右侧所有轮廓。

a. 用三爪自定心卡盘装夹，工件伸出50mm左右，找正后夹紧，编程原点设置在图4-7
所示的左端面（加工时为右端面）与轴线交点，T1、T2、T5、T6对刀，操作步骤参见单
元8。

(a) 用 T1 车工件端面、粗车外轮廓，加工程序名为 SL1，加工后测量工件；

(b) 用 T2 精车外轮廓，加工程序名为 SL2，加工后测量工件；

(c) 选用 $\phi3$ 的中心钻在端面手动钻中心孔，再选用 $\phi20$ 的麻花钻头手动钻孔 30mm；

(d) 用 T5 粗镗内轮廓，加工程序名为 SL3，加工后测量工件；

(e) 用 T6 精镗内轮廓，加工程序名为 SL4，加工后测量工件；

(f) 取下工件，检查尺寸。

b. 工件掉头，用三爪自定心卡盘夹 $\phi36$ 的外圆直径（垫上 0.5mm 以上的铜皮），百分
表吸在横向托板上，触头抵在 $\phi48$ 的外圆上，用手缓慢转动卡盘，观察跳动量，用铜棒轻敲
高处，反复找正后夹紧。

(a) 用 T1 手动或 MDI 方式车工件端面，以确定总长；

(b) 用 T1 粗车外轮廓，加工程序名为 SL5，加工后测量工件；

(c) 用 T2 精车外轮廓，加工程序名为 SL6，加工后测量工件；

(d) 用 T3 切螺纹退刀槽，加工程序名为 SL7，加工后测量工件；

(e) 用 T4 车外螺纹，加工程序名为 SL8，加工后测量螺纹，工件加工完成。

(2) 编写数控加工程序

SL1. MPF；

T1 D1 S600 M3 M8；

DIAMON；

G95 G90 G0 X52 Z0；

G1 X−1 F0.1；

G0 X52 Z3；

CYCLE95 （"YLK1"，2，0.4，0.8，，0.2，0.1，0.1，1，，，0.5）；

G0 X80 Z100 M5 M9；

M2；

SL2. MPF；

T2 D1 S800 M3 M8；

DIAMON；

G95 G90 X52 Z3；

CYCLE95 （"YLK1"，2，0.4，0.8，，0.2，0.1，0.1，5，，，0.5）；

G0 X80 Z100 M5 M9；

M2；

```
SL3. MPF；
T5 D1 S700 M3 M8；
DIAMON；
G95 G90 G0 X18 Z3；
CYCLE95 （"NLK", 1.5, 0.4, 0.8,, 0.2, 0.1, 0.1, 3,,, 0.5）；
G0 X80 Z100 M5 M9；
M2；


SL4. MPF；
T6 D1 S900 M3 M8；
DIAMON；
G95 G90 G0 X18 Z3；
CYCLE95 （"NLK", 1.5, 0.4, 0.8,, 0.2, 0.1, 0.1, 7,,, 0.5）；
G0 X80 Z100 M5 M9；
M2；


SL5. MPF；
T1 D1 S600 M3 M8；
DIAMON；
G95 G90 X52 Z3；
CYCLE95 （"YLK2", 2, 0.4, 0.8,, 0.2, 0.1, 0.1, 1,,, 0.5）；
G0 X80 Z100 M5 M9；
M2；


SL6. MPF；
T2 D1 S800 M3 M8；
DIAMON；
G95 G90 X52 Z3；
CYCLE95 （"YLK2", 2, 0.4, 0.8,, 0.2, 0.1, 0.1, 5,,, 0.5）；
G0 X80 Z100 M5 M9；
M2；


SL7. MPF；
T3 D1 S360 M3 M8；
DIAMON；
G95 G90 X48 Z－32；
G1 X26 F0.1；
G4 F0.5；
G0 X48；
```

X80 Z100 M5 M9;

M2;

SL8. MPF;

T4 D1 S200 M3 M8;

DIAMON;

G94 G90 X48 Z-9;

CYCLE97 (1.5,, -12, -28, 30, 30, 3, 1.5, 0.975, 0.1, 0, 0, 4, 1, 3, 1);

G0 X80 Z100 M5 M9;

M2;

YLK1. SPF;

G0 X28 Z3;

G1 X36 Z-1;

Z-20;

X48;

Z-30;

M2;

NLK. SPF;

G0 X28.184 Z3;

G1 Z0;

G2 X24 Z-10 CR=25;

G1 Z-22;

X18;

M2;

YLK2. SPF;

G0 X0 Z3;

G1 Z0;

G3 X17.321 Z-5 R10;

G1 X23 CHR=1;

Z-12;

X30 CHR=1;

Z-32;

X38.211;

R1=12;

R2=-26.6;

MA1:

R3=24 * SQRT (1-R1 * R1/40/40);

R4＝(42－R3)＊2；

R5＝R1－44；

G64 G1 X＝R4 Z＝R5；

R1＝R1－0.2；

IF R1＞＝R2 GOTOB MA1；

G0 X52；

M2；

单元 5　HNC-21T 系统数控车床编程代码

5.1　HNC-21T 数控系统的程序结构

5.1.1　程序名称

华中世纪星 HNC-21T 数控系统规定，在编程时可以按计算机给程序命名的方法命名。

5.1.2　HNC-21T 数控系统的程序结构

如图 2-10 所示，根据 HNC-21T 数控系统的格式规定，编写数控程序如下：

A51；	程序名
%1234；	%后跟 1~4 位数字作为程序开头
N10　G00 G90 G94 M08；	指定快速定位、绝对编程、分进给方式，冷却液开
N20　T0101；	自动换刀 T1，建立工件坐标系
N30　M03 S500；	主轴正转，转速 500r/min
N40　G00 X26 Z5；	快速接近工件
N50　G01 Z－30 F80；	车削长 30，ϕ26 圆柱
N60　X32；	退刀
N70　G00 X150 Z150 M09；	快速退刀，冷却液关
N80　M05；	主轴停止
N90　M30；	程序结束，光标返回程序头

5.2　HNC-21T 系统准备功能 G 代码

5.2.1　常用的准备功能

HNC-21T 常用的准备功能 G 代码及其编程格式见表 5-1，其中※为系统默认指令。

表 5-1　HNC-21T 准备功能表

代码	功能	组	指令格式（HNC-21T 数控系统）
G00	快速移动		G00 X(U)__ Z(W)__；X,Z 为目标点的坐标；U、W 为目标点相对于起点的增量。以下同
※G01	直线插补	01	G01 X(U)__ Z(W)__ F__；
G02	顺时针圆弧插补		G02X(U)__ Z(W)__ I__ K__(或 R__)F__；
G03	逆时针圆弧插补		G03X(U)__ Z(W)__ I__ K__(或 R__)F__；
G04	进给暂停	00	G04 P__；P 为暂停时间，单位 s
G20	英制编程选择	08	G20；
※G21	公制编程选择		G21；
G28	经过中间点返回参考点	00	G28 X(U)__ Z(W)__；区别 G01：X(U)、Z(W)为中间点的坐标

续表

代码	功　能	组	指令格式（HNC-21T 数控系统）
G29	从参考点经 G28 指定的中间点返回目标点	00	G29 X(U)__ Z(W)__；X(U)、Z(W)为目标点坐标
G32	等螺距螺纹切削	01	G32X(U)__ Z(W)__ R__ E__ P__ F__；类似于 FANUC 系统的 G32
※G36	直径编程	16	G36；
G37	半径编程		G37；
※G40	取消刀具半径补偿	09	G40 G00(或 G01) X(U)__ Z(W)__；
G41	刀尖半径左补偿		G41 G00(或 G01) X(U)__ Z(W)__；
G42	刀尖半径右补偿		G42 G00(或 G01) X(U)__ Z(W)__；
G54～G59	坐标系偏置指令（共 6 个）	11	G54(或 G55、G56、G57、G58、G59)；
G71	内外径粗车复合循环	06	无凹槽加工时：G71 UΔd Rr Pns Qnf XΔx ZΔz Ff Ss Tt； 有凹槽加工时：G71 UΔd Rr Pns Qnf Ee Ff Ss Tt；
G72	端面粗车复合循环		G72 WΔd Rr Pns Qnf XΔx ZΔz Ff Ss Tt；
G73	闭环粗车复合循环		G73 UΔl WΔK Rr Pns Qnf XΔx ZΔz Ff Ss Tt；
G76	螺纹切削复合循环		G76 Cc Rr Ee Aa Xx Zz Ii Kk Ud VΔd_{min} QΔd Pp Fl；
G80	内外径车削固定循环	01	G80X(U)__ Z(W)__ I__ F__；I 为切削起点与终点的半径差，类似于 FANUC 系统的 G90
G81	端面车削固定循环		G81X(U)__ Z(W)__ K__ F__；K 为切削起点与终点的 Z 向距离，类似于 FANUC 系统的 G94
G82	螺纹切削固定循环		G82X(U)__ Z(W)__ I__ R__ E__ C__ P__ F__；类似于 FANUC 系统的 G92
※G90	绝对坐标编程	13	G90；
G91	增量坐标编程		G91；
G92	工件坐标系设定	00	G92 X__ Z__；功能及参数含义同 FANUC 系统的 G50
※G94	进给速度单位设定	14	G94 F__；单位 mm/min
G95	进给速度单位设定		G95 F__；单位 mm/r
G96	恒线速度控制	16	G96 S__；S 值为切削的恒定线速度，单位 m/min
※G97	取消恒线速度控制		G97 S__；S 值为指定的主轴转速，单位 r/min

5.2.2　等螺距螺纹切削指令的补充说明

（1）螺纹切削指令 G32 X（U）__ Z（W）__ R__ E__ P__ F__；

指令说明。

① 如图 5-1 所示，X（U）、Z（W）是目标点 B 的坐标值，小数点可以不写。

② R、E：螺纹切削的退尾量，R 为 Z 向，E 为 X 向（半径量），始终以增量方式指定。R、E 与工件坐标系同向时取正值，反向时取负值。根据螺纹标准，R 一般取 0.75～1.75 倍的螺距，E 取螺纹的牙型高，使用螺纹退尾可免去退刀槽。当 R、E 省略时表示螺纹无退尾，此时应该有退刀槽，如图 5-2 所示。

③ P：螺纹切削起始点与主轴基准零脉冲的转角差。单头螺纹 P 通常取 0，可以省略不写；双头螺纹通常取 P0，编写在一条螺纹的加工程序段中，再取 P180，编写在另一条螺纹的加工程序段中，即两（多）条螺纹分别编写加工程序段。

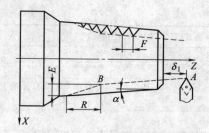

图 5-1　螺纹切削参数

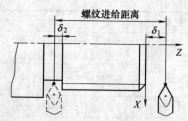

图 5-2　螺纹的升速距离和降速距离

④ F：螺纹导程。可在 G94 方式下直接指定螺纹导程，如螺纹导程是 2 时写 F2。

（2）单一循环指令 G82 X（U）＿ Z（W）＿ I ＿ R ＿ E ＿ C ＿ P ＿ F ＿；

指令说明。

① C：螺纹头数，0 或 1 时切削单头螺纹。

② P：相邻螺纹切削起始点间的主轴转角差，无符号。如主轴转角相差 180°的双头螺纹，应给定 C2 P180，编写在一条加工程序段中，即两（多）条螺纹编写一个加工程序段。

③ I：如图 5-1 所示，I 是螺纹起点 A 与螺纹终点 B 的半径差（含符号）。圆柱螺纹的 I＝0，可以省略不写。

④ 其他参数同 G32。

（3）复合循环 G76 C$\underline{c}$ R$\underline{r}$ E$\underline{e}$ A$\underline{\alpha}$ X$\underline{x}$ Z$\underline{z}$ I$\underline{i}$ K$\underline{k}$ U$\underline{d}$ V$\Delta d_{\min}$ QΔd P$\underline{p}$ F$\underline{l}$；

指令说明：与 FANUC 系统的 G76 类似。

① c：按最后的尺寸空走次数，取 1～99，用于去毛刺等。

② α：牙型角，如普通螺纹牙型角为 60°。

③ k：螺纹牙型高度，由 X 轴方向上的半径量指定，无符号。

④ d：精加工余量（半径量）。

⑤ $\Delta d_{\min}$：最小切削深度（半径量），无符号。

⑥ Δd：第一刀的切削深度（半径量），无符号，以后每刀的切削深度为 Δd（$\sqrt{n}-\sqrt{n-1}$），直至减小到小于 $\Delta d_{\min}$ 时，切削深度取 $\Delta d_{\min}$。

⑦ p：与 G32 中参数 P 的含义相同，而不同于 G82 中的 P。

⑧ l：螺纹导程。

⑨ 其他参数同 G82。

例 5-1：如图 5-3 所示，编写外螺纹的加工程序。

工件坐标系建在右端面与轴线的交点，设计加工路线如图 5-4 所示，用 G82 指令编写程序如下。

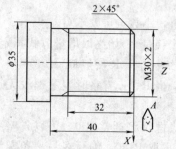

图 5-3　螺纹加工示例

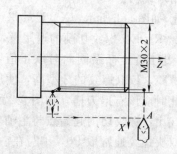

图 5-4　螺纹加工路线

%5001；

T0101；　　　　　　　　　　　换螺纹刀 T1，建立工件坐标系

M03 S200；　　　　　　　　　　主轴正转

G90 G00 X35 Z4；　　　　　　　快速定位至螺纹切削循环起始点

G82 X29.1 Z−32 R−2 E1.3 F2；　直进法

G82 X28.5 Z−32 R−2 E1.3 F2；

G82 X27.9 Z−32 R−2 E1.3 F2；

G82 X27.5 Z−32 R−2 E1.3 F2；

G82 X27.4 Z−32 R−2 E1.3 F2；

G00 X80 Z100 M05；

M30；

也可以用 G76 C1 R−2 E1.3 A60 X27.4 Z−32 K1.3 U0.05 V0.1 Q0.45 F2；代替程序中的 5 段 G82 指令。G76 采用斜进法加工螺纹，加工精度低于 G82 指令，单边切削可以减小刀尖受力。

5.3　HNC-21T 系统复合循环功能

5.3.1　内（外）径粗车复合循环 G71

如图 5-5 所示，走刀路线与 FANUC 系统有差异，但功能相同。

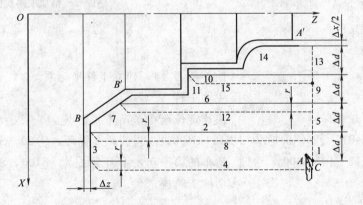

图 5-5　G71（无凹槽）循环指令加工路线示意图

（1）无凹槽内（外）径粗车复合循环：即 X 向和 Z 向尺寸单调增加（或减小）。

① 指令格式：G71 UΔd Rr Pns Qnf XΔx ZΔz Ff Ss Tt；

② 指令说明。

a. Δd：每次的切削深度（半径量），无符号，方向由矢量 AA' 决定。

b. r：每次退刀量，无符号。

c. ns：精加工路径第一程序段 AA' 的顺序号。

d. nf：精加工路径最后程序段 $B'B$ 的顺序号。

e. Δx、Δz：X 向（直径量）和 Z 向的精加工余量；余量方向与工件坐标轴同向时取正值，反之取负值。

f. f、s：粗加工时 G71 中编程的 Ff、Ss 有效，精加工时处于 ns 到 nf 程序段间的 F *f*、S *s* 有效。

g. *t*：粗加工时 G71 中编程的 T *t* 有效，为了防止换刀时发生碰撞，通常在换刀点已经换刀完成再粗加工，因此 G71 中可不必编写 T *t*。

例 5-2：如图 5-6 所示，已知毛坯为 ϕ30 的棒料，选用 95°外圆刀 T1，循环起始点（X32，Z2），切削深度为 2（半径量），退刀量为 1（半径量）；X 向的精加工余量为 0.6（直径量），Z 向为 0.2。编写外轮廓的粗精加工程序。

编程思路：工件坐标系建在右端面与轴线的交点，设计加工路线如图 5-7 所示。编程时先快速接近工件到毛坯外的循环起始点；再按精加工要求编写程序，在精加工的第一句前加一行号，如 N10，在精加工的最后一句前加一行号，如 N20；最后在循环起点和精加工起始程序段之间加入 G71 指令，合理填写加工参数。当然还需要按照 HNC-21T 的格式要求填上程序头、建立工件坐标系、主轴正转等指令才完整。

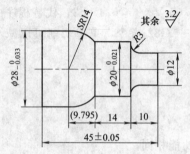

图 5-6　G71 外径循环指令编程

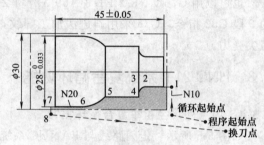

图 5-7　精加工路线图

参考程序如下。

%5002；

T0101；	换外圆刀 T1，建立工件坐标系
M03 S500；	主轴正转
G90 G00 X32 Z2；	快速定位至粗车循环起始点
G71 U2 R1 P10 Q20 X0.6 Z0.2 F120 S400；	进行粗车循环，F120、S400 有效
N10 G00 X12 F100 S600；	精车的第一句，下刀至 1 点，F100、S600 开始有效
G01 Z−7；	精加工轨迹
G02 X18 W−3 R3；	
G01 X19.99；	按公差带的中值编程
W−14；	
G03 X27.984 Z−33.795 R13.992	
N20 G01 Z−48；	精加工的最后一句
G00 X32；	
X80 Z100 M05；	
M30；	

例 5-3：如图 5-8 所示，已知毛坯是 ϕ50 的棒料，选用 93°内圆粗镗刀 T3 和内圆精镗刀 T4，X 向的精加工余量为 0.6（直径量），Z 向为 0.2。事先已钻好 ϕ18 的通孔，编写内轮廓的数控加工程序。

工件坐标系建在右端面与轴线的交点，设计精加工路线如图 5-9 所示，参考程序如下。

%5003；

T0303；　　　　　　　　　　　换粗镗孔刀 T3，建立工件坐标系

M03 S500；

G90 G00 X17 Z2；　　　　　　　循环起始点一定要小于或等于毛坯孔的孔径

G71 U1.5 R0.5 P10 Q20 X−0.6 Z0.2 F100 S400；粗加工循环

G00 X80 Z100；　　　　　　　　快速退刀到换刀点

T0404；　　　　　　　　　　　换精镗孔刀 T4

G00 X17 Z2；　　　　　　　　　快速定位至精加工起点

N10 G00 X51 F80 S800；　　　　精加工起始

G01 Z0；

X46；

G02 X34 Z−6 R6；

G01 Z−16；

G03 X23 Z−21.5 R5.5；

G01 Z−36；

X20.016 W−1.5；　　　　　　　按公差带的中值编程

N20 Z−53；　　　　　　　　　　精加工结束

G00 X18；　　　　　　　　　　退刀

Z2；　　　　　　　　　　　　退出孔外

G00 X80 Z150 M05；　　　　　　退至换刀点

M30；

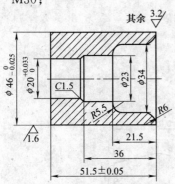

图 5-8　G71 外径循环指令编程

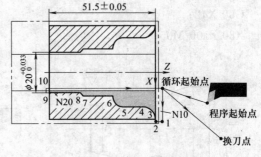

图 5-9　精加工路线图

（2）有凹槽的内（外）径粗车复合循环

① 指令格式：G71 UΔdRr Pns Qnf Ee Ff Ss Tt；

② 指令说明：如图 5-10 所示，Z 向不留余量。

a. e：X 向的精加工余量（直径量），外径切削时取正，内径切削时取负。

b. 其余参数同无凹槽的内（外）径粗车复合循环指令。

例 5-4：如图 5-11 所示，已知毛坯为 ϕ40 的棒料，选用 95°外圆粗车刀 T1 和外圆精车刀 T2，切削深度为 2（半径量），退刀量为 1（半径量）；X 向的精加工余量为 0.6（直径量）。编写外轮廓的粗精加工程序。

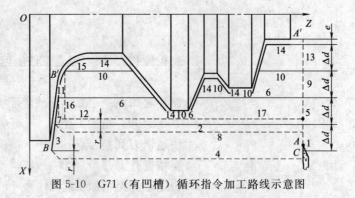

图 5-10　G71（有凹槽）循环指令加工路线示意图

工件坐标系建在右端面与轴线的交点，设计精加工路线如图 5-12 所示。参考程序如下：

%5004；

T0101；　　　　　　　　　换外圆刀 T1，建立工件坐标系

M03 S500；　　　　　　　　主轴正转

G90 G00 X42 Z2；　　　　　快速定位至粗车循环起始点

G71 U2 R1 P10 Q20 E0.6 F120 S400；　　进行粗车循环，F120、S400 有效

N10 X0 F100 S600；　　　　精车的第一句，下刀至 1 点，F100、S600 开始有效

G01 Z0；　　　　　　　　　精加工开始

X20；

X27.368 Z−17.042；

G03 X25.018 Z−26.286 R14；

G02 X26.806 Z−32.985 R6；

G03 X35.98 R17.99；　　　　按公差带的中值编程

N20 G01 Z−53；　　　　　　精加工的最后一句

G00 X42；

X80 Z100 M05；

M30；

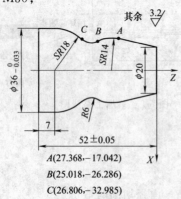

$A(27.368, -17.042)$
$B(25.018, -26.286)$
$C(26.806, -32.985)$

图 5-11　有凹槽 G71 外径循环指令编程

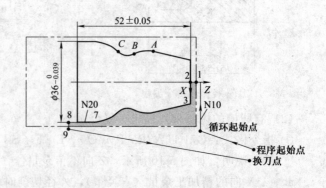

图 5-12　精加工路线图

5.3.2　端面粗车复合循环 G72

① 指令格式：G72 W $\underline{\Delta d}$ R $\underline{r}$ P $\underline{ns}$ Q $\underline{nf}$ X $\underline{\Delta x}$ Z $\underline{\Delta z}$ F $\underline{f}$ S $\underline{s}$ T $\underline{t}$；

② 指令说明：该指令适合于盘类零件，余量分配不均匀的棒料的粗加工。与 G71 的区别仅在于 G72 的下刀方向是 Z 向，如图 5-13 所示。参数含义同 G71。

例 5-5：如图 5-14 所示，已知毛坯为 φ90，选用 95°车刀 T1，切削深度为 2（半径量），退刀量为 1（半径量）；X 向的精加工余量为 0.6（直径量）。编写外轮廓的粗精加工程序。

工件坐标系建在右端面与轴线的交点，设计精加

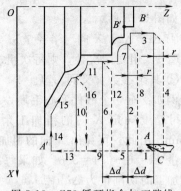

图 5-13   G73 循环指令加工路线

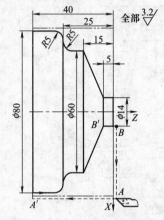

图 5-14   有凹槽 G71 外径循环指令编程

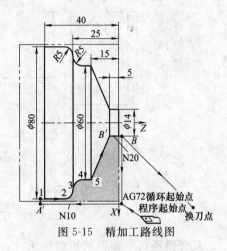

图 5-15   精加工路线图

工路线如图 5-15 所示。参考程序如下：

```
%5005;
T0101;                                换端面车刀 T1，建立工件坐标系
M03 S400;                             主轴正转
G90 G00 X92 Z2;                       快速定位至粗车循环起始点
G72 W2 R1 P10 Q20 X1.6 Z0.5 F120 S400;进行粗车循环，F120、S400 有效
N10 Z-41 F100 S600;                   精车第一句，下刀至 1 点，F100、S600 开始有效
G01 X80;                              精加工开始
Z-30;
G02 X70 Z-25 R5;
G03 X60 Z-20 R5;
G01 Z-15;
X14 Z-5;
N20 Z2;
G00 X120 Z100 M05;
M30;
```

5.3.3   闭环车削复合循环 G73

指令格式：G73 U $\underline{\Delta i}$ W $\underline{\Delta k}$ R r P $\underline{ns}$ Q $\underline{nf}$ X $\underline{\Delta x}$ Z $\underline{\Delta z}$ F f S $\underline{s}$ T t

指令说明：该指令适用于铸造、锻造等粗加工已初步成形的工件的粗加工，余量相对均

衡，如图 5-16 所示。

① Δi、Δk：X 向（半径量）、Z 向的粗加工总余量。

② r：粗切削次数，则每次粗加工的切削量为 $\Delta i/r$、$\Delta k/r$。

③ 其余参数含义同 G71。

例如：有一个锻件实心毛坯，X 向的单边加工余量为 10mm，Z 向的加工余量为 6mm，由尺寸精度确定 X 向的精加工余量 Δx 留 0.8mm（直径量），Z 向的精加工余量 Δz 留 0.4mm。由此，可算出 X 向的粗加工总余量 $\Delta i = 10 - 0.8/2 = 9.6$（半径量），$Z$ 向的粗加工总余量 $\Delta k = 6 - 0.4 = 5.6$。如果每次切削深度不能超过 3mm，粗加工次数应取 4 次，则每次粗加工的切削量为 $\Delta i/r = 9.6/4 = 2.4$、$\Delta k/r = 5.6/4 = 1.4$。程序段为：

G73　U9.6　W5.6　R4　P$\underline{ns}$　Q$\underline{nf}$　X0.8　Z0.4　F$\underline{f}$　S$\underline{s}$　T$\underline{t}$；

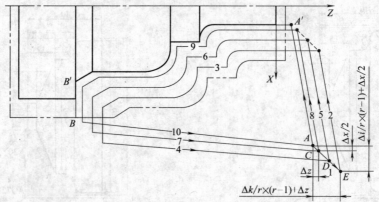

图 5-16　G73 循环指令加工路线示意图

复合循环指令编程的注意事项：

① 必须带有 P、Q 地址 ns、nf，且与精加工起、止顺序号对应。

② ns 的程序段必须为 G00/G01 指令，且 ns 到 nf 之间不应包含子程序。

③ HNC-21T 系统没有精加工循环指令，程序执行 $ns \sim nf$ 的程序段时就是精加工，因此要注意精加工结束时刀具是停在 nf 的程序段处，退刀时不要发生碰撞。

5.4　子程序功能

HNC-21T 系统的子程序和主程序在同一个程序中，不单独存储，也是以"％"后跟 1～4 位数字开头，以 M99 结束。子程序要写在主程序 M30 的后面。

调用子程序的指令为 M98 P ＿＿ L ＿＿；

例 5-6：如图 5-17 所示，切槽刀（T3）刀宽 5mm，编写切槽的数控加工程序如下。

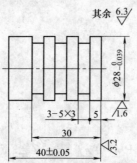

图 5-17　子程序调用示例

FANUC 系统	SIEMENS 系统	HNC-21T 系统
O56;：主程序名	QC1. MPF；主程序名	O56;；：主程序名
T0303;	T3 D3;	％0056；主程序名开头
M03 S350;	M03 S350;	T0303;
	DIAMON;	M03 S350;
G99 G00 X30 Z0;	G95 G90 G0 X30 Z0;	G95 G00 X30 Z0;
M98 P30012;	L12 P3;	M98 P12 L3;
G00 X80 Z100 M5;	G0 X80 Z100 M5;	G00 X80 Z100 M5;
M30;	M2;	M30;
O12；子程序名，单独存储	L12. SPF；子程序名，单独存储	％12；子程序名，不单独存储
W-10;	G91 Z-10;	G91 Z-10;
G01 X22 F0.15;	G90 G1 X22 F0.15;	G90 G01 X22 F0.15;
G04 X0.5;	G4 F0.5;	G04 P0.5;
G01 X30 F0.3;	G1 X30 F0.3;	G01 X30 F0.3;
M30;	M2;	M30;

5.5　宏程序编程

5.5.1　宏变量及常量

（1）宏变量

HNC-21/22T 华中世纪星数控系统变量表示形式为♯后跟 1～4 位数字，变量种类有三种。

局部变量：♯0～♯49 是在宏程序中局部使用的变量，用于存放宏程序中的数据，断电时丢失为空。

全局变量：用户可以自由使用♯50～♯199，它对于由主程序调用的各子程序及各宏程序来说是可以公用的，可以人工赋值。其中♯100～♯199 又可为刀补号 100～199 的补偿值。HNC-21/22T 子程序嵌套调用的深度最多可以有 8 层，每一层子程序都有自己独立的局部变量（变量个数为 50）。0 层局部变量为♯200～♯249；1 层局部变量♯250～♯299；依此类推。此外还有，刀具长度寄存器 H0～H99 为♯600～♯699；刀具半径寄存器 D0～D99 为♯700～♯799；刀具寿命寄存器为♯800～♯899。

系统变量：系统变量为♯1000～♯1199，它能获取包含在机床处理器或 NC 内存中的只读或读/写信息，包括与机床处理器有关的交换参数、机床状态获取参数、加工参数等系统信息。

（2）常量

PI：圆周率 π。

TRUE：条件成立（真）。

FALSE：条件不成立（假）。

5.5.2　运算符与表达式

① 算术运算符：＋，－，＊，／

② 条件运算符：EQ（＝），NE（≠），GT（＞），GE（≥），LT（<=），LE（≤）

③ 逻辑运算符：AND，OR，NOT

④ 函数：SIN，COS，TAN，ATAN，ATAN2，ABS，INT，SIGN，SQRT，EXP。角度单位为弧度，这是与 FANUC 和 SIEMENS 系统的区别之处。

⑤ 表达式：用运算符连接起来的常数、宏变量构成表达式。例如：♯3＊6 GT 14。

5.5.3　赋值语句

格式：宏变量＝常数或表达式

说明：把常数或表达式的值送给一个宏变量称为赋值。

例如：$\#3 = 124.0$；$\#2 = 175/SQRT [2] * COS [55 * PI/180]$。

5.5.4　条件判别语句 IF，ELSE，ENDIF

格式（i）：IF 条件表达式　　　　　格式（ii）：IF 条件表达式
　　　　　…　　　　　　　　　　　　　　　　　…
　　　　　ELSE　　　　　　　　　　　　　　　ENDIF
　　　　　…
　　　　　ENDIF

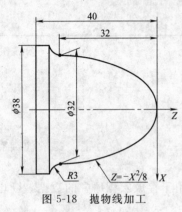

图 5-18　抛物线加工

5.5.5　循环语句 WHILE，ENDW

格式：WHILE 条件表达式
　　　…
　　　ENDW

5.5.6　宏程序编程实例

例 5-7：用宏程序编制如图 5-18 所示抛物线的加工程序。

编程分析：采用 $\phi40 \times 70$ 的棒料，工件坐标系建在右端面与轴线的交点，用直线逼近法逼近抛物线。以 X（$\#1$ 表示，半径量）为变量，从 0 增加到 16，步距取 0.16mm，Z（$\#2$ 表示）编成表达式用公式计算。

HNC-21T 系统
```
%5007;
#1=0 ;X 坐标（半径值）
#2=0 ;Z 坐标
#10=0;X 坐标（直径值）
T0101;
M03 S600;
G90 G00 X41 Z2;
G71 U2 R1 P10 Q20 X0.6 Z0.2
F120 S500;
N10 X0 F80 S800;
G01 Z0;
IF [#1 LE 16];
#2=－#1*#1/8;
#10= #1*2;
G01 X[#10] Z[#2] F100;
#1= #1+0.16;
ENDIF;
G02 X38 Z－35 R3;
N20 G01 Z－41;
G00 X80 Z100 M05;
M30;
```

FANUC0i 系统
```
#1=0 ;X 坐标（半径值）
#2=0 ;Z 坐标
#10=0;X 坐标（直径值）
T0101;
M03 S600;
G98 G00 X41 Z2;
G71 U2 R1;
G71 P10 Q20 U0.6 W0.2 F120
S500;
N10 X0 F80 S800;
G01 Z0;

N10 #2=－#1*#1/8;
#10= #1*2;
G01 X[#10] Z[#2] F100;
#1= #1+0.16;
IF [#1 LE 16] GOTO 10;
G02 X38 Z－35 R3;
N20 G01 Z－41;
G70 P10 Q20;
G00 X80 Z100 M05;
M30;
```

单元 6　自动编程（CAXA 数控车 XP）

CAXA 数控车作为一款优秀的 CAD/CAM 国产软件，以其功能强大，接口完善，高效易学，使用方便等特点，获得了越来越广泛的应用。本单元以 CAXA 数控车 XP 为版本，讲解了数控车自动编程的基本方法、一般步骤以及应用技巧。

6.1　典型零件及其图样分析

在 CAXA 数控车中，要完成一个工件的加工任务，一般需要以下步骤：

① 分析加工图纸以及工艺文件，初步确定加工路线；

② 确定适当的加工顺序以及装夹方法；

③ 编制加工程序，比如用 CAXA 数控车绘制车削加工造型图，根据实际加工要求确定刀具轨迹，生成加工程序，即实现自动编程；

④ 加工操作，完成零件的制造；

⑤ 检验零件，确保生产合格零件。

在实际生产中，有些零件如图 6-1 所示，手动编程时计算复杂，甚至要求利用宏功能完成，如果采用自动编程，则更容易实现。下面以图 6-1 所示工件为例，说明利用 CAXA 数控车实现工件加工程序自动编制的详细过程。

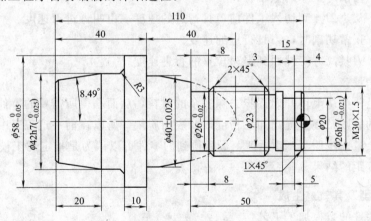

图 6-1　自动编程图例

该图样由外圆面、端面、台阶、椭圆、锥体、沟槽、螺纹以及圆弧组成，该零件选用的毛坯尺寸为 $\phi60mm \times 120mm$ 的 45 钢，采用通用三爪卡盘装夹，以 $\phi58$ 的右端面为界，一次装夹加工完成工件左端尺寸，然后掉头装夹，加工右端所有尺寸。

根据工件特点，利用 CAXA 数控车的 CAM 功能，自动生成数控加工程序。

6.2　零件造型及加工轨迹生成方法

6.2.1　CAXA 数控车基础知识

为了熟练使用 CAXA 数控车软件进行自动编程，有必要特别强调几个基本概念。

（1）两轴加工

数控车床加工一般都是两轴加工，CAXA 数控车软件中，平面图形都是指投影到绝对坐标系的 XOY 面的图形，而且规定，机床坐标系的 Z 轴就是绝对坐标系的 X 轴。

（2）被加工工件表面轮廓

所谓轮廓本身就是一系列首尾相接的曲线的组合，如图 6-2 所示。被加工工件表面轮廓是用来界定待加工表面的，如图 6-2 中的粗实线轮廓。

（3）毛坯轮廓

主要是粗车加工时，用来定义被加工体的毛坯，如图 6-2 中的细实线轮廓。粗加工时毛坯轮廓和被加工工件表面轮廓形成封闭轮廓。

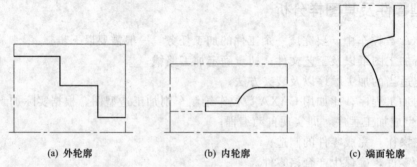

(a) 外轮廓　　　　　(b) 内轮廓　　　　　(c) 端面轮廓

图 6-2　被加工工件表面轮廓和毛坯轮廓

（4）和速度有关的几个概念

主轴转速：切削时机床的主轴转速。

接近速度：从进刀点到切入工件前刀具行进的速度，也叫做进刀速度。

进给速度：正常切削时，刀具行进的速度。

退刀速度：刀具离开工件回到退刀位置的行进速度。

（5）加工余量

车削加工是一个从毛坯开始逐步去除多余的材料，从而获得所需要的零件的过程，一般按照先粗后精的原则，逐步提高加工精度以及表面质量，所以在前一道工序中都要为后续工序留有一定的余量。按照 CAM 原理，最后得到的零件可以认为是指定加工模型按照给定的加工余量进行等距的结果。

6.2.2　零件造型及其轨迹生成

（1）制定零件的数控加工工艺

图 6-1 所示工件，我们拟按照表 6-1 所列加工工艺逐步完成零件的加工。

表 6-1　数控加工工艺卡

序号	工艺内容	刀具号	刀具规格	刀尖半径 /mm	主轴转速 /(r/min)	进给速度 /(mm/min)	背吃刀量 /mm	加工余量/mm	
								X	Z
1	粗车左端外轮廓	01	93°	0.4	800	150	1.5	0.2	0.2
2	精车左端外轮廓	02	93°	0.2	1000	100	0.1	0	0
3	掉头，一夹一顶装夹，粗车右端外轮廓	01	93°	0.4	800	150	1.5	0.2	0.2
4	精车右端外轮廓	02	60°	0.2	1000	100	0.1	0	0

续表

5	车 3mm 宽沟槽	03	3mm	0.1	300	80	1	0	0
6	车 5mm 宽沟槽	03	3mm	0.1	300	80	1	0	0
7	车 8mm 宽沟槽	03	3mm	0.1	300	80	1	0	0
8	车外螺纹	04	60°		200	300	0.5	0	0

（2）零件的加工造型及其轨迹生成

① 左端加工外轮廓的绘制以及刀具轨迹生成。

a. 绘制零件左端加工轮廓（粗实线）以及毛坯轮廓（细实线），如图 6-3 所示。

b. 外轮廓粗加工刀具轨迹的生成方法：选择【加工】→【轮廓粗车】命令后，弹出"粗车参数表"对话框，如图 6-4 所示。

图 6-3　左端外轮廓加工造型

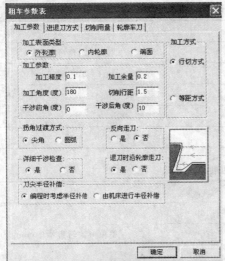

(a) 粗车参数表

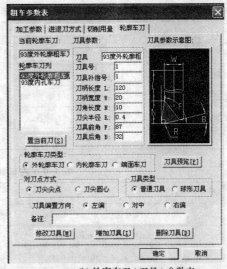

(b) 轮廓车刀（刀具）参数表

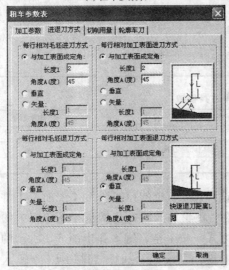

(c) 粗车进退刀参数

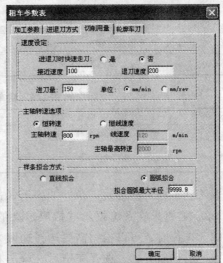

(d) 粗车切削用量参数表

图 6-4　粗车参数设置

分别填写参数表，依次单击"加工参数"、"进退刀方式"、"切削用量"、"轮廓车刀"选项卡，分别按照表6-2～表6-5所示参数填写相应对话框，参见图6-4，单击【确定】按钮。

表6-2　粗车加工参数

内　容	选项及参数	内　容	选项及参数
加工表面类型	外轮廓	干涉后角	10
加工方式	行切方式	拐角过渡方式	尖角
加工精度	0.1	反向走刀	否
加工余量	0.2	详细干涉检查	是
加工角度	180	退刀时沿轮廓走刀	否
切削行距	1.5	刀尖半径补偿	编程时考虑半径补偿
干涉前角	0		

表6-3　粗车进退刀参数

内　容	选　项	参　数
每行相对毛坯进刀方式	与加工表面成定角	长度 $l=2$，角度 $A=45°$
每行相对加工表面进刀方式	与加工表面成定角	长度 $l=2$，角度 $A=45°$
每行相对毛坯退刀方式	垂直	
每行相对加工表面退刀方式	垂直	
快速退刀距离		$l=5$

表6-4　粗车切削用量参数

内　容	选　项	参　数	说　明
速度设定	接近速度/(mm/min)	100	单位可为转进给率(mm/r)
	退刀速度/(mm/min)	200	
	进刀量/(mm/min)	150	
主轴转速选项	恒转速		采用机械变速时可不设定
	主轴转速/(r/min)	800	
	主轴最高转速/(r/min)		
样条拟合方式	圆弧拟合	99999	

表6-5　粗车刀具参数

内　容	选项及参数	内　容	选项及参数
刀具名	93°外轮廓粗车刀	对刀点方式	刀尖尖点
刀具号	1	刀具偏置方向	左偏
刀具补偿号	1		

根据系统状态栏（屏幕左下角）的提示，选择图6-3中的粗实线为"被加工工件表面轮廓"，然后单击右键，在系统提示"拾取定义的毛坯轮廓"时，依次选择图6-3中的细实线为毛坯轮廓。选择时，可以根据需要选择选取方式，按下空格键，弹出图6-5所示的快捷菜单，选择方便的选取方式。选择完毕后，单击右键，系统提示选择"进刀点"，输入换刀点坐标（50，50），单击回车，或单击右键系统自动选择进刀点，生成如图6-6所示外轮廓粗加工轨迹。

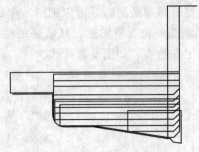

图 6-5　拾取方式快捷菜单　　　　　图 6-6　外轮廓粗加工轨迹线

注意：选取的时候一定要分清被加工工件表面轮廓以及毛坯轮廓，比如平行于 X 轴的和毛坯表面紧邻的线段一般不能划分为表面轮廓，需要用端面加工方式分别加工。

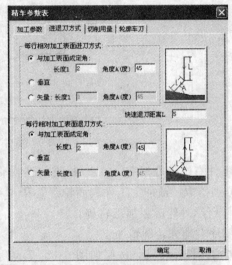

(a) 精车加工参数表　　　　　(b) 精车进退刀方式

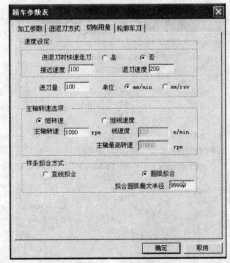

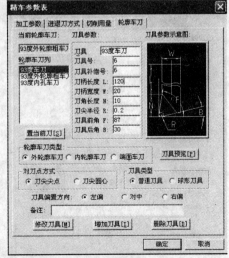

(c) 精车切削用量　　　　　(d) 精车刀具参数

图 6-7　精车参数设置

为使屏幕线条清晰，可以把刚才生成的外轮廓加工轨迹隐藏起来。

c. 左端外轮廓精加工刀具轨迹的生成。选择【加工】→【轮廓精车】命令后，填写各项精加工参数表，如图6-7所示。

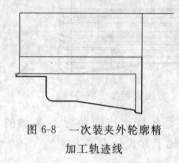

图6-8　一次装夹外轮廓精
加工轨迹线

然后单击【确定】按钮，根据系统状态栏（屏幕左下角）的提示，选择图6-3中的粗实线为"被加工工件表面轮廓"，然后单击右键，系统提示选择"进刀点"，输入换刀点坐标（50，50），单击回车，或单击右键系统自动选择进刀点，生成如图6-8所示外轮廓精加工轨迹线。

② 右端加工外轮廓的绘制以及刀具轨迹生成。

a. 绘制零件右端加工轮廓（粗实线）以及毛坯轮廓（细实线），如图6-9所示。

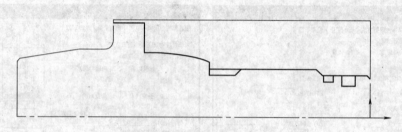

图6-9　零件右端的造型

b. 零件右端外轮廓粗加工。参照前述操作步骤，如图6-10设置切削参数，单击【确定】后分别拾取"被加工工件表面轮廓"和"毛坯轮廓"，单击右键，拾取进退刀点，生成如图6-11所示外轮廓粗加工轨迹。

c. 零件右端外轮廓精加工。

参考前述操作步骤，按照如图6-12所示设置加工参数，选取如图6-9所示被加工工件表面轮廓（粗实线），生成图6-13所示的精加工刀具轨迹。

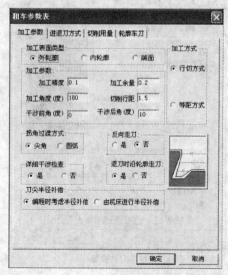

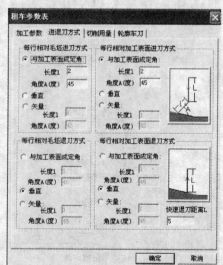

(a) 加工参数表　　　　　　　　　(b) 进退刀方式

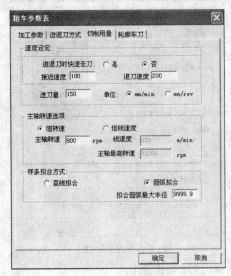

(c) 切削用量表　　　　　　　　(d) 轮廓车刀参数表

图 6-10　粗车参数表（右端外轮廓）

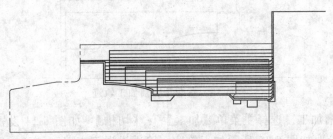

图 6-11　右端外轮廓粗加工轨迹线

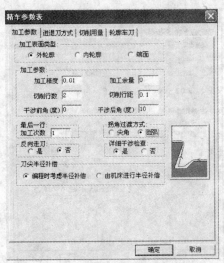
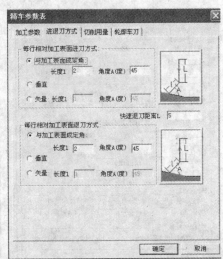

(a) 加工参数表　　　　　　　　(b) 进退刀方式

图 6-12

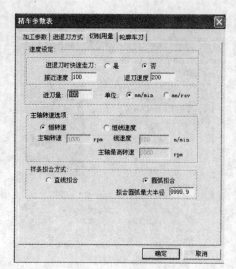

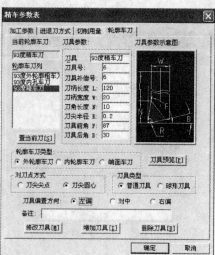

(c) 切削用量表　　　　　　　　　(d) 轮廓车刀参数表

图 6-12　右端轮廓精加工参数设置

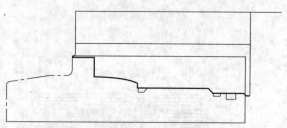

图 6-13　右端轮廓精加工轨迹

　　③ 3mm 外沟槽加工。选择主菜单【加工】→【切槽】，如图 6-14 设置加工参数，单击【确定】后，顺次拾取如图 6-15 所示加工轮廓，输入进退刀点（50，50）后回车，生成如图 6-16 所示刀具轨迹。

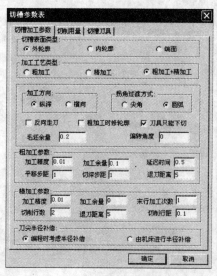

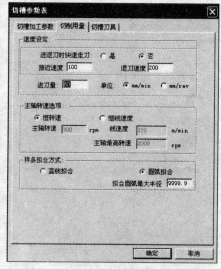

(a) 加工参数表　　　　　　　　　(b) 切削用量表

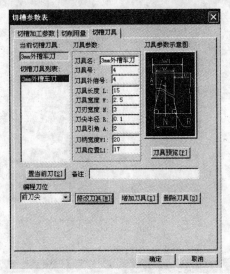

(c) 切削刀具表

图 6-14　切槽参数设置

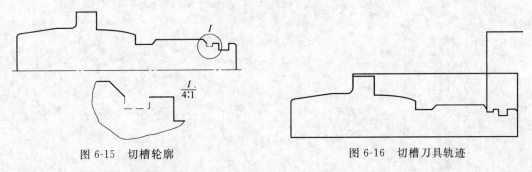

图 6-15　切槽轮廓　　　　　　　　　　图 6-16　切槽刀具轨迹

④ 5mm、8mm 沟槽刀具轨迹的生成。同 3mm 沟槽加工，分别完成 5mm、8mm 沟槽的加工轨迹，如图 6-17 所示。

⑤ 螺纹加工。单击主菜单【加工】→【车螺纹】，系统提示选择"螺纹起始点"，输入起点坐标值(－13.5，15)，终点坐标值（－43.5，15），单击【回车】，在出现的"螺纹参数表"对话框里，如图 6-18 设置，单击【确定】，在系统提示下，输入进退刀点坐标（50，50），完成如图 6-19 所示螺纹加工轨迹。

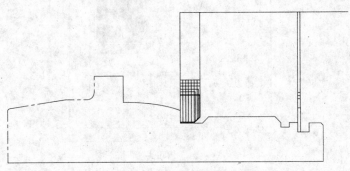

图 6-17　5mm、8mm 沟槽加工轨迹

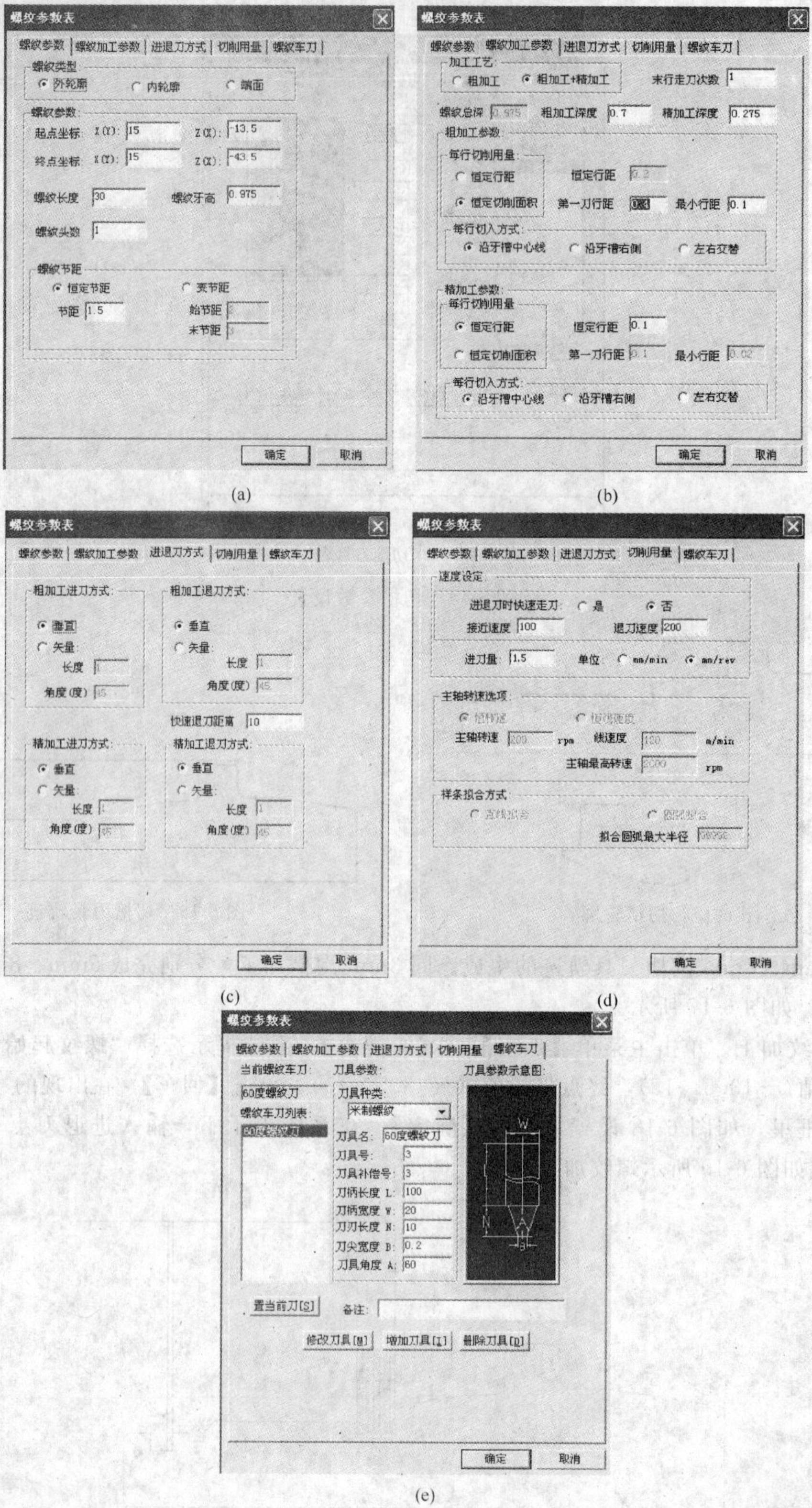

图 6-18　螺纹加工参数设置

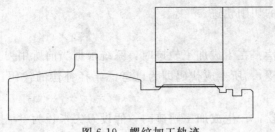

图 6-19　螺纹加工轨迹

6.3　参数修改

在 CAXA 数控车软件中，可以利用其"参数修改"功能对各种参数进行修改，从而修改或者优化前面生成的刀具轨迹。

6.3.1　常用参数

（1）加工参数

加工参数主要用于对粗车、精车等加工中的各种工艺条件和加工方式进行限定。各加工参数含义说明如下。

① 加工表面类型。

外轮廓：采用外轮廓车刀加工外轮廓，此时缺省加工方向角度为 180°。

内轮廓：采用内轮廓车刀加工内轮廓，此时缺省加工方向角度为 180°。

车端面：缺省加工方向应垂直于系统 X 轴，即加工角度为 -90° 或 270°。

② 加工参数。

切削行距：两相邻切削行之间的距离，即背吃刀量。

切削行数：刀位轨迹的加工数，不包括最后一行的重复次数。

加工余量：本次加工结束后，与最终加工结果相比，指定被加工表面尚没有加工部分的剩余量。

干涉前角：做底切干涉检查时，确定干涉检查的角度。避免加工反锥时出现前刀面与工件干涉。

干涉后角：做底切干涉检查时，确定干涉检查的角度。避免加工正锥时出现刀具底面与工件干涉。

③ 拐角过渡方式。

圆弧：在切削过程中遇到拐角时，刀具从轮廓的一边到另一边的过程中，以圆弧的方式完成过渡。

尖角：在切削过程中遇到拐角时，刀具从轮廓的一边到另一边的过程中，以尖角的方式完成过渡。

④ 反向走刀。

否：刀具按缺省方向走刀，即刀具从 Z 轴正向向 Z 轴负向移动。

是：刀具按与缺省方向相反的方向走刀。

⑤ 详细干涉检查。

否：假定刀具前后干涉角均为 0°，对凹槽部分不做加工，以保证切削轨迹无前角及底切干涉。

是：加工凹槽时，用定义的干涉角度检查加工中是否有刀具前角及底切干涉，并按定义的干涉角度生成无干涉的切削轨迹。

⑥ 刀尖半径补偿。

编程时考虑半径补偿：在生成加工轨迹时，系统根据当前所用刀具的刀尖半径进行补偿计算（按假想刀尖点编程）。所生成代码即为已考虑半径补偿的代码，机床无需再进行刀尖半径补偿。

由机床进行半径补偿：在生成加工轨迹时，假设刀尖半径为 0，按轮廓编程，不进行刀尖半径补偿计算。所生成代码在用于实际加工时应根据实际刀尖半径由机床指定补偿值。

⑦ 退刀时沿轮廓走刀。

否：刀位行首末直接进退刀，对行与行之间的轮廓不加工。

是：两刀位行之间如果有一段轮廓，在后一刀位行之前、之后增加对行间轮廓的加工。

（2）进退刀方式

该选项卡主要用于对加工中的进退刀方式进行设定，有两种。

① 相对于毛坯进刀方式：用于对毛坯部分进行切削时的进刀方式。

② 相对于加工表面进刀方式：用于对加工表面部分进行切削时的进刀方式。

与加工表面成定角：是指在每一切削行前加入一段与轨迹切削方向成一定夹角的进刀距离，刀具垂直进刀到该进刀段的起点，再沿该进刀段进刀到切削行。其中"角度"定义了该进刀段与轨迹切削方向的夹角，"长度"定义了该进刀段的长度。

垂直进刀：指刀具直接进刀到每一切削行的起始点。

矢量进刀：是指在每一切削行前加入一段与 X 轴（机床 Z 轴）正方向成一定夹角的进刀距离，刀具进刀到该进刀段的起点，再沿该进刀段进刀到切削行。其中"角度"定义了矢量（进刀段）与系统 X 轴正方向之间的夹角，"长度"定义矢量（进刀段）的长度。

关于退刀方式的设定请参考进刀方式的设定。

6.3.2　刀具参数

和刀具相关的参数主要有：

刀具号：用于唯一确定刀具的序列号，和换刀指令关联，其值对应于数控机床的刀库。

刀具补偿号：刀具补偿值的序列号，其值对应于数控机床的数据库。

刀柄长度：刀具可夹持段的长度。

刀柄宽度：刀具可夹持段的宽度。

刀角长度：刀具可切削段的长度。

刀尖半径：刀尖部分用于切削的圆弧部分的半径。

端面切削粗加工轨迹举例：如图 6-20 所示，用端面切削方法时，切削参数有几处不同。

① 加工参数中，加工类型选端面；加工余量 0；加工角度 270；切削行距 5；干涉前角 10，干涉后角 28；退刀时沿轮廓走刀选是。

② 进退刀方式中每行相对毛坯进刀、退刀方式都选与加工表面成定角，长度 2、角度 45，每行相对加工表面退刀方式选矢量，长度 2、角度 45。

③ 轮廓车刀中，刀具前角 75，后角 30；轮廓车刀类型选端面车刀；对刀点方式选刀尖尖点，其他参数略。

6.3.3　刀具轨迹的修改步骤

单击主菜单【加工】→【参数修改】选项，系统提示选取要修改的刀具轨迹，在绘图区

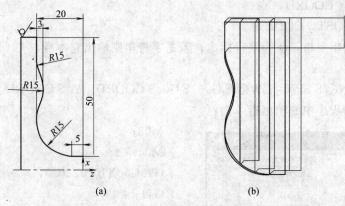

图 6-20　端面切削粗加工轨迹举例

用鼠标左键单击选取欲修改的刀具轨迹，系统自动弹出该刀具轨迹的参数表以供用户修改，修改完毕，单击【确定】按钮，即按照新修改的参数重新生成刀具轨迹。

6.4　后置设置

后处理设置就是针对具体的数控机床及其配置，对输出的数控程序的格式，如程序段行号、程序大小、数据格式、编程方式、圆弧控制方式等进行设置。

6.4.1　机床参数设置

对不同的机床进行适当的配置以后，后置处理所生成的数控程序可以直接输入数控机床而无需进行程序修改。点击增加机床，输入新增机床名，比如 FANUC0i 后，单击确定，按照该数控系统的编程说明书行号地址等内容，如图 6-21 所示，再进行程序格式的设置。

CAXA 数控车是通过宏指令的方式进行程序格式设置的，系统提供的宏指令串主要有：

当前后置文件名 POST _ NAME；

当前日期 POST _ DATE；

当前时间 POST _ TIME；

当前 Z 坐标值 COORD _ X；

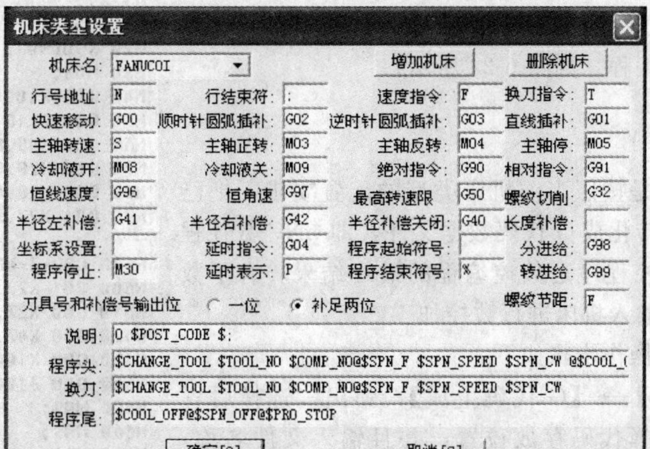

图 6-21　FANUC0i 数控系统机床设置

当前 X 坐标值 COORD ＿ Y；

当前程序号 POST ＿ CODE 等。

另外，＄号输出空格，@为换行标志，若是字符串则输出它本身。

例如，

＄COOL ＿ ON@＄SPN ＿ CW@＄G90 ＄G0 ＄COORD ＿ Y ＄COORD ＿ X@G41；

在自动生成的程序中的输出指令为：

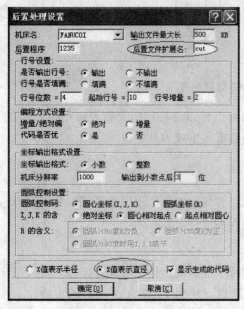

图 6-22　后置设置对话框

M08；

M03；

G90G00X10.0Z20.0；

G41；

针对特定的数控机床来说，其数控程序开头部分都是相对固定的。例如：根据 FANUC 0i 数控系统的编程格式，可以创建机床并填写参数如图 6-21 所示。其中宏指令参数如下（注意 ＄ 与前面宏指令串之间的空格不能丢）。

说明：O ＄POST ＿ CODE ＄；

程序头：＄CHANGE ＿ TOOL ＄TOOL ＿ NO ＄COMP ＿ NO @＄SPN ＿ F ＄SPN ＿ SPEED ＄SPN ＿ CW @＄COOL ＿ ON；

换刀：＄CHANGE ＿ TOOL ＄TOOL ＿ NO ＄COMP ＿ NO @＄SPN ＿ F ＄SPN ＿ SPEED ＄SPN ＿ CW；

程序尾：＄COOL ＿ OFF@＄SPN ＿ OFF@ ＄PRO ＿ STOP；

6.4.2　CAXA 数控车后置处理的步骤

单击主菜单【加工】→【后置设置】，弹出如图 6-22 所示"后置处理设置"对话框。可以根据自己现有设备等实际情况更改已有机床的设置，按【确定】即可保存已做的修改，按【取消】放弃修改。注意：一般都选直径编程，如图 6-22 所示。

6.5　代码生成

生成 G 代码就是按照当前机床类型的配置要求，把已经生成的刀具轨迹转化成 G 代码数据文件，即 CNC 数控程序，后置生成的数控程序是数控编程的最终结果，有了数控程序就可以直接输入机床进行数控加工。

生成 G 代码的操作步骤如下。

① 选择【加工】→【G 代码生成】，弹出"选择后置文件"对话框。选择代码存放位置，并且输入文件名称，如果提示是否创建该文件，选择"是"，系统默认后置文件的文件类型是（*.CUT），该类型也可以在图 6-22 所示的

```
01235;
N10 T0303;
N20 S500M03;
N30 M08;
N40 G00 X100.000 Z100.000 ;
N50 G00 Z-13.500 ;
N60 G00 X48.850 ;
N70 G00 X28.850 ;
N80 G00 X28.650 ;
N90 G01 X27.250 F200.000 ;
......
N590 G32 Z-43.500 F1.500 ;
N600 G01 X27.500 ;
N610 G00 X27.700 ;
N620 G00 X47.700 ;
N630 G00 X100.000 ;
N640 G00 Z100.000 ;
N650 M09;
N660 M05;
N670 M30;
%
```

图 6-23　部分 G 代码示例

后置设置对话框中改为（*. TXT），再来生成 G 代码。

② 选择要生成 G 代码的刀具轨迹，可以按加工顺序连续选择多条刀具轨迹，被选中的加工轨迹会变为红色虚线，单击【确定】按钮，系统即生成数控程序，如图 6-23 所示，并以记事本文件显示。程序格式以数控系统编程说明书为依据。

编程训练项目

编程训练1 轴类零件的内外轮廓编程训练

训练要求：按走刀路线编制如编程训练图1～图6所给轴类零件的内外轮廓粗精加工程序，并进行程序调试及图形模拟，毛坯为棒料，大小自选。

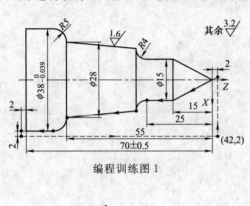

编程训练图1

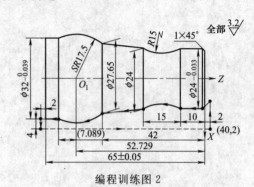

编程训练图2

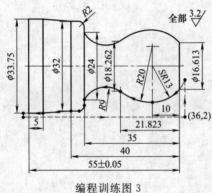

编程训练图3

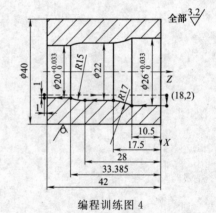

编程训练图4

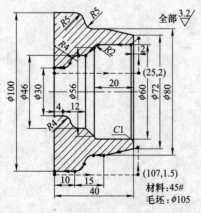

编程训练图5

编程训练图6

编程训练 2　盘类零件的内外轮廓编程训练

训练要求：按走刀路线编制如编程训练图 7、图 8 所示盘类零件的内外轮廓加工程序，并进行程序调试及图形模拟，毛坯为棒料，大小自选。

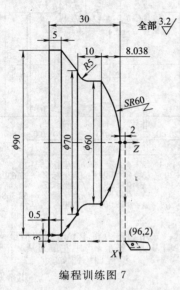

编程训练图 7

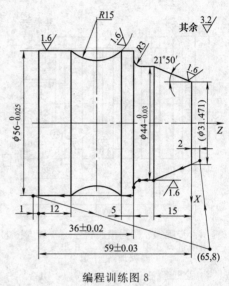

编程训练图 8

编程训练 3　铸件或锻件的外轮廓编程训练

训练要求：按走刀路线编制如编程训练图 9、图 10 所示零件外轮廓加工程序，并进行程序调试及图形模拟，毛坯为铸件或锻件，大小自选。

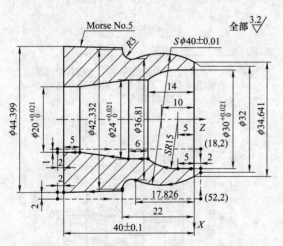

（提示：莫氏锥度 No.5 的斜角为 $1°30'26''$）

编程训练图 9

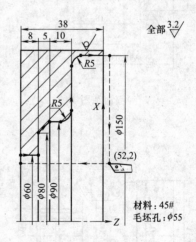

编程训练图 10

编程训练 4　切槽编程训练

训练要求：按走刀路线编制如编程训练图 11～图 14 所示零件的切槽的加工程序，并进行程序调试及图形模拟。

编程训练 5　螺纹编程训练

训练要求：编制编程训练图 15～图 20 的螺纹加工程序，并进行程序调试及图形模拟。

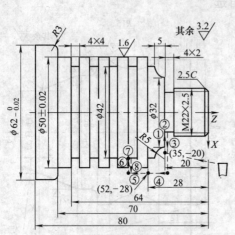

（提示：步骤②、⑦为槽底暂停；步骤⑤～⑧用增量方式编写子程序，并重复 4 次）

编程训练图 11

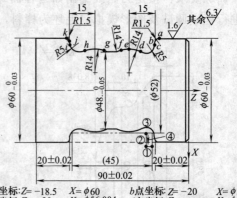

a 点坐标：$Z=-18.5$　$X=\phi60$　　b 点坐标：$Z=-20$　$X=\phi57$
c 点坐标：$Z=-20$　$X=\phi56.004$　d 点坐标：$Z=-27.632$ $X=\phi47.501$
e 点坐标：$Z=-35$　$X=\phi51.693$　f 点坐标：$Z=-40$　$X=\phi49.847$
g 点坐标：$Z=-50$　$X=\phi49.847$　h 点坐标：$Z=-62.368$ $X=\phi47.501$
i 点坐标：$Z=-70$　$X=\phi56.004$　j 点坐标：$Z=-70$　$X=\phi40$
k 点坐标：$Z=-71.5$　$X=\phi60$

（提示：先用切槽刀将 45mm 宽切槽至 $\phi52$，再用右偏刀从 e 车至 k，用左偏刀从 e 车至 a）

编程训练图 12

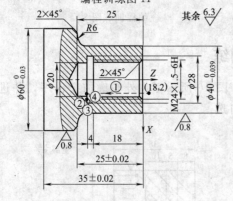

编程训练图 13

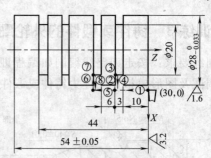

（提示：步骤③⑦为槽底暂停；步骤①～⑧用增量方式编写子程序，并重复 2 次）

编程训练图 14

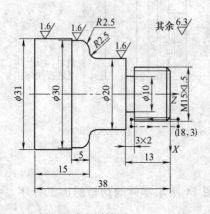

编程训练图 15

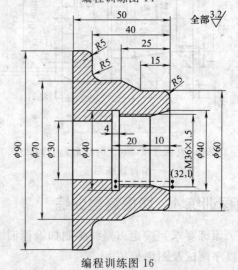

编程训练图 16

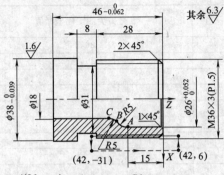

$A(26, -15)$ $B(22, -19)$ $C(18, -23)$

（提示：螺纹的起始角分别用 $0°$ 和 $180°$）

编程训练图 17

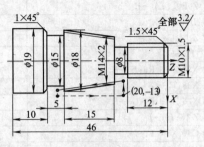

编程训练图 18

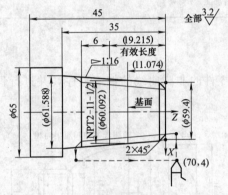

编程训练图 19

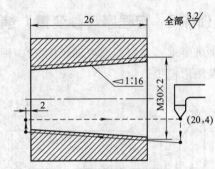

编程训练图 20

编程训练6　刀尖圆弧半径补偿功能编程训练

① 零件图（见编程训练图 21）及参考加工程序如下，训练要求：进行程序调试及图形模拟，通过单段运行方式记录并填写程序运行过程中各点的工件坐标值。用绘图软件分别按 3 号和 9 号刀尖依据记录值绘制刀尖轨迹，观察刀尖圆弧半径补偿的实际走刀路线与程序路线的差别，总结刀尖圆弧半径补偿功能的正确使用方法，以免过切或碰撞。

② 利用刀尖圆弧半径补偿功能编制训练项目 1 中各零件的加工程序，并进行程序调试及图形模拟。

按不同刀尖方位对刀并单段运行时的工件轨迹记录单。

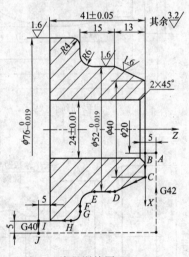

编程训练图 21

O6；参考程序（FANUC0i） （刀尖圆弧半径 $R=2mm$）	3 号刀尖的工件坐标值	9 号刀尖的工件坐标值
T0101；	工具补正界面	工具补正界面
M03 S600；	番号 01：	番号 01：
M08；	X：-156.588	X：-160.588 (-156.588-2R)
G99 G00 X86 Z5；	Z：-235.445	Z：-237.445(-235.445-R)
；G71 U3R1；	R：2.0	R：2.0
；G71 P10 Q20 U0.6 W0.3 F0.3；	T：3	T：9

续表

O6；参考程序 （刀尖圆弧半径 R＝2mm）	3 号刀尖的工件坐标值	9 号刀尖的工件坐标值
N10 G42 G00 X20 Z5；起点→A	20，3	26，5
G01 Z0F0.1；A→B	20，0	26，2
X40；B→C		
X52 Z-13；C→D		
Z-22；D→E		
G02 X64 Z-15 R6；E→F		
G01 X68；F→G		
G03 X76 Z-19 R4；G→H		
G01 Z-46；H→I		
N20 G40 X86；I→J	86，-46	90，-46
；G70 P10 Q20； G00 X100 Z60 M05 M09； M30；	/若取掉 G71 和 G70 前面的"；"， 可实现零件的粗精加工	

编程训练 7　宏程序（参变量）编程训练

训练要求：编制如编程训练图 22～图 27 所示零件的非圆曲线的加工程序，并进行程序调试及图形模拟。

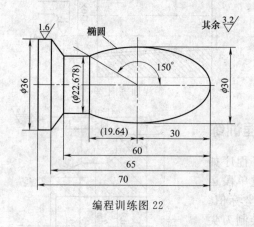

编程训练图 22

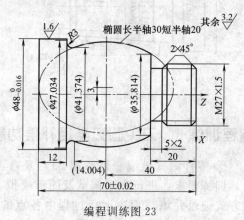

编程训练图 23

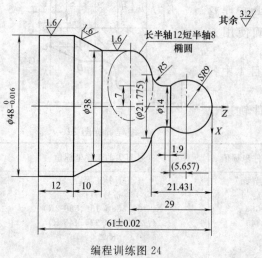

编程训练图 24

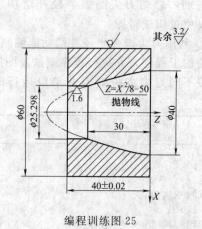

编程训练图 25

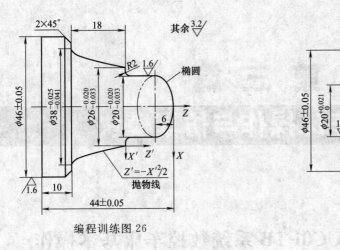

编程训练图 26

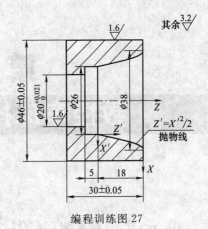

编程训练图 27

第 三 篇
数控车床操作与仿真模块

单元 7　FANUC0i-TB 系统数控车床基本操作

7.1　FANUC0i 系统数控车床面板

7.1.1　机床操作面板

FANUC0i 系统数控车床操作面板如图 7-1 所示，各功能键作用如表 7-1 所示。

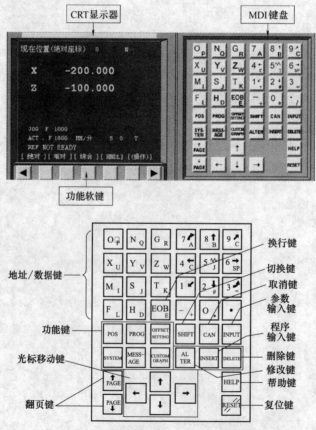

图 7-1　FANUC 0i 系统数控车床操作面板

表 7-1　FANUC 0i 系统数控车床操作面板功能键的作用

功能键	作　用
POS	坐标显示页面功能键:按该键并结合扩展功能键,可显示各坐标位置的机床坐标、绝对坐标和增量坐标值,以及程序执行过程中坐标轴距指定位置的剩余移动量
PROGRAM	程序显示页面功能键:在编辑模式下,可进行程序的编辑、修改、查找,结合扩展功能键可进行 CNC 系统与外部计算机进行程序传输;在 MDI 模式下,可显示程序内容和指令值
OFFSET	加工参数设定页面功能键:结合扩展功能键可进行刀具长度补偿、刀具半径补偿值设定,刀具磨损补偿值设定及工件坐标系设定
PARAM	参数设置页面功能键:结合扩展功能键可进入 CNC 系统参数和诊断参数值设定页面,这些参数仅供维修人员使用,通常情况下禁止修改,以免出现设备故障
ALARM	报警信息显示页面功能键
GRAPH	刀具路径图形模拟页面功能键:结合扩展功能键可进入动态刀具路径显示、坐标值显示以及刀具路径模拟有关参数设定页面
CURSOR ↕	光标移动功能键:在执行数据修改、删除、输入操作时用来指定编辑数据的位置
RESET	复位键:终止 CNC 的一切输出指令,CNC 回复到初始状态
INPUT	数据输入键:输入刀具补偿参数值、工件坐标、MDI 指令值、CNC 参数设置值等
OUTPUT	数据指令输出键:MDI 模式下,输出当前指令,控制机床执行相应动作,输出 CNC 内存程序、刀具参数以及系统参数至外部计算机
PAGE ↕	页面显示翻页键:可翻阅当前 CRT 显示资料的上下续页
各种字符与数字键	用来写入程序指令和各种参数值
扩展功能键	主功能模式下的扩展功能页面键,用 CRT 下的软键来操作实现
程序编辑键	在程序编辑模式下进行程序编辑
ALTER	在程序中光标指定位置进行修改
INSERT	在程序光标指定位置插入字符或数字
DELET	删除程序中光标指定位置的字符或数字
CAN	取消键:删除写入续存区的字符

7.1.2　机床控制面板

如图 7-2 所示,机床控制面板上的各种功能键可执行简单的操作,直接控制机床的动作及加工过程。

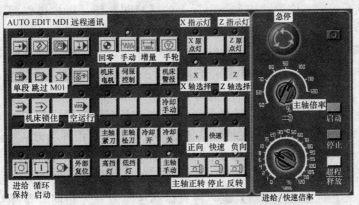

图 7-2　FANUC 0i 系统数控车床控制面板

7.2　机床准备

7.2.1　机床开机、关机

（1）开机操作步骤

① 常规检查，检查机床的润滑站，油面应在上、下油标线之间，按钮、开关应在合理位置，机床各部位应正常；

② 合上总电源开关，打开机床左侧的电源开关，机床数控系统装载直至完成；

③ 旋开【急停】旋钮，按下【启动】键将驱动控制打开，此时机床启动完毕。

（2）关机操作步骤

① 清扫机床，将刀架移到尾座附近，防止导轨发生挠度变形；

② 按下【急停】旋钮；

③ 关闭机床电源，断开外接线路。

7.2.2　回参考点

开机后的首要工作是回机床参考点，常用方式有两种，一种为手动回参考点，另一种为自动回参考点。

（1）手动回参考点

操作步骤如下：在回参考点模式下，选中"X"轴，再按【＋】键，将 X 轴回参考点，对应的指示灯点亮，表明 X 轴回参考点完成；同理将 Z 轴回参考点。

注意事项：回参考点时一般先回 X 轴，再回 Z 轴，否则刀架可能与尾座发生碰撞。

（2）自动回参考点

所谓自动回参考点是指按照指令完成的操作，一般在 MDI 状态下完成，按控制面板上的【MDI】键，输入指令比如 G28 U0 W0，按控制面板上的【循环启动】键，系统即自动回参考点。

7.3　试切对刀

7.3.1　采用刀具位置补偿建立工件坐标系的对刀方法，对应编程指令 T××××

以例 5-2 中的外圆刀 T1 为例，对刀步骤如下。

（1）MDI 方式换刀

如果 1 号刀不在加工位置，按控制面板上的【MDI】键，再按操作面板上的【PROG】键，屏幕左上角出现"程式（MDI）"字样。通过 MDI 键盘键入"T0101"后按【EOB】键，再按【INSERT】键，屏幕上方出现"O0000 T0101;"字样。按【RESET】键，使光标回到程序开头，再按【循环启动】键，机床执行换刀指令，屏幕右下方显示"T1"。

（2）Z 向对刀

按控制面板上的【手动】键，屏幕左下角出现"JOG"字样。如图 7-3（a）所示，按【−X】、【−Z】等按键将刀具靠近工件，按【主轴正转】键，用外圆刀从工件外侧以 10% 左右的进给倍率，沿−X 向将端面（基准面）车削出来，再沿＋X 方向退离工件，Z 方向不动。按操作面板上的【OFFSET SETTING】键，按【形状】软键进入"工具补正/形状"界面，按操作面板上的【光标移动】键，将光标移至与刀具号相同"番号"的 Z 处，比如番号 01 的 Z 处。键入"Z0"后按【测量】软键，系统自动将工件坐标原点 Z 的机床坐标值存入番号 01 的 Z 处。

（3）X 向对刀

同样如图 7-3（b）所示，车削任一外圆后，使刀具＋Z 向移动远离工件，按【主轴停止】键，测量刚刚车削出来的外径尺寸 D。然后在【OFFSET SETTING】的"工具补正/形状"界面与刀具号相同"番号"的 X 处，键入"XD"（测量直径），比如测量直径为 $\phi38$，键入"X38"后按【测量】软键，系统自动将工件坐标原点 X 的机床坐标值存入番号 01 的 X 处。外圆刀对刀完毕。

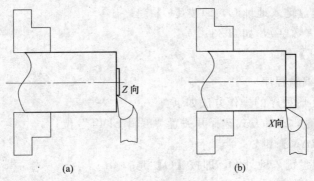

（a）　　　　　　　　　　　　（b）

图 7-3　外圆刀对刀

其他刀具的对刀方法相同。

7.3.2　G50 指令设定工件坐标系的对刀方法，对应编程指令 G50 X __ Z __

以 G50 X120 Z100 为例，通过对刀操作，建立起刀点相对于工件坐标系原点的位置关系。对刀操作步骤如下。

① 回参考点操作。通过刀具返回机床参考点，建立机床坐标系，并消除刀具运行中的累积误差。

② 试切削操作。用手动方式操纵机床，首先主轴正转，切削工件外圆表面，然后保持刀具在 X 方向位置不变，沿＋Z 方向退刀，主轴停止，记录显示在屏幕上 X 方向的机械坐标值 Xt，并测量试切后的工件外圆直径 D。然后切削工件的右端面，保持刀具在 Z 方向位置不变，沿＋X 方向退刀，记录显示屏幕上 Z 方向的机械坐标值 Zt。

③ 设定刀具起点位置。用手摇脉冲发生器移动刀具，使刀具移动至 CRT 屏幕上所显示的坐标位置（$Xt+120-D$，$Zt+100$），将刀尖置于所要求的起刀点位置（X120，Z100）上，设定刀具起点位置完毕。此时如果执行 G50 X120 Z100 指令，则 CRT 显示的刀尖工件坐标值变成 X120、Z100，工件坐标原点 X0、Z0 确定，即数控系统新建立了工件坐标系。

④ 用 G50 指令还可控制零件的加工精度，如果数控车床加工零件的直径尺寸偏差超出了极限偏差值，可用工件坐标系平移的方法控制加工尺寸。一种方法是刀具起点位置不变，改变 G50 程序段中 X 坐标值 A，坐标值 A 随加工尺寸偏大而作相应的增加，反之，坐标值 A 随加工尺寸偏小而作相应的减小；另一种方法是 G50 程序段中坐标值不变，改变刀具起点的位置，刀具起点距 Z 轴的距离随加工尺寸偏大而作相应的缩小，反之，刀具起点距 Z 轴的距离随加工尺寸偏小而作相应的增大。使用这两种方法，在执行 G50 指令后都能调整加工尺寸的偏差。

7.4　程序录入与编辑

7.4.1　新程序的注册

向 NC 的程序存储器中加入一个新的程序号的操作称为程序注册，操作方法如下：

① 按【编辑】键或方式选择开关置"编辑 EDIT"位；

② 程序保护钥匙开关置"解除"位；

③ 按【PROGRAM】键；

④ 通过 MDI 键盘键入地址 O，即按【O】键；

⑤ 键入程序号（数字），如 0033；

⑥ 按【INSERT】键。

7.4.2　搜索并调出编辑程序

搜索并调出已注册程序的操作方法如下：

① 按【编辑】键，或者方式选择开关置"编辑 EDIT"位；

② 按【PROGRAM】键；

③ 通过 MDI 键盘键入地址 O，即按【O】键；

④ 键入程序号（数字），如 0033；

⑤ 按【O 检索】软键，被搜索的程序号及程序内容会出现在屏幕中。如果没有找到指定的程序号，系统会出现 P/S71 报警。FANUC0 系统通常用标有 CURSOR 的 ↓ 键搜索。

7.4.3　插入

该功能用于录入或编辑程序，操作方法如下：

① 用上节所述方法调出需要编辑或录入的注册程序；

② 使用翻页键和上下光标键将光标移动到插入位置的前一个地址字处；

③ 键入需要插入的内容，程序段结束符"；"按【EOB】键键入。此时键入的内容会出现在屏幕下方，该位置被称为输入缓存区；

④ 按【INSERT】键，输入缓存区的内容被插入到光标所在地址字的后面，光标显示在被插入的最后一个地址字处，插入完毕；

⑤ 当输入内容在输入缓存区时，按【CAN】键可以一个个地向前删除字符。

7.4.4　删除

调出需要编辑或输入的程序。

（1）删除一个地址字

① 使用翻页键和上下光标键将光标移动到需要删除的地址字处；

② 直接按【DELETE 键】将删除光标所在位置的地址字，光标移至下一个地址字处。

（2）删除一个程序段

① 使用翻页键和上下光标键将光标移动到需要删除程序段的地址 N 处；

② 按【EOB】键；

③ 按【DELETE】键。删除到程序段的结束，光标移至下一个地址字处。

（3）删除多个程序段

① 使用翻页键和上下光标键将光标移动到需要删除部分的第一个地址 N 处；

② 按【N】键键入地址 N，键入要删除部分最后程序段的顺序号；

③ 按【DELETE】键，多个程序段被删除。

（4）删除一个程序

键入一个程序号后，按【DELETE】键，指定程序号的程序将被删除。

7.4.5　修改一个地址字

调出需要修改的程序。

① 使用翻页键和上下光标键将光标移动到需要修改的地址字处；

② 键入替换该地址字的内容，可以是一个地址字，也可以是几个地址字甚至几个程序段（只要输入缓存区容纳得下）；

③ 按【ALTER】键，光标所在位置的地址字被输入缓存区的内容替代。

7.4.6　搜索一个地址字

① 调出需要修改的程序；

② 键入需要搜索的地址字；

③ 按【检索↓】软键向后搜索，或按【检索↑】软键向前搜索。遇到第一个与搜索内容完全相同的地址字后，停止搜索并使光标停在该地址字处。

7.5　设定刀尖圆弧半径和刀尖方位编码

① 按控制面板上的【编辑】键；

② 按操作面板上的【OFFSET】键；

③ 按【形状】软键；

④ 移动光标至与刀具号相同的"番号"行的"R"处，键入半径值，按【INPUT】键，同样可设定刀尖方位编码。

同样方法可以设定其他参数。

7.6　程序校验

下面介绍两种程序的调试方法。

7.6.1　机床程序预演

程序输入完以后，用手动把刀具从工件处移开，把机械运动、主轴运动以及 M、S、T 等辅助功能锁定，在自动循环模式下让程序运行，通过观察机床坐标位置数据和报警显示判断程序是否有语法、格式或数据错误。

7.6.2　图形模拟

有图形模拟功能的数控车床，在自动加工前，为避免程序错误、刀具碰撞工件或卡盘，可对整个加工过程进行图形模拟，检查刀具轨迹是否正确。

数控车床的图形显示一般为二维坐标（XOZ 平面）显示。图形模拟操作步骤如下。

① 调出需要图形模拟的数控程序：

按【AUTO】键，或者方式选择开关置"自动 AUTO"位；

按【PROGRAM】键；

通过 MDI 键盘键入地址 O 和程序号（数字），如 0033；

按【O 检索】软键，被搜索的程序号及程序内容会出现在屏幕中。

② 按【机床锁住】键。

③ 按【CUSTOM GRAPH】键，按【G. PRM】软键，将光标移至需要修改的参数处，键入数据后按【INPUT】键，比如输入毛坯直径、长度以及比例系数等。

④ 按【GRAPH】软键，进入模拟加工显示界面。

⑤ 按【循环启动】键，在画面上绘出刀具的运动轨迹。

模拟时如果发现程序有错误，退出模拟修改程序后，再模拟加工，直到正确为止。

7.7 零件加工

7.7.1 自动运行数控加工程序

① 按【AUTO】键，或者方式选择开关置"自动 AUTO"位；

② 调出需要自动加工的数控程序；

③ 按【循环启动】键，系统自动运行调出的数控程序。

7.7.2 单段运行数控加工程序

① 按【单段】键使其指示灯点亮；

② 其他操作同自动运行；

③ 每个程序段的执行都需要按【循环启动】键。

7.8 零件加工实例

零件图如图 7-4 所示，材料为 45 号钢，其中 $\phi30$ 圆柱面不加工。要求分析工艺过程与工艺路线，编写加工程序。

7.8.1 零件加工工艺分析

（1）设定工件坐标系

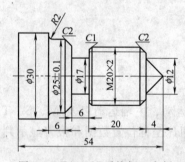

图 7-4　FANUC 系统加工实例

按基准重合原则，将工件坐标系的原点设定在零件右端面与回转轴线的交点上，用 T 指令建立工件坐标系。

（2）选择刀具

如图 7-3 所示，根据零件图的加工要求，需要加工零件的端面、圆柱面、圆锥面、圆弧面、倒角以及切割螺纹退刀槽和螺纹，共需用三把刀具：1 号刀，外圆偏刀，安装在 1 号刀位上；2 号刀，切槽刀，安装在 2 号刀位上；3 号刀，螺纹车刀，安装在 3 号刀位上。

（3）加工方案

使用 1 号外圆刀，先粗后精地加工零件的端面和各段外表面，粗加工时留 0.5mm 的精车余量（直径量）；使用 2 号切槽刀（5mm 宽）切割螺纹退刀槽；然后使用 3 号螺纹车刀加工其螺纹。

（4）确定切削用量

① 切削深度：粗加工设定切削深度为 3mm，精加工为 0.25mm；

② 主轴转速：根据 45 号钢的切削性能，加工端面和各段外表面时设定切削速度为 90m/min；车螺纹时设定主轴转速为 250r/min。

③ 进给速度：粗加工时设定进给速度为 0.2mm/r，精加工时设定进给速度为 0.1mm/r。

7.8.2   编写数控程序

参考程序如表 7-2 所示。

表 7-2   参考数控程序单

程　序	注　释	程　序	注　释
O0001；	程序号	G00 X27 Z−29.5；	快进到 X27、Z−29.5 处，准备切槽
G99；	设定进给量单位(mm/r)		
S850；	主轴转速为 850r/min	G01 X17.1 F0.05；	切割螺纹退刀槽
M03；	主轴正转	G00 X22；	
T0101；	选择 1 号外圆左偏刀和 1 号刀补	Z−27；	
M08；	冷却液开	G01 X18 Z−29 F0.1；	
G00 X30 Z2；	刀具快速定位至工件附近	X17；	
G71 U3 R1；	外圆切削粗加工循环，切削深度为 3mm，退刀量为 1mm	G04 U1；	
G71 P1 Q2 U0.5	外圆切削粗加工循环，开始顺序号为 N1，结束顺序号为 N2，X 与 Z 方向各留 0.5mm 精加工余量，切削速度为 0.2mm/r	G01 Z−30；	
W0.5 F0.2；		X22；	
		G00 X200 Z200；	刀具返回至换刀点
		T0303；	选择 3 号螺纹车刀和 3 号刀补
N1 G00 X0；		G00 X25 Z2；	快进到 X=25、Z=2 处，准备车削螺纹
G01 G42 Z0 F0.3；	刀尖半径右补偿，N1~N2 为外圆切削循环精加工路线		
X12 Z−4 F0.1；		G92 X19.5 Z−27 F2；	螺纹切削循环
X16 F0.2；		X19；	
X20 Z−6；		X18.5；	
Z−30；		X18.3；	
X21；		X18；	
X25 Z−32 F0.1；		X17.8；	
Z−36；		X17.6；	
G02 X29 Z−38 R2 F0.1；		X17.5；	
G01 X30；		X17.4；	
N2 G40 X32；	取消刀尖半径补偿	G00 X200 Z200 M05；	快退到换刀点，主轴停止
G70 P1Q2；	外圆切削精加工循环	M09；	冷却液关
G00 X200 Z200；	刀具返回至换刀点	M30；	程序结束
T0202；	选择 2 号切槽刀和 2 号刀补		

7.8.3   加工操作

（1）程序输入数控系统

将表 7-2 中的程序在数控车床 EDIT 方式下直接输入数控系统，或通过计算机通讯接口将程序输入数控机床的数控系统。

（2）设定刀尖圆弧半径和刀尖方位

操作方法参见 7.5 节。

（3）图形模拟

在 CRT 屏幕上模拟切削加工，检验程序的正确性，操作方法参见 7.6.2 节。

（4）手动对刀操作

通过对刀操作设定工件坐标系，记录每把刀的刀尖偏置值，操作方法参见 7.3.1 节，三把刀可以分别试切外圆、试切端面对刀。但是，由于螺纹刀切端面时会产生斜端面，不便测量，因此，Z 向对刀时，可以将刀尖缓慢靠在端面的外棱处，输入前一把刀的试切长度。切槽刀也可以采用此法。当然试切对刀需要主轴旋转。

（5）自动加工操作

操作方法参见 7.7.1 节。

单元 8 SINUMERIK 802D 系统数控车床基本操作

8.1 SINUMERIK 802D 系统数控车床面板

8.1.1 机床操作面板

机床操作面板如图 8-1 所示。其中有数字区、字母区、光标/选择区和操作功能区等。

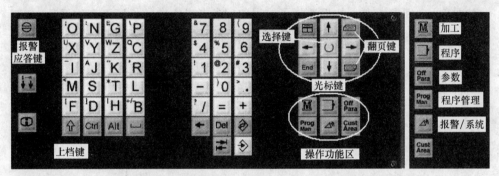

图 8-1 SINUMERIK 802D 系统数控车床操作面板

8.1.2 机床控制面板

机床控制面板如图 8-2 所示。其中有方式选择键、进给轴控制键、倍率修调旋钮等。

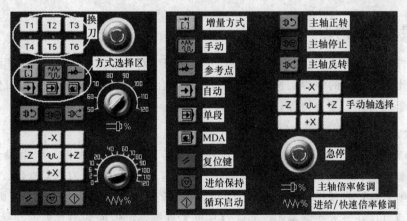

图 8-2 SINUMERIK 802D 系统数控车床控制面板

8.2 机床准备

8.2.1 机床开机、关机

（1）开机操作步骤

① 常规检查；

② 接通机床电源，机床数控系统装载直至完成；

③ 旋开【急停】旋钮；

④ 按【总使能】键（有的机床有此键），系统正常上电完毕。

（2）关机操作步骤

① 清扫机床，将刀架移到尾座附近，防止导轨发生挠度变形；

② 按下【急停】旋钮；

③ 关闭机床电源，断开外接线路。

8.2.2　回参考点

操作步骤如下：点击方式选择区的【参考点】键；根据机床厂家的设置不同，有些机床是按手动轴选择区的【＋X】键、【＋Z】键，系统自动回零，直至屏幕中相应轴 X1、Z1 的右侧图标由空心圆变成中间两处涂黑的基准图标，如图 8-3 所示。也有些机床可能是沿－X 轴、－Z 轴等方向回参考点，如果选择了错误的回参考点方向，机床不产生运动。

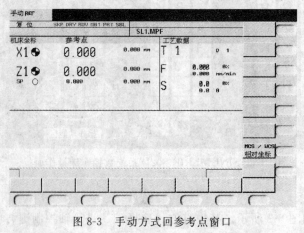

图 8-3　手动方式回参考点窗口

8.3　测量刀具法对刀

根据零件的加工工艺要求，将所需刀具安装在刀架对应的刀位上，将毛坯用三爪自定心卡盘夹紧。比如 4.6 节的编程实例中要求将 93°硬质合金外圆粗车刀装在 1 号刀位，93°硬质合金外圆精车刀装在 2 号刀位等；毛坯外伸 50mm 左右。

8.3.1　建立新刀具

① 增加新刀具。如果刀具表中没有相应刀具号，则需要点击图 8-1 中操作功能区的【Off Para】键，进入"刀具补偿数据"界面，点击图 8-4 中的【新刀具】软键，再点击后续出现的【车削刀具】或【钻削】软键，在对话框中输入刀具号比如 4，点击【确认】软键，则成功创建新刀具并显示在屏幕中。点击【中断】软键，则返回新刀具界面，操作取消。

② 修改刀具参数。移动光标到某参数处，输入新值后回车可修改该处数据。

③ 增加刀具的切削沿。顺次点击图 8-4 中的【切削沿】软键和后续出现的【新刀沿】软键，可增加切削沿的总数 D_{Σ}，每一把刀具一共可以匹配从 D1 到 D9 共 9 个刀沿，即 9 个刀具补偿号，用于 9 个刀尖方位的切削刃，刀尖方位参见刀尖圆弧半径补偿功能。每把刀具只能调用自己名下的 9 个刀具补偿号的补偿值，不能被其他刀具调用，同样，其他刀具也不能调用另外刀具的补偿值，这和 FANUC 系统是有区别的。当然，用户在使用时一般只使用一个方位的切削刃，如外圆刀多用 3 号刀尖方位的切削刃，镗刀多用 2 号刀尖方位的切削

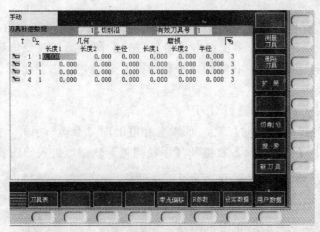

图 8-4　刀具表界面

刀等，也就是说用户一般只用一个刀具补偿号。D 号省略时，D1 值自动生效。

④ 改变切削沿的显示界面。点击【≪D】软键可以从大 D 到小 D 的翻页显示所有刀具的刀具补偿数据。如图 8-5 所示的是 8 号切削沿；有效刀具号是 1，即加工位置是 T1 刀；T4 刀共有 9 个刀具补偿号，而 T1~T3 都只有 1 个，所以在 8 号切削沿的显示界面中是空的。点击【D≫】软键可以从小 D 到大 D 的翻页显示。如果 MDA 换刀时执行的是"T4D8"指令，那么用测量刀具法手动测量对刀获得的"长度 1"和"长度 2"值就会存入此页。

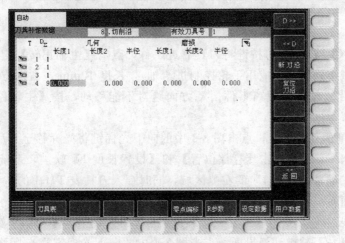

图 8-5　切削沿的显示界面

⑤ 点击【返回】软键可以退回到前一级界面。

8.3.2　试切对刀（第一把刀），对应编程指令 T1D1

（1）MDA 方式换刀

如果 1 号刀不在加工位置，点击图 8-1 中操作功能区的【M】键，再点击图 8-2 中方式选择区的【MDA】键，切换至 MDA 方式，屏幕左上角出现"MDA"字样。在屏幕下方出现的程序输入区域输入"T1D1"或"T1"指令（系统默认 D1），然后点击图 8-2 中所示的【复位】键，使光标回到程序开头，再点击【循环启动】按钮，机床执行换刀指令，屏幕工艺数据中显示 T1、D1。

（2）手轮选通

顺序点击方式选择区的【手动】键和【增量方式】键，屏幕左上角出现"手动 1INC"字样，切换至增量或手轮方式。多次点击【增量方式】键可循环改变增量/手轮的倍率，出现"手动 10INC"等字样。点击右侧的【手轮方式】软键，点击新出现的【X】或【Z】软键可以选通手轮控制轴。

（3）试切外圆对"长度 1"进行对刀

① 点击方式选择区的【手动】键，屏幕左上角出现"手动"字样，点击操作功能区的【M】键，再顺序点击【测量刀具】软键和【手动测量】软键，进入如图 8-6 所示界面。

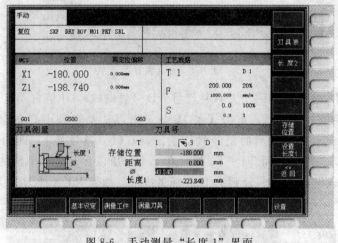

图 8-6　手动测量"长度 1"界面

② 点击【-X】、【-Z】等按键将刀具靠近工件，点击【主轴正转】键，自右向左慢速试切零件外圆（减小进给倍率或用手轮控制进给轴），长度 10mm 左右以方便卡尺测量，点【+Z】键使刀具沿 Z 轴正向退离零件，X 方向绝对不能移动，按【主轴停止】或【复位】键停车。

③ 测量被车削的外圆直径，点击图 8-1 中的向下光标键将光标移至 φ 后面的输入区域，输入测量直径后回车，依次点击【存储位置】和【设置长度 1】软键，系统自动计算长度 1 的对刀值并显示在屏幕"长度 1"的右侧区域，同时存入刀具表 T1D1 的"长度 1"中。

（4）试切端面对"长度 2"进行对刀

① 将刀具移近工件，点击【主轴正转】键，从工件外侧沿-X 向试切端面。

② 点击【长度 2】软键切换界面，点击图 8-1 中的向下光标键将光标移至 Z0 后面的输入区域，输入所切端面在工件坐标系下的 Z 值，比如，工件坐标系就建在试切的这个端面，应输入 0，再比如，试切端面离工件坐标系 0.3mm，即预留 0.3 的余量，则输入 0.3，按回车确认，点击【设置长度 2】软键，系统自动计算长度 2 的对刀值并显示在屏幕"长度 2"的右侧区域，同时存入刀具表 T1D1 的"长度 2"中，T1D1 对刀完毕。

③ 将刀具退离零件，按【主轴停止】或【复位】键停车。

8.3.3　其他刀具的对刀，对应编程指令 T×D×

① MDA 方式换刀。同样，在 MDA 方式下输入指令"T×D×"指令，然后点击【复位】键，再点击【循环启动】键，机床执行换刀指令，屏幕工艺数据中显示 T×、D×。

② 试切外圆对"长度 1"进行对刀，操作步骤同上。

③ 试切端面对"长度 2"进行对刀。注意，如果此时的试切端面与 T1 刀试切端面的距离为－0.1mm，那么，T1 刀对刀时输 0，此处就输入－0.1；T1 刀对刀时输 0.3，此处就输入 0.2，其他操作同上。

也可以采用塞尺等其他方法对刀。

④ 比如，程序中指令为 T1 D1；…T× D×；…分别用 T×D×建立工件坐标系。

8.3.4　查看、修改刀具参数

比如需要输入 T2 的半径 0.8，点击图 8-1 中操作功能区的【Off Para】键，点击此时界面下方的【刀具表】，将光标移至 T2 的"几何"下面的"半径"处输入 0.8，回车即可。

点击【零点偏移】、【R 参数】等软键，也可以查看、修改其中的各项数据。

8.4　测量工件法对刀

8.4.1　试切对刀（第一把刀），对应编程指令 G54 T1D1

数控程序参见 4.4 节的例 4-3。

（1）MDA 方式换刀

换刀 T1D1 步骤同上。

（2）试切外圆对 G54 的"X"进行对刀

① 点击方式选择区的【手动】键，屏幕左上角出现"手动"字样，点击操作功能区的【M】键，再点击【测量工件】软键，进入如图 8-7 所示界面。

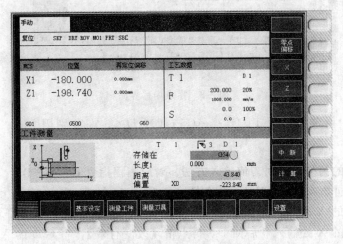

图 8-7　测量工件长度 1 界面

② 试切零件外圆，并测量被车削的外圆直径，方法同上。

③ "长度 1"右侧区域应显示 0.000，否则，进入【测量刀具】的【刀具表】中将其"几何""长度 1"清 0。

④ 光标移至"存储在"右侧区域，点击图 8-1 中的【选择】键切换至"G54"字样。

⑤ 光标向下移至"距离"对应的输入区域，输入测量的外圆直径值后回车，再点击【计算】软键，系统自动计算"偏置 X0"值并显示在屏幕中，同时存入"零点偏移"下"G54"的"X"中。

（3）试切端面对 G54 的"Z"进行对刀

① 试切端面方法同上。

② 点击【Z】软键切换界面。"存储在"右侧区域仍然是"G54"。

③"长度2"右侧区域应显示为 0.000。

④ 光标向下移至"距离"对应的输入区域，输入 0 或 0.3 后回车，再点击【计算】软键，系统自动计算"偏置 Z0"值并显示在屏幕中，同时存入"零点偏移"下"G54"的"Z"中。G54 T1D1 对刀完毕。

⑤ 将刀具退离零件，按【主轴停止】或【复位】键停车。

8.4.2　其他刀具的对刀，对应编程指令 G55（G56、G57、G58、G59）T×D×

对刀方法类似于 G54 T1D1，T×D× 的"几何""长度1"和"长度2"也全部清 0。差别是：通过【选择】键改变"存储在"右侧区域的字样为"G55～G59"之一。对刀结果可点击【零点偏移】进行查看，如图 8-8 所示。

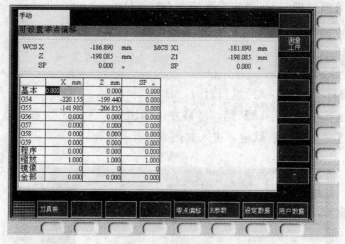

图 8-8　零点偏移界面

比如，程序中指令为 G54 T1 D1；…G55 T× D×；…分别用 G54、G55 建立工件坐标系。

8.4.3　其他刀具的另外一种对刀值输入方法，对应编程指令 G54 T×D×

① 对刀方法同 8.4.2，对刀结果也如图 8-8 所示。

② 用 G55 中的 X 减 G54 中的 X，G55 中的 Z 减 G54 中的 Z 并记录下来。

③ 在 G55 中的 X 处输入 0 后回车，再点击【改变有效】，将 G55 的 X 清 0，同理 Z 也清 0。

④ 进入【测量刀具】的【刀具表】中，在 T×D× 的"几何""长度1"中输入 78.175，也就是步骤②中的 X 差，在"几何""长度2"输入 −7.395，也就是步骤②中的 Z 差。对刀完毕。

⑤ 比如，程序中指令为 G54 T1 D1；…T× D×；…一直是用 G54（模态）建立工件坐标系。

8.5　程序录入及修改

点击图 8-1 中操作功能区的【PROG MAN】程序管理按键，系统以列表形式显示零件程序目录或者循环目录，如图 8-9 所示为程序目录下的程序列表。

8.5.1 建立新程序

点击图 8-9 中的【新程序】软键，出现一对话窗口，输入新建主程序或子程序名，按【确认】软键接收输入，生成新程序文件，点击【中断】软键可以中断操作并关闭此窗口。主程序扩展名 .MPF，省略时系统自动输入；子程序扩展名 .SPF 必须与文件名一起输入，不能省略。程序名命名要规范，参见 4.1.1。

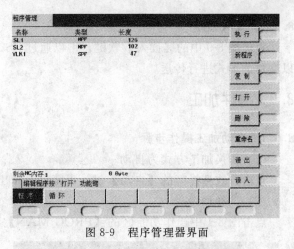

图 8-9　程序管理器界面

8.5.2 编辑程序

① 如图 8-9 所示，点击上下光标键在程序目录中选中需要编辑的程序。

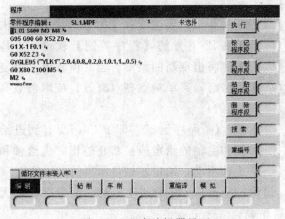

图 8-10　程序编辑器界面

② 点击【打开】软键，可以打开程序编辑器，显示该数控程序内容，如图 8-10 所示。

点击图 8-1 中的数字或字母键可以输入程序段指令，按回车换行。在数控程序中进行的任何输入或修改均立即被存储。

顺序点击图 8-10 下方的【车削】软键和右侧新出现的【切削】软键，出现如图 8-11 所示的"CYCLE95"输入界面，参见 4.4.1 输入或选择各项参数，点击【确定】软键返回编辑器，系统会在光标处自动输入"CYCLE95"的指令及参数。

8.5.3 读出程序

点击图 8-9 中的【读出】软键，可以通过 RS232 接口将程序从机床输出，以便保存。

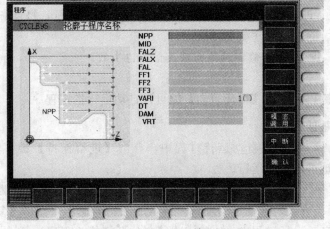

图 8-11　CYCLE95 输入界面

8.5.4　读入程序

点击图 8-9 中的【读入】软键，可以通过 RS232 接口装载程序进入机床。数控程序必须以文本的形式进行传送。

8.6　零件加工

8.6.1　自动加工操作步骤

（1）切换加工方式为自动

点击方式选择区的【自动】键，屏幕左上角出现"自动"字样。

（2）选择程序

点击图 8-1 中操作功能区的【PROG MAN】程序管理按键，屏幕显示出所有程序。点击上下光标键把选中需要运行的程序名。点击【执行】软键，被选中的程序名显示在屏幕中，如图 8-12 所示的"SL1.MPF"字样。

如果需要改变程序的运行状态，点击图 8-12 下方的【程序控制】软键，屏幕右侧将出现新的菜单。当对应软键被重复点击时，菜单被点亮（有效）或取消点亮（无效）。

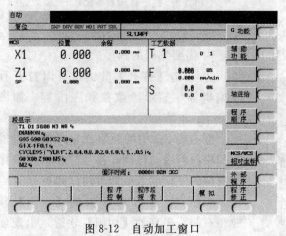

图 8-12　自动加工窗口

① 程序测试。即 PRT，所有到进给轴和主轴的给定值被禁止输出，进给轴和主轴不动，给定区域显示当前运行数值。

② 空运行进给。即 DRY，执行程序时，进给轴全部以 G0 的速度运动，编程指令 F 无效。一般不装夹工件，用于检验运行轨迹是否正确。

③ 有条件停止。即 M01，程序在执行到有 M01 指令的程序段时停止运行，点击【循环启动】键才可以继续运行。

④ 跳过。即 SKP，前面有"/"的程序段在程序运行时被跳过不执行，如"/G1 X50 Z−10"。

⑤ 单一程序段。即 SBL，在自动加工时，数控程序逐段运行，每点击一次【循环启动】键执行一个程序段。除螺纹程序不能单段运行。

⑥ ROV 有效。即 ROV，修调旋钮对快速倍率也生效。

（3）自动运行

点击【复位】键，再点击【循环启动】键可以自动运行指定程序。

8.6.2　停止/中断零件程序

① 中断程序运行。在程序自动运行过程中，点击【进给保持】键可以中断程序运行，点击【循环启动】键可以继续运行。

② 停止程序运行。在程序自动运行过程中，点击【进给保持】键中断程序运行，点击【手动】键切换至手动方式，移动进给轴将刀具从加工轮廓退出，点击【复位】键停止程序运行。或者在程序自动运行过程中，直接点击【复位】键停止程序运行，切换至手动方式退

刀。点击【循环启动】键程序从头开始运行。

8.6.3 模拟加工

选择好需要运行的程序，在自动方式下点击图 8-12 下方的【模拟】软键，点击【循环启动】键可以用线条表示程序运行的刀具轨迹。再点击【模拟】软键可取消模拟状态。

8.6.4 执行外部程序（由 RS232 接口输入）

也就是 DNC 加工。点击图 8-12 右侧的【外部程序】软键。在外部 PC 机上使用 PCIN 并在数据输出栏激活程序输出。点击【循环启动】键程序被连续装入并自动运行。

单元 9　HNC-21T 系统数控车床基本操作

9.1　华中世纪星 HNC-21T 系统数控车床面板

9.1.1　机床操作面板

机床操作面板如图 9-1 所示。其中有数字区、字母区、光标/选择区和操作功能区等。

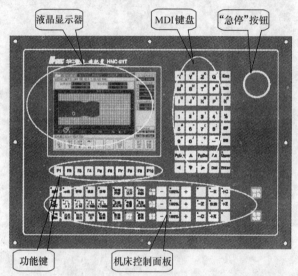

图 9-1　HNC-21T 系统数控车床操作面板

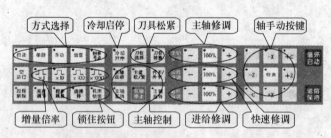

图 9-2　HNC-21T 系统数控车床控制面板

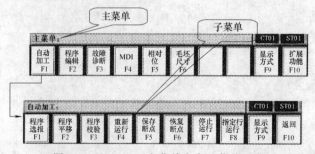

图 9-3　HNC-21T 主菜单内容及菜单层次

9.1.2 机床控制面板

机床控制面板如图 9-2 所示。其中有方式选择键、进给轴控制键、倍率修调旋钮等。

9.1.3 HNC-21T 主菜单

HNC-21/22T 的菜单层次及主菜单内容如图 9-3 所示。

9.2 机床准备

9.2.1 机床开机、关机

（1）开机操作步骤

① 常规检查；

② 按下【急停】旋钮，扳动总电源开关至【ON】处，等待系统自动加载并进入主菜单界面；

③ 右旋释放【急停】，机床启动完毕。

机床开启后，应先按规定润滑机床刀轨，并使机床主轴低速空转 2～3min，然后返回参考点，即可进行后续的加工操作。

（2）关机操作步骤

① 清扫机床，将刀架移到尾座附近，防止导轨发生挠度变形；

② 在主菜单界面下，按下【急停】旋钮；

③ 同时按下【ALT】和【X】，系统自动从主菜单界面退出到 DOS 界面；

④ 关闭机床电源，断开外接线路。

9.2.2 手动回零操作

按下【回零】键，再按机床控制面板上的轴手动按键【+Z】、【+X】键，此时，Z、X 轴会自动朝机床参考点方向移动，直至【+Z】、【+X】按键上的指示灯亮为止，机床坐标值清零，回零完毕。

机床每次开机或按了【急停】后，必须用这种方法完成回零操作。

9.2.3 手动操作

（1）超程解除

当某轴出现超程时，CNC 处于急停状态，显示"超程"报警。要退出超程状态时，必须先按下【急停】，再右旋松开，然后一直按住【超程解除】开关，同时在点动方式下，控制该轴向相反方向退出超程状态。

（2）方式选择

通过按动方式选择按键，选择机床的工作方式，有以下几种可供选择。

① 自动：自动运行方式，机床控制由 CNC 自动完成。

② 单段：单程序段执行方式。

③ 增量（又称步进）：步进进给方式。

④ 手动（又称点动）：点动进给方式。

⑤ 回参考点（又称回零）：返回机床参考点方式。

（3）手动控制机床动作

手动运行包括：手动进给、增量进给。

① 手动进给及进给速度选择。按下【手动】键，进给倍率可通过【－】、【100％】和【＋】按键增减百分比，调整范围为 0～150％，再按住机床控制面板上的轴手动按键【－X】或【＋X】、【－Z】或【＋Z】键，则该轴沿正向或负向产生连续移动，松开后即减速停止。手动进给速率为最大进给速率的 1/3 乘以进给修调开关选择的进给倍率。同时按下【快移】键时，进给速率为最大进给速率乘以进给倍率。

② 增量进给及增量倍率。按下【增量】键，选择一种增量倍率（【×1】、【×10】、【×100】、【×1000】），按一次【－X】或【＋X】、【－Z】或【＋Z】，该轴沿正向或负向按增量倍率的选择移动一个增量值（0.001、0.01、0.1、1）。

③ 手动换刀。

a. 设置刀号：如图 9-4 所示，手动操作界面上"辅助机能"中的"ST"值表示设置刀号。按下【手动】键，按一次【刀位选择】按键，"ST"值加 1。如果在此操作前，界面上显示的是"ST01"，按一次【刀位选择】按键后，界面上将显示为"ST02"。若机床具有四工位刀架，如图 9-5 所示，假设在此操作前，界面上显示的是"ST04"，按一次【刀位选择】按键后，界面上将显示为"ST01"，即循环显示。

图 9-4　辅助机能图

图 9-5　四工位刀架

b. 换刀：手动操作界面上"辅助机能"下面的"CT"值表示当前加工位置处的刀号，若"CT"值不等于"ST"值，在【手动】方式下，按一次【刀位转换】键，刀架会顺时针转动一个刀位，再按一次【刀位转换】键，刀架再转一个刀位，直至"CT"值等于"ST"值为止，换刀完毕。例如：设此时"CT01"、"ST03"，预将 03 号刀具换至当前加工位置，需要按两次【刀位转换】键，之后显示"CT03"、"ST03"。

注意：换刀时应避免与工件、尾座等处发生碰撞。

④ 主轴启停及速度选择。【手动】方式下，按下【主轴正转】（或【主轴反转】）按钮，主电机正转（反转），按下【主轴停止】按钮，主电机停止运转。主轴转速可通过主轴倍率【＋】、【100％】和【－】按键增减百分比。

⑤ 冷却液开/关。按下【冷却液开/关】按钮，冷却液开，此开关是带锁开关。再按【冷却液开/关】按钮松开此开关，冷却液关。

9.3　试切对刀操作

9.3.1　绝对刀偏法——多刀试切，自动设置刀偏值（推荐使用此方法对刀）

其对刀步骤如下：系统必须先回零。

① 装夹好刀具，例如欲对 4 号刀，手动将 4 号刀转至当前加工位置，即显示"CT04"。装夹好加工工件。

② 在主菜单中依次按下"MDI F4"→"刀偏表 F2"，数控系统显示刀偏表界面，如图 9-6所示。

③ 主轴低速正转至 200～300r/min。

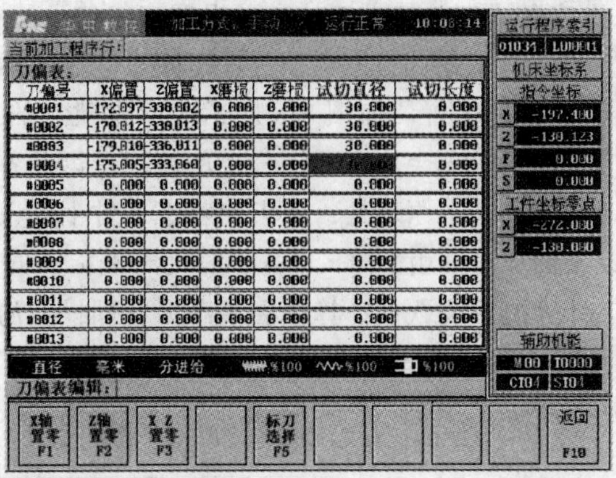

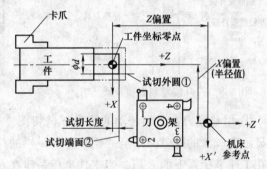

图 9-6 刀偏表界面

④ 如图 9-7 所示，试切外（内）圆：慢速切削外圆后，X 轴不动，Z 向退离工件，主轴停转。用卡尺测量试切处的直径，再用上下左右等光标键移动蓝色亮条至"♯0004"一栏的"试切直径"处，按【Enter】键，输入测得值，例如测得试切直径为 40，则输入"40"。再按【Enter】键确认，此时，"♯0004"一栏的"X 偏置"处会自动计算并存储工件零点的 X 轴的机床坐标值，即相对于机床参考点的 X 方向零点偏置——绝对刀偏置。

⑤ 试切右端面：如图 9-7 所示，主轴正转，慢速切削右端面后，Z 轴不动，X 向退离工件，主轴停转。用上下左右等光标键移动显示窗口上的蓝色亮条至"♯0004"一栏的"试切长度"处，按【Enter】键，输入右端面在工件坐标系下的 Z 值。当工件坐标系建在右端面时，则输入"0"值；如果工件坐标系建在左端面，已知零件长 60mm，

图 9-7 试切法对刀示意图

则输入"60"。再按【Enter】键确认，此时，"♯0004"一栏的"Z 偏置"处会自动计算并存储工件零点的 Z 轴的机床坐标值，即相对于机床原点的 Z 方向零点偏置——绝对刀偏置。

此种对刀方法，在编程时，只需在程序开头编入 T×××× 即可建立工件坐标系。例如进行的是 4 号刀的对刀操作，则编程时，只需在程序开头编入 T0404。第一个 04 是刀具号，第二个 04 是刀偏号。刀具号和刀偏号可以一致也可以不一致，为了防止操作者记错，通常取两者相同。

X 偏置（直径值）计算公式：

$$X_{偏置值} = X_{试切外圆的机床坐标值}（直径值） - 试切直径 \phi d$$

Z 偏置计算公式：

$$Z_{偏置值} = Z_{试切端面的机床坐标值} - 试切长度$$

采用上述方法可以分别进行多把刀的对刀操作，各刀之间是独立的关系。

优点：当工件和刀具都没有重新装夹时，即使机床重新开启或中途出现了"急停"状态，也不需重新对刀，只需【回参考点】后，将"X 偏置"和"Z 偏置"用【Enter】键确认即可。

9.3.2　相对刀偏法——选定基准刀为标准刀，自动设置刀偏值

由于各刀装夹在刀架的 X、Z 方向的伸长和位置不同，当非基准刀转位到当前加工位置时，刀尖位置 B 相对于 A 点就有偏置，如图 9-8 所示，原来建立的工件坐标系就不再适用了。此外，每把刀具在使用过程中还会出现不同程度的磨损，因此各刀的刀偏值和磨损值需要进行补偿。获得各刀刀偏值的基本原理是：各刀均对准工件上某一基准点，比如图 9-7 的试切外圆与端面的交点或工件原点，由于 CRT 显示的机床坐标不同，因此将非基准刀在该点处的机床坐标通过人工计算或系统软件计算减去基准刀在同样点的机床坐标，就得到了各非基准刀的刀偏值。

如图 9-9 所示，对刀步骤如下。

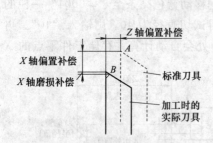

图 9-8　刀具偏置和磨损补偿

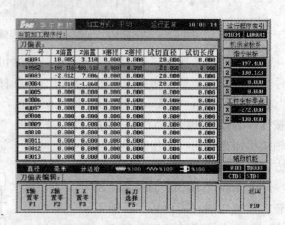

图 9-9　设置标刀的刀偏表界面

① 用基准刀在主轴转动的情况下试切图 9-7 中工件右端面②，用上下左右等光标键移动显示窗口上的蓝色亮条至"♯0002"一栏的"试切长度"处，按【Enter】键，输入右端面在工件坐标系下的 Z 值。当工件坐标系建在右端面时，则输入"0"值。再按【Enter】键确认；试切工件外圆①，X 轴不动，Z 向退离工件，主轴停转。用卡尺测量试切处的直径，再用上下左右等光标键移动蓝色亮条至"♯0002"一栏的"试切直径"处，按【Enter】键，输入测得值 ϕD，例如测得试切直径为 20，则输入"20"，再按【Enter】键确认。

② 用光标键移动蓝色亮条对准 2 号基准刀的刀偏号♯0002 位置处，按 F5 键设置 2 号刀为标刀，则所在行变成红色亮条。

③ 退刀，选择非基准刀的刀号手动换刀，让各非基准刀的刀尖分别在主轴转动情况下通过手动方式对准工件右端面②和外圆①，并分别在相应刀偏号的"试切直径"栏和"试切长度"栏内输入 ϕD 和 0，则各非基准刀的刀偏置会在"X 偏置"、"Z 偏置"栏处自动显示。

相对刀偏法在加工程序编制上只需要用标刀的 T×××× 建立工件坐标系，换其他刀具时不必取消刀补。

9.4　MDI 操作

9.4.1　手动数据输入——MDI 的运行与清除

（1）MDI 运行

在主菜单中依次按下"MDI F4"→"MDI 运行 F6"，数控系统显示 MDI 运行界面，如图

9-10 所示。可以在命令行输入一个程序段，并按【Enter】键确认；工作方式切换至【自动】，按下【循环启动】键，系统执行这一段程序。

（2）MDI 清除

系统正在执行 MDI 指令时，按下"MDI 清除 F7"，系统将停止 MDI 运行，清除前面输入的数据。

9.4.2　坐标系参数输入

功能：设置 G54～G59 的参数，是建立工件坐标系的另一种方法。但不推荐使用。

操作前提：机床开机后已执行【回参考点】操作，且中间没有"急停"状态出现，否则先【回参考点】，再对刀。

① 在主菜单中依次按下"MDI F4"→"坐标系 F4"，系统将显示 G54 坐标系界面，如图 9-11 所示。按【Page Down】键、【Page Up】键或快捷键 F1～F8，窗口可切换至 G55～G59 等坐标系界面。例如，图形显示窗口显示 G54 坐标系。

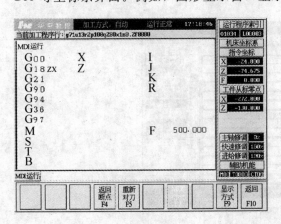

图 9-10　MDI 运行界面

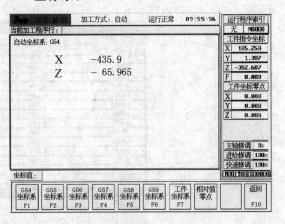

图 9-11　G54 坐标系界面

② 主轴低速正转至 200～300r/min。

③ 试切右端面：慢速切削右端面后，记录下此时的 Z 轴机床坐标值。退离工件。

④ 试切外（内）圆：慢速切削外圆后，记录下此时的 X 轴机床坐标值。退离工件，主轴停，用卡尺测量试切处的直径，记录下来。

⑤ 计算工件坐标原点在机床坐标系下的坐标值：

Z 值＝记录下的右端面的机床坐标值 Z－右端面在工件坐标系的 Z 值

X 值＝记录下的试切外圆机床坐标值 X－卡尺测量的试切直径

例如：工件坐标系建在右端面，试切右端面时的机床坐标值 Z 显示－386.2，试切外圆时的机床坐标值 X 显示－249.58，卡尺测量的试切处的直径为 ϕ38.6，由公式得

Z 值＝－386.2－0＝－386.2；X 值＝－249.58－38.6＝－288.18

再如：工件坐标系建在左端面，零件长度 40，其他同上，由公式得

工件坐标原点的 Z 值＝－386.2－40＝－426.2

工件坐标原点的 X 值＝－249.58－38.6＝－288.18

⑥ 在命令行输入上一步计算出的工件坐标系原点的绝对值，并按【Enter】确认。因为

G54～G59 设置的是机床零点在工件坐标系的坐标值。

如上例，G54 显示窗口：工件坐标系建在右端面时，在命令行输入 $X-288.18 Z-386.2$ 按【Enter】确认；工件坐标系建在左端面时，在命令行输入 $X-288.18 Z-426.2$ 按【Enter】确认。

此种对刀方法，在编程时，只需在程序开头编入 G54～G59 即可建立工件坐标系。一个 G54～G59 参数只能对应一把刀具，程序运行之前，先把刀具手动或 MDI 方式换到加工位置，因为 G54 没有换刀功能，如果既有 G54 又有 T 指令，系统执行 T 指令后不再执行 G54，两者不能同时有效。

9.4.3　刀具参数输入

功能：设置刀具长度、刀具半径和刀尖号等参数。

① 在主菜单中依次按下"MDI F4"→"刀补表 F3"，系统将显示刀补表界面，如图 9-12 所示。

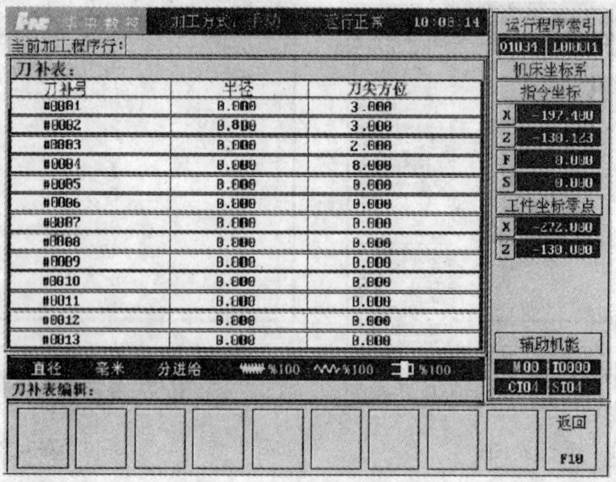

图 9-12　刀补表界面

② 移动蓝色的亮条选择要修改的选项，并按【Enter】，输入新值，再按【Enter】确认。

③ 按"Esc"键退出。

例如：镗刀（T0303）在模拟加工时，为了增加真实感，可将其刀尖方位编码设置为 2。在"刀补表"界面中，移动蓝色的亮条至"♯0003"一栏的"刀尖方位"处，按【Enter】，输入 2，再按【Enter】确认。

9.5　程序输入

在主菜单中按下"程序编辑 F2"，系统显示如图 9-13 所示的编辑子菜单。

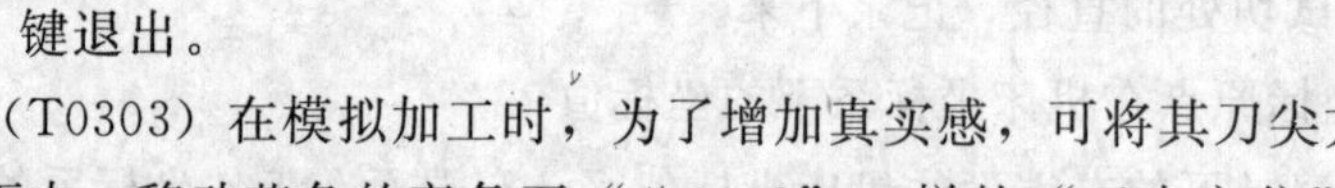

图 9-13　程序编辑子菜单

9.5.1 文件管理

用上下左右等光标键选择操作选项，用【TAB】键移动蓝色亮条，按提示可进行的操作类似于计算机上的 DOS 操作。

9.5.2 选择编辑程序

① 磁盘程序：用于选择保存在硬盘上的文件。用上下光标键选择程序。

② 当前通道正在加工的程序：用于快捷选择刚加工完毕或自动加工运行出错的程序。注意：对于运行出错的程序，应先停止运行，再进行修改。

其他功能略。

9.6 自动加工

9.6.1 程序校验

① 设定毛坯尺寸：点击"毛坯尺寸"菜单，按窗口提示"外径、内径、长度、内端面"输入相应值，回车后屏幕显示二维毛坯图形。用【PageUp】、【PageDown】可调节显示比例。设一毛坯为直径 40 的实心棒料，长度 80，工件坐标系建在零件的右端面，则应输入 40、0、80、−80。如果工件坐标系建在零件的左端面，零件长 50，则应输入 40、0、80、−30。

② 设置刀尖方位编码：详见"刀具参数输入"一节。

③ 为了防止操作错误造成危险，通常先在【手动】方式下，按下【机床锁住】键将机床锁住。

④ 工作方式再选择：【自动】，在主菜单中依次按下"自动加工 F1"→"程序选择"，选出需要运行的程序，按【Enter】确认。

⑤ 点击"程序校验"，按下【循环启动】键，屏幕显示程序快速运行的轨迹。

9.6.2 模拟加工

① 工作方式选择【手动】，按下【机床锁住】键将机床锁住。

② 工作方式选择【自动】，在主菜单中依次按下"自动加工 F1"→"程序选择"，选出需要运行的程序，按【Enter】确认。

③ 按【循环启动】，屏幕显示二维毛坯图形及刀具运动的轨迹线，刀具运动速度为指令速度，常用于校验程序。

9.6.3 自动加工

工作方式选择：【自动】。

① 如图 9-3 所示，点击主菜单中的"自动加工"。

② 选择加工程序：点击子菜单中的"程序选择"，选出加工程序，按【Enter】确认。注意：每次修改后的程序必须重新进行"程序选择"，否则，系统将运行修改前的程序，即缓存中的程序需要刷新。

③ 按【循环启动】。

9.6.4 重新运行

点击"重新运行 F4"可以重新运行刚刚运行过的加工程序。

9.6.5　保存/恢复断点

操作前提：回零。

① 保存断点：在自动运行过程中，在一个合适的退刀点按下"进给保持"键，进入暂停状态，点击"停止运行"，按提示输入"N"，点击"保存断点"，按照提示输入文件名，如按【Enter】确认。关机。

② 恢复断点：开机并回零，点击"自动加工"，选择加工程序，点击"恢复断点"，用上下光标键选择断点文件，如 O1111.BP1，按【Enter】确认，按照提示"自动进入 MDI 方式"输入"Y"，手动坐标轴到断点附近，以免碰撞。依次点击"MDIF4"→"MDI 运行 F6"→"返回断点"，工作方式切换至【自动】，按下【循环启动】键，等机床完成断点恢复后，"返回"，再按下【循环启动】键，继续运行后续程序段。

9.6.6　单段运行——循环启动

工作方式选择：【单段】，即程序每运行一程序段后加工停止，必须再按一次【循环启动】，方可执行下一段，其他操作同自动加工。常用于校验程序。

9.6.7　显示报警信息

如果在系统启动或在加工的过程中出现了错误（即系统标题栏上的"运行正常"变为"出错"，同时不停地闪烁）时，可以查看报警信息。在主菜单中依次按下"故障诊断 F3"→"报警显示 F6"，数控系统显示报警信息界面，如图 9-14 所示。

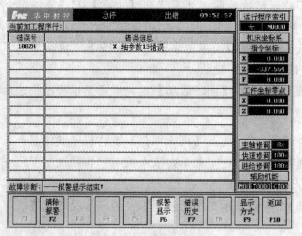

图 9-14　报警信息界面

9.7　其他操作

9.7.1　显示方式切换

① 显示模式：可在正文、大字符、ZX 平面图形、坐标值联合显示之间切换。

② 显示值：可在指令位置、实际位置、剩余进给等之间切换。

③ 坐标系：可在机床坐标系、工件坐标系和相对坐标系之间切换。

9.7.2　加工过程工件的质量监控

① 加工过程中，观察主轴的转速及进给量是否合适，可通过主轴转速倍率和进给倍率

进行调整。

　　② 在批量生产中，应尽量使加工零件的尺寸处于公差带的中部。

　　③ 零件加工完毕后，对于重要的尺寸应在工件未卸下之前进行测量，若尺寸超差，可采取措施补救。例如，零件加工后测得的直径比图样尺寸大了 0.2mm，可在"刀偏表"中"X 磨损"一栏填入"－0.2"，而正常情况下，磨损值应为"0"。

单元 10　数控加工仿真操作（宇龙仿真系统）

数控仿真系统是基于虚拟现实的仿真软件。本单元以宇龙数控仿真系统为平台，讲述数控加工的仿真操作。

10.1　零件图及其工艺分析

如图 10-1 所示，此零件材料为 45 钢，毛坯为 $\phi100\text{mm}\times135\text{mm}$（内径 25mm），由于工件上有锥面、椭圆面端面凹槽、螺纹以及圆弧面，所以该零件无论建模还是造型都具有一定难度。在加工过程中首先夹持工件右端，加工左端，然后掉头，装夹时采用一夹一顶，加工右端。

该工件的数控加工工艺卡如表 10-1 所示。可以利用 CAXA 数控车 XP 自动编程或者手工编程，完成工件加工程序的编制。本例利用手工编程编制了工件右端外轮廓的加工程序，其余程序请读者自己编制。

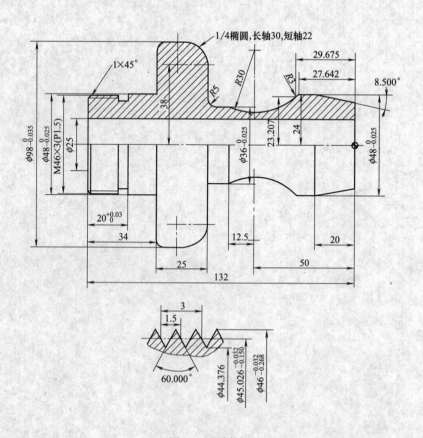

图 10-1　零件图

表 10-1　数控加工工艺卡

序号	工艺内容	刀号	刀具规格	刀尖半径/mm	主轴转速/(r/min)	进给速度/(mm/min)	背吃刀量/mm
1	粗加工左端外轮廓	1	93°菱形外圆车刀	0.4	1000	150	2
2	精加工左端外轮廓	2	75°菱形外圆车刀	0.2	1500	120	0.2
3	车左端外圆沟槽	3	5mm	0.1	500	80	2
4	车左端外螺纹	4	60°	0.1	500		0.5
5	掉头,粗车右端外轮廓	1	93°	0.4	1000	150	3
6	精车右端椭圆以及端面	2	75°	0.2	1200	120	0.2

10.2　选择机床及机床回零

　　① 单击 Windows 系统"开始"菜单，单击"程序"下级的"数控加工仿真系统"下级的"加密锁管理程序"，启动加密锁，再单击"数控加工仿真系统"下级的"数控加工仿真系统"，启动仿真软件。

　　单击主菜单"机床"下级的"选择机床"，系统弹出如图 10-2 所示"选择机床"对话框，这里选择 FANUC 0i 控制系统，标准（斜床身后置刀架）车床类型。

　　② 激活机床。点击【急停】旋钮，点击【启动】按钮，系统正常上电。

　　③ 回参考点。单击【回原点】按钮选择回原点方式，依次单击"X"、"+"，等待"X原点灯"亮以后，依次单击"Z"、"+"，等到"Z原点灯"亮时，完成回参考点操作。

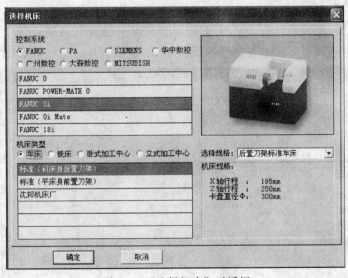

图 10-2　"选择机床"对话框

10.3　工件的定义与安装

　　（1）定义毛坯

　　单击主菜单"零件"下级的"定义毛坯"，系统弹出如图 10-3 所示"定义毛坯"对话框，如图定义毛坯尺寸。

　　（2）放置毛坯

　　单击主菜单"零件"下级的"放置零件"，在系统弹出的对话框中选择刚才定义的毛坯，单击【安装零件】，弹出工件移动控制按钮，如图 10-4 所示，可以单击左右移动箭头移动毛坯，单击【退出】，完成工件的装夹，如图 10-5 所示。

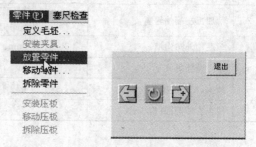

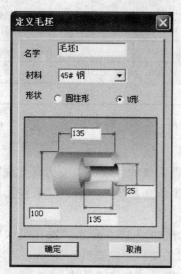

图 10-3　"定义毛坯"对话框

图 10-4　放置毛坯

图 10-5　工件装夹完成图

10.4　刀具的选择与安装

　　单击主菜单"机床"下级的"选择刀具"，系统弹出如图 10-6 所示的"刀具选择"对话框，首先选择刀位比如 1 号，接着选择刀片比如 55°菱形刀片，然后依次选择刀片名称、选

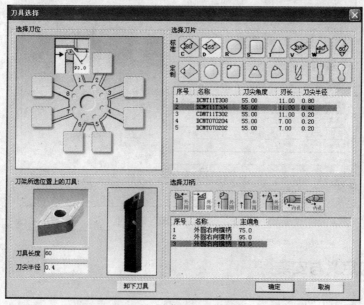

图 10-6　"刀具选择"对话框

择刀柄以及主偏角，则所选择的刀具会自动放到 1 号刀位上。其他刀具参见表 10-1 选刀，过程同 1 号刀，最后单击【确定】，刀具选择并安装完毕。

10.5　手动试切对刀

（1）试切外圆

单击主菜单"视图"下级的"俯视图"，单击操作面板上的【手动】按钮，选择手动方式，单击【主轴正转】按钮使主轴正转，移动 X、Z 轴使刀具接近工件，单击鼠标左右键将进给倍率调至 10% 左右试切外圆，如图 10-7 所示。保证 X 轴不动，沿 +Z 向退刀，单击【主轴停止】按钮，如图 10-8 所示。

图 10-7　试切外圆

图 10-8　+Z 向退刀

（2）测量工件

单击主菜单"测量"下级的"剖面图测量"，在弹出的对话框中选择【否】，系统弹出如图 10-9 所示的工件测量界面。

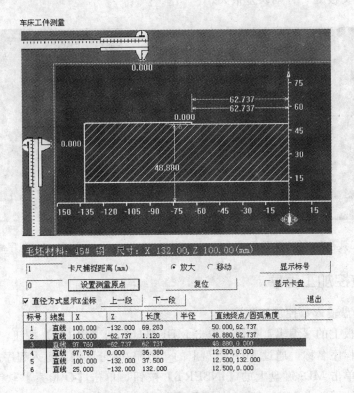

图 10-9　车床工件测量对话框

单击界面中刚刚车削的外圆面，读取并记录直径值，此处为 97.760，单击【退出】按钮退出该对话框。

（3）存储形状补偿值

单击 MDI 键盘上的【OFFSET SETING】按钮，在如图 10-10 所示的界面中，通过 MDI 键盘上的上下左右箭头键移动光标，使之移至番号 01 的 X 处，键入 X97.760，单击软键【测量】，则 CRT 显示器上番号 01 的 X 值自动计算并存储。

（4）试切端面并存储补偿值

同样，单击【主轴正转】按钮，移动机床各轴切削端面，然后保持 Z 轴不动，沿 +X 向退刀，单击【主轴停止】。在如图 10-10 所示的界面中，移动光标至番号 01 的 Z 处，键入 Z0，单击软键【测量】，则 CRT 显示器上番号 01 的 Z 值自动计算并存储。

（5）刀尖圆弧半径和刀尖方位编码的输入

在如图 10-10 所示界面中，光标移至番号 01 的 R 处，键入 0.4，按软键【输入】或 MDI 键盘上的【INPUT】，即完成刀尖圆弧半径的输入，同样在刀尖方位编码 T 处，输入 3。

（6）其他刀具的对刀

① 换刀。单击操作面板上的【MDI】按钮选择手动数据输入方式，单击 MDI 键盘上的【PROG】按钮，CRT 界面转入到"程式（MDI）"界面，通过 MDI 键盘比如键入 T0202，单击【INSERT】按钮，单击【循环启动】按钮，T2 换刀完成。

② 按照上述方法，将每一把刀具依次对刀，试切端面时最好缓慢靠在 1 号刀的切削端面，试切外圆时可分别切削、测量。注意，螺纹刀对刀时，一定要用刀尖对刀，刀尖缓慢靠在外圆与端面的交棱处，否则误差很大。

图 10-10　工具补正/形状界面

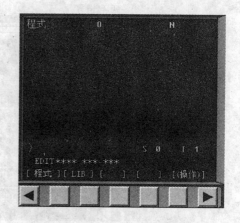

图 10-11　程序编辑界面

10.6　输入数控加工程序

（1）MDI 键盘输入数控加工程序

单击操作面板上的【编辑】按钮，单击 MDI 键盘上的【PROG】按钮，单击【LIB】软键，查看已有的程序名称，通过 MDI 键盘上的"数字/字母"键，键入程序库中没有的程序名比如 O0007，单击 MDI 键盘上的【INSERT】按钮，单击【O 检索】软键，进入新程序输入界面。每行结尾单击 MDI 键盘上的【EOB】，单击【INSERT】按钮，系统自动输入并存储数控加工程序。

（2）MDI 键盘修改数控加工程序

单击操作面板上的【编辑】按钮，单击 MDI 键盘上的【PROG】按钮，单击【LIB】软键，查看已有的程序名称，通过 MDI 键盘上的"数字/字母"键，键入程序库中没有的程序名比如 O0007，单击【O 检索】软键，CRT 显示该程序内容。比如键入 M03，单击【检索↓】软键，可进行向下的"M03"搜索，同样【检索↑】向上搜索；比如键入 M04，单击 MDI 键盘上的【ALTER】，可以将光标处的程序字改成"M04"；比如单击 MDI 键盘上的【DELETE】，可以将光标处的程序字删除。

（3）导入数控加工程序

以左端外轮廓粗、精车为例，说明数控加工程序的导入操作步骤。

① 单击操作面板上的【编辑】按钮，单击 MDI 键盘上的【PROG】按钮，CRT 界面转入到编辑状态，如图 10-11 所示。

② 单击【操作】软键菜单，单击向右箭头按钮，单击【READ】软键，通过 MDI 键盘上的"数字/字母"键，键入程序名比如 O0007，单击【EXEC】软键，屏幕出现"标头 SKP"字样，单击主菜单【机床】下级的【DNC 传送】，在弹出的对话框里，单击"搜索"文件夹的下拉箭头改变文件夹位置，单击事先编好的数控加工程序，单击【打开】，则程序即被导入数控系统。

或者单击【操作】软键菜单，单击向右箭头按钮，单击【F 检索】软键，在弹出的对话框里，单击事先编好的数控加工程序，单击【READ】软键，通过 MDI 键盘上的"数字/字母"键，键入程序名比如 O0007，单击【EXEC】软键，完成数控加工程序的导入。

（4）仿真加工

将数控加工程序导入数控系统后，单击操作面板上的【自动运行】按钮，再单击【循环启动】按钮，机床开始自动加工，直至完成。

① 左端仿真加工。加工顺序：外轮廓粗、精车；车左端外沟槽；车左端外螺纹，最终左端仿真加工的效果如图 10-12 所示。

② 右端仿真加工。单击主菜单"零件"下级的"移动零件"，弹出工件移动控制按钮，单击中间的旋转工具将工件掉头装夹。单击如图 10-9 所示的工件测量界面中"显示卡盘"左侧的选项框，出现"√"，观察工件外伸长度是否合适，单击【退出】，单击主菜单"零件"下级的"移动零件"，左右移动工件，保证外伸长度至少 98mm。如图 10-13 所示。

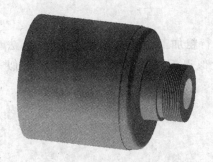

图 10-12　左端仿真加工效果图

图 10-13　掉头装夹图

进行对刀操作，并手动车削端面，保证工件总长度 132mm。

将数控程序导入系统，完成右端外轮廓的自动加工，仿真效果如图 10-14 所示。
工件最后加工效果如图 10-15 所示。

图 10-14　右端轮廓的加工

图 10-15　仿真加工零件效果图

附：右端轮廓加工程序

O0006；

G99 G21 G40；

T0202；

M03 S800；

G00 X100.0 Z100.0；

M08；

Z2.0；

G73 U30.0 W0.0 R10；

G73 P100 Q200 U0.5 W0.0 F0.1；

N100 G00 G42 X42.022 S1500 F0.05；

G01 Z0.0；

X48.0 Z−20.0；

Z−27.642；

G03 X46.414 Z−29.675 R3.0；

G02 X36.0 Z−62.5 R30.0；

G01 Z−68.0；

G02 X46.0 Z−73.0 R5.0；

G01 X76.0；

G03 X98.0 Z−83.0 R10.0；

对椭圆进行粗加工，一般采用四心画椭圆法用圆弧近似逼近，这里用 $R10$ 的圆弧近似逼近

N200 G01 Z−90.0；

G70 P100 Q200；

G00 X100.0 Z−70.0；

G01 X76.0；

Z−73.0；

＃101＝15.0；

＃101 定义椭圆长半轴

N190 ＃102＝＃101 ＊ ＃101；　　　　　＃102 是中间变量

＃103＝11.0 ＊ SQRT ［1－＃102/225.0］；椭圆曲线某一点的短轴方向的坐标值

＃105＝76.0＋2.0 ＊ ＃103；　　　　工件坐标系中的 X 坐标

＃106＝＃101－88.0；　　　　　　工件坐标系中的 Z 坐标

G01 X＃105 Z＃106；

＃101＝＃101－0.1；

N200 IF ［＃101 GE 0.0］GOTO 190；

G00 X100.0 Z100.0；

M05；

M09；

M30；

％

同样，工件左端以及其他加工程序，可以用手工编程或者利用 CAM 软件，比如 CAXA 数控车进行自动编程。

数控车床操作训练项目

操作训练 1　零件加工前后的机床操作训练

训练内容：零件图见操作训练图 1。

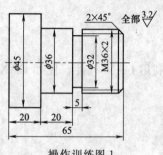

操作训练图 1

（1）数控车床工作前的准备训练

① 数控车床开机前的检查。检查机床各部分结构是否完好，机床台面、护罩、导轨上是否有异物，各操作手柄、限位、挡铁等位置是否正确，安全防护装置是否齐全；检查自动润滑系统油标油量是否充裕，切削液是否充裕，液压系统液压油是否充裕，气压系统中空气压力是否在规定的范围内；检查操作面板上各旋钮是否转动灵活、各按钮是否有卡住现象等。

② 机床开机顺序。按下"急停"，先开机床总电源，再开系统电源。按下急停，先关系统再关机床。详细参见数控车床操作手册。

③ 回零操作。在回零或回参考点方式下，点"+X"、"+Z"，建立机床坐标系。注意：有的系统可以两轴同时回零，有的系统则只能一轴回零完成后再回另一轴。

④ 机床预热。开机后试各部运转是否正常，确信无疑才能正式工作。机床空运行 15min 以上，达到热平衡状态。检查润滑系统工作是否正常，如机床长时间未开动，可先采用手动方式向各部分供油润滑。

⑤ 量具测量。测量毛坯尺寸。会使用游标卡尺、千分尺等量具测量实物，测量姿势基本正确。

⑥ 安装工件。掌握卡爪（正爪、反爪、软爪）的装卸方法，按工艺规程安装找正工件（必要时用百分表等工具找正），工件要夹正，夹牢，保证装夹精度。

⑦ 安装刀具。按选定的刀具将其安装到刀架上，刀具要垫好、放正、夹牢，刀尖高度要符合机床要求。装好工件和刀具后，进行极限位置和干涉检查。

（2）用 T 指令建立工件坐标系的手动对刀操作训练

训练内容：数控系统自选，对刀界面以机床说明书为准。通过下述操作练习理解对刀的实质：建立工件坐标系和机床坐标系之间的联系，存储各把刀具在工件原点的机床坐标值。对刀情况参见操作训练表 1。以下是三种数控系统的对刀界面、一把刀具对刀值的输入流程和数控程序中使用的指令说明。

FANUC 0i 系统：进入"OFFSET SETTING"界面→工具"形状"补正→试切端面时光标移至与刀具号相同的"番号"行，在命令行键入 Z0.5，点击"测量"，系统自动计算相应刀具的"Z"；试切圆柱后沿 +Z 向退刀，主轴停止，测量试切直径值，并在命令行键入 X36（测量值），点击"测量"，系统自动计算存储相应刀具的"X"。程序开头用 T0101，换刀时用 T0202 或 T0303。

华中系统：进入"MDI"→"刀偏表"界面，试切端面时在"试切长度"栏输入 Z0.5，回车后系统自动计算存储相应刀具的"Z 偏置"；试切圆柱时在"试切直径"栏输入 X36（测量值），回车后系统自动计算存储相应刀具的"X 偏置"。程序开头用 T0101，换刀时用 T0202 或 T0303。

SIEMENS802D：在"M"方式下进入"测量刀具"→"手动测量"的"长度 2"界面，试切端面时在"距离"处输 0，在"Z0"处输 0→点"设置长度 2"软键，系统自动计算存储相应刀具的"长度 2"；试切圆柱时切换至"长度 1"界面，点"存储位置"软键，系统自动输入刀具在该位置的机床坐标值，在"距离"处输入 0，在"ϕ"处输入 X36（测量值），点"设置长度 1"软键后系统自动计算存储相应刀具的"长度 1"。程序开头 T1D1，换刀时用 T2D1 或 T3D1。

操作训练表 1　对刀情况

(1)对刀前先回零,机床坐标值显示(0,0)

(2)T1 刀具试切端面

(3)T1 刀具试切外圆

(4)测量试切直径是 36mm

(5)计算工件坐标原点的机床坐标值：

X：$-176.588-36=-212.588$

Z：$-325.445-0.5=-325.945$

(6)T2 刀具靠上试切端面

(7)T2 刀具靠上试切外圆

(8)T3 刀具靠上试切端面和试切外圆的交点

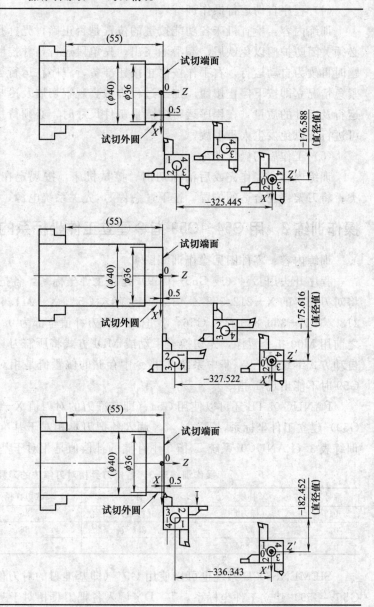

用 T 指令的绝对刀偏法建立工件坐标系，各把刀具补偿值的设置方法如操作训练表 2。

操作训练表 2　各把刀具绝对刀偏法的刀具补偿值

番号 刀偏号	X 补偿＝试切外圆 的机床坐标值 X－试切直径	Z 补偿＝试切端面的机床 坐标值 Z－试切长度	试切 直径	试切长度＝工件坐标系 下试切端面的 Z 坐标
01	－212.588	－325.945	36	0.5
02	－211.616	－328.022	36	0.5
03	－218.452	－336.843	36	0.5

（3）输入并调试修改新程序的操作训练

训练内容：数控系统自选，操作步骤详细参见数控车床操作手册。将程序输入机床后，必须先进行图形模拟，程序准确无误后再进行自动加工。

（4）程序自动运行操作训练

训练内容：检查机床各功能按键的位置是否正确，光标是否在主程序开头。自动运行时必须关闭防护门以免铁屑、润滑油飞出。先单段运行，并控制进给倍率，工件坐标系没有问题时再改为自动运行，右手作按停止按钮准备，程序在运行当中手不能离开停止按钮，如有紧急情况立即按下停止按钮。加工过程中认真观察切屑及冷却状况，确保机床、刀具的正常运行及工件的质量。在程序运行中测量工件尺寸时，必须待主轴停转、程序暂停或停止后方可进行，以免发生人身事故。

（5）工作后的操作训练

训练内容：工作完成后清除切屑、擦拭机床，按规定在加油部位加注润滑油，工具归类；将刀架停在合适的位置，按下"急停"，先关系统电源，再关总电源。

操作训练 2　用 G54～G59 指令建立工件坐标系的手动对刀操作训练

训练内容：零件图见操作训练图 1。

程序开头用 G54（或 G55～G59）建立工件坐标系，各把刀具的对刀步骤同操作训练 1，将对刀获得的 X－212.588 Z－325.945 存入 G54，X－211.616 Z－328.022 存入 G55，X－218.452 Z－336.843 存入 G56，各把刀具的刀补值全部为 0。注意，每把刀具的程序在运行之前用 M00 指令暂停，先切换至手动或 MDI 方式将所需刀具换至当前加工位置，再切换至自动方式继续加工。（华中系统 T 指令中存储的偏置值是相对于参考点的，因此使用 G54～G59 时不能出现 T 指令）

FANUC 0i-TB 还可以使用 G54（即基准刀的对刀值 X－212.588 Z－325.945，或 G55～G59）建立工件坐标系，T××××调入各把刀具相对于基准刀的刀具形状补偿值，见操作训练表 3（FANUC0i 系统 T 指令中存储的补偿值是相对于基准刀的）。

操作训练表 3　各把刀具相对刀偏法的刀具补偿值

番号	X 补偿	Z 补偿	试切直径	试切长度
01	0(标刀)	0(标刀)	36	0.5
02	0.972	－2.077	36	0.5
03	－5.864	－10.898	36	0.5

SIEMENS802D 系统也可以使用 G54（即基准刀的对刀值 X－212.588 Z－325.945，或 G55～G59）建立工件坐标系，T×D×调入各把刀具相对于基准刀的刀具补偿数据，补偿值

参见操作训练表3。

操作训练3　用 G92 或 G50 指令建立工件坐标系的手动对刀操作训练

训练内容：零件图见操作训练图1。注意，这里的程序开头假设用 G92 X100 Z80/ HNC-21T 系统或 G50 X100 Z80/FANUC 系统建立工件坐标系，各把刀具用 T××××换 刀并调用刀补值。

对刀步骤同操作训练1。自动加工之前刀具必须准确停在工件坐标系的 X100 Z80 处，即机床坐标系下的 X−112.558（即−212.588＋100），Z−245.945（即−325.945＋80）处，可以在 MDI 方式下移至该起始点。各把刀具的补偿数据参见操作训练表3。

其他操作同操作训练1。

操作训练4　简单零件加工的机床操作训练

仿照操作训练1进行操作训练图2～图6所示零件的对刀、程序录入、程序调试、模拟加工及实际加工，注意开始用单段方式运行，进给修调和快速修调调低，避免工件坐标系建立错误导致撞刀。

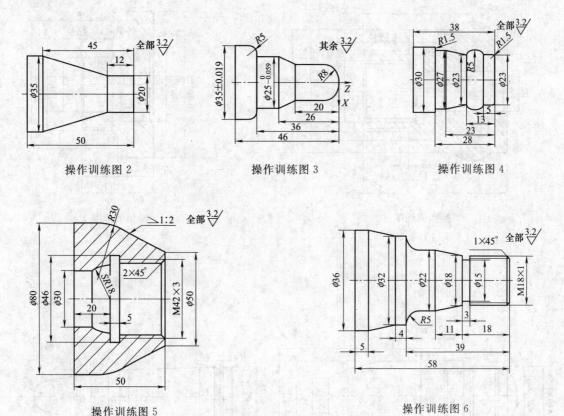

操作训练图2　　　　　操作训练图3　　　　　操作训练图4

操作训练图5　　　　　　　　　操作训练图6

操作训练5　仿真操作训练

训练内容：完成操作训练图7～图14所示零件的车削加工造型（建模），生成加工轨迹，根据所需的数控系统要求进行后置处理，生成 CAM 编程 NC 代码，并进行仿真加工。

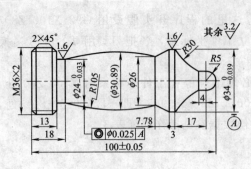

操作训练图 7

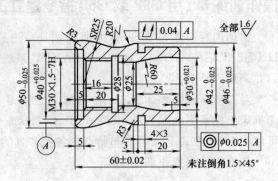

操作训练图 8

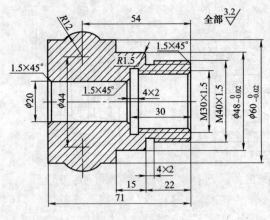

操作训练图 9

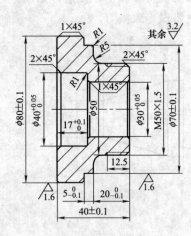

操作训练图 10

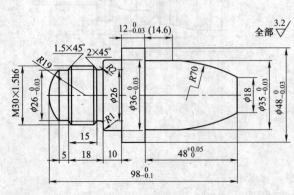

操作训练图 11

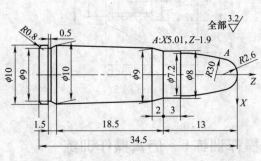

操作训练图 12

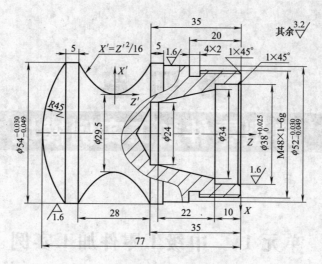

操作训练图 13

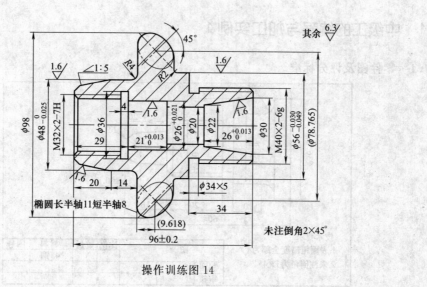

操作训练图 14

第 四 篇

典型零件加工实例模块

单元 11　中级工零件加工实例

11.1　中级工的编程与加工实例 1

11.1.1　零件图及评分标准

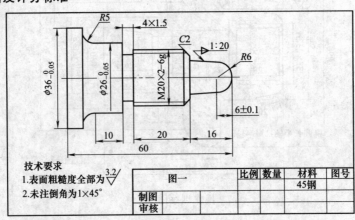

技术要求

1. 表面粗糙度全部为 $\sqrt{}^{3.2}$
2. 未注倒角为 $1 \times 45°$

图一		比例	数量	材料	图号
				45钢	
制图					
审核					

图 11-1　零件图

（1）零件图（如图 11-1 所示）

（2）材料清单（如表 11-1 所示）

表 11-1　材料清单

材料名称	型号规格	数量	备注	材料名称	型号规格	数量	备注
端面车刀	YT15	1		游标卡尺	0～200	1	
外圆车刀	YT15	1		环规	M20×2-6g	1	
三角螺纹刀	YT15	1		圆钢	$\phi40 \times 85$	1	
外切槽刀	$b=4$	1		R 规	R5、R6	各 1	
外径千分尺	25～50	1					

（3）评分表（如表 11-2 所示）

表 11-2　实例 1 的评分表

项目名称				总得分			
时间定额		2h		实际用时			
项目		检测内容	配分	评分标准		实测	得分
外圆直径	$\phi26$	尺寸	4	超差 0.01 扣 2 分			
		$R_a3.2$	3	$R_a>3.2$ 扣 2 分 $R_a>6.3$ 全扣			
	$\phi36$	尺寸	4	超差 0.01 扣 2 分			
		$R_a3.2$	3	$R_a>3.2$ 扣 2 分 $R_a>6.3$ 全扣			
	$\phi20$	尺寸	4	超差 0.01 扣 2 分			
螺纹	M20×2 止通规检查		10	止通规检查不满足要求不得分			
	$R_a3.2$		3	$R_a>3.2$ 扣 2 分 $R_a>6.3$ 全扣			
圆锥	1∶20	尺寸	5	超差 0.01 扣 2 分			
		$R_a3.2$	3	$R_a>3.2$ 扣 2 分 $R_a>6.3$ 全扣			
圆弧	R5	尺寸	3	圆弧错误不得分			
		$R_a3.2$	3	$R_a>3.2$ 扣 2 分 $R_a>6.3$ 全扣			
	R6	尺寸	3	圆弧错误不得分			
		$R_a3.2$	3	$R_a>3.2$ 扣 2 分 $R_a>6.3$ 全扣			
倒角	3 处倒角		3	未倒角不得分			
退刀槽	4×1.5		2	超差不得分			
长度	3 个长度尺寸		4	一处错误扣 1 分			
程序编写			30	一处错误或工艺不合理扣 5 分			
安全文明生产			10	按有关规定每违反一项扣 3 分,发生重大事故 取消考试资格			
加工时间	超过定额时间 10min 扣 5 分,超过定额时间 15min 扣 10 分,超过定额时间 20min 以上 则停止考试						

11.1.2　制定数控加工工艺方案

该零件主要由外圆、圆弧、圆锥面、外螺纹、外槽组成，下面对其进行综合工艺分析：

① 观察图形无同轴度要求，毛坯长度适中，可采用普通三爪卡盘夹持；

② 打表找正工件；

③ 粗精加工外轮廓，至精度要求；

④ 车螺纹退刀槽；

⑤ 粗精车螺纹，加工至通规通、止规止。

11.1.3　编写数控加工程序

按 FANUC 0i 系统编写的参考程序如下。

```
O0001;                   程序名
S800 M03;                定义转速
T0101;                   选择 1 号刀具
G99 G00 X40 Z2;          定义循环起始点，转进给
G71 U2.5 R1;             外轮廓粗加工
G71 P1 Q2 U0.5  W0.1 F0.2;
G00 X0;
N1 G01 G42 Z0 F0.1;
G03 X12 Z-6 R6 F0.08;
G01 X12.5 Z-16;
X16;
X20 Z-18;
Z-40;
X26;
Z-50;
G02 X36 Z-55 R5 F0.05;
G01 Z-62;
N2 G40 X41;
M03 S960;                变速
G70 P1 Q2;               外轮廓精加工
G00 X150 Z150;           回换刀点
T0202;                   换切槽刀（b=4mm）
M03 S450;                选择转速
G00 X27 Z-40;            快速定位
G01 X17 F0.03;
G04 X3;                  延时 3s
G00 X21;
Z-39;
G01 X17 F0.02;
G04 X3;
G01 Z-39.5 F0.01;
G00 X27;
X150 Z150;               回换刀点
T0303;                   选择螺纹刀，加工螺纹
M03 S640;                选择转速
G00 X22 Z-12;            定义循环起始点
G92 X19.2 Z-38 F2;       加工螺纹
```

X18.8;

X18.2;

X17.8;

X17.6;

X17.4;

G00 X150 Z150 M05；主轴停止

M30；　　　　　　　程序结束

11.2　中级工的编程与加工实例 2

11.2.1　零件图及评分标准

（1）零件图（如图 11-2 所示）

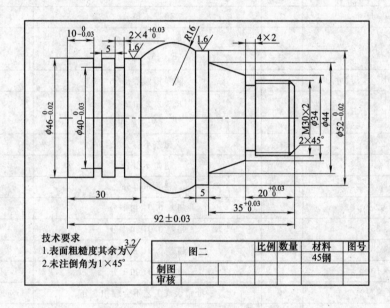

图 11-2　零件图

（2）材料清单（如表 11-3 所示）

表 11-3　材料清单

材料名称	型号规格	数量	备注	材料名称	型号规格	数量	备注
端面车刀	YT15	1		游标卡尺	0～200	1	
外圆车刀	YT15	1		环规	M30×2-6g	1	
三角螺纹刀	YT15	1		圆钢	$\phi 60×95$	1	
外切槽刀	$b=3.5$	1		R 规	R16	1	
外径千分尺	25～50	1					

（3）评分表（见表 11-4）

表 11-4 实例 2 的评分表

项目名称				总得分		
时间定额		2.5h		实际用时		

项目	检测内容		配分	评分标准	实测	得分
外圆直径	$\phi52$	尺寸	10	超差 0.01 扣 2 分		
		$R_a3.2$	4	$R_a>3.2$ 扣 2 分 $R_a>6.3$ 全扣		
	$\phi46$	尺寸	4	超差 0.01 扣 2 分		
螺纹	M20×2 止通规检查		10	止通规检查不满足要求不得分		
	$R_a3.2$		4	$R_a>3.2$ 扣 2 分 $R_a>6.3$ 全扣		
圆锥	尺寸		3	错误不得分		
	$R_a3.2$		2	$R_a>3.2$ 扣 2 分 $R_a>6.3$ 全扣		
圆弧	R16	尺寸	3	圆弧错误不得分		
		$R_a3.2$	3	$R_a>3.2$ 扣 2 分 $R_a>6.3$ 全扣		
外槽	$2\times4^{+0.03}_{0}$		4	超差不得分		
	$\phi40^{0}_{-0.03}$		3	超差不得分		
退刀槽	4×2		2	超差不得分		
长度	92±0.03		2	超差 0.01 扣 1 分		
	$35^{+0.03}_{0}$		2	超差 0.01 扣 1 分		
	$20^{+0.03}_{0}$		2	超差 0.01 扣 1 分		
	$10^{0}_{-0.03}$		2	超差 0.01 扣 1 分		
程序编写			30	一处错误或工艺不合理扣 5 分		
安全文明生产			10	按有关规定每违反一项扣 3 分，发生重大事故取消考试资格		
加工时间			超过定额时间 10min 扣 5 分，超过定额时间 15min 扣 10 分，超过定额时间 20min 以上则停止考试			

11. 2. 2 制定数控加工工艺方案

该零件主要由外圆、外螺纹、外槽组成，下面对其进行综合工艺分析：

① 夹外圆右端，车平左端面；

② 左端外圆粗加工，加工至外圆处，精加工各档外圆；

③ 加工 2×4 两处外槽，至精度要求；

④ 掉头夹 $\phi46$ 的外圆，打表找正，平端面控制总长；

⑤ 粗精车螺纹外圆和锥面，精加工至尺寸要求；

⑥ 车螺纹退刀槽；

⑦ 车螺纹，加工至通规通、止规止。

11.2.3 编写数控加工程序

按 FANUC0i 系统编写的参考程序如下。

```
O0001；                        工件左侧
G54 G99 G40；
S600 M03；
M08；
T0101；                        端面刀
G00 X65 Z0；
G01 X－1 F0.2；
G00 X150 Z150；
T0100；
T0202；                        93°外圆刀
G00 X65 Z3；
G73 U5 W0 R4；
G73 P1 Q2 U0.5 W0.1 F0.2；
N1 G00 X28；
G01 X46 Z－1 F0.1；
Z－30；
G03 X52 Z－52 R16 F0.1；
G01 Z－58 F0.1；
N2 G00 X65；
S1400 M03；
G70 P1 Q2；
G28 U0 W0；
T0200；
T0303；                        $b$＝3.5mm 外槽切刀
S450 M03；
G00 X50 Z－13.75；
G01 X40.1 F0.05；
G00 X47；
Z－12.5；
G01 X45 Z－13.5 F0.1；
X40；
G00 X47；
Z－15；
G01 X45 Z－14；
X40；
Z－13.6；
G00 X47；
```

Z－22.75；

G01 X40.1 F0.05；

G00 X47；

Z－21.5；

G01 X45 Z－22.5 F0.1；

X40；

G00 X47；

Z－24；

G01 X45 Z－23；

X40；

Z－22.6；

G00 X50；

M09；

T0300；

M05；

M30；

O0002；   工件右侧

G54 G99 G40；

S600 M03；

M08；

T0101；   端面刀

G00 X65 Z0；

G01 X－1 F0.2；

G00 X150 Z150；

T0100；

T0202；   93°外圆刀

G00 X60 Z3；

G71 U2 R1；

G71 P1 Q2 U0.5 W0.1 F0.2；

N1 G00 X19.8；

G01 X29.8 Z－2 F0.15；

Z－20；

X34；

X44 Z－35 F0.1；

X51；

N2 X53 Z－36；

S1400 M03；

G70 P1 Q2；

G28 U0 W0；

T0200；

T0303； $b=3.5$mm 外槽切刀

S450 M03；

G00 X36 Z−20；

G01 X26.1 F0.05；

G00 X32；

Z−17.5；

G01 X28 Z−19.5 F0.1；

X26；

Z−19.9；

G00 X40；

G00 X150 Z150；

T0300；

T0404；

S200 M03；

G00 X35 Z5；

G92 X29.5 Z−18 F2；

X29；

X28.6；

X28.4；

X28.1；

X27.8；

X27.7；

X27.6；

X27.5；

X27.45；

X27.4；

G00 X150 Z150；

T0400；

M05；

M09；

M30；

单元 12　高级工零件加工实例

12.1　薄壁零件的编程与加工实例

薄壁零件已日益广泛地应用在各工业部门，具有重量轻，节约材料，结构紧凑等特点。但由于薄壁零件的刚性差，强度弱，在加工中极容易变形，使零件的形位误差增大，不易保证零件的加工质量。在实际生产中，我们可以利用数控车床高加工精度及高生产效率的特点，并充分地考虑加工工艺，包括工件的装夹、刀具几何参数、程序的编制等对零件加工质量的影响，进一步保证加工精度。

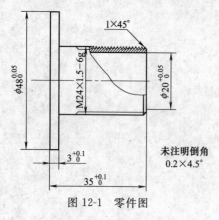

图 12-1　零件图

（2）评分标准（详见表 12-1）

12.1.1　加工零件图及评分标准

（1）零件图

如图 12-1 所示薄壁零件，试分析其数控加工工艺，并手工编制数控加工程序。材料 45 钢，毛坯尺寸：$\phi50 \times 38$。

表 12-1　评分表

工件编号					总得分		
考核项目与配分		序号	考核内容与技术要求	配分	评分标准	检测记录	得分
工件加工（80%）	外轮廓	1	$\phi48^{+0.05}_{0}$	10	每超差 0.01 扣 2 分		
		2	$3^{+0.1}_{0}$	12	每超差 0.01 扣 1 分		
		3	$35^{+0.1}_{0}$	15	每超差 0.01 扣 2 分		
		4	M25×1.5—6g	15	每超差 0.01 扣 2 分		
	内轮廓	5	$\phi20^{+0.05}_{0}$	13	每超差 0.01 扣 2 分		
	其他	6	一般尺寸及其倒角	5	每超差 0.01 扣 2 分		
		7	工件按时完成	5	未按时完成全扣		
		8	工件无缺陷	5	缺陷一处扣 5 分		
工序制定及编程（10%）		9	工序制定合理，选择刀具正确	4			
		10	指令应用合理、得当、正确	3			
		11	程序格式正确，符合工艺要求	3			

续表

工件编号				总得分		
考核项目与配分	序号	考核内容与 技术要求	配分	评分标准	检测记录	得分
现场操作规范 （10%）	12	工具的正确使用	2			
	13	量具的正确使用	3			
	14	刃具的合理使用	3			
	15	设备正确操作和维护保养	2			
安全文明生产 （倒扣分）	16	安全操作	倒扣	出现安全事故停止操作 或酌情扣 5～30 分		
	17	机床整理	倒扣			

12.1.2 制定数控加工工艺方案

（1）影响薄壁零件加工精度的因素

① 易受力变形：因工件壁薄，刚性差，在夹紧力的作用下容易产生变形，从而影响工件的尺寸精度和形状精度。采用如图 12-2（a）所示的装夹方式夹紧工件加工内孔时，在夹紧力的作用下，加工后的内孔会略微变成三角形形状，但是镗孔后得到的仍然是一个圆柱孔，当松开卡爪，取下工件以后，由于弹性变形恢复，外圆恢复成圆柱形，而内孔则变成如图 12-2（b）所示的弧形三边形，而且此时如果用千分尺进行测量，内孔各个方向直径 D 相等，但不是内圆柱面，常常叫做等直径变形面。

② 易受热变形：因工件较薄，切削热会引起工件热变形，使工件尺寸难于控制。尤其是对于线膨胀系数较大的金属薄壁件，如果在一次安装中连续完成半精车和精车，这种影响更加明显，甚至会使工件卡在夹具上。

③ 易振动变形：在切削力（特别是径向切削力）的作用下，容易产生振动和变形，影响工件的尺寸精度、形状、位置精度和表面粗糙度。

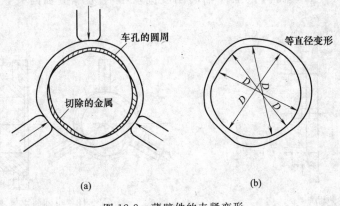

图 12-2　薄壁件的夹紧变形

（2）提高薄壁零件加工精度的方法

① 粗、精车分开进行。粗车时切削余量大，夹紧力稍大些，切削力和切削热也较大，因而工件温升加快，变形较大，粗车后工件应有足够的自然冷却时间，不致使精车时热变形加剧。精车时夹紧力稍小一些，一方面减少夹紧变形，同时还可以消除粗车时因切削力过大

而产生的变形。

② 增大装夹的接触面积，使工件局部受力改变成均匀受力，让夹紧力均匀分布在工件上，不易发生变形。常用的方法有：

a. 利用开缝套筒，如图 12-3 所示。

b. 特制的软卡爪，如大面积软爪、扇形软爪等，如图 12-4 所示。

c. 弹性胀力心轴。靠弹性变形所产生的胀力夹紧工件并进行车削加工。装夹时把工件套在心轴上，拧紧螺帽，使开口套筒轴向移动，心轴锥部使套筒外圆胀大，就可把工件牢固撑紧。这种心轴装卸工件方便，能保证工件的同轴度要求，适于中小型零件的加工。如图 12-5 所示。

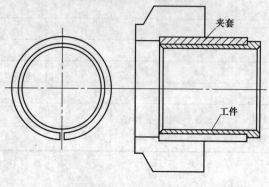

图 12-3　开缝套筒

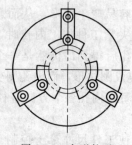

图 12-4　扇形软爪

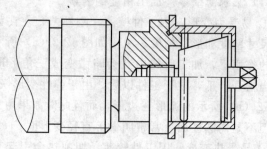

图 12-5　弹性胀力心轴

③ 在装夹部位增加工艺肋。增强此处刚性，使夹紧力作用在工艺肋上，减少工件变形。加工完毕后，再去调工艺肋。如图 12-6 所示。

④ 采用轴向夹紧夹具。工件依靠轴向夹紧套（螺纹套）的端面实现轴向夹紧，由于夹紧力 F 沿工件轴向分布，而薄壁工件轴向刚度高，不容易产生轴向夹紧变形。如图 12-7 所示。

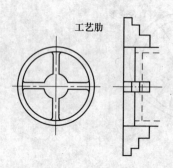

图 12-6　工艺肋

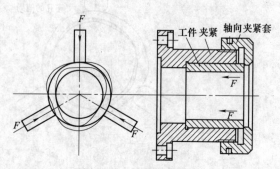

图 12-7　轴向夹紧夹具

⑤ 合理选择刀具的几何参数。精车薄壁工件时，车刀刀柄的刚度要高，车刀的修光刃不能过长（一般取 0.2～0.3mm）刃口要锋利。

a. 选取较大的主偏角（90°～93°），以减少径向切削力。

b. 适当增大负偏角（15°左右），减少副切削刃与工件之间的摩擦，从而减少切削热，有利于减小工件热变形。

c. 适当增大前角（15°～20°），使车刀锋利，切削轻快，排屑顺畅，减少切削力和切削热。

d. 刀尖圆弧半径要小，减小切削力。

e. 选用正的刃倾角 $\lambda_s = 5°～6°$，使切屑排向待加工表面。

⑥ 合理选择切削用量，减小切削深度，转速选择不要太高（防止震动和减小切削热），增加走刀次数，适当提高进给量。

⑦ 充分浇注切削液，降低切削温度，减小工件热变形。

⑧ 采用减震措施，调整好车床各部位的间隙。加强工艺系统的刚性，使用吸震材料，如将橡胶片卷成筒状塞入工件已加工好的内孔中精车外圆，用医用橡胶管均匀缠绕在已加工好的外圆上精加工内孔，都能获得较好的减震效果。

（3）本例工件的工艺分析

从零件图样要求以及材料来看，加工此零件的难度主要有两点。

① 因为是薄壁零件，螺纹部分厚度仅有 4mm，材料为 45 钢，批量较大，既要考虑如何保证工件在加工时的定位精度，又要考虑装夹方便、可靠，而我们通常都是用三爪卡盘夹持外圆或撑内孔的装夹方法来加工，但此零件较薄，车削受力点与夹紧力作用点相对较远，还需车削 M24 螺纹，受力很大，刚性不足，容易引起晃动，因此要充分考虑如何装夹定位的问题。

② 螺纹加工部分厚度只有 4mm，而且精度要求较高。

FANUC 数控系统螺纹编程指令有 G32、G92、G76。G32 编程时程序较长；G92 螺纹切削循环采用直进式进刀方式，如图 12-8 所示，刀具两侧刃同时切削工件，切削力较大，而且排削困难，因此在切削时，两切削刃容易磨损。在切削螺距较大的螺纹时，由于切削深度较大，刀刃磨损较快，从而造成螺纹中径产生误差，但其加工的牙形精度较高；G76 螺纹切削循环采用斜进式进刀方式，如图 12-9 所示，单侧刀刃切削工件，刀刃容易损伤和磨损，由于加工的螺纹面不直，刀尖角发生变化，而造成牙形精度较差。

通过以上对比，本工件的螺纹加工采用 G92、G76 混用进行编程，即先用 G76 进行螺纹粗加工，再用 G92 进行精加工，这样，一方面可以避免因切削量大而产生薄壁变形，另一方面能够保证螺纹加工的精度。

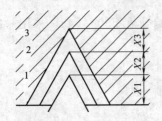

图 12-8　G92 直进式加工

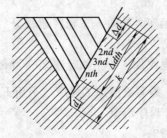

图 12-9　G76 斜进式加工

③ 夹具设计与工件装夹。由于工件较薄，刚性较差，如果采用常规方法装夹工件进行切削加工，将会受到轴向切削力和热变形的影响，工件会出现弯曲变形，很难达到技术要求。因此，此例设计了一套适合零件的专用夹具，如图 12-10 所示。

对夹具结构说明：

a. 件 1 为夹具主体，材料 45 钢，左端被夹持直径为 $\phi 42$，可用来夹持 $\phi 20～\phi 30mm$ 的

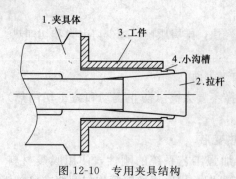

1. 夹具体
3. 工件
4. 小沟槽
2. 拉杆

图 12-10　专用夹具结构

工件内孔；

　　b. 件 2 为拉杆，材料 45 钢，通过夹具体，与薄壁工件上的 $\phi20$ 孔对应配合，完成工件在夹具中定位及传递切削力；

　　c. 件 3 为已加工完左端面和内孔的工件，装夹时注意工件与夹具体 1 的轴向夹紧配合；

　　d. 小沟槽的作用：在工件掉头装夹后，为方便于车端面，以控制总长而设计，尺寸为 5×2。

　　④ 合理选择刀具。

a. 内镗孔刀采用机夹刀，缩短换刀时间，无需刃磨刀具，具有较好的刚性，能减少振动变形和防止产生振纹；

b. 外圆粗、精车刀均选用硬质合金 $90°$ 车刀；

c. 螺纹刀选用机夹刀，刀尖角度标准，磨损时易于更换。

⑤ 加工步骤：

a. 装夹毛坯 15mm 长，平端面至加工要求；

b. 用 $\phi18$ 钻头钻通孔，粗、精加工 $\phi20$ 通孔，测量工件；

c. 粗、精加工 $\phi48$ 外圆，加工长度大于 3mm 至尺寸要求，测量工件；

d. 利用如图 12-10 所示的夹具掉头装夹工件，平端面，控制总长尺寸 35mm；

e. 加工螺纹外圆尺寸至 $\phi23.8$；

f. 利用 G76、G92 混合编程进行螺纹加工，检验螺纹；

g. 拆卸工件，完成加工。

⑥ 切削用量。

a. 粗镗内孔时，主轴转速每分钟 500～600 转，进给速度 F100～F150，留精车余量 0.2～0.3mm。

b. 精镗内孔时，主轴转速每分钟 1100～1200 转，为取得较好的表面粗糙度选用较低的进给速度 F30～F45，采用一次走刀加工完成。

c. 粗车外圆时，主轴转速每分钟 1100～1200 转，进给速度 F100～F150，留精车余量 0.3～0.5mm。

d. 精车外圆时，主轴转速每分钟 1100～1200 转，进给速度 F30～F45，采用一次走刀加工完成。

e. 螺纹加工的主轴转速 200r/min。

12.1.3　编写数控加工程序（采用 FANUC 0i 数控系统）

参考程序清单

O1213；

G98 G40 G21 G54；

G00 X200.0 Z50.0；　　　　　　　　　定位至起刀点

S500 M03；　　　　　　　　　　　　启动主轴,转速 500r/min

T0101；　　　　　　　　　　　　　调用 1# 镗孔刀（粗加工）

G00 X16.0 Z5.0；　　　　　　　　　定位至(16,5)

G71 U0.8 R0.3；　　　　　　　　　G71 内径车削循环,对内孔 $\phi20$ 进行粗加工

G71 P10 Q20 U－0.5 W0.0 F100;

N10 G00 X20.4;

G01 Z0.0 F40;

X20.0 Z－0.2;

N20 Z－37.0;

G00 X200.0 Z50.0;　　　　　　　　回至起刀点

M05;　　　　　　　　　　　　　　主轴停止

M00;　　　　　　　　　　　　　　程序计划停止

M03 S1200;　　　　　　　　　　　主轴启动,转速1200r/min

T0202;　　　　　　　　　　　　　调用2♯镗孔刀(精加工)

G00 X16.0 Z5.0;　　　　　　　　 定位至(16,5)

G70 P10 Q20;　　　　　　　　　　G70 精镗循环 N10～N20

G00 X200.0 Z50.0;　　　　　　　 定位至起点

T0303;　　　　　　　　　　　　　调用3♯外圆粗车刀

M03 S1200;　　　　　　　　　　　启动主轴,转速为1200r/min

G00 X52.0 Z5.0;　　　　　　　　 定位至(52,5)

G90 X48.6 Z－6.0 F100;　　　　　G90 外圆切削循环

X48.2;

X48.0;　　　　　　　　　　　　　车至 ϕ48

G00 X200.0 Z50.0;　　　　　　　 回至起刀点

M05;　　　　　　　　　　　　　　主轴停止

M30;　　　　　　　　　　　　　　程序停止,零件掉头并装夹

O1214;

G98 G40 G21 G55;

G00 X200.0 Z50.0;　　　　　　　 定位至起刀点

T0303;　　　　　　　　　　　　　调用3♯外圆粗车刀

M03 S1200;　　　　　　　　　　　主轴启动,转速1200r/min

G00 X50.0 Z2.0;　　　　　　　　 定位至(50,2)

G71 U2.0 R0.5;　　　　　　　　　G71 外圆车削循环,对螺纹外圆进行粗加工

G71 P30 Q40 U0.5 W0.0 F100;

N30 G00 X21.8;

G01 Z0.0 F50;

X23.8 Z－1.0;

Z－32.0;

N40 X49.0;

G00 X200.0 Z50.0;　　　　　　　 回到起刀点

M05;　　　　　　　　　　　　　　主轴停止

M00;　　　　　　　　　　　　　　程序计划停止

M03 S1200;	主轴启动,转速 1200r/min
T0404;	调用 4♯ 外圆精车刀
G00 X50.0 Z2.0;	定位至(50,2)
G70 P30 Q40;	精车 N30~N40 内容
G00 X200.0 Z50.0;	回换刀点(200,50)
M05;	主轴停止
M00;	程序计划停止
T0505;	调用 5♯ 螺纹刀
M03 S200;	主轴启动,转速 200r/min
G00 X25.0 Z5.0;	定位至(25,5)
G76 P011060 Q100 R0.1;	G76 螺纹车削循环,车削 M24×1.5 螺纹部分
G76 X22.25 Z−28.0 P975 Q300 F1.5;	
G00 X25.0 Z5.0;	定位至 G76 同一螺纹加工起点
G92 X22.15 Z−28.0 F1.5;	G92 精修螺纹
X22.05;	
X22.05;	
G00 X200.0 Z50.0;	返回起点
M05;	停主轴
M30;	程序结束

加工时的几点注意事项:

① 工件要夹紧,以防在车削时打滑飞出伤人和扎刀;

② 在车削时使用适当的冷却液(如煤油);

③ 安全文明生产。

12.2 偏心零件的编程与加工实例

在机械传动中,由回转运动转变为直线往复运动,或者由直线往复运动转变为回转运动,往往是通过曲柄滑块(连杆)机构来实现的,而生产实际中常见的偏心轴、偏心孔以及曲轴等偏心工件都是典型的应用实例。

所谓偏心工件指的是外圆和外圆的轴线或内孔与外圆的轴线平行但不重合(彼此偏离一定距离)的工件。两平行轴心线之间的距离叫做偏心距,常用字母 e 表示。如图 12-11 所示。

无论是偏心轴还是偏心孔,在加工方法上与一般圆柱面和圆柱孔的加工方法基本相同,只是在装夹方法上具有一定的特殊区别。装夹时,将需要加工的偏心圆部分的轴线校正到与车床主轴轴线重合的位置后,再进行车削。

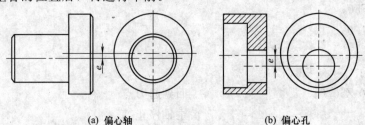

(a) 偏心轴　　　　　　　　(b) 偏心孔

图 12-11　偏心件

12.2.1 加工零件图及评分标准

（1）零件图

如图 12-12 所示偏心轴套，试分析其数控加工工艺，编写加工程序。毛坯尺寸 $\phi 50 \times 80$。

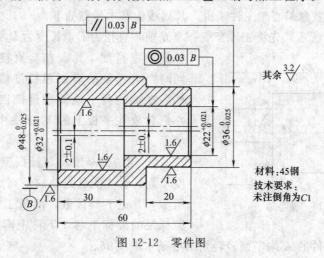

图 12-12 零件图

（2）评分标准（详见表 12-2）

表 12-2 评分表

工件编号					总得分		
考核项目与配分		序号	考核内容与技术要求	配分	评分标准	检测记录	得分
工件加工（80%）	外轮廓	1	$\phi 48_{-0.025}^{0}$	10	每超差 0.01 扣 2 分		
		2	$\phi 36_{-0.025}^{0}$	15	每超差 0.01 扣 2 分		
	内轮廓	3	$\phi 22_{0}^{+0.021}$	12	每超差 0.01 扣 2 分		
		4	$\phi 32_{0}^{+0.021}$	15	每超差 0.01 扣 2 分		
		5	同轴度 0.03	7	每超差 0.02 扣 1 分		
		6	平行度 0.03	6	每超差 0.01 扣 1 分		
	其他	7	一般尺寸及其倒角	5	每超差 0.01 扣 2 分		
		8	工件按时完成	5	未按时完成全扣		
		9	工件无缺陷	5	缺陷一处扣 5 分		
工序制定及编程（10%）		10	工序制定合理，选择刀具正确	4			
		11	指令应用合理、得当、正确	3			
		12	程序格式正确，符合工艺要求	3			
现场操作规范（10%）		13	工具的正确使用	2			
		14	量具的正确使用	3			
		15	刃具的合理使用	3			
		16	设备正确操作和维护保养	2			
安全文明生产（倒扣分）		17	安全操作	倒扣	出现安全事故停止操作或酌情扣 5～30 分		
		18	机床整理	倒扣			

12.2.2 制定数控加工工艺方案

（1）偏心件的划线方法

安装、车削偏心工件时，应该首先确定偏心轴（套）的轴心线，然后在两顶尖或者四爪单动卡盘上安装。就拿偏心轴工件来说，其划线的基本步骤如下。

① 如图 12-13 所示，先将工件车成一个光轴，直径为 D，长度为 L，注意保证两端面与轴线的垂直度，此误差会直接影响到找正精度，同时要求光轴的表面粗糙度值不大于 $R_a1.6\mu m$。然后在轴的两个端面和外圆四周涂上一层丹粉，并把它放在平板上的 V 形铁中，如图 12-14（a）所示。

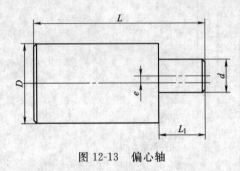

图 12-13　偏心轴

② 用游标高度尺划针找工件轴线。用游标高度尺划针针尖测量光轴的最高点，如图 12-14（a）所示，并记下其读数，测量工件直径，再把高度游标尺的游标下移，下移距离为工件实际测量尺寸的一半，并在工件的 A 端平面轻轻划出一条水平线 ab。

③ 然后将工件转过 $180°$，仍然用刚才的高度，再在 A 平面轻划另一条水平线，如图 12-14（a）所示 cd。检查 ab、cd 前后两条水平线是否重合，若重合，即为此工件的水平轴线；若不重合，则须将高度游标尺进行调整，游标调整量为两平行线间距的一半，如此反复，直到二线重合为止。

④ 找出工件的轴线后，即可在工件的端面和外圆上各划一条水平线 ef（即过轴线的水

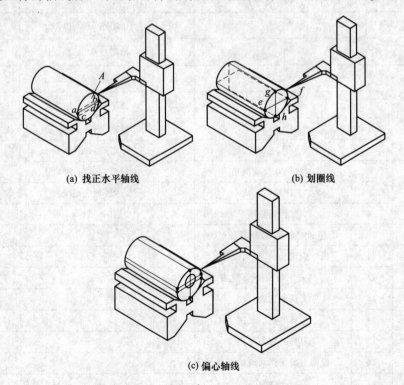

(a) 找正水平轴线　　　　　　　　　　(b) 划圈线

(c) 偏心轴线

图 12-14　在 V 形铁上划偏心的方法示意图

平剖面与工件的截交线）。把工件转过 90°用直角尺对齐已经画好的平面垂直线 gh，再用刚才调整好的高度游标尺在另一端面和外圆上划一条水平线，这样就得到了一组两端互相垂直的圈线。如图 12-14（b）所示。

⑤ 将高度游标尺的游标从轴线处上移一个偏心距尺寸，也在平行于工件轴平面和外圆的截交平面内划上一道圈线。如图 12-14（c）所示。

⑥ 偏心距中心线划出以后，在偏心距中心处两端分别打样冲眼，要求敲打样冲眼的中心位置准确无误，眼坑宜浅，且小而圆。

注意：

a. 若采用两顶尖车削偏心轴，则要依此样冲眼先钻出中心孔；

b. 采用四爪单动卡盘装夹车削时，则要根据工件偏心圆直径依样冲眼先划出一个偏心圆，如图 12-15 所示，同时还必须在偏心圆的圆周上均匀地、准确无误地打上几个样冲眼，以便找正。

（2）偏心件的装夹

① 用四爪卡盘装夹车削偏心工件。这种装夹方法主要适用于数量少、偏心距小、长度较短，而且不便于两顶尖装夹或形状比较复杂的偏心工件。在四爪卡盘上装夹偏心工件的方法有两种。

a. 利用划线找正偏心工件。根据已经划好的偏心圆来找正。由于存在划线误差和找正误差，故此法仅适用于加工精度要求不高的偏心工件。

对于图 12-12 所示的工件，具体装夹步骤如下。

（a）装夹工件前，应该先调整好卡盘爪，使其中两爪呈对称位置，而另外两爪呈不对称位置，其偏离主轴中心的距离大致等于工件的偏心距。各对卡爪之间张开的距离稍大于工件装夹处的直径，使工件偏心圆占据中心位置，处于卡盘中央，然后装夹上工件。如图 12-16 所示。

（b）夹持工件长 15～20mm，尾座顶尖接近工件，调整卡爪位置，使顶尖对准偏心圆中心（如图 12-16 的 A 点），然后移去尾座。

（c）将划线盘置于床鞍上适当位置，使划针针尖对准工件外圆上的侧素线，如图 12-17 所示，移动床鞍，检查侧素线是否水平，若不呈水平，可以用木锤轻轻敲击进行调整。再将工件转过 90°，检查并校正另一条侧素线，然后将划针针尖对准工件端面的偏心圆线，并校正偏心圆，如图 12-18 所示。如此反复校正与调整，直至使两条侧素线都呈水平（此时偏心圆的轴线与基准圆轴线平行），又使偏心圆轴线与车床主轴轴线重合为止。

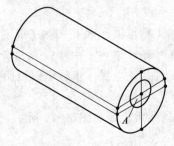

图 12-15　划偏心线

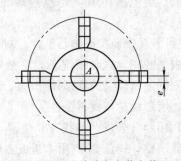

图 12-16　用四爪单动卡盘装夹偏心工件

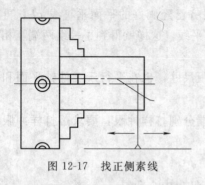

图 12-17　找正侧素线

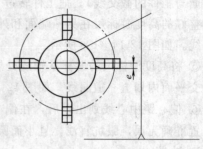

图 12-18　校正偏心圆

(d) 工件校正后，把四个卡爪两两对称地均匀紧一遍，经检查确认侧素线和偏心圆线在紧固卡爪时没有位移，就可以车削了。

(e) 粗车偏心圆直径。由于粗车偏心圆是在光轴的基础上进行切削加工的，切削余量很不均匀且又是断续切削，会产生一定的冲击和振动，所以外圆车刀取负刃倾角。刚开始车削时，进给量和切削深度要小，待工件车圆后，再适当增加，否则容易损坏车刀或使工件发生偏移。

车削的起刀点应选在车刀远离工件的位置，车刀刀尖必须从偏心的最远点开始切入工件进行车削，以免打坏刀具或损坏机床。

(f) 检查偏心距。在加工过程中，应该为最后精加工留有一定的余量，当达到适当的余量时（比如 0.5mm 时），可以采用如图 12-19 所示的方法检查偏心距。测量时，用分度值为 0.02mm 的游标卡尺测量两外圆间最大距离和最小距离，则偏心距就是最大距离与最小距离之差的一半，即 $e = (b-a)/2$。

若实测偏心距误差较大时，可以少量调节不对称的两个卡爪；若偏心距误差不大时，则只需继续夹紧某一只卡爪（当 e 偏大时，夹紧离偏心轴线近的那只卡爪；当 e 偏小时，夹紧离偏心轴线远的那只卡爪）。

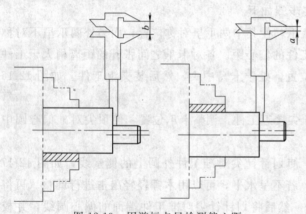

图 12-19　用游标卡尺检测偏心距

(g) 精车偏心外圆。当用游标卡尺检查并调整卡爪，使其偏心距在图样允许的误差范围内时，复检侧素线，以保证偏心圆、基准两轴线平行，便可精车偏心外圆。

b. 利用百分表找正偏心工件。对于偏心距较小，加工精度要求较高的偏心工件，需要用百分表来找正，这种情况下，一般可以控制精度到 0.02mm 以内。由于受到百分表测量范围的限制，所以它只能适用于偏心距 5mm 以下的工件找正。操作步骤举例说明如下。

(a) 用划线初步找正工件。

(b) 用百分表进一步找正，使偏心轴线与车床主轴轴线重合，如图 12-20 所示，找正 M 点用卡爪调整，找正 N 点用木锤或者铜棒轻敲。

(c) 找正工件侧素线，使偏心轴两轴线平行。移动床鞍，用百分表在 M、N 两点处交替进行测量、校正，并使工件两端百分表读数误差值控制在 0.02mm 以内。

（d）校正偏心距，将百分表测杆触头垂直接触偏心工件的基准轴（光轴）外圆上，并使百分表压缩量为 0.5～1mm 左右，用手缓慢转动卡盘，使工件旋转一周，百分表指示处的最大值和最小值之差的一半即为偏心距。按此方法校正 M、N 两点处的偏心距，使 M、N 两点偏心距基本一致，并且均在图样允许的误差范围内。如此反复调整，直至校正完成。

（e）粗车偏心轴，参考前述内容粗车偏心轴。

（f）检查偏心距，在加工过程中，应该为最后精加工留有一定的余量，当达到适当的余量时（比如 0.5mm 时），可以采用如图 12-21 所示的方法检查偏心距。测量时，将百分表测杆触头垂直接触偏心工件的基准轴（光轴）外圆上，并使百分表压缩量为 0.5～1mm 左右，用手缓慢转动卡盘，使工件旋转一周，检查百分表指示处的最大值和最小值之差的一半是否在图样允许的偏心距误差范围内。通常复检时，偏心距误差应该是很小的，若偏心距超差，略紧相应卡爪即可。

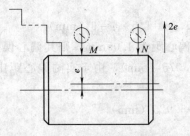

图 12-20　百分表校正偏心工件

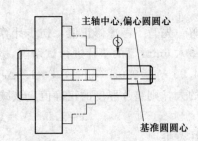

图 12-21　用百分表复检偏心距

（g）精车偏心距外圆，保证加工精度要求。

② 用三爪自定心卡盘装夹、车削偏心工件。在四爪卡盘上安装、车削偏心工件时，找正比较麻烦。对于长度较短、形状简单且加工批量较多的偏心工件，通常在三爪自定心卡盘上装夹车削。

先把偏心工件中的非偏心部分的外圆车好，随后在卡盘任意一个卡爪与工件接触面之间，垫上一块预先选好的一定厚度的垫片，使得工件轴线相对车床主轴轴线产生相对位移，并使位移等于工件的偏心距，使偏心圆的中心线与主轴（三爪卡盘）的中心线重合，如图 12-22（a）所示。为了保证偏心轴轴线的水平度，装夹时应用划线盘或者百分表校正工件外圆侧素线是否水平，若不水平可用铜棒轻敲调整，再将工件转过 90°，校正另一侧素线，如图 12-22（b）所示。然后夹紧工件，即可车削出偏心圆或偏心孔，这种方法不需要事先划线和找正。

(a) 在三爪卡盘上车偏心工件

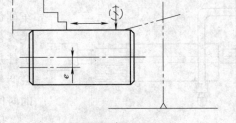

(b) 校正侧素线

图 12-22　三爪自定心卡盘装夹偏心工件

垫片厚度可用近似公式计算

垫片厚度 $x \approx 1.5e$（偏心距）

若使计算更精确一些，则需在近似公式中带入偏心距修正值 k 来计算和调整垫片厚度，则近似公式为

垫片厚度 $x \approx 1.5e + k$

$$k \approx 1.5\Delta e$$

$$\Delta e = e - e_{测}$$

式中　e——工件偏心距；

k——偏心距修正值，正负按实测结果确定；

Δe——试切后实测偏心距误差；

$e_{测}$——试切后的实测偏心距。

例如：用三爪自定心卡盘加垫片的方法车削偏心距 $e = 4mm$ 的偏心工件，试计算垫片厚度。

解：先暂不考虑修正值，初步计算垫片厚度：$x = 1.5e = 1.5 \times 4 = 6$（mm）。

垫入 6mm 厚的垫片进行试切削，然后检查其实际偏心距为 4.05mm，则其偏心误差为：$\Delta e = 4.05 - 4 = 0.05$（mm），$k = 1.5\Delta e = 1.5 \times 0.05 = 0.075$（mm），由于实测偏心距比工件要求的大，则垫片厚度的正确值应该减去修正值，即

$$x = 1.5e - k = 1.5 \times 4 - 0.075 = 5.925 \text{（mm）}$$

注意事项：

a. 应选用硬度较高的材料做垫块，比如采用 60 钢或 T10 工具钢，以防止在装夹时发生挤压变形，垫块与卡爪接触的一面应做成与卡爪圆弧相同的圆弧面，否则，接触面将会产生间隙，造成偏心距误差，而且应该保证垫片的长度，以保证装夹牢固；

b. 由于工件偏心，在开始车削前车刀不能太靠近工件，以免工件撞击车刀；

c. 开始车削时，进给量和背吃刀量要小，否则容易损坏车刀或使工件发生位移；

d. 装夹时，工件轴线不能歪斜，以免影响加工质量，可以用划线盘或者百分表找正工件外圆侧素线是否水平；

e. 对精度要求较高的偏心工件，必须按上述计算方法，在首件加工时进行试车检验，再按实测偏心距误差求得修正值 k，进而调整垫片厚度，然后才可以正式切削。

③ 用两顶尖装夹、车削偏心工件。根据生产条件的不同，某些较长的偏心工件，只要轴的两端面能钻中心孔，且有装夹鸡心夹头的位置，都可以装夹在两顶尖间进行车削，如图 12-23 所示。

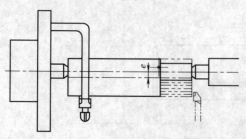

由于是用两顶尖装夹，在偏心中心孔中间车削偏心圆，这与在两顶尖之间车削一般外圆类零件类似，不同的是车偏心圆时，在一转内工件加工余量变化很大，且是断续切削，因而会产生较大的冲击和振动，但是不用花费很多的时间去找正偏心。

因此这种方法首先需根据工件偏心距的要求，分别在两端面钻出 1 个基准圆中心孔和 n

图 12-23　在两顶尖装夹车偏心工件

个偏心圆中心孔（共计 $2n+2$ 个中心孔，n 为偏心轴线的个数），随后先顶住工件基准圆中

心孔车削基准外圆，再顶住偏心圆中心孔车削偏心外圆。

单件、小批量生产精度要求不高的偏心轴，其偏心中心孔可经划线后在钻床上钻出；偏心距精度要求较高时，偏心中心孔可在坐标镗床上钻出；成批生产时，可在专门中心孔钻床或偏心夹具上钻出。

需要注意的问题：

a. 用两顶尖安装、车削偏心工件时，关键是要保证基准圆中心孔和偏心圆中心孔的钻孔位置精度，否则偏心距精度无法保证；

b. 顶尖与中心孔接触的松紧程度要适当，且应在加工期间经常加注润滑油，以减少彼此磨损；

c. 断续车削偏心圆时，应选用较小的切削用量，初次进刀时一定要从离偏心最远处切入。

（3）检测偏心距

① 在两顶尖间检测偏心距。对于两端有中心孔、偏心距较小，不易放在 V 形铁上测量的轴类零件，可放在两顶尖间测量偏心距。将百分表的测头接触在偏心部位，用手均匀、缓慢地转动偏心轴，百分表上指示出的最大值与最小值之差的一半就等于偏心距。

② 使用 V 形铁检测偏心距。把工件外圆放入 V 形铁内，用百分表在偏心圆处测量，缓慢转动工件，观察其跳动量，读出百分表最大值与最小值之间差值的一半，作为偏心距。

由于受百分表测量范围的限制，只能测量偏心距 $e < 5\text{mm}$ 的偏心件。若工件的偏心距较大（$e \geqslant 5\text{mm}$），则可用 V 形铁、百分表和量块等量具采用间接测量的方法进行测量。

（4）实例工件的工艺分析

① 零件精度分析。如图 12-12 所示，精度要求较高的尺寸有：外圆 $\phi 48_{-0.025}^{0}\text{mm}$、$\phi 36_{-0.025}^{0}\text{mm}$、内孔 $\phi 32_{0}^{+0.021}\text{mm}$、$\phi 22_{0}^{+0.021}\text{mm}$、内孔 $\phi 32$ 和外圆 $\phi 36$ 与外圆 $\phi 48$ 的偏心距为 2mm，两处偏心距无相位角要求。

主要形位精度有：外圆 $\phi 36$ 与内孔 $\phi 32$ 的轴心线对外圆 $\phi 48$ 基准轴线 B 的平行度公差为 0.03mm，内孔 $\phi 22$ 的轴心线对外圆 $\phi 48$ 基准轴线 B 的同轴度公差为 0.03mm。

外圆和内孔加工后的表面粗糙度要求为 $R_a 1.6\mu\text{m}$，端面、倒角等表面的粗糙度为 $R_a 3.2\mu\text{m}$。

② 用四爪卡盘装夹的车削工艺安排。

a. 粗、精车外圆，保证外圆 $\phi 48_{-0.025}^{0}\text{mm}$，粗、精车内孔，保证内孔 $\phi 22_{0}^{+0.021}\text{mm}$，且保证内孔轴线与外圆轴线的同轴度要求；

b. 在 V 形架上划线，并画出偏心圆，打样冲眼；

c. 在四爪卡盘上装夹后，先用划线初步找正工件，再进一步用百分表找正，找正工件侧素线并校正偏心距，使偏心圆轴线与车床主轴轴线重合；

d. 粗车偏心轴，然后检查偏心距并进行调整，精车偏心圆外径，保证外圆尺寸 $\phi 36_{-0.025}^{0}\text{mm}$，偏心距（$2 \pm 0.1$）mm 和平行度要求；

e. 掉头装夹，重复步骤 c. 和 d.，加工出偏心内孔，保证内孔 $\phi 32_{0}^{+0.021}\text{mm}$，偏心距为（$2 \pm 0.1$）mm 和平行度要求。

12.2.3 编写数控加工程序（数控系统采用 FANUC 0i）

程序清单如下。

O1223;

G99 G40 G21 G54;	程序初始化
G28 U0.0 W0.0;	回换刀点
T0101;	换1号刀,导入该刀刀补
M08;	切削液开
M03 S800;	主轴正转,转速 800r/min
G00 X52.0 Z0.0;	快速进刀到端面处
G01 X-1.0 F0.1;	车端面
G00 X48.5 Z5.0;	定位至(48.5,5.0)
G01 Z-75.0;	车外圆 φ48mm
X52.0;	退刀
G00 Z5.0;	快速退刀
X48.1;	快速进刀
G01 Z-75.0;	车外圆
X52.0;	退刀
G00 Z5.0;	快速退刀
M05;	
M00;	测量工件外径尺寸
M03 S800;	
G00 X48.0;	快速进刀
G01 Z-75.0;	车外圆
X52.0;	退刀
G00 Z5.0;	快速退刀
X46.0;	快速进刀
G01 Z-19.8;	车外圆
X52.0;	退刀
G00 Z5.0;	快速退刀
X44.0;	快速进刀
G01 Z-19.8;	车外圆
X52.0;	退刀
G00 Z5.0;	快速退刀
X42.0;	快速进刀
G01 Z-19.8;	车外圆
X52.0;	退刀
G00 Z5.0;	快速退刀
X40.2;	快速进刀
G01 Z-19.8;	车外圆
X52.0;	退刀
G00 Z5.0;	快速退刀
M05;	

M00；	测量工件外径尺寸
M03 S800；	
G00 X40.0；	快速进刀
G01 Z－20.0；	车外圆
X46.0；	
X48.0 Z－21.0；	倒角
X52.0；	退刀
G28 U0.0 W0.0；	回参考点
T0202 S600；	换 2 号刀,导入该刀刀补(ϕ20 的钻头)
G00 X0.0 Z5.0；	快速定位到接近点
G74 R3.0；	循环钻孔,退刀量 3mm
G74 Z－64.0 Q10000 F0.1；	吃刀量 10mm
G00 Z100.0；	退刀
G28 U0.0 W0.0；	回参考点
T0303 S600；	换 3 号刀,导入该刀刀补(内孔镗刀)
G00 X18.0 Z2.0；	快速定位到接近点
G71 U2.0 R1.0；	内轮廓粗加工循环
G71 P10 Q20 U－0.4 W0.1 F0.15；	
N10 G01 X24.0 F0.08；	
Z0.0；	
X22.0 Z－1.0；	
Z－62.0；	
N20 X18.0；	轮廓描述 N10～N20
M03 S1000；	换精加工转速
G70 P10 Q20；	精加工内轮廓
G28 U0.0 W0.0；	回参考点

偏心装夹后,重新对刀。

O1214；	
T0101；	换 1 号刀,导入该刀刀补
M03 S800；	
G00 X58.0 Z5.0；	快速定位到(58.0,5.0)
G90 X54.0 Z－19.8 F0.1；	车外圆
X50.0；	
X46.0；	
X42.0；	
X38.0；	
X36.2；	
G00 X58.0 Z50.0；	
M05；	
M00；	测量工件外径尺寸

```
M03 S800；
G00 Z5.0；
G01 X34.0；                          定位到(34.0,5.0)
Z0.0；
X36.0 Z-1.0；                        倒角
Z-20.0；                             精车外圆
X58.0；                              退刀
G28 U0.0 W0.0；                      回参考点
M09；
M30；
```

掉头偏心装夹，加工 $\phi 32^{+0.021}_{0}$ mm 偏心孔。程序类似，略。

12.3 深孔零件的编程与加工实例

所谓深孔，就是孔的长度 L 与孔的直径 D 之比大于 5 的孔，如油缸孔、轴的轴向油孔，空心主轴孔和液压阀孔等，而且 L/D 的比值越大，加工越困难。这些孔中，有的要求加工精度和表面质量较高，有的被加工材料的切削加工性较差，常常成为生产中一大难题。

深孔的加工特点有：

① 刀杆受孔径的限制，直径小，长度大，造成刚性差，强度低，切削时易产生振动、波纹和锥度，从而影响深孔的直线度和表面粗糙度；

② 在钻孔和扩孔时，冷却润滑液在没有采用特殊装置的情况下，难于输入到切削区，散热困难，排屑不易，而且会经常堵塞，使刀具耐用度降低；

③ 在深孔的加工过程中，不能直接观察刀具切削情况，只能凭工作经验听切削时的声音、看切屑、手摸振动与工件温度、观仪表（油压表和电表），来判断切削过程是否正常；

④ 排屑困难时，必须采用可靠的手段进行断屑及控制切屑的长短与形状，以利于顺利排屑，防止切屑堵塞；

⑤ 为了保证深孔在加工过程中顺利进行和达到要求的加工质量，应增加刀具内（或外）排屑装置、刀具引导和支承装置及高压冷却润滑装置等。

针对上述特点，在深孔加工时，要把握以下几点。

① 合理划分粗加工、半精加工、精加工和光加工的工序，对于精度要求较高、粗糙度要求较小的深孔，应采用钻孔、扩、浮镗半精加工、精铰（浮镗精加工）、光加工（液压加工、珩磨、电解精加工）等工序。

② 合理选择深孔加工的刀具。根据深孔加工的特点，选择深孔加工的钻头、镗刀、铰刀、滚压工具等切削工具时，在结构上应该具备以下条件：具有足够的刚度和强度，刀具切削刃要保持锋利；能够将深孔中的切屑顺利排出；能把冷却润滑液注入切削区域。

③ 加工时必须具有刀杆的引导和辅助支承装置。为了保证深孔的加工质量，克服刀杆细长所造成的困难（如悬臂过大，容易产生振动；刚度不够，造成深孔加工后偏斜或出现锥度等），必须采用合理的辅助支承装置和刀杆的引导装置。

④ 有良好的冷却液输入装置。深孔加工，不但要解决排屑问题，而且要解决冷却润滑液输入到切削区域的问题，要防止零件发热而变形，防止刀具过早磨损，以保证深孔加工的

质量。为了将冷却润滑液输入到深孔处，油泵必须确保油压＞1.471MPa，流量＞50L/min；刀具有良好的输油和回油通道。

⑤ 减少辅助时间，提高生产效率。在提高零件质量的基础上，应注意提高效率，如在加工中采用自动走刀、快速自动退刀等操作。

在数控车床上进行深孔加工，除了需要选择粗的刀杆以外，还要注意刀具的装夹，尽量使刀杆伸出长度最短，一般只需要略大于孔深即可，而且刀尖要对准工件中心，刀杆与轴心线平行，同时还要注意主偏角的选取。

在数控车床上进行孔加工时，无论是钻孔还是镗孔，都可以使用 G01 指令来直接实现，而且还可以使用 G71 指令等，但是对于深孔加工，最好使用深孔钻削循环指令 G74 来加工。

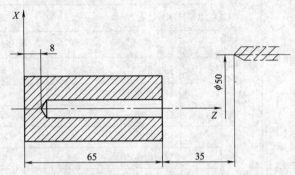

图 12-24　用 G74 指令进行深孔钻削循环

图 12-24 是深孔钻削循环 G74 指令加工孔示例，设 $e=2$，其程序为：

N01　G50 X50.0 Z100.0；

N02　G00 X0.0 Z68.0 M03 S800；

N03　G74 R2.0；　　　　　　　　退刀量 2mm

N04　G74 Z8.0 Q5000 F0.08；　　每次吃刀量 5mm

N05　G00 X50.0 Z100.0；

N06　M30；

12.3.1　加工零件图及评分标准

（1）零件图

材料：45 钢，毛坯 $\phi50\times57$，如图 12-25 所示。

（2）评分标准（如表 12-3 所示）

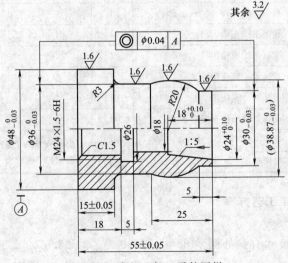

图 12-25　高级工加工零件图样

表 12-3 评分表

考核项目与配分		序号	考核内容与技术要求	配分	评分标准	检测记录	得分
工件编号					总得分		
工件加工(80%)	外轮廓	1	$\phi48_{-0.03}^{0}$	5	每超差 0.01 扣 2 分		
		2	$\phi36_{-0.03}^{0}$	5	每超差 0.01 扣 2 分		
		3	$\phi38.87_{-0.03}^{0}$	5	每超差 0.01 扣 2 分		
		4	$\phi30_{-0.03}^{0}$	5	每超差 0.01 扣 2 分		
		5	15 ± 0.05	3	每超差 0.02 扣 1 分		
		6	55 ± 0.05	3	每超差 0.02 扣 1 分		
		7	$R3$、$R20$	3×2	每错一处扣 2 分		
		8	同轴度 $\phi0.04$	3×2	每错一处扣 3 分		
		9	$R_a1.6\mu m$	4	每错一处扣 1 分		
		10	$R_a3.2\mu m$	3	每错一处扣 1 分		
	内轮廓	11	M24×1.5-6H	4	超差全扣		
		12	$\phi26\times5$	2×2	每错一处扣 2 分		
		13	$\phi24_{0}^{+0.10}$	4	每超差 0.01 扣 1 分		
		14	$\phi18_{0}^{+0.10}$	4	每超差 0.01 扣 1 分		
		15	锥度 1:5	4	超差全扣		
		16	$R_a1.6\mu m$	3	每错一处扣 1 分		
		17	$R_a3.2\mu m$	2	每错一处扣 1 分		
	其他	18	一般尺寸及其倒角	6	每错一处扣 1 分		
		19	工件按时完成	2	未按时完成全扣		
		20	工件无缺陷	2	缺陷一处扣 2 分		
工序制定及编程(10%)		21	工序制定合理,选择刀具正确	3			
		22	指令应用合理、得当、正确	3			
		23	程序格式正确,符合工艺要求	4			
现场操作规范(10%)		24	工具的正确使用	2			
		25	量具的正确使用	3			
		26	刃具的合理使用	3			
		27	设备正确操作和维护保养	2			
安全文明生产(倒扣分)		28	安全操作	倒扣	出现安全事故停止操作或酌情扣 5~30 分		
		29	机床整理	倒扣			

12.3.2 制定数控加工工艺方案

(1)零件精度分析

精度要求较高的尺寸有:外圆 $\phi48_{-0.03}^{0}$、$\phi36_{-0.03}^{0}$、$\phi38.87_{-0.03}^{0}$、$\phi30_{-0.03}^{0}$、15 ± 0.05、55 ± 0.05,内孔 M24×1.5-6H、$\phi26\times5$、$\phi24_{0}^{+0.10}$、$\phi18_{0}^{+0.10}$、锥度 1:5。

主要形位精度有：外圆 $\phi36$ 与内孔 $\phi30$ 的轴心线对外圆 $\phi48$ 基准轴线 A 的同轴度公差为 0.04mm。

外圆和内孔加工后的表面粗糙度要求为 $R_a1.6\mu m$，端面、倒角等表面的粗糙度为 $R_a3.2\mu m$。

（2）车削工艺安排

① 手动平端面，钻孔，直径为 $\phi18mm$，可以手动或者运用 G01 指令钻孔；

② 经粗、精车左端外圆，保证外圆 $\phi48_{-0.03}^{0}mm$，粗、精车左端内轮廓，保证内孔轴线与外圆轴线的同轴度要求，切内螺纹退刀槽，加工 M24×1.5-6H 内螺纹；

③ 掉头装夹，粗、精加工右端内、外轮廓，保证各尺寸，保证同轴度要求。

12.3.3 编写数控加工程序

O1233；	（左端轮廓加工）
G99 G21 G40；	
T0101；	外圆刀
M03 S800；	
G00 X100.0 Z100.0 M08；	
X50.0 Z2.0；	刀具快速定位
G01 X48.2 F0.2；	
Z−30.0；	粗车外圆
X50.0；	退刀
G00 Z2.0；	刀具快速定位
G01 X48.0；	
Z−30.0；	精车外圆
X50.0；	退刀
G00 X100.0 Z100.0；	
T0202；	镗刀
M03 S800；	
X16.0 Z2.0；	刀具快速定位
G71 U1.0 R0.5；	粗加工左端内轮廓
G71 P10 Q20 U−0.3 W0.0 F0.1；	
N10 G00 X25.5 S1200 F0.05；	
G01 Z0.0；	
X22.5 Z−1.5；	
Z−23.0；	
N20 X16.0；	
G70 P10 Q20；	精加工左端内轮廓
G00 X100.0 Z100.0；	
T0303；	换内切槽刀（刀宽 3mm）
M03 S400；	

G00 X21.0 Z2.0;

Z-21.0;

G75 R0.5;

G75 X26.0 Z-23.0 P2000 Q2000 F0.1;　　　内切槽

G00 Z2.0;

G00 X100.0 Z100.0;

T0404 S600;　　　　　　　　　　　　换内螺纹刀

G00 X22.0 Z2.0;

G76 P020560 Q50 R-0.05;

G76 X24.0 Z-20.0 P975 Q400 F1.5;

G00 X100.0 Z100.0;

M05 M09;

M30;

O1234;　　　　　　　　　　　　　（右端轮廓加工）

G99 G21 G40;

T0202;

M03 S600;

G00 X100.0 Z100.0 M08;

X16.0 Z2.0;

G71 U1.0 R0.5;

G71 P10 Q20 U-0.8 W0.0 F0.1;

N10 G00 X24.0 S1200 F0.05;

G01 Z0.0;

X20.4 Z-18.0;

N20 X16.0;

G70 P10 Q20;

G00 X100.0 Z100.0;

T0101 S800;

G00 X52.0 Z2.0;

G73 U10.0 W0.0 R8;

G73 P30 Q40 U0.5 W0.0 F0.1;

N30 G00 X30.0 S1500 F0.05;

G01 Z-5.0;

G03 X36.0 Z-25.0 R20.0;

G01 Z-37.0;

G02 X42.0 Z−40.0 R3.0；

N40 G01 X52.0；

G70 P30 Q40；

G00 X100.0 Z100.0；

M05 M09；

M30；

12.4 配合件的编程与加工实例

12.4.1 加工零件图及评分标准

（1）零件图

如图 12-26 所示工件，材料为 45 钢，毛坯大小：$\phi60\text{mm}\times95\text{mm}$、$\phi55\text{mm}\times45\text{mm}$ 各一件，试分析其数控加工工艺，并编制加工程序。

（2）评分标准（详见表 12-4）

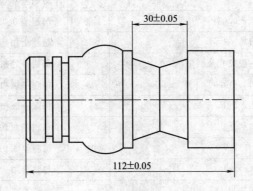

(a) 配合图

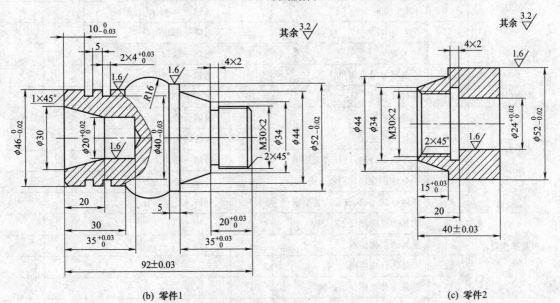

(b) 零件1   (c) 零件2

图 12-26 配合件图样

表 12-4 评分表

工件编号				总得分			
考核项目与配分	序号	考核内容与技术要求	配分	评分标准		检测记录	得分
件 1 (48%)	1	$\phi 40_{-0.03}^{0}$	4	每超差 0.01 扣 1 分			
	2	$\phi 20_{0}^{+0.02}$	4	每超差 0.01 扣 1 分			
	3	$\phi 46_{-0.02}^{0}$	3	每超差 0.01 扣 1 分			
	4	$\phi 52_{-0.02}^{0}$	3	每超差 0.01 扣 1 分			
	5	$\phi 10_{-0.03}^{0}$	3	每超差 0.01 扣 1 分			
	6	$2 \times 4_{0}^{+0.03}$	3	每超差 0.01 扣 1 分			
	7	$35_{0}^{+0.03}$	2×2	每超差 0.01 扣 1 分			
	8	$20_{0}^{+0.03}$	2×2	每超差 0.01 扣 1 分			
	9	$R16$	3	超差全扣			
	10	4×2	3	每超差 0.01 扣 1 分			
	11	92 ± 0.03	3	每超差 0.01 扣 1 分			
	12	$M30 \times 2$	3	超差全扣			
	13	一般尺寸及倒角	3	每错一处扣 1 分			
	14	$R_a 1.6 \mu m$	3	每降一级扣 1 分			
	15	$R_a 3.2 \mu m$	2	每降一级扣 1 分			
件 2 (23%)	16	$\phi 52_{-0.02}^{0}$	3	每超差 0.01 扣 1 分			
	17	$\phi 24_{0}^{+0.02}$	3	每超差 0.01 扣 1 分			
	18	$M30 \times 2$	3	超差全扣			
	19	$15_{0}^{+0.03}$	3	每超差 0.01 扣 1 分			
	20	40 ± 0.03	3	每超差 0.01 扣 1 分			
	21	$R_a 1.6 \mu m$	3	每降一级扣 1 分			
	22	$R_a 3.2 \mu m$	2	每降一级扣 1 分			
	23	一般尺寸及其倒角	3	每错一处扣 1 分			
配合(10%)	24	螺纹配合	10	超差酌扣 3～10 分			
程序与工艺 (10%)	25	工件无缺陷	2	缺陷一处扣 2 分			
	26	工件按时完成	2	未按时完成全扣			
	27	工序制定合理,选择刀具正确	2	每错一处扣 1 分			
	28	指令应用合理、得当、正确	2	每错一处扣 1 分			
	29	程序格式正确,符合工艺要求	2	每错一处扣 1 分			
现场操作规范 (9%)	30	工具的正确使用	2				
	31	量具的正确使用	3				
	32	刃具的合理使用	3				
	33	设备正确操作和维护保养	1				
安全文明生产 (倒扣分)	34	安全操作	倒扣	出现安全事故停止操作或酌情扣 5～30 分			
	35	机床整理	倒扣				

12.4.2 制定数控加工工艺方案

该组合件主要由以下特征组成：外圆、外螺纹、外槽、内孔、内螺纹、内槽，主要考核点为内外螺纹的互相配合。下面对其工艺进行分析。

（1）零件 1 的数控加工方案

① 夹外圆右端，平端面钻中心孔，再用 φ18 的钻头钻孔，孔深 35mm；

② 左端外圆粗加工，加工至 φ52 外圆处，精加工各档外圆；

③ 加工 2×4 两处外槽，至精度要求；

④ 粗加工内孔，精加工内孔至精加工要求；

⑤ 掉头夹 φ46 的外圆，打表找正，平端面控制总长；

⑥ 粗精车螺纹外圆和锥面，精加工至尺寸要求；

⑦ 车螺纹退刀槽；

⑧ 车螺纹，加工至通规通、止规止。

（2）零件 2 的数控加工方案

① 夹外圆左端，平端面钻中心孔，再用 φ22 的钻头钻通孔；

② 粗加工 φ52 外圆，精加工至尺寸要求；

③ 掉头夹 φ52 外圆，平端面控制总长；

④ 车外锥至加工精度；

⑤ 粗加工内孔，精加工内孔至精度要求；

⑥ 车内螺纹退刀槽；

⑦ 车内螺纹，加工至通规通、止规止。

（3）刀具选择

数控加工刀具卡如表 12-5 所示。

表 12-5　刀具卡

序号	刀具号	刀具类型	刀尖圆弧半径	数量	加工表面	备注
1	T0101	93°外圆刀	0.4mm	1	外轮廓	刀尖 35°
2	T0202	外切槽刀	3mm 槽宽	1	外螺纹退刀槽	
3	T0303	外螺纹刀		1	外螺纹	刀尖 60°
4	T0404	93°内孔刀	0.4mm	1	内轮廓	刀尖 35°
5	T0505	内沟槽刀	4mm 槽宽	1	内螺纹退刀槽	
6	T0606	内螺纹刀		1	内螺纹	刀尖 60°

（4）切削用量选择

各工步所用的刀具及切削用量等如表 12-6 所示。

表 12-6　切削用量表

序号	工步内容（零件 1）	刀具号	切削用量			备注
			转速 /(r/min)	进给速度 /(mm/min)	切削深度 /mm	
1	加工工件端面	T0101	800	100	0.5	
2	粗车工件外轮廓	T0101	800	130	2	
3	精车工件外轮廓	T0101	1500	120	0.5	

续表

序号	工步内容(零件1)	刀具号	切削用量			备注
			转速 /(r/min)	进给速度 /(mm/min)	切削深度 /mm	
4	车外槽	T0202	400	30	4	
5	粗镗工件内轮廓	T0404	700	100	1	
6	精镗工件内轮廓	T0404	1000	90	0.5	
7	切外螺纹退刀槽	T0202	400	30	4×2	
8	车削外螺纹 M30×2	T0303	200	400	0.3	
9	车内螺纹退刀槽	T0505	300	20	4×2	
10	车削内螺纹 M30×2	T0606	200	400	0.3	

12.4.3　编写数控加工程序

件1加工程序：

O0001；	左端粗加工复合循环及精加工程序
N20 G98 G21 G40；	
N25 M03 S800 M08；	主轴正转,转速 800r/min,冷却液开
N30 T0101；	选择1#刀具
N40 G00 X62.0 Z5.0；	快速定位工件加工起始点
N50 G73 U7.0 W0.0 R6；	
N55 G73 P60 Q120 U0.5 W0.1 F130；	外径粗车循环
N60 G42 G00 X44.0 Z3.0；	刀具靠近工件起始点,刀补建立
N70 G01 Z0.0 F120；	
N80 X46.0 Z−1.0；	倒角
N90 Z−30.0；	
N100 G03 X52.0 Z−52.0 R16.0；	
N110 G01 Z−70.0；	
N120 G40 G00 X62.0；	加工结束,刀补取消
M05；	
M00；	测量工件尺寸
M03 S800；	
N125 G70 P60 Q120；	
N130 X100.0；	
N140 Z100.0 M05；	
N150 M09；	主轴停转,冷却液关
N160 M30；	程序结束,返回程序头
O0002；	(加工2处 $2×4^{+0.03}_{0}$ 外槽,左刀点对刀)
N20 G98 G21 G40；	
N25 M03 S400 M08；	主轴正转,转速 400r/min,冷却液开

N30 T0202；   选择 2♯刀具，刀宽 3mm

N40 G00 X47.0 Z5.0；   快速定位工件加工起始点

N50 Z－13.1；

N60 G01 X40.2 F30.0；   切第一个槽

N70 G00 X47.0；

N80 Z－13.9；

N90 G01 X40.2；

N95 G00 X47.0；

N100 G01 Z－14.0；

N110 X40.0；

N120 Z－13.0；

N130 X47.0；

N140 G00 Z－22.1；   切第二个槽

N150 G01 X40.2；

N160 G00 X47.0；

N170 G00 Z－22.9；

N180 G01 X40.2；

N190 G00 X47.0；

N200 Z－23.0；

N210 G01 X40.0；

N220 Z－22.0；

N230 X47.0；

G00 X100.0；   退刀

Z100.0；

M05 M09；   主轴停转，冷却液关

M30；   程序结束，返回程序头

O0003；   （内孔粗加工复合循环及精加工程序）

N20 G98 G21 G40；

N25 M03 S700 M08；   主轴正转，转速 700r/min，冷却液开

N30 T0404；   选择 4♯刀具

N40 G41 G00 X17.0 Z5.0；   快速点定位，工件加工起始点，刀补建立

N50 G71 U1.0 R0.5；

N55 G71 P60 Q100 U－0.5 W0.1 F100；   内径粗车循环

N60 G00 X30.0 S1200；   刀具靠近工件起始点

N70 G01 Z0.0 F90；

N80 X20.0 Z－20.0；

N90 Z－35.0；

N100 X17.0；

G40 Z100.0 ；   加工结束，刀补取消

M05；

M00；　　　　　　　　　　　　　测量工件尺寸

M03 S800；

N105 G70 P60 Q100；

N110 G00 Z100.0 M05；　　　　　退刀，主轴停转

N120 M09；　　　　　　　　　　冷却液关

N130 M30；　　　　　　　　　　程序结束，返回程序头

O0004；　　　　　　　　　　　　（零件1掉头，右端粗加工复合循环及精加工程序）

N20 G98 G21 G40；

N25 M03 S800 M08；　　　　　　主轴正转，转速800r/min，冷却液开

N30 T0101；　　　　　　　　　　刀具选择

N40 G42 G00 X62.0 Z5.0；　　　快速点定位，工件加工起始点，刀补建立

N50 G71 U2.0 R1.0；

N55 G71 P60 Q120 U0.5 R0.1 F130；　外径粗车循环

N60 G00 X26.0 S1200；　　　　　刀具靠近工件起始点

N70 G01 Z0.0 F120；

N80 X30.0 Z－2.0；　　　　　　倒角

N90 Z－20.0；

N100 X34.0；

N110 X44.0 Z－35.0；

N120 X54.0；

G40 G00 X62.0；　　　　　　　加工结束，刀补取消

M05；

M00；　　　　　　　　　　　　测量工件尺寸

M03 S800；

N125 G70 P60 Q120；

N200 X100.0；　　　　　　　　退刀

N210 Z100.0；

N220 M05 M09；　　　　　　　主轴停转，冷却液关

N230 M30；　　　　　　　　　程序结束，返回程序头

O0005；　　　　　　　　　　　（外螺纹退刀槽，左刀点对刀）

N20 G98 G21 G40；

N25 M03 S400 M08；　　　　　　主轴正转，转速400r/min，冷却液开

N30 T0202；　　　　　　　　　选择刀具

N40 G00 X40.0 Z5.0；　　　　　快速点定位，工件加工起始点

N50 Z－20.0；

N60 G01 X26.0 F30；

N65 G04 P500；

N70 G01 X40.0;

N80 G00 Z—19.0;

N90 G01 X26.0 F30;

N100 G04 P500;

N110 G01 X40.0;

N120 G00 X100.0;　　　　　　　　　　　　退刀

N130 Z100.0;

N140 M05 M09;　　　　　　　　　　　　　主轴停转,冷却液关

N150 M30;　　　　　　　　　　　　　　　程序结束,返回程序头

M05;

M00;　　　　　　　　　　　　　　　　　测量工件外径尺寸

M03 S800;

O0006;　　　　　　　　　　　　　　　　(外螺纹加工程序)

N20 G98 G21 G40;

N25 M03 S200 M08;　　　　　　　　　　　主轴正转,转速400r/min,冷却液开

N30 T0303;　　　　　　　　　　　　　　刀具选择

N40 G00 X35.0 Z5.0;　　　　　　　　　　快速点定位,工件加工起始点

N50 G76 P010560 Q50 R0.05;

N55 G76 X27.4 Z—17.0 P1299 Q400 F2.0;　　外螺纹复合循环

N60 G00 X100.0;　　　　　　　　　　　　退刀

N70 Z100.0;

N80 M05 M09;　　　　　　　　　　　　　主轴停转,冷却液关

N90 M30;　　　　　　　　　　　　　　　程序结束,返回程序头

件2加工程序:

O0007;　　　　　　　　　　　　　　　　(φ52外圆加工)

N20 G98 G21 G40;

N25 M03 S800 M08;　　　　　　　　　　　主轴正转,转速800r/min,冷却液开

N30 T0101;　　　　　　　　　　　　　　刀具选择

N40 G00 X55.0 Z5.0;　　　　　　　　　　快速点定位,工件加工起始点

N42 G01 X52.5;

N45 Z—36.0 F130;

N50 X51.99;

N60 G01 Z—36.0 F130;

N70 G00 X100.0;　　　　　　　　　　　　退刀

N80 Z100.0;

N90 M05 M09;　　　　　　　　　　　　　主轴停转,冷却液关

N100 M30;　　　　　　　　　　　　　　程序结束,返回程序头

O0008;　　　　　　　　　　　　　　　　(零件2掉头,左端粗加工复合循环

及精加工程序）

N20 G98 G21 G40；

N25 M03 S800 M08；　　　　　　主轴正转，转速 800r/min，冷却液开

N30 T0101；　　　　　　　　　　刀具选择

N40 G42 G00 X57.0 Z5.0；　　　快速点定位到工件加工起始点，刀补建立

N50 G71 U2.0 R1.0；

N55 G71 P60 Q90 U0.5 W0.1 F130；　外径粗车循环

N60 G00 X34.0 Z3.0；　　　　　　刀具靠近工件起始点

N70 G01 Z0.0 F120；

N80 X44.0 Z—15.0；

N90 X54.0；

G40 G00 X57.0；　　　　　　　　加工结束，刀补取消

M05；

M00；　　　　　　　　　　　　　测量工件外径尺寸

M03 S800；

N100 G70 P60 Q90；

N110 X100.0；　　　　　　　　　退刀

N120 Z100.0；

N130 M05 M09；　　　　　　　　主轴停转，冷却液关

N140 M30；　　　　　　　　　　程序结束，返回程序头

O0009；　　　　　　　　　　　　（内孔粗加工复合循环及精加工程序）

N20 G98 G21 G40；

N25 M03 S700 M08；　　　　　　主轴正转，转速 700r/min，冷却液开

N30 T0404；　　　　　　　　　　刀具选择

N40 G41 G00 X22.0 Z5.0；　　　快速点定位，工件加工起始点

N50 G71 U1.0 R0.5；

N55 G71 P60 Q120 U—0.5 W0.1 F100；　内径粗车循环

N60 G00 X32 Z3.0；　　　　　　刀具靠近工件起始点，刀补建立

N70 G01 Z0.0 F90；

N80 X28 Z—2.0；　　　　　　　倒角

N90 Z—20.0；

N100 X24.0；

N110 Z—41.0；

N120 G40 G00 X22.0；　　　　　加工结束，刀补取消

M05；

M00；　　　　　　　　　　　　　测量工件外径尺寸

M03 S800；

N125 G70 P60 Q120；

N130 Z100.0；　　　　　　　　　退刀

N140 M05 M09；　　　　　　　　　　　　　主轴停转，冷却液关

N150 M30；　　　　　　　　　　　　　　　程序结束，返回程序头

O0010；　　　　　　　　　　　　　　　　（内螺纹退刀槽加工程序，左刀点对刀）

N20 G98 G21 G40；

N25 M03 S300 M08；　　　　　　　　　　　主轴正转，转速 300r/min，冷却液开

N30 T0505；　　　　　　　　　　　　　　刀具选择

N40 G00 X23.0 Z5.0；　　　　　　　　　　快速点定位，工件加工起始点

N50 Z－20.0；

N60 G01 X32 F20；　　　　　　　　　　　切槽

N65 G04 P500；

N70 X23.0；　　　　　　　　　　　　　　退刀

N80 G00 Z100.0；

N90 M05 M09；　　　　　　　　　　　　　主轴停转，冷却液关

N100 M30；　　　　　　　　　　　　　　　程序结束，返回程序头

O0011；　　　　　　　　　　　　　　　　（内螺纹加工程序）

N20 G98 G21 G40；

N25 M03 S200 M08；　　　　　　　　　　　主轴正转，转速 400r/min，冷却液开

N30 T0606；　　　　　　　　　　　　　　刀具选择

N40 G00 X25.0 Z5.0；　　　　　　　　　　快速点定位，工件加工起始点

N50 G76 P010260 Q50 R－0.05；

N55 G76 X30.0 Z－17.0 P1299 Q400 F2.0；　内螺纹复合循环

N60 G00 X23.0；　　　　　　　　　　　　退刀

N70 Z100.0；

N80 M05 M09；　　　　　　　　　　　　　主轴停转，冷却液关

N90 M30；　　　　　　　　　　　　　　　程序结束，返回程序头

单元 13 技师零件加工实例

13.1 技师零件加工实例1

13.1.1 加工零件图及评分标准

（1）加工零件图

如图 13-1 所示工件，毛坯为 $\phi60mm\times122mm$ 和 $\phi60mm\times62mm$ 的 45 钢，试分析其加工工艺并编写加工程序。

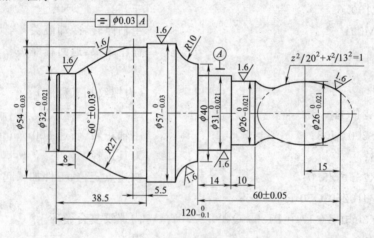

(a) 件1零件图

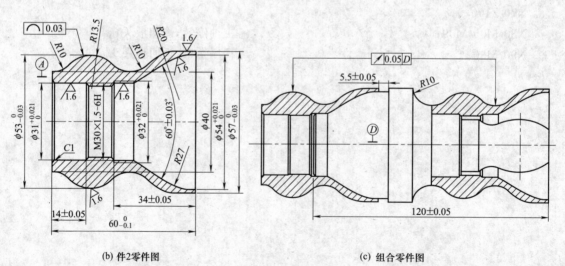

(b) 件2零件图　　　　　　　　　　　　(c) 组合零件图

图 13-1　技师加工零件图样 1

注：图 13-1 未注倒角为 C1，未注圆角为 R1。工件组合时，接触精度用涂色法检验，接触面积大于 60%，螺纹配合松紧适中。

（2）评分标准

本课题的工时定额为 6h，其加工要求见表 13-1。

表 13-1　技师职业技能鉴定样例评分表

工件编号			总　得　分			
项目与分配	序号	技术要求	配分	评分标准	检测记录	得分
件 1(40%)	1	$\phi54_{-0.03}^{0}$	3	超差 0.01mm 扣 1 分		
	2	$\phi57_{-0.03}^{0}$	3	超差 0.01mm 扣 1 分		
	3	$\phi32_{-0.021}^{0}$	3	超差 0.01mm 扣 1 分		
	4	$\phi31_{-0.021}^{0}$	3	超差 0.01mm 扣 1 分		
	5	$\phi26_{-0.021}^{0}$	3×2	超差 0.01mm 扣 1 分		
	6	$60°\pm2'$	3	超差 $1'$ 扣 1 分		
	7	60 ± 0.05	2	超差 0.05mm 扣 1 分		
	8	$120_{-0.10}^{0}$	2	超差 0.05mm 扣 1 分		
	9	$R27$、$R10$	1×2	超差全扣		
	10	椭圆轮廓	5	轮廓不对全扣		
	11	一般尺寸及倒角	2	每错一处扣 0.5 分		
	12	$R_a1.6\mu m$	3	每错一处扣 1 分,不倒扣		
	13	$R_a3.2\mu m$	3	每错一处扣 1 分,不倒扣		
件 2(35%)	14	$\phi53_{-0.03}^{0}$	3	超差 0.01mm 扣 1 分		
	15	$\phi57_{-0.03}^{0}$	3	超差 0.01mm 扣 1 分		
	16	$\phi31_{0}^{+0.021}$	3	超差 0.01mm 扣 1 分		
	17	$\phi32_{0}^{+0.021}$	3	超差 0.01mm 扣 1 分		
	18	$60°\pm2'$	3	超差 $1'$ 扣 1 分		
	19	14 ± 0.05	2	超差 0.05mm 扣 1 分		
	20	34 ± 0.05	2	超差 0.05mm 扣 1 分		
	21	$60_{-0.10}^{0}$	2	超差 0.05mm 扣 1 分		
	22	$M30\times1.5\text{-}6H$	4	超差全扣		
	23	$R10$、$R20$、$R27$	1×4	超差全扣		
	24	一般尺寸及倒角	2	每错一处扣 0.5 分,不倒扣		
	25	$R_a1.6\mu m$	2	每错一处扣 1 分,不倒扣		
	26	$R_a3.2\mu m$	2	每错一处扣 1 分,不倒扣		
组合(25%)	27	$R10$ 圆弧完整	3	不合格全扣		
	28	组合 $120_{-0.10}^{0}$	3	超差 0.02mm 扣 1 分		
	29	5.5 ± 0.05	3	超差 0.02mm 扣 1 分		
	30	接触面积	2×5	超差扣 2 分/处		
	31	跳动度 0.05	3×2	超差扣 2 分/处		
其他	32	工件按时安装	倒扣	每超时 20min 扣 3 分		
	33	工件无缺陷		缺陷倒扣 3 分/处		
安全文明生产	34	安全操作		停止操作或酌情扣 5～20 分		

13.1.2　制定数控加工工艺方案

（1）加工准备

本例选用的机床为 FANUC0i 或 SIEMENS802D 系统的 CKA6140 型数控车床，件 2 毛坯预钻出 $\phi24mm$ 的通孔。加工中使用的工具、量具、夹具见表 13-2。

表 13-2　技师数控车应会试题　工具、刃量具清单

序号	名　称	规　格	数量	备注
1	游标卡尺	$0\sim150$　0.02	1	
2	千分尺	$0\sim25,25\sim50,50\sim75$　0.01	1	
3	万能量角器	$0\sim320°2'$	1	
4	螺纹塞规	M30×1.5-6H	1	
5	百分表	$0\sim10$　0.01	1	
6	磁性表座		1	
7	R 规	$R7\sim R14.5$　$R15\sim R25$	1	
8	椭圆样板	长轴 20mm，短轴 13mm	1	
9	内径量表	$18\sim35$　0.01	1	
10	塞尺	$0.02\sim1$	1 副	
11	外圆车刀	93°，45°	1	
12	不重磨外圆车刀	R 型、V 型、T 型、S 型刀片	各 1	选用
13	内、外螺纹车刀	三角形螺纹	各 1	
14	内、外切槽刀	刀宽 2mm	各 1	
15	内孔车刀	$\phi20mm$ 盲孔、$\phi20mm$ 通孔	1	
16	麻花钻	中心钻、$\phi10,\phi20,\phi24$	各 1	
17	辅具	莫氏钻套、钻夹头、活络顶尖	各 1	
18	材料	$\phi60mm×122mm,\phi60mm×62mm$	各 1	
19	其他	铜棒、铜皮、毛刷等常用工具		
20		计算机、计算器、编程用书等		选用

（2）加工工艺方案分析（应特别注意工件各表面的加工次序）

①加工件 2 右端内轮廓，保证尺寸 $\phi32^{+0.021}_{0}$、R27、$60°±2'$，同时车削通孔 $\phi28$（为后续内轮廓加工准备的工艺孔），以保证下一工步的校正表面。

②掉头装夹件 2，以 $\phi28$ 内孔表面校正工件，加工件 2 左端内轮廓，保证尺寸 $\phi31^{+0.021}_{0}$、M30×1.5-6H，同时还保证了螺纹与内孔的同轴度。

③采用一夹一顶的装夹方式加工件 1 左端外轮廓，保证各项精度要求，同时保证外圆 $\phi57$ 的长度尺寸大于 60mm，以保证下一工步的校正表面，加工过程中可以用件 2 进行试配。

④掉头装夹件 1，采用一夹一顶方式装夹，以 $\phi57$ 外圆表面校正工件，车削局部外轮廓及辅助工艺螺纹，保证尺寸 $\phi31^{0}_{-0.021}$、R10。

⑤不拆除件 1，螺纹配合安装件 2，加工件 2 外轮廓，保证件 2 外轮廓的各项精度要求。

⑥拆下件 2，仍采用一夹一顶的装夹方式加工件 1 右端外轮廓，用件 2 试配。

⑦拆下工件，去毛倒棱并进行自检。

（3）加工难点分析

① 件 2 外轮廓加工。加工件 2 外轮廓时，如采用单件方法加工，则工件因无法装夹而无法正确地加工。为此，加工完件 2 内轮廓后，外轮廓采用螺纹组合的加工方法进行加工，但由于件 1 没有外螺纹，因此，加工件 1 右端外轮廓时，应先加工出如图 13-2 所示的工艺螺纹，待组合加工完成件 2 外轮廓后，再将工艺螺纹车去。

加工工艺螺纹时，由于螺纹的小径尺寸为 $\phi28.05$mm，另外，从图 13-2 中可以看出，工件 1 右端轮廓均包含在工艺螺纹轮廓之内。因此，制作工艺螺纹后，件 1 右端外轮廓仍具有足够的粗、精加工余量。

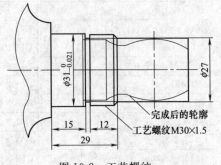

图 13-2　工艺螺纹

② 基点计算。本例工件的基点计算也是其加工难点，本例采用 CAD 绘图的方法查询基点坐标，得出局部轮廓的基点坐标如图 13-3 所示。

关于基点坐标，除采用绘图 CAD 软件进行查询计算外，还可采用 CAD 造型软件进行基点坐标查询，常用于基点坐标查询的造型软件有 CAXA 制造工程师、UGNX、Pro/E 等，采用这些造型软件查询出的基点坐标值将更加精确。

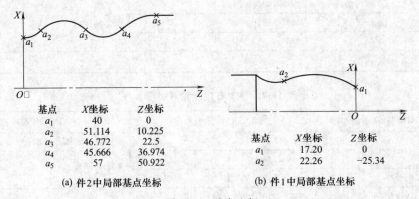

基点	X坐标	Z坐标
a_1	40	0
a_2	51.114	10.225
a_3	46.772	22.5
a_4	45.666	36.974
a_5	57	50.922

（a）件2中局部基点坐标

基点	X坐标	Z坐标
a_1	17.20	0
a_2	22.26	-25.34

（b）件1中局部基点坐标

图 13-3　基点坐标

③ 椭圆轮廓加工。加工本例椭圆轮廓时，以 Z 坐标作为自变量，X 坐标作为因变量。Z 坐标的增量为 -0.1mm，根据椭圆公式得出 X 坐标。采用公式编程时，应注意曲线公式中的坐标值与工件坐标系中坐标值之间的转换。编程过程中使用的变量如下：

♯101 或 R1　非圆曲线公式中的 Z 坐标值，初始值为 15.0；

♯102 或 R2　非圆曲线公式中的 X 坐标值（半径量），初始值为 8.60；

♯103 或 R3　非圆曲线在工件坐标系中的 Z 坐标值，其值为 ♯101－15.0；

♯104 或 R4　非圆曲线在工件坐标系中的 X 坐标值（直径量），初始值为 ♯102×2。

13.1.3　数控加工程序

本例工件的难加工部位主要有件 1 右端的椭圆和件 2 外轮廓，加工这些表面时，选用的刀具为 35°菱形刀片机夹式外圆车刀，由于加工程序较多，在此仅提供部分难加工程序，其余程序读者可自己完成。参考程序见表 13-3 和表 13-4。

表 13-3　件 2 外轮廓参考程序

SINUMERIK 802D 系统程序	FANUC 0i 系统程序	FANUC　程序说明
AA11. MPF；	O0011；	加工件 2 外轮廓
G95 G71 G40 G90；	G99 G21 G40；	
T1D1；	T0101；	程序开始部分及刀具定位
M3 S800；	M03 S800；	
G0 X100.0 Z100.0 M8；	G00 X100.0 Z100.0 M08；	
X62.0 Z2.0；	X62.0 Z2.0；	
CYCLE95（"AA111"，1.0，0，0.5，，ᴪ 0.1，0.1，0.05，9，，，0.5）；	G73 U10.0 W0 R10；	加工件 2 外轮廓
	G73 P100 Q200 U0.5 W0.0 F0.1；	
G0 X100.0 Z100.0 ；	N100 G00 G42 X57.0 S1500 F0.05；	
M5 M9；	G01 Z－9.078；	
M2；	G03 X45.67 Z－23.026 R20.0；	
AA111. SPF；	G02 X46.77 Z－37.5 R10.0；	精加工轮廓描述
G0 G42 X57.0；	G03 X51.11 Z－49.77 R13.5；	
G1 Z－9.078；	G02 X40.0 Z－60.0 R10.0；	
G3 X45.67 Z－23.02 CR＝20.0；	G01 Z－61.0；	
G2 X46.77 Z－37.5 CR＝10.0；	N200 G40 X62.0；	
G3 X51.11 Z－49.77 CR＝13.5；　'	G70 P100 Q200；	精加工件 2 外轮廓
G2 X40.0 Z－60.0 CR＝10.0；	G00 X100.0 Z100.0；	
G1 Z－61.0；	M05 M09；	程序结束部分
G40 X62.0；	M30；	
RET；		

表 13-4　件 1 右端外轮廓参考程序

SINUMERIK 802D 系统程序	FANUC 0i 系统程序	FANUC　程序说明
AA12. MPF；	O0012；	加工件 1 右端外轮廓
…	…	程序开始部分
G0 X32.0 Z2.0；	G00 X32.0 Z2.0；	
CYCLE95（"AA121"，1.0，0，0.5，，ᴪ 0.1，0.1，0.05，9，，，0.5）；	G73 U10.0 W0 R8；	加工右端轮廓的加工循环
	G73 P100 Q200 U0.5 W0.0 F0.1；	
… …	N100 G00 G42 X18.0 S1500 F0.05；	刀具进刀
AA121. SPF	#101＝15.04	公式中的 Z 坐标值
G0 G42 X18.0；	N120 #102＝13.0 * SQRT[1－ #ᴪ 101 * #101 /20.0 /20.0]；	公式中的 X 坐标值
R1＝15.04；		
MA1：R2＝SQRT（400.0－R1 * R1）ᴪ * 13.0/20.0；	#103＝#101－15.0；	工件坐标系中的 Z 坐标值
	#104＝#102 * 2；	工件坐标系中的 X 坐标值
R3＝R1－15.0；	G01 X#104 Z#103 F0.1；	加工椭圆
R4＝R2 * 2.0；	#101＝#101－'0.1；	Z 坐标增量为－0.1
G1 X＝R4 Z＝R3 F0.1；	IF [#101 GE [－10.34]] GOTO 120；	条件判断
R1＝R1－0.10；	G02 X26.0 Z－36.0 R12.0；	加工连接圆弧 R12
IF R1＞＝－10.34 GOTOB MA1；	G01 Z－46.0；	加工圆柱面
G02 X26.0 Z－36.0 R12.0；	X29.0；	
G01 Z－46.0；	X31.0 Z－47.0；	加工 C1 倒角

续表

SINUMERIK 802D.系统程序	FANUC 0i 系统程序	FANUC 程序说明
X29.0	N200 G40 X32.0;	刀具退出
X31.0 Z−47.0;	G70 P100 Q200	精加工件 1 右端轮廓
G40 X32.0	…	程序结束部分
RET;		

加工本例工件时，如果不进行工艺分析即将件 1 加工完毕，则根据考试条件，根本无法对件 2 的外轮廓进行加工。

13.2 技师零件加工实例 2

13.2.1 零件加工图及评分标准

（1）加工零件图

如图 13-4 所示工件，毛坯为 φ62mm×132mm，φ62mm×52mm 的 45 钢，试分析其加工工艺并编写其数控车加工程序。

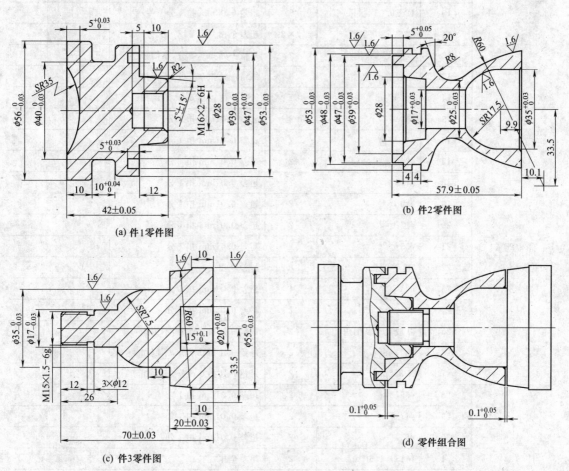

(a) 件1零件图

(b) 件2零件图

(c) 件3零件图

(d) 零件组合图

图 13-4 技师零件加工图样 2

注：图 13-4 未注倒角为 C1，未注圆角为 R1。工件组合时，接触精度用涂色法检验，接触面积大于 60%，螺纹配合松紧适中。

（2）评分标准

本课题的工时定额为7h，其加工要求见表13-5。

表 13-5 工件评分表

工件编号			总 得 分			
项目	序号	技术要求	配分	评分标准	检测记录	得分
件1(30%)	1	$\phi 56_{-0.03}^{0}$	2	超差 0.01mm 扣 1 分		
	2	$\phi 53_{-0.03}^{0}$	2	超差 0.01mm 扣 1 分		
	3	$\phi 39_{-0.03}^{0}$	2	超差 0.01mm 扣 1 分		
	4	$\phi 40_{-0.03}^{0}$	2	超差 0.01mm 扣 1 分		
	5	$\phi 47_{0}^{+0.03}$	2	超差 0.01mm 扣 1 分		
	6	M16×2-6H	2	超差全扣		
	7	5°±15′	2	超差 0.02mm 扣 1 分		
	8	$5_{0}^{+0.03}$	2×2	超差 0.01mm 扣 1 分		
	9	$10_{0}^{+0.04}$	2	超差 0.02mm 扣 1 分		
	10	42±0.05	5	超差 0.02mm 扣 1 分		
	11	R35、R2 等圆弧	1×2	超差全扣		
	12	一般尺寸及倒角	2	每错一处扣 0.5 分,不倒扣		
	13	$R_{a}1.6\mu m$	3	每错一处扣 0.5 分,不倒扣		
	14	$R_{a}3.2\mu m$	1	每错一处扣 0.5 分,不倒扣		
件2(25%)	15	$\phi 53_{-0.03}^{0}$	2	超差 0.01mm 扣 1 分		
	16	$\phi 47_{-0.03}^{0}$	2	超差 0.01mm 扣 1 分		
	17	$\phi 25_{-0.03}^{0}$	2	超差 0.01mm 扣 1 分		
	18	$\phi 48_{-0.03}^{0}$	2	超差 0.01mm 扣 1 分		
	19	$\phi 39_{0}^{+0.03}$	2	超差 0.01mm 扣 1 分		
	20	$\phi 17_{0}^{+0.03}$	2	超差 0.01mm 扣 1 分		
	21	$\phi 35_{0}^{+0.03}$	2	超差 0.01mm 扣 1 分		
	22	R8 等圆弧	1×2	超差全扣		
	23	$5_{0}^{+0.05}$	4	超差 0.02mm 扣 1 分		
	24	57.9±0.05	2	超差 0.02mm 扣 1 分		
	25	一般尺寸及倒角	2	每错一处扣 0.5 分,不倒扣		
	26	$R_{a}1.6\mu m$	2	每错一处扣 0.5 分,不倒扣		
	27	$R_{a}3.2\mu m$	2	每错一处扣 0.5 分,不倒扣		
件3(23%)	28	$\phi 35_{-0.03}^{0}$	2	超差 0.01mm 扣 1 分		
	29	$\phi 17_{-0.03}^{0}$	2	超差 0.01mm 扣 1 分		
	30	$\phi 55_{-0.03}^{0}$	2	超差 0.01mm 扣 1 分		
	31	M15×1.5-6g	2	超差全扣		
	32	$\phi 20_{0}^{+0.03}$	2	超差 0.01mm 扣 1 分		
	33	$15_{0}^{+0.10}$	2	超差 0.02mm 扣 1 分		
	34	20±0.03	2	超差 0.02mm 扣 1 分		

工件编号				总 得 分		
项目	序号	技术要求	配分	评分标准	检测记录	得分
件3(23%)	35	70±0.03	2	超差0.02mm扣1分		
	36	R60等圆弧	1×2	超差全扣		
	37	一般尺寸及倒角	2	每错一处扣0.5分,不倒扣		
	38	$R_a1.6\mu m$	2	每错一处扣0.5分,不倒扣		
	39	$R_a3.2\mu m$	1	每错一处扣0.5分,不倒扣		
组合(22%)	40	组合$0.1^{+0.05}_{0}$	4×2	超差扣4分/处		
	41	短面槽配合	3	超差全扣		
	42	螺纹配合适中	3	超差全扣		
	43	接触面积	2×4	超差扣3分/处		
其他	44	工件按时安装		每超时10min扣3分		
	45	工件无缺陷	倒扣	缺陷倒扣3分/处		
安全文明生产	46	安全操作		停止操作或酌情扣5~20分		

13.2.2 制定数控加工工艺方案

（1）加工准备

本例选用的机床为 FANUC0i 或 SINUMERIK802D 系统的 CKA6140 型数控车床，件1和件2毛坯根据加工要求均钻出预孔。加工中使用的工具、量具、夹具见表13-6。

表 13-6 工具、量具、刃具清单

序号	名 称	规 格	数量	备注
1	游标卡尺	0~150 0.02	1	
2	千分尺	0~25,25~50,50~75 0.01	1	
3	万能量角器	0~320° 2′	1	
4	螺纹塞规	M30×1.5-6H	1	
5	百分表	0~10 0.01	1	
6	磁性表座		1	
7	R规	R7~R14.5 R15~R25	1	
8	椭圆样板	长轴20mm,短轴13mm	1	
9	内径量表	18~35 0.01	1	
10	塞尺	0.02~1	1副	
11	外圆车刀	93°,45°	1	
12	不重磨外圆车刀	R型、V型、T型、S型刀片	各1	选用
13	内、外螺纹车刀	三角形螺纹	各1	
14	内、外切槽刀	刀宽2mm	各1	
15	内孔车刀	$\phi20mm$盲孔、$\phi20mm$通孔	1	
16	麻花钻	中心钻、$\phi10$、$\phi20$、$\phi24$	各1	
17	辅具	莫氏钻套、钻夹头、活络顶尖	各1	
18	材料	$\phi60mm×122mm$、$\phi60mm×62mm$	各1	
19	其它	铜棒、铜皮、毛刷等常用工具		
20		计算机、计算器、编程用书等		选用

（2）相关知识与工艺方案

① 实操考核的操作要求。在职业技能考核鉴定考试过程中，为了取得较高的应会操作成绩，对操作者提出了较高的操作要求，即要求操作者在实操过程中以最合理的工艺方案、最有效的精度保证、最佳刀具路径、最短时间完成试件加工。

a. 最合理工艺方案。最合理方案是指自己最熟悉的工艺方案，即采用最少的走刀次数，实现最快捷的去除方式，最方便工件自检，在规定时间内，完成试件加工的工艺方案。

b. 最有效的精度保证。精度是零件加工中最重要的指标，精度决定零件价值。在实操过程中，操作者应合理安排加工顺序，灵活运用各种加工刀具，注意装夹对试件加工精度的影响，从实际出发分配粗精加工余量，适时调整切削参数，充分利用各种量具和数控系统功能，及时对试件进行直接或间接测量，确保工件加工精度和配合精度。

c. 最佳刀具路线。是指在保证加工精度和表面粗糙度的前提下，数值计算最简单，走刀路径最短、空行程少、编程量少、程序短、简单易行的刀具路径。

d. 最短时间。熟练的操作，快捷的编程，选好正确的切入点，合理使用刀具，优选切削用量，确保关键得分点，把握加工节奏，粗精加工分开，力争在规定时间内完成加工项目，确保试件完整性。

② 实操考核的应试策略。良好的数控职业技能鉴定应试策略也是顺利通过职业技能考核的关键，常用的实操应试策略如下。

a. 确定加工流程。在加工过程中应全盘考虑每一个表面的加工次序，绝对不能出现工件加工到一半无法继续向下加工的情况。

b. 注意各项精度配分值的大小。通过合理分析配分表并根据考试时间要求，选择配分大、容易保证的尺寸进行精度加工，而适当放弃一些配分小、加工难度大的尺寸。

c. 把加工程序分细。由于职业技能鉴定应会考试是单件操作。因此，可以用多个程序来完成一道工序。加工过程中可以分成一把刀一个程序，也可以分成一个加工要素一个程序，这样做既可以方便程序的校正，还可以方便加工精度的修整。

d. 尽可能多用固定循环。采用复合固定循环进行编程，可以使加工程序得到简化，减少程序的输入错误。此外，有些固定循环，如螺纹加工复合固定循环还可以达到优化刀具轨迹的目的。

e. 采用手动操作及 MDI 操作来完成部分切削工作。某些特定的加工，如去除毛坯余量、端面切削、钻孔等操作，采用手动操作显然要比编程操作更简单、更省事。

f. 选用合理的切削用量参数。选择切削用量参数时，可以按经验选取估算值，不必精确，但选择时应适当保守一些，即取偏小值，然后在加工过程中通过机床面板上的倍率按键或旋钮进行调整。

g. 保证程序的正确性。在正式加工前，采取"锁住机床空运行"的方式校验程序，并且在显示屏上进行刀具轨迹的绘制。对于这一步操作，最好不要省略。

h. 分段实施，分步推进。实操考试切忌两个极端：一个在没有看清图纸上的加工要求、没有对照配分表和未推敲加工方案的条件下抢先下手，很早就开始加工，从而导致无法弥补的工艺错误；另一个极端是迟迟不动手，看图细之又细，方案慎之又慎，自以为"稳扎稳打"，实则延误了时机，导致无法在规定时间内完成工件。

i. 安全第一。确保人身和机床的安全，这是不容置疑的。在考核过程中注意工件和刀具的安全也很重要，为此，在考试过程中一定要保证程序的正确性、安装的牢靠性和操作的规范性。

（3）加工难点分析

本例工件的加工难点在于件 1 外圆槽和件 2 内凹轮廓的加工，如采用单件加工，则无法装夹。因此，本例采用三件组合后的装夹方式进行加工。

本例工件为三配合，加工时间仅为 7h。因此，正确合理地安排加工时间也是本课题的加工难点。为此，在加工过程中应合理安排加工时间，提高加工效率。现将常用于提高考试件加工效率的方法归纳如下：

① 快速熟练地进行装夹校正，通常一次装夹与校正不能超过 10min；

② 快速正确地编程，通常后道工序的编程可在前道工序的加工过程中进行，即采用后台操作的方式进行编程；

③ 在可靠装夹的前提下，选择合适的切削用量参数；

④ 对机床的各种加工方式操作熟练，既可采用编程加工，也可采用手动或 MDI 方式加工；

⑤ 合理选择工序、工步，不能做一步看一步，应全盘考虑加工流程；

⑥ 快速进行对刀，通常一把刀的对刀时间不能超过 5min；

⑦ 正确进行测量，减少修正时间；

⑧ 减少无效的辅助时间。

（4）加工方案分析

本例工件的加工方案如下：

① 加工件 2 右侧内、外轮廓，内轮廓除加工出圆弧轮廓外，还要加工出 $\phi17$ 通孔，用于掉头装夹后的校正，外轮廓主要加工出用于掉头装夹的装夹表面；

② 掉头装夹件 2，以前一工步加工出的 $\phi17$ 通孔为校正面，加工件 2 左端内、外轮廓，保证 $\phi53$ 外圆、外圆槽、内孔和内锥孔的各项加工精度；

③ 加工件 1 右侧内、外轮廓，保证端面槽、外圆锥、内孔的各项精度要求，用件 2 左侧轮廓与之试配，保证配合精度要求；

④ 加工件 3 右侧内、外轮廓，保证 $\phi55$ 外圆尺寸和 $\phi20$ 内径尺寸的精度要求；

⑤ 掉头以一夹一顶的方式装夹，加工件 3 左侧外轮廓，保证外圆轮廓及外螺纹的各项精度要求；

⑥ 不拆除件 3，同时安装上件 1 和件 2，采用一夹一顶的方式装夹，加工出件 2 的凹外轮廓，保证圆弧光滑过渡，同时加工出件 1 的外圆及外圆槽；

⑦ 拆下工件 3，以件 1 的 $\phi56$ 外圆作为装夹表面，加工件 1 左侧内凹圆弧面，保证其深度及圆弧度要求；

⑧ 拆下工件 1，去毛倒棱，进行工件组合并进行自检。

13.2.3　数控加工程序

本例的加工关键是进行合理的工艺分析，选择合理的工艺方案，而工件的编程难度不大，请读者自行编制每一步骤的加工程序。

课题小结：

对于技师课题，课题分析是关键，通过课题分析，选择合适的加工工艺，通过工艺来保证零件的各项加工精度。

零件加工训练项目

综合训练1 轴类零件的内外轮廓编程训练

训练要求：如综合训练图1～图7所示，毛坯自选，制定合理的加工方案，编写数控加工程序并加工零件。

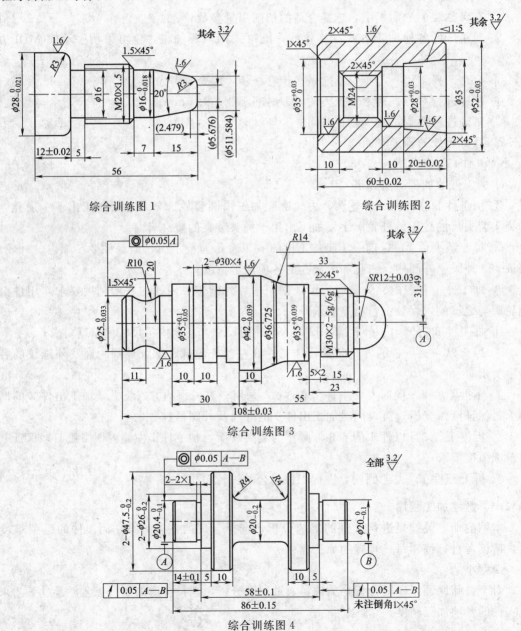

综合训练图1

综合训练图2

综合训练图3

综合训练图4

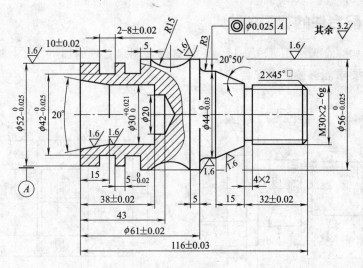

综合训练图 5

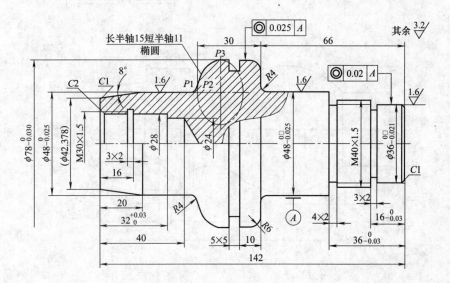

综合训练图 6

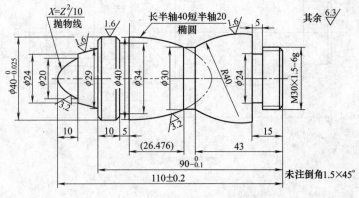

综合训练图 7

综合训练 2　配合件的加工训练

训练要求：如综合训练图 8～图 11，毛坯自选，制定合理的加工方案，编写数控加工程序并加工零件，要求能够按要求配合。

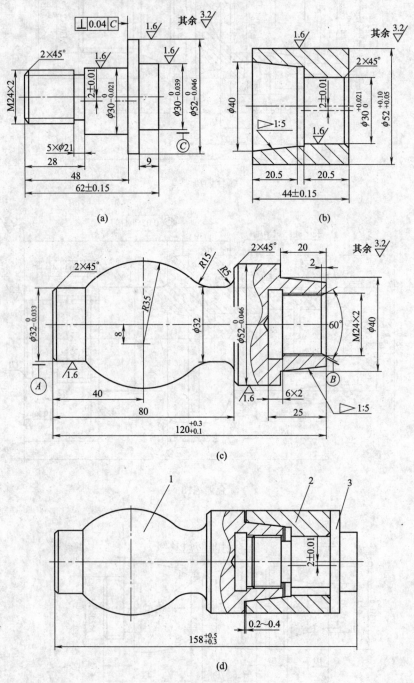

综合训练图 8

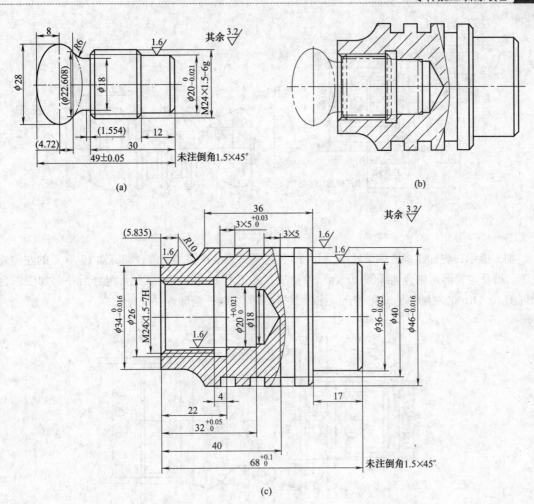

(a)

(b)

(c)

综合训练图 9

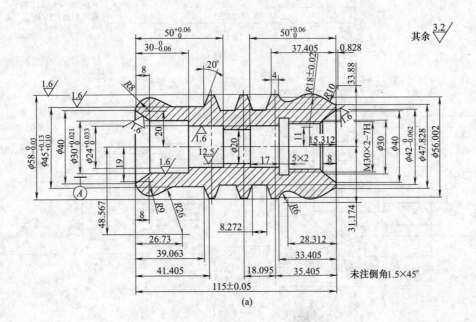

(a)

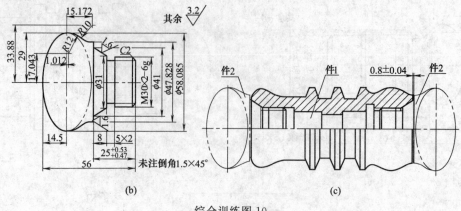

综合训练图 10

加工提示：先加工综合训练图 10（b）的右侧螺纹和锥，再加工综合训练图 10（a）的左侧外轮廓、槽及内轮廓，综合训练图 10（a）件掉头，加工右侧内轮廓，试配，组合后一起加工综合训练图 10（b）的左侧外轮廓和综合训练图 10（a）的右侧外轮廓。

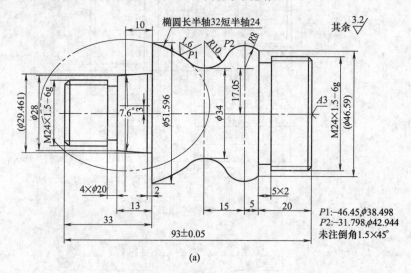

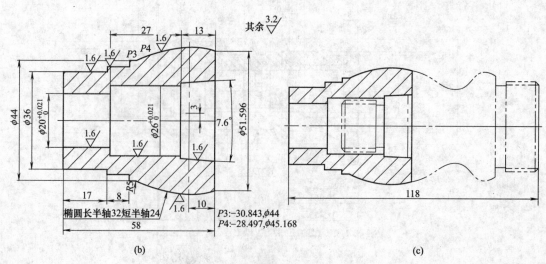

综合训练图 11

第 五 篇

数控车工考工模拟试题

单元 14　数控车工中级工技能鉴定模拟试题

14.1　数控车工中级工技能鉴定理论模拟试题1及答案

14.1.1　理论模拟试题1

一、填空题（每空1分，共20分）

1. 切削三要素用量包括＿＿＿＿＿＿、＿＿＿＿＿＿和＿＿＿＿＿＿。

2. 1英寸＝＿＿＿＿＿＿mm。

3. 切削液的作用包括＿＿＿＿＿＿作用、＿＿＿＿＿＿作用、＿＿＿＿＿＿作用和＿＿＿＿＿＿作用。

4. 数控机床控制功能特点分类分为：＿＿＿＿＿＿、＿＿＿＿＿＿和＿＿＿＿＿＿。

5. 国际上通常的数控代码是＿＿＿＿＿＿和＿＿＿＿＿＿。

6. 常用的两种工具圆锥是＿＿＿＿＿＿和＿＿＿＿＿＿。

7. APC的含义是＿＿＿＿＿＿；AWC的含义是＿＿＿＿＿＿。

8. 在数控系统中，按插补输入的标量不同，有数字脉冲增量法和数据采样法。数据脉冲增量法是以＿＿＿＿＿＿为标量的，而数据采样法是以＿＿＿＿＿＿为标量的。

9. 确定机床主轴转速的计算公式是＿＿＿＿＿＿。

二、单项选择题（将正确答案的标号写在括号内，每小题1.5分，共30分）

1. 保持工作环境清洁有序不正确的是（　　　）。

A. 整洁的工作环境可以振奋职工精神　　B. 优化工作环境

C. 工作结束后再清除油污　　　　　　　D. 毛坯、半成品按规定堆放整齐

2. 职业道德基本规范不包括（　　　）。

A. 爱岗敬业忠于职守　　　　　　　　　B. 服务群众奉献社会

C. 搞好与他人的关系　　　　　　　　　D. 遵纪守法廉洁奉公

3. 违反安全操作规程的是（　　　）。

A. 执行国家劳动保护政策　　　　　　　B. 可使用不熟悉的机床和工具

C. 遵守安全操作规程　　　　　　　　　D. 执行国家安全生产的法令、规定

4. 刀具材料中，制造各种结构复杂的刀具应选用（　　　）。

A. 碳素工具钢　　　　　　　　B. 合金工具钢

C. 高速工具钢　　　　　　　　D. 硬质合金

5. 增大刀具的前角，切屑（　　）。

A. 变形大　　　　B. 变形小　　　　C. 很小　　　　D. 无法确定

6. 对应每个刀具补偿号，都有一组偏置量 X、Z，刀具半径补偿量 R 和刃尖（　　）号 T。

A. 方位　　　　B. 编　　　　C. 尺寸　　　　D. 补偿

7. 子程序 M98 P__ L__ 中（　　）为重复调用子程序的次数。若省略，表示只调用一次。

A. 空格　　　　B. M98　　　　C. P　　　　D. L

8. 由主切削刃直接切成的表面叫（　　）。

A. 切削平面　　　　B. 切削表面　　　　C. 已加工面　　　　D. 待加工面。

9. （　　）的主要作用是减少后刀面与切削表面之间的摩擦。

A. 前角　　　　B. 后角　　　　C. 螺旋角　　　　D. 刃倾角

10. 切断时防止产生震动的措施是（　　）。

A. 适当增大前角　　B. 减小前角　　C. 增加刀头宽度　　D. 提高切削速度

11. 精加工时加工余量较小，为了提高生产率，应选择（　　）大些。

A. 进给量　　　　B. 切削深度　　　　C. 切削速度　　　　D. 主轴转速

12. 辅助功能指令主要用于机床加工操作时的（　　）性指令。

A. 工艺　　　　B. 规范　　　　C. 选择　　　　D. 判断

13. 产生加工硬化的主要因素是由于（　　）。

A. 前角太大　　　B. 刀尖圆弧半径大　　C. 工件材料硬　　D. 刀刃不锋利

14. （　　）由百分表和专用表架组成，用于测量孔的直径和孔的形状误差。

A. 外径百分表　　B. 杠杆百分表　　C. 内径百分表　　D. 杠杆千分尺

15. Z 方向的工件坐标（　　）可以根据技术要求，设在右端面或设在左端面，也可以设在其他位置。

A. 终点　　　　B. 零点　　　　C. 数值　　　　D. 参考点

16. 标准麻花钻的顶角为（　　）度。

A. 60　　　　B. 90　　　　C. 118　　　　D. 120

17. 积屑瘤在切削速度为（　　）时最易产生。

A. 低速　　　　B. 中速　　　　C. 高速　　　　D. 等速

18. 精车铸铁工件应选用（　　）牌号的硬质合金。

A. YT15　　　　B. YT30　　　　C. YG3　　　　D. YG8

19. 删除程序操作步骤：①选择 EDIT 方式；②按 "PRGRM" 键，输入要删除的程序号；③按 "（　　）" 键，可以删除此程序号内的程序。

A. DELET　　　　B. AUX　　　　C. OPR　　　　D. POS

20. 调整数控机床的进给速度直接影响到（　　）。

A. 加工零件的粗糙度和精度、刀具和机床的寿命、生产效率

B. 加工零件的粗糙度和精度、刀具和机床的寿命

C. 刀具和机床的寿命、生产效率

D. 生产效率

三、判断题（正确的画"√"，错误的画"×"。每小题1分，共20分）

（   ）1. 数控编程有绝对值和增量值编程，使用时不能将它们放在一个程序段内。

（   ）2. 职业道德的实质内容是建立全新的社会主义劳动关系。

（   ）3. 通常在命名或编程时，不论何种机床，都一律假定工件静止刀具移动。

（   ）4. X 坐标的圆心坐标符号一般用 K 表示。

（   ）5. 具有高度的责任心要做到工作勤奋努力，精益求精，尽职尽责。

（   ）6. 螺纹指令 G32 X41.0 W−43.0 F1.5 是以每分钟 1.5mm 的速度加工螺纹。

（   ）7. 在数控加工中，如果圆弧指令后的半径遗漏，则圆弧指令作直线指令执行。

（   ）8. 车床的进给方式分每分钟进给和每转进给两种，一般可用 G94 和 G95 区分。

（   ）9. 标准麻花钻的横刃斜角为 50°～55°。

（   ）10. 高速钢与硬质合金相比，具有硬度较高，红硬性和耐磨性较好等优点。

（   ）11. 选择合理的刀具几何角度以及适当的切削用量都能大大提高刀具的使用寿命。

（   ）12. 车刀刀尖圆弧增大，切削时径向切削力也增大。

（   ）13. 加工表面上残留面积越大、高度越高，则工件表面粗糙度越大。

（   ）14. 车削外圆柱面和车削套类工件时，它们的切削深度和进给量通常是相同的。

（   ）15. 积屑瘤的产生在精加工时要设法避免，但对粗加工有一定的好处。

（   ）16. 工艺尺寸链中，组成环可分为增环和减环。

（   ）17. 数控机床上的 F、S、T 就是切削三要素。

（   ）18. 使用千分尺前，应做归零检验。

（   ）19. 在程序中 F 只能表示进给速度。

（   ）20. 在程序中，X、Z 表示绝对地址，U、W 表示相对坐标地址。

四、简答题（每小题4分，共20分）

1. 数控加工编程的主要内容有哪些？

2. 数控工艺分析的目的是什么？包括哪些内容？

3. 车削不锈钢工件时，应采取哪些措施？

4. 有一件 45 钢制作的杆状零件，要求 40～44HRC，公差±0.5，留有 1mm 加工余量，经淬火后，硬度为 57～60HRC，翘曲达 4mm，用什么热处理操作才好呢？

5. 什么是刀具前角？它的作用是什么？

五、编程题（共10分）

如图 14-1 所示，毛坯材料：45 号钢，规格 φ40×90，要求：

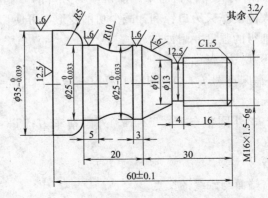

图 14-1　编程题图样

1. 精加工余量 0.3mm；

2. 精加工进给率 F0.1，粗加工进给率 F0.3（mm/r）；

3. 粗加工主轴转速 500r/min，精加工主轴转速 1000r/min；

4. 粗加工每次进刀 1mm，退刀 0.5mm；

5. 未注倒角 2×45°。

14.1.2 理论模拟试题 1 参考答案

一、填空题

1. 切削速度 进给量 背吃刀量；2. 25.4；3. 冷却 润滑 清洗 防锈；4. 点位控制 直线控制 轮廓控制；5. ISO EIA；6. 莫氏圆锥 米制圆锥；7. 自动托盘交换（或自动工作台交换装置） 自动工件交换；8. 行程 时间；9. $n=1000v/\pi D$

二、单项选择题

1. C；2. C；3. B；4. C；5. B；6. A；7. D；8. B；9. B；10. A；11. C；12. A；13. D；14. C；15. B；16. C；17. B；18. D；19. A；20. A

三、判断题

1. ×；2. ×；3. √；4. ×；5. √；6. ×；7. ×；8. √；9. √；10. ×；11. √；12. √；13. √；14. ×；15. √；16. √；17. ×；18. √；19. ×；20. √

四、简答题

1. 答：数控加工编程的主要内容有分析零件图，确定工艺路线过程及工艺路线、计算刀具轨迹的坐标值，编写加工程序，程序输入数控系统，程序校验及首件试切等。

2. 答：在数控机床上加工零件，首先应根据零件图样进行工艺分析、处理，编制加工工艺，然后再编制加工程序。它包括的主要内容有切削用量、工步的安排、进给路线、加工余量、刀具的尺寸及型号等。

3. 答：（1）选用硬度高、抗黏附性强、强度高的刀具材料，如 YW1、YW2 的硬质合金；（2）单刀采用较大的前角和后角，采用圆弧形卷屑槽，使排屑流畅，易卷曲折断；（3）进给量不要太小，切削速度不宜过高；（4）选用抗黏附性和散热性能好的切削液，如硫化油或硫化油加四氯化碳，并增大流量。

4. 答：此零件为 45 钢，应该在水中淬火，得到 57～60HRC 高硬度后，应在 300℃ 以上较高温回火，降低部分硬度，达到 40～44HRC，翘曲 4mm 已超过允许的公差±0.5，应通过校直工序将它调整到公差尺寸范围内才可。

5. 答：前刀面与基面间的夹角称为前角。前角影响刃口的锋利程度和强度，影响切削变形和切削力。前角增大能使车刀刃口锋利，减少切削变形，可使切削省力，并使切屑顺利排出，负前角能增加切削刃的强度并耐冲击。

五、编程题（答案不唯一，仅供参考）

1. 设备选用 数控车床型号 C2-6136HK/1 数控车床，四工位立式刀架，配置 HNC-21T 华中世纪星数控系统。

2. 刀具设置 T1：93°外圆粗车刀；T2：93°外圆精车刀；T3：4mm 宽切槽刀；T4：60°外螺纹车刀。

3. 制定加工工艺方案

工件坐标原点设在右端面与轴线的交点。

（1）用 T1 刀车工件端面、粗车外轮廓；

（2）用 T2 刀精车外轮廓；

（3）用 T3 刀切螺纹退刀槽；

（4）用 T4 刀车外螺纹。

4. 编写加工程序（FANUC0i-TB 数控系统）

O1101;	
T0101;	粗加工外轮廓，换 T1，同时建立工件坐标系
M03 S500;	
G00 X54 Z0 M08;	
G99 G01 X0 F0.1;	车端面
G00 X52 Z2;	
G71 U1 R0.5;	
G71 P10 Q20 U0.3 W0 F0.3 S500;	粗车外轮廓
N10 G00 X8 F0.1 S1000;	
G01 X15.8 Z−1.9;	精车外轮廓
Z−20;	
X25 Z−30;	
Z−33;	
G02 Z−45 R10;	
G01 Z−50;	
G03 X35 Z−55 R5;	
G01 Z−65;	
N20 X38;	
G00 X100 Z100 M05;	
T0202;	精加工外轮廓，换 T2，同时建立工件坐标系
G00 X52 Z2;	
G70 P10 Q20;	
G00 X100 Z100 M05;	
T0303;	换 T3，同时建立工件坐标系
M03 S350;	
G00 X26 Z−20 M08;	
X18;	
G01 X13 F0.1;	切槽
G04 P500;	
X18 F0.3;	
G00 X100 Z100 M05;	
M00;	
T0404;	换 T4，同时建立工件坐标系
M03 S200;	
G00 X20 Z4.5;	
G92 X15.2 Z−17.5 F1.5;	

G92 X14.6 Z−17.5 F1.5；

G92 X14.2 Z−17.5 F1.5；

G92 X14.04 Z−17.5 F1.5；

G92 X14.04 Z−17.5 F1.5；

G00 X100 Z100 M05；

M09；

M30；　　　　　　　　　　　　　程序结束

％

14.2　数控车工中级工技能鉴定理论模拟试题 2 及答案

14.2.1　理论模拟试题 2

一、填空题（每空 1 分，共 31 分）

1. 数控技术在各个领域的应用，由此而产生了 ＿＿＿＿＿＿（MC）、＿＿＿＿＿＿＿（DNC）、＿＿＿＿＿＿＿（ATC）、＿＿＿＿＿＿＿（FMS）、＿＿＿＿＿＿＿（CIMS）。

2. 根据输出信号方式的不同，软件插补方法可分为 ＿＿＿＿＿＿ 和 ＿＿＿＿＿＿ 两类。

3. 液压传动的工作原理以 ＿＿＿＿＿＿ 作为介质，依靠密封容积的 ＿＿＿＿＿＿ 来传递运动，依靠油液内部的 ＿＿＿＿＿＿ 来传递动力。

4. 常用的退火方法有 ＿＿＿＿＿＿、＿＿＿＿＿＿、＿＿＿＿＿＿ 等。

5. 零件图一般应包括如下四个方面的内容：一组表达零件的视图、＿＿＿＿＿＿、＿＿＿＿＿＿、＿＿＿＿＿＿。

6. 切削力可以分解为 ＿＿＿＿＿＿、＿＿＿＿＿＿ 和 ＿＿＿＿＿＿。

7. 车刀前角大小与工件材料的关系是：材料越软，前角越 ＿＿＿＿＿＿，塑性越好，前角可选择得越 ＿＿＿＿＿＿。

8. 数控加工的编程方法主要有 ＿＿＿＿＿＿ 和 ＿＿＿＿＿＿ 两种。

9. 工艺基准是在工艺过程中采用的基准，按其用途不同分为 ＿＿＿＿＿＿、＿＿＿＿＿＿、＿＿＿＿＿＿。

10. 齿轮的失效形式有 ＿＿＿＿＿＿、＿＿＿＿＿＿、＿＿＿＿＿＿、＿＿＿＿＿＿。

二、名词解释（每小题 3 分，共 15 分）

1. 机床原点

2. 笛卡尔坐标系

3. 续效指令

4. 欠定位

5. 表面粗糙度

三、判断题（每小题 1 分，共 15 分。正确的画"√"，错误的画"×"）

（　　）1. 一般情况下半闭环控制系统的精度高于开环系统，但低于闭环系统。

（　　）2. 数控装置是数控机床的执行机构，它包括驱动和执行两个部分。

（　　）3. 检测装置是数控机床必不可少的装置。

（　　）4. 刀具刃倾角 λ_s 可为正、负或零，刃倾角为正时可避免刀头受冲击而保护刀尖，防止崩刃。

（　　）5. 用内径百分表（或千分表）测量内孔时，必须摆动内径百分表，所得最大尺寸是孔的实际尺寸。

（   ）6. 莫氏圆锥不同规格号的圆锥角是相同的。

（   ）7. 数控机床精度完全取决于数控系统的分辨率。

（   ）8. 在数控加工中，如果圆弧加工指令后的半径遗漏则圆弧指令作直线指令执行。

（   ）9. 在改变三相电机的旋转方向，只要交换任意两相的接线即可。

（   ）10. 切削中对切削力影响较小的是前角和主偏角。

（   ）11. 为了提高机床径向尺寸加工精度，数控系统 Z 向的脉冲当量取 X 向脉冲当量的 1/2。

（   ）12. 粗加工时选择后角应以确保刀具强度为主。

（   ）13. 带传动时小带轮的包角越大，传递的拉力也越大。

（   ）14. 高碳钢的质量优于中碳钢，中碳钢的质量优于低碳钢。

（   ）15. 机件向基本平面投影所得到的视图称为基本视图。

四、选择题（每小题 2 分，共 20 分）

1. 机床上的卡盘、中心架等属于（   ）夹具。

A. 通用　　　　　B. 专用　　　　　C. 组合　　　　　D. 通用可调

2. 车削外圆时，假如刀尖安装高度低于工件中心，则实际工作前角和实际工作后角的变化为（   ）。

A. 前角变小，后角增大　　　　　B. 前角增大，后角减小

C. 前角增大，后角增大　　　　　D. 前角减小，后角减小

3. 用圆锥塞规涂色检验内锥时，如果小端接触，说明内圆锥的圆锥角（   ）。

A. 太小　　　　　B. 太大　　　　　C. 相同　　　　　D. 不确定

4. 粗车时，为了提高生产效率，选用切削用量时，应首先取较大的（   ）。

A. 切削深度　　　　B. 进给量　　　　C. 切削速度　　　　D. 切削厚度

5. 一般刀架中心退离机床原点最远的一个固定点是（   ）。

A. 刀架参考点　　　B. 机床参考点　　　C. 工作原点　　　D. 刀位点

6. 下列指令中不宜作为子程序结束指令的是（   ）。

A. M30　　　　　B. M02　　　　　C. M17　　　　　D. RET

7. 下列零件不宜在数控机床上加工的是（   ）。

A. 轮廓形状复杂零件　　　　　B. 精度要求高的零件

C. 多品种小批量零件　　　　　D. 大批大量轮廓形状简单零件

8. 用硬质合金刀具加工某零件时发现有积屑瘤，应采取（   ）措施以避免或减轻其影响。

A. 切削速度提高　　B. 切削速度降低　　C. 前角减小　　　D. 后角减小

9. 以下运行轨迹哪一个不是 G90 G01 X20 Z30 F50 的轨迹（   ）。

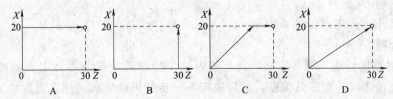

10. 假设用剖切平面将机件的某处切断，仅画出断面的图形称为（　　　）。

A. 剖视图　　　　　B. 剖面图　　　　　C. 半剖图　　　　　D. 半剖面

五、综合题（4 小题，共 19 分）

1. 什么叫逐点比较法？其中一个插补循环有几个节拍？（4 分）

2. 滚珠丝杠副具有哪些优缺点？（4 分）

3. 已知相啮合的一对标准直齿圆柱齿轮传动，$z_1 = 20$，$z_2 = 50$，$a = 210mm$，求 d_1 和 d_2 各是多少？（4 分）

4. 直线 OA，O 在坐标原点，A 点为（5，3）。试用逐点比较法对该直线段进行插补，并画出插补轨迹。（7 分）

14.2.2　理论模拟试题 2 答案

一、填空题

1. 加工中心（machining center）、直接数控系统（direct numerical control）、自动换刀装置（Automatic Tool Changer）、柔性制造系统（flexible manufacturing system）、计算机集成制造系统（computer integrated manufacturing systems）；2. 直线插补　圆弧插补；3. 油液　变化　压力；4. 完全退火　球化退火　去应力退火；5. 完整的尺寸　技术要求　标题栏；6. 轴向切削力 P_X　径向切削力 P_Y　切向切削力 P_Z；7. 大　宽；8. 手工编程　自动编程；9. 工序基准　定位基准　测量基准；10. 轮齿折断　疲劳点蚀　齿面胶合　齿面磨损　塑性变形

二、名词解释

1. 机床原点　是由机床生产厂家设置的一个固定不变的基准点，用于使机床与控制系统同步，建立测量机床运动坐标的起始点。在机床经过设计制造和调整后这个原点便被确定下来，一般地对于铣床来说，机床原点的位置是各坐标轴的正向最大极限处，而数控车床的机床原点通常设置在卡盘后端面与主轴轴线的交点处。

2. 笛卡尔坐标系　伸出右手的大拇指、食指和中指，并互为 90°，则大拇指代表 X 坐标，食指代表 Y 坐标，中指代表 Z 坐标，各手指的指向为该坐标的正方向。

3. 续效指令　也叫模态指令，一经程序段中指定，便一直有效，直到后面出现同组另一指令或被其他指令取消时才失效。编写程序时，与上段相同的续效指令可以省略不写，不同组续效指令编在同一程序段内不影响其续效。

4. 欠定位　按照加工要求应该限制的自由度没有被限制的定位称为欠定位。欠定位是不允许的。

5. 表面粗糙度　是指零件的加工表面上具有的较小间距和峰谷所形成的微观几何形状误差。

三、判断题

1. √；2. ×；3. ×；4. ×；5. ×；6. ×；7. ×；8. √；9. √；10. ×；11. ×；12. √；13. √；14. ×；15. √

四、选择题

1. A；2. B；3. B；4. A；5. B；6. A；7. D；8. B；9. C；10. B

五、综合题

1. 答：逐点比较法，顾名思义，就是每走一步控制系统都要将加工点的瞬时坐标同给定的图形轨迹相比较，判断其偏差，然后决定下一步的进给方向，使之逼近加工轨迹。逐点

比较法以折线来逼近直线或圆弧，其最大的偏差不超过一个最小设定单位。一个插补循环有四个节拍：偏差判别、坐标进给、新偏差计算、终点判别。

2. 优点：（1）传动效率高，摩擦损失小。滚珠丝杠的传动效率 $\eta=0.92\sim0.96$，比普通丝杠螺母副提高 $3\sim4$ 倍；（2）给予适当预紧，可消除丝杠和螺母的螺纹间隙，可消除反向时空程死区，定位精度高，刚度好；（3）运动平稳，无爬行现象，传动精度高；（4）有可逆性，可以从旋转运动转换为直线运动，也可以从直线运动转换为旋转运动，即丝杠和螺母都可以作为主动件；（5）磨损小，寿命长。

缺点：（1）制造工艺复杂，成本高；（2）不能自锁，特别是对于垂直丝杠，需要增加制动装置。

3. 答：$a=(z_1+z_2)m/2 \Rightarrow m=6$

$d_1=z_1m=20\times6=120mm$；$d_2=z_2m=50\times6=300mm$。

4. 答：逐点比较法直线插补过程如表 14-1 所示。

表 14-1　插补过程

序号	偏差判别	坐标进给	新偏差计算	终点判别	序号	偏差判别	坐标进给	新偏差计算	终点判别
0			$F_0=0$	$\sum=8$	5	$F_4=4$	$+X$	$F_5=F_4-Y_a=1$	$\sum=3$
1	$F_0=0$	$+X$	$F_1=F_0-Y_a=-3$	$\sum=7$	6	$F_5=1$	$+X$	$F_6=F_5-Y_a=-2$	$\sum=2$
2	$F_1=-3$	$+Y$	$F_2=F_1+X_a=2$	$\sum=6$	7	$F_6=-2$	$+Y$	$F_7=F_6+X_a=3$	$\sum=1$
3	$F_2=2$	$+X$	$F_3=F_2-Y_a=-1$	$\sum=5$	8	$F_7=3$	$+X$	$F_8=F_7-Y_a=0$	$\sum=0$
4	$F_3=-3$	$+Y$	$F_4=F_3+X_a=4$	$\sum=4$					

插补轨迹如图 14-2 所示。

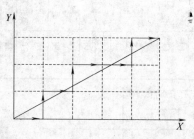

图 14-2　逐点比较法插补轨迹

14.3　数控车工中级工技能鉴定实操考试模拟试题及答案

14.3.1　数控车工中级工实操考试模拟试题及评分表

试题及评分表如图 14-3 所示。

14.3.2　数控车工实操考试参考答案（答案不唯一，仅供参考）

（1）设备选用

数控车床型号 C2-6136HK/1，配置 HNC-21T 数控系统，四工位立式刀架。

（2）刀具设置

T1：93°硬质合金外圆粗车刀；T2：93°硬质合金外圆精车刀（刀尖圆弧半径 0.4mm）；T3：硬质合金切槽刀（刀宽 4mm）；T4：60°硬质合金外螺纹车刀；T4：重新装刀，硬质合金内孔镗刀。

评 分 表

序号	项目	检测内容	评分		评分标准	实测	得分
			检测内容	占分			
1	外圆直径	$\phi36^{0}_{-0.025}$	尺寸	10	超差0.01扣2分		
2			$R_a1.6$	4	$R_a>1.6$扣2分,$R_a>3.2$全扣		
3		$\phi32^{0}_{-0.025}$	尺寸	10	超差0.01扣2分		
4			$R_a1.6$	4	$R_a>1.6$扣2分,$R_a>3.2$全扣		
5		$\phi30^{0}_{-0.021}$	尺寸	10	超差0.01扣2分		
6			$R_a1.6$	4	$R_a>1.6$扣2分,$R_a>3.2$全扣		
7	内孔直径	$\phi22^{+0.033}_{0}$	尺寸	10	超差0.01扣2分		
8			$R_a1.6$	4	$R_a>1.6$扣2分,$R_a>3.2$全扣		
9	圆锥	(止通规检查)	尺寸	8	超差0.01扣2分		
10			$R_a1.6$	4	$R_a>1.6$扣2分,$R_a>3.2$全扣		
11	螺纹	M30×2(止通规检查)	$R_a3.2$	8	止通规检查不满足要求不得分		
12	圆弧	R3	尺寸	4	$R_a>3.2$扣2分,$R_a>6.3$全扣		
13			$R_a3.2$	4	$R_a>3.2$扣2分,$R_a>6.3$全扣		
14	长度	100±0.05	尺寸	4	超差不得分		
15		$20^{+0.08}_{0}$		4	超差不得分		
16	倒角	C2		4	超差不得分		
17	退刀槽	4×$\phi24$		2	超差不得分		
18				2	超差不得分		
19	文明生产	发生重大安全事故取消考试资格;按照有关规定每违反一项,从总分中扣除3分					
20	其他项目	工件必须完整,工件局部无缺陷(如夹伤、划痕等)					
21	程序编制	程序中严重违反工艺规程的则取消考试资格;其他问题酌情扣分					
22	加工时间	100min后尚未开始加工则终止考试;超过定额时间5min扣1分;超过10min扣5分;超过15min扣10分;超过20min扣20分;超过25min扣30分;超过30min则停止考试					
合计							

得分	80~100分	0~79分	0~59分
考试时间	开始 时 分	结束 时 分	总分
记事	检验	评分	分
监考			

其余 3.2

$\phi30^{0}_{-0.021}$
$\phi22^{+0.033}_{0}$
$20^{+0.08}_{0}$
25
R3
20
40
$\phi20$
$\phi36^{0}_{-0.025}$
100±0.05
$\phi32^{0}_{-0.025}$
C2
12.5
$\phi24$
4
40
20
M30×2-6g

技术要求:
不允许使用砂布或锉刀修整表面

名称	轴	材料、规格	45,$\phi40×110$
图号		工时	240min(含编程)

图14-3 数控车中级工实操模拟试题及评分表

（3）制定加工工艺方案

毛坯材料：45 号钢，规格 $\phi40mm \times 110mm$。

先加工零件螺纹一侧，工序安排见表 14-2，再掉头加工另一侧，工序安排见表 14-3。

表 14-2　零件数控加工工序卡片

单位名称	×××	产品名称或代号		零件名称	零件图号
		×××		典型轴	×××
工序号	程序编号	夹具名称		使用设备	车间
1	O2101～O2103	三爪卡盘		C2-6136HK/1 数控车床	数控中心

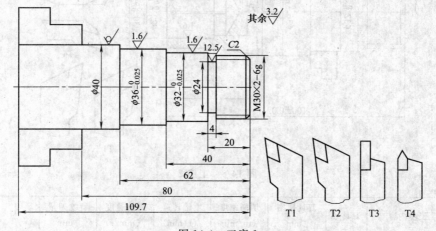

图 14-4　工序 1

工步号	工步内容	刀具号	刀具规格 mm/	切削速度 /(m/min)	主轴转速 /(r/min)	进给速度 /mm/r	背吃刀量 /mm	余量	备注
1	平端面	T01	20×20		800	0.1	0.3		自动
2	粗车外轮廓	T01	20×20	100	800	0.25	2	0.5	自动
3	精车外轮廓	T02	20×20	130	1150	0.1	0.25		自动
4	切螺纹退刀槽	T03	20×20	80	850	0.08	4		自动
5	车螺纹	T04	20×20		200	2	0.1		自动
编制	×××	审核	×××	批准	×××	年　月　日		共 1 页	第 1 页

① 用三爪自定心卡盘夹工件右端（有孔的一侧），外伸 80mm 左右，找正后夹紧，如图 14-4 所示，测量检查毛坯尺寸。

a. 用 T1 刀车工件左端面、粗车外轮廓，总长 62mm（延长加工 $\phi36$ 的圆柱长度），编程原点设在图 14-4 所示的右端面与轴线的交点，加工程序名为 O2101；

b. 用 T2 刀精车外轮廓，加工程序名为 O2101，加工后精确测量工件；

c. 用 T3 刀切螺纹退刀槽，加工程序名为 O2102；

d. 用 T4 刀车外螺纹，加工程序名为 O2103；

e. 取下工件，检查长度。

② 工件掉头，用三爪自定心卡盘夹 $\phi32$ 的外圆直径（垫上 0.5mm 以上的铜皮），靠住 $\phi32$ 和 $\phi36$ 之间的端面，如图 14-5 所示，百分表吸在横向托板上，触头抵在 $\phi36$ 的外圆上，用手缓慢转动卡盘，观察跳动量，用铜棒轻敲高处，反复找正后夹紧。

表 14-3　零件数控加工工序卡片

单位名称	×××	产品名称或代号	零件名称	零件图号
		×××	典型轴	×××
工序号	程序编号	夹具名称	使用设备	车间
2	O2201～O2202	三爪卡盘	C2-6136HK/1 数控车床	数控中心

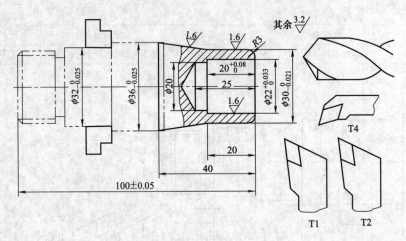

图 14-5　工序 2

工步号	工步内容	刀具号	刀具规格 /mm	切削速度 /(m/min)	主轴转速 /(r/min)	进给速度 /(mm/r)	背吃刀量 /mm	余量	备注
1	平端面	T01	20×20		500	0.1			手动
2	粗车外轮廓	T01	20×20	100	800	0.25	2	0.5	自动
3	精车外轮廓	T02	20×20	130	1150	0.1	0.25		自动
4	钻中心孔		φ3	14	1500	0.05			手动
5	钻孔		φ20	40	640	0.05			手动
6	粗镗孔	T04	φ12	50	800	0.12	1.5	0.4	自动
7	精镗孔	T04	φ12	65	940	0.08	0.2		自动
编制	×××	审核	×××	批准	×××	年　月　日		共1页	第1页

a. 用 T1 刀手动或 MDI 方式车端面，以确定总长；

b. 用 T1 刀粗车右端 φ30 的圆柱、φ30 和 φ36 之间的圆锥（延长圆锥），编程原点设在图 14-5 所示的右端面与轴线的交点，加工程序名为 O2201；

c. 用 T2 刀精车右端，加工程序名为 O2201；

d. 用 φ3 的中心钻手动钻中心孔；

e. 用 φ20 的麻花钻手动钻孔；

f. 将 T3、T4 拆除，粗镗刀安装到 T4，粗镗 φ22 的内孔，加工程序名为 O2202；

g. 用 T4 镗刀精镗 φ22 的内孔，加工程序名为 O2202。

③ 参数设置。进入 MDI→刀补表界面，在刀补号"＃0001"的"半径"项输入 0.4，在"刀尖方位"项输入 3；在刀补号"＃0002"的"半径"项输入 0.4，在"刀尖方位"项

输入 3。

④ 编写数控加工程序（华中世纪星 HNC-21T 数控系统）。

a. 工序 1 的加工程序。

O2101;	（加工前换高速挡）
%2101;	
T0101;	
M03 S800;	
G95 G90 G00 X42 Z2 M08;	
G71 U2 R1 P10 Q20 X0.5 Z0.3 F0.25 S800;	粗车外轮廓
G00 X100 Z100 M05;	
M00;	精确测量工件，修改刀偏表♯0002 的 X 磨损为 0.2，以放大尺寸
T0202;	
M03 S1150;	
G00 X42 Z2;	
N10 G00 X22;	精车外轮廓
G01 X29.8 Z−1.9 F0.1;	
Z−20;	
X32;	
Z−40;	
X36;	
N20 Z−65;	
G00 X80 Z60 M05;	
M09;	
M30;	精确测量工件，修改♯0002 的 X 磨损，二次精加工，以保证尺寸精度
O2102;	切退刀槽;
%2102;	
T0303;	
M03 S850;	
G00 X34 Z−20 M08;	
G01 X24 F0.08;	
G04 X0.5;	
X34 F0.3;	
G00 X80 Z60 M05;	
M09;	
M30;	
O2103;	车外螺纹（加工前换低速挡）
%2103;	
T0404;	

M03 S200；

G00 X35 Z6 M08；

G82 X29.1 Z—18 F2；

G82 X28.5 Z—18 F2；

G82 X27.9 Z—18 F2；

G82 X27.5 Z—18 F2；

G82 X27.4 Z—18 F2；

G82 X27.4 Z—18 F2；

G00 X100 Z100 M05；

M09；

M30；

b. 掉头装夹，工序 2 的加工程序。

O2201；   （加工前换高速挡）

％2201；

T0101；

M03 S800；

G95 G90 G00 X42 Z4 M08；

G71 U2 R1 P30 Q40 X0.5 Z0.3 F0.25 S800；   粗车外轮廓

G00 X100 Z100 M05；

M00；   精确测量工件，修改刀偏表♯0002 的
                              X 磨损为 0.2，以放大尺寸

T0202；

S1290 M03；

G42 G00 X10 Z2；

N30 G00 X18 Z2；   精车外轮廓

G01 Z0 F0.1；

X24；

G03 X30 Z—3 R3；

G01 Z—20；

N40 X37.2 Z—44；

G40 G00 X100 Z100 M05；

M09；

M30；   精确测量工件，修改♯0002 的 X 磨
                              损，二次精加工，以保证尺寸精度

O2202；   镗孔（手动钻孔后）

％2202；

T0404；

M03 S800；

G00 X21.5 Z2 M08；

G01 Z—20.04 F0.12；   粗镗内孔

X19 F0.2 M09；

G00 Z20 M05；

M00；   精确测量内孔，修改刀偏表♯0004 的 X 磨损，以保证孔的尺寸精度

M03 S940；

G00 X22 Z2 M08；

G01 Z−20.04 F0.08；   精镗内孔

X19 F0.2；

G00 Z2 M09；

X100 Z100；

M05；

M30；

单元 15　数控车工高级工技能鉴定模拟试题

15.1　数控车工高级工技能鉴定理论模拟试题1及答案

15.1.1　理论模拟试题1

一、判断题（第1~20题。将判断结果填入括号中。正确的画"√"，错误的画"×"。每题0.5分，满分10分）

（　　）1. 影响数控车床加工精度的因素很多，要提高加工工件的质量，有很多措施，其中采用混合编程方式能提高加工精度。

（　　）2. 车床数控系统中，JB 3208—83中规定可以用指令 G96 S800 表示每分钟主轴旋转800转。

（　　）3. 交互式图形自动编程是以 CAD 为基础，采用编程语言自动给定加工参数与路线，完成零件加工编程的一种智能化编程方式。

（　　）4. 高速细车是加工小型有色金属零件的主要方法。

（　　）5. 在四爪单动卡盘上装夹工件，卡盘夹紧力大，且容易找正。

（　　）6. 使工件在机床或夹具中占据某一正确位置的过程称为定位。

（　　）7. 工件的定位形式有完全定位，不完全定位，水平定位三种。

（　　）8. 虽然车削加工可以选择大的切削用量，但是生产效率不高。

（　　）9. 数控车床是典型的点位控制类数控机床。

（　　）10. FMS指的是柔性制造系统。

（　　）11. 机床参考点与机床原点为同一个概念。

（　　）12. 开环系统的精度取决于驱动电机、伺服电机或步进电机的精度。

（　　）13. 脉冲编码器是一个能把机械转角变成脉冲的一种传感器。

（　　）14. 45钢锻件毛坯的预备热处理通常采用正火。

（　　）15. YG类硬质合金中钴含量愈高，刀片韧性愈好。

（　　）16. 砂轮的硬度取决于磨粒的硬度。

（　　）17. 工件的定位和夹紧称为工件的装夹。

（　　）18. 相对测量（比较测量）中，仪器的示值范围应大于被测尺寸的公差值。

（　　）19. 互换性的优越性是显而易见的，但不一定"完全互换"就优于"不完全互换"，甚至不遵循互换性也未必不好。

（　　）20. 当全跳动公差带适合于圆柱的端面时，它的公差带与使用垂直度公差带相同。

二、选择题（第1~40题。选择正确的答案，将相应的字母填入题内的括号中。每题10分。满分40分）

1. 数控车床外圆复合循环指令用于加工内孔时，（　　）的精加工余量应表示为负值。

A. X 方向　　　　　B. Y 方向　　　　　C. Z 方向　　　　　D. C 方向

2. 车床数控系统中，以下哪组指令是正确的（　　）。

A. G01 S __　　　　B. G40 G02 Z __ R __　　　　C. G42 G00 X __ Z __　　　　D. G41 G03 X __ Z __ R __

3. 数控编程时，必须设置（　　）。

A. 机床原点　　　　B. 固定参考点　　　　C. 机床坐标系　　　　D. 工件坐标系

4. 刀具补偿的作用是（　　）。

A. 提高程序计算精度　　　　　　　　　B. 简化编程；直接编写出刀具中心的轨迹

C. 刀具中心轨迹可用工件轮廓编程算出　　　D. 以上说法都不正确

5. 关于固定循环编程，以下说法不正确的是（　　）。

A. 固定循环是预先设定好的一系列连续加工动作

B. 利用固定循环编程，可大大缩短程序的长度，减少程序所占内存

C. 利用固定循环编程，可以减少加工时的换刀次数，提高加工效率

D. 固定循环编程，可分为单一形状与多重复合固定循环两种类型

6. 数控编程中，用于表示程序停止并复位的指令有（　　）。

A. M05　　　　B. M02　　　　C. M30　　　　D. M09

7. 数控系统中，（　　）指令在加工过程中是非模态的。

A. G90　　　　B. G55　　　　C. G04　　　　D. G02

8. 车削不可以加工（　　）。

A. 螺纹　　　　B. 键槽　　　　C. 外圆柱面　　　　D. 端面

9. 车削加工中常用夹具是（　　）。

A. 三爪卡盘　　　　B. 平口钳　　　　C. 分度头　　　　D. 电磁吸盘

10. 跟刀架适用于（　　）。

A. 车削细长轴　　　　B. 加工法兰盘　　　　C. 车端面　　　　D. 钻中心孔

11. 在粗车外圆加工后，工件有残留毛坯表面，不可能的因素是（　　）。

A. 加工余量不够　　　　　　　　　B. 工件弯曲没有校直

C. 工件在卡盘上没有校正　　　　　　D. 刀具安装不正确

12. 在车削外圆时有椭圆，产生的原因是（　　）。

A. 主轴轴颈有椭圆度　　　　　　　B. 卡盘定位精度低

C. 刀具安装不正确　　　　　　　　D. 材质不均匀

13. 尺寸公差带的位置由（　　）决定。

A. 标准公差　　　　B. 基本偏差　　　　C. 零线　　　　D. 基本尺寸

14. 一般不宜采用的定位方式是（　　）。

A. 以工件平面定位　　　　　　　　B. 以工件螺纹孔定位

C. 以工件外圆定位　　　　　　　　D. 以工件一面的两孔定位

15. 工件以内孔定位时，其定位元件应选用（　　）。

A. V 形架　　　　B. 定位套　　　　C. 心轴　　　　D. 圆锥套

16. 普通车床车螺纹时，产生螺纹螺距误差，其产生的主要原因是（　　）。

A. 车刀安装不正确，产生半角误差　　　B. 车刀刀尖刃磨不正确

C. 丝杠螺距误差　　　　　　　　　D. 车刀磨损

17. 为了得到基轴制配合，相配合孔、轴的加工顺序应该是（　　）。

A. 先加工孔，后加工轴　　　　　　B. 先加工轴，后加工孔

C. 孔和轴同时加工　　　　　　　　　　D. 与孔轴加工顺序无关

18. 高速精车铸钢零件应选用的车刀材料为（　　　）。

A. W6Mo5Cr4V2　　　B. YG15　　　　　C. YT30　　　　　　D. 金刚石

19. 下列材料中，热硬性最好的是（　　　）。

A. T10A　　　　　　　B. 9SiCr　　　　　C. Cr12MoV　　　　D. W6Mo5Cr4V2

20. 在数控生产技术管理中，包括对操作、刀具、编程、（　　　）人员进行管理。

A. 维修人员　　　　　B. 后勤人员　　　　C. 会计人员　　　　D. 职能部门

21. 在车削加工时，确定最短的切削进给路线，可以有效地提高（　　　），降低刀具的损耗等。

A. 加工精度　　　　　B. 生产效率　　　　C. 设备安全　　　　D. 人员素质

22. 国家标准规定，电气设备的安全电压是（　　　）。

A. 110V　　　　　　　B. 5V　　　　　　　C. 12V　　　　　　　D. 24V

23. 零件图样上给定的形状和位置公差是保证零件精度的重要依据，加工时要按照其要求确定零件的（　　　）。

A. 加工方向　　　　　B. 进给速度　　　　C. 定位基准　　　　D. 测量基准

24. 从理论上讲，闭环系统的精度主要取决于（　　　）的精度。

A. 伺服电机　　　　　B. 滚珠丝杠　　　　C. CNC 装置　　　　D. 检测装置

25. 脉冲当量是指（　　　）。

A. 每发一个脉冲信号，机床相应移动部件产生的位移量

B. 每发一个脉冲信号，伺服电机转过角度

C. 进给速度大小

D. 每发一个脉冲信号，相应丝杠产生转角大小

26. 车床主轴锥孔中心线和尾座顶尖套锥孔中心线对拖板移动的不等高误差，允许（　　　）。

A. 车床主轴高　　　　　　　　　　　　　B. 尾座高

C. 两端绝对一样高　　　　　　　　　　　D. 无特殊要求

27. 数控机床移动部件实际位置与理想位置之间的误差称为（　　　）。

A. 重复定位精度　　　　　　　　　　　　B. 定位精度

C. 分辨率　　　　　　　　　　　　　　　D. 伺服精度

28. 滚珠丝杠副间隙调整的目的主要是（　　　）。

A. 减小摩擦力矩　　　　　　　　　　　　B. 提高使用寿命

C. 提高反向传动精度　　　　　　　　　　D. 增大驱动力矩

29. 测量反馈装置的作用是为了（　　　）。

A. 提高机床定位、加工精度　　　　　　　B. 提高机床的使用寿命

C. 提高机床安全性　　　　　　　　　　　D. 提高机床灵活性

30. CNC 系统由程序输入、输出设备、计算机数字控制装置、可编程控制器（PLC）、主轴伺服系统和（　　　）等组成。

A. 位置检测装置　　　B. 控制面板　　　　C. RAM　　　　　　　D. ROM

31. PWM 调速系统的特点是（　　　）。

A. 频带宽　　　　　　　　　　　　　　　B. 电流脉动小，电源功率数高

C. 动态硬度好　　　　　　　　　　　　　D. ABC 都正确

32. 数控车床回转刀架转位后的精度，主要影响加工零件的（　　　）。

A. 形状精度　　　　　B. 粗糙度　　　　　C. 尺寸精度　　　　D. 圆柱度

33. 车削外圆时，当车刀刀尖高于主轴回转中心线时，不考虑其他因素的影响，车刀的工作前角（　　）。

A. 变小　　　　　　B. 不变　　　　　　C. 变大　　　　　　D. 不确定

34. 最大实体要求仅用于（　　）。

A. 中心要素　　　　B. 轮廓要素　　　　C. 基准要素　　　　D. 被测要素

35. 钻削较硬工件材料时，应修磨钻头（　　）处的前刀面，以（　　）前角，使钻头增加强度。

A. 撞刃　增大　　　B. 外缘　增大　　　C. 外缘　减小　　　D. 撞刃　减小

36. 尺寸链按功能分为设计尺寸链和（　　）。

A. 平面尺寸链　　　B. 装配尺寸链　　　C. 零件尺寸链　　　D. 工艺尺寸链

37. 为了保证数控机床能满足不同的工艺要求，并能够获得最佳切削速度，主传动系统的要求是（　　）。

A. 无级调速　　　　　　　　　　　　B. 变速范围宽

C. 分段无级变速　　　　　　　　　　D. 变速范围宽且能无级变速

38. 高速钢的最终热处理方法是（　　）。

A. 淬火＋低温回火　　　　　　　　　B. 淬火＋中温回火

C. 高温淬火＋多次高温回火　　　　　D. 正火＋球化退火

39. 国家标准规定，标准公差分为（　　）级。

A. 17　　　　　　　B. 18　　　　　　　C. 19　　　　　　　D. 20

40. （　　）公差可以根据具体情况规定不同形状的公差带。

A. 直线度　　　　　B. 平面度　　　　　C. 圆度　　　　　　D. 同轴度

三、简答题（20分）

1. 简述车削中心与数控车床的主要区别。

2. 在数控车床上对轴类零件制定工艺路线时，应该考虑哪些原则？

3. 简述标准麻花钻主切削刃和横刃的前角特点。

4. 简述数控机床伺服驱动系统的作用。

四、加工如图 15-1 所示轴套零件，其轴向尺寸及其有关工序如下：

(1) 工序 1：以 B 端定位，车端面 A、外圆、台阶面；

(2) 工序 2：以 A 端定位，车端面 B、内孔到尺寸。

试求工序尺寸 L_1 和 L_2 及其极限偏差。（10分）

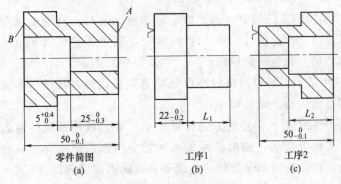

图 15-1　轴套零件

五、编程题（满分 20 分）

用数控车床加工如图 15-2 所示零件，材料为 45 号钢调质处理，毛坯规格 $\phi45\times180$。按要求完成零件的加工程序编制。注：工件坐标原点设在右端面时，P1 点的坐标为：(17.055，−100.757)、P2 点的坐标为：(17.055，−89.243)。

(1) 粗加工程序使用固定循环指令；

(2) 对所选用的刀具规格、切削用量等作简要工艺说明；

(3) 加工程序单要字迹工整。

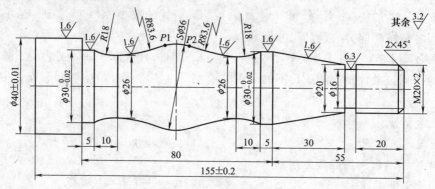

图 15-2　编程题图样

15.1.2　理论模拟试题 1 参考答案

一、判断题

1. ×；2. ×；3. ×；4. √；5. ×；6. √；7. ×；8. ×；9. ×；10. √；11. ×；12. ×；13. √；14. √；15. √；16. ×；17. √；18. ×；19. √；20. √。

二、选择题

1. A；2. C；3. D；4. C；5. C；6. C；7. C；8. B；9. A；10. A；11. D；12. A；13. B；14. B；15. C；16. C；17. D；18. D；19. D；20. B；21. B；22. D；23. C；24. D；25. A；26. B；27. B；28. C；29. A；30. A；31. D；32. C；33. C；34. A；35. D；36. D；37. C；38. C；39. D；40. A

三、简答题

1. 答：(1) 动力刀具功能：刀架上的某些刀具可使用回转刀具，如铣刀或钻头，加工键槽、径向孔等；(2) C 轴控制功能：C 轴是以 Z 轴为中心的回转坐标轴，X—C 联动可铣削端面凸轮（槽），Z—C 联动可铣削螺旋槽。

2. 答：在数控车床加工过程中，由于加工对象复杂多样，特别是轮廓曲线的形状及位置千变万化，加上材料批量不同等多方面的影响，制定工艺路线时，应该按以下原则：(1) 先粗后精原则；(2) 先近后远原则；(3) 刀具集中原则。

3. 答：标准麻花钻主切削刃前角的特点是前角是变化的，其规律为由外到内由正前角变为负前角；横刃前角的特点是负前角。

4. 答：数控系统接受输入装置送来的脉冲信息，经过数控系统的逻辑电路或系统软件进行编译、运算和逻辑处理后，输出各种信息和指令伺服系统接受来自数控装置的指令信息，经功率放大后，严格按照指令信息的要求驱动机床的移动部件。

四、答：在由 $25_{-0.3}^{\ 0}$、L_2、$50_{-0.1}^{\ 0}$ 组成的尺寸链里，$25_{-0.3}^{\ 0}$ 尺寸为封闭环，$50_{-0.1}^{\ 0}$ 为增

环，L_2 为减环。

基本尺寸计算：$25 = 50 - L_2$　　$\Rightarrow L_2 = 25$

偏差计算：$0 = 0 - ei_{L_2}$　　$\Rightarrow ei_{L_2} = 0$

　　　　　$-0.3 = -0.1 - es_{L_2}$　　$\Rightarrow es_{L_2} = 0.2$

所以 $L_2 = 25^{+0.2}_{0}$

在由 $5^{+0.4}_{0}$、L_2、$50^{0}_{-0.1}$、L_1 组成的尺寸链里，$5^{+0.4}_{0}$ 尺寸为封闭环，L_1、L_2 为增环，$50^{0}_{-0.1}$ 为减环。

基本尺寸计算：$5 = L_1 + 25 - 50$　　$\Rightarrow L_1 = 30$

偏差计算：$0.4 = es_{L_1} + 0.2 - (-0.1)$　　$\Rightarrow es_{L_1} = 0.1$

　　　　　$0 = ei_{L_1} + 0 - 0$　　$\Rightarrow ei_{L_1} = 0$

所以 $L_1 = 30^{+0.1}_{0}$

五、编程题

1. 刀具选择：T1：35°仿形粗车刀；T2：35°仿形精车刀；T3：60°螺纹车刀；T4：4.5mm 宽切槽刀。

2. 装夹方法：采用一夹一顶的方法装夹，先手动平端面，再钻中心孔。

3. 粗加工选 F100、S500、背吃刀量 1.5mm，精加工选 F80、S800、背吃刀量 0.2mm。

4. 参考程序：HNC-21T 系统

%3243；

T0101；

M03 S500；

M08；

G94 G00 X46 Z2；

G71 U1.5 R1 P100 Q200 E0.4 F100；

G00 X120 Z10；

T0202；

G00 X46 Z2；

N100 G00 X16 S800；

G01 Z0 F80；

X20 Z-2；

Z-25；

X20；

X29.99 Z-55；

Z-60；

G02 X26 Z-70 R18；

X34.11 Z-89.243 R83.6；

G03 X34.11 Z-100.757；

G02 X26 Z-120 R83.6；

X29.99 Z-130 R18；

G01 Z−135；

X40；

N200 Z−160；

G00 X120 Z5；

T0404；

M03 S350；

G00 X25 Z−24.5；

G01 X16 F60；

G04 P500；

G00 X25；

Z−24；

G01 X16；

G04 P500；

Z−25；

X21；

G00 X120 Z10；

T0303；

M03 S200；

G00 X25 Z5；

G82 X19.1 Z−20 R−2 E1.3 C1 F2；

G82 X18.5 Z−20 R−2 E1.3 C1 F2；

G82 X17.9 Z−20 R−2 E1.3 C1 F2；

G82 X17.5 Z−20 R−2 E1.3 C1 F2；

G82 X17.4 Z−20 R−2 E1.3 C1 F2；

G00 X120 Z10；

T0404；

M03 S350；

G00 X48 Z−159.5；

G01 X0 F60；

G00 X120 Z10 M05；

M09；

M30；

15.2 数控车工高级工技能鉴定理论模拟试题 2 及答案

15.2.1 理论模拟试题 2

一、单项选择题（请将正确答案的字母代号填写在括号中，每题 1 分，共 30 分，多选、错选不得分）

1. 根据图 15-3 的主、俯视图，正确的左视图是（　　）。

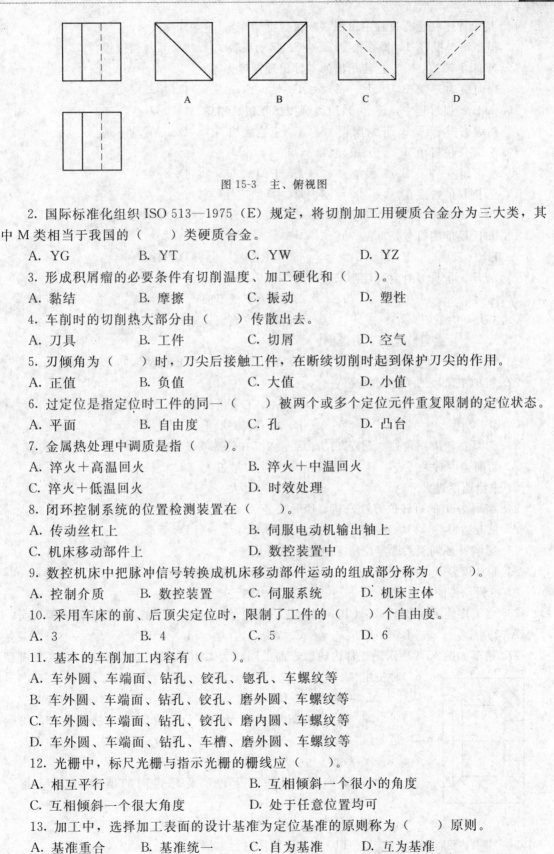

图 15-3　主、俯视图

2. 国际标准化组织 ISO 513—1975（E）规定，将切削加工用硬质合金分为三大类，其中 M 类相当于我国的（　　）类硬质合金。

A. YG　　　　　　B. YT　　　　　　C. YW　　　　　　D. YZ

3. 形成积屑瘤的必要条件有切削温度、加工硬化和（　　）。

A. 黏结　　　　　　B. 摩擦　　　　　　C. 振动　　　　　　D. 塑性

4. 车削时的切削热大部分由（　　）传散出去。

A. 刀具　　　　　　B. 工件　　　　　　C. 切屑　　　　　　D. 空气

5. 刃倾角为（　　）时，刀尖后接触工件，在断续切削时起到保护刀尖的作用。

A. 正值　　　　　　B. 负值　　　　　　C. 大值　　　　　　D. 小值

6. 过定位是指定位时工件的同一（　　）被两个或多个定位元件重复限制的定位状态。

A. 平面　　　　　　B. 自由度　　　　　　C. 孔　　　　　　D. 凸台

7. 金属热处理中调质是指（　　）。

A. 淬火＋高温回火　　　　　　B. 淬火＋中温回火

C. 淬火＋低温回火　　　　　　D. 时效处理

8. 闭环控制系统的位置检测装置在（　　）。

A. 传动丝杠上　　　　　　B. 伺服电动机输出轴上

C. 机床移动部件上　　　　　　D. 数控装置中

9. 数控机床中把脉冲信号转换成机床移动部件运动的组成部分称为（　　）。

A. 控制介质　　B. 数控装置　　C. 伺服系统　　D. 机床主体

10. 采用车床的前、后顶尖定位时，限制了工件的（　　）个自由度。

A. 3　　　　　　B. 4　　　　　　C. 5　　　　　　D. 6

11. 基本的车削加工内容有（　　）。

A. 车外圆、车端面、钻孔、铰孔、锪孔、车螺纹等

B. 车外圆、车端面、钻孔、铰孔、磨外圆、车螺纹等

C. 车外圆、车端面、钻孔、铰孔、磨内圆、车螺纹等

D. 车外圆、车端面、钻孔、车槽、磨外圆、车螺纹等

12. 光栅中，标尺光栅与指示光栅的栅线应（　　）。

A. 相互平行　　　　　　B. 互相倾斜一个很小的角度

C. 互相倾斜一个很大角度　　　　　　D. 处于任意位置均可

13. 加工中，选择加工表面的设计基准为定位基准的原则称为（　　）原则。

A. 基准重合　　B. 基准统一　　C. 自为基准　　D. 互为基准

14. 某个程序在运行过程中出现"圆弧数据错误"，这属于（　　　）。

A. 程序错误报警　B. 操作报警　　C. 驱动报警　　D. 系统错误报警

15. 车床主轴的（　　　）使车出的工件出现圆度误差。

A. 径向跳动　　　B. 摆动　　　　C. 轴向窜动　　D. 窜动

16. 刀具磨损过程中，（　　　）阶段磨损比较慢、稳定。

A. 初级磨损　　　B. 正常磨损　　C. 急剧磨损　　D. 三者均不是

17. 公差带位置由（　　　）确定。

A. 基本偏差　　　B. 上偏差　　　C. 下偏差　　　D. 公差

18. 当钢材的硬度在（　　　）范围内时，其加工性能较好。

A. 20～40HRC　B. 160～230HBS　C. 58～64HRC　D. 500～550HBW

19. 布氏硬度的符号是（　　　）。

A. HR　　　　　　B. HV　　　　　C. HRC　　　　D. HB

20. 刀具、量具等对耐磨性要求较高的零件应进行（　　　）。

A. 淬火　　　　　　　　　　　　B. 淬火＋低温回火

C. 淬火＋中温回火　　　　　　　D. 淬火＋高温回火

21. （　　　）夹紧装置夹紧力最小。

A. 气动　　　　　B. 气-液压　　C. 液压　　　　D. 无法判断

22. 粗加工阶段的关键问题是（　　　）。

A. 生产率　　　　　　　　　　　B. 精加工余量的确定

C. 加工精度　　　　　　　　　　D. 加工表面质量

23. 刀具在轮廓拐角处"超程"的原因是刀具在轮廓拐角处的（　　　）。

A. 切削速度过大　　　　　　　　B. 背吃刀量过大

C. 进给速度过大　　　　　　　　D. 转速过大

24. 编码为 T 的可转位刀片，其刀片形状是（　　　）。

A. 正五边形　　　B. 正方形　　　C. 三角形　　　D. 菱形

25. 影响开环伺服系统定位精度的主要因素是（　　　）。

A. 插补误差　　　　　　　　　　B. 传动元件的传动误差

C. 检测元件的检测误差　　　　　D. 机构热变形

26. 当工序能力系数 1.33≥CP≥1 时为（　　　）级，表明工序能力够用但还不算充分。

A. 特级　　　　　B. 一级　　　　C. 二级　　　　D. 三级

27. 精车如图 15-4 所示的工件内轮廓，加工路线为 ABCDEF，进行刀尖圆弧半径补偿时使用（　　　）。

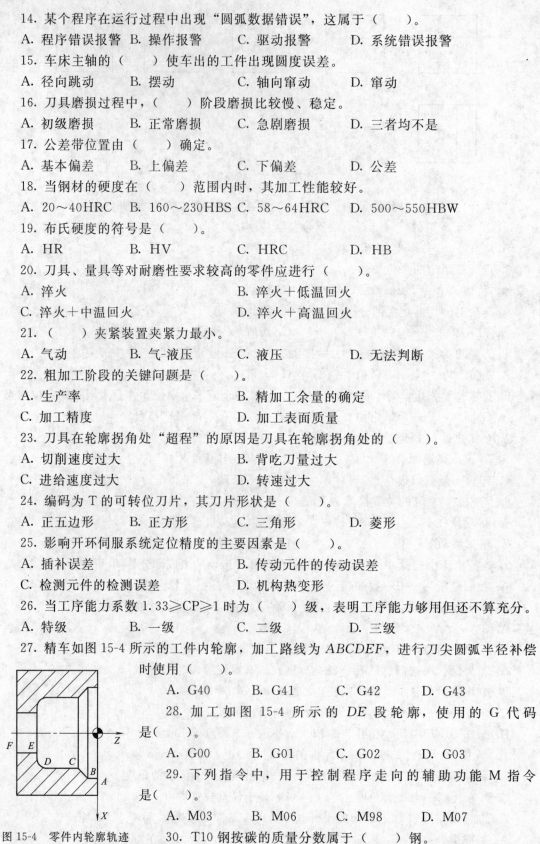

A. G40　　　B. G41　　　C. G42　　　D. G43

28. 加工如图 15-4 所示的 DE 段轮廓，使用的 G 代码是（　　　）。

A. G00　　　B. G01　　　C. G02　　　D. G03

29. 下列指令中，用于控制程序走向的辅助功能 M 指令是（　　　）。

A. M03　　　B. M06　　　C. M98　　　D. M07

图 15-4　零件内轮廓轨迹

30. T10 钢按碳的质量分数属于（　　　）钢。

A. 中碳　　　B. 高碳　　　C. 低碳　　　D. 铸钢

二、判断题（将判断结果填入括号中。正确的画"√"，错误的画"×"。每小题 1 分，共 20 分）

（　　）1. G96 S100 程序段中的 S100 是指主轴转速恒定为每分钟 100 转。

（　　）2. G32 螺纹加工指令中的 F 是指螺纹的螺距。

（　　）3. 一个零件程序的执行顺序是按程序段号的升序执行的。

（　　）4. 一个主程序可以将另一个文件的程序作为子程序调用。

（　　）5. 硬质合金中含钴量越多，刀片的硬度越高。

（　　）6. 在主偏角为 45°、75°、90°的车刀中，90°车刀的散热性能最好。

（　　）7. 金刚石刀具主要用于黑色金属的加工。

（　　）8. 切削镁合金时，常用的切削液为水溶液。

（　　）9. 用划针或千分表对工件进行找正，也就是对工件进行定位。

（　　）10. 零件上有不需加工的表面，若以此表面定位进行加工，则可使此不加工的表面与加工表面保证正确的相对位置。

（　　）11. 某组成环的减小而其他组成环不变时，使得封闭环随之减小，则此组成环为增环。

（　　）12. 只有完全定位的工件，才能保证加工精度。

（　　）13. 淬火过程中常用的冷却介质是水、油、盐和碱水溶液。

（　　）14. 砂轮的粗细以粒度表示，一般可分为 36♯、60♯、80♯、和 120♯等级别。粒度愈大则表示组成砂轮的磨料愈细。

（　　）15. 液压缸和液压马达的作用一样，都是液压系统的动力元件。

（　　）16. 切削层的第一变形区是金属切削过程的主要变形区，消耗大部分功率并产生大量的切削热。

（　　）17. 一个工序中只能有一次安装。

（　　）18. 脉冲当量是指每个脉冲信号使伺服电动机转过的角度。

（　　）19. 所有的 G 功能代码都是模态指令。

（　　）20. 长光栅称为尺光栅，固定在机床上的移动部件上，短光栅称为指示光栅，装在机床的固定部件上，两块光栅互相平行并保持一定的距离。

三、填空题（每题 1 分，共 10 分）

1. 一般的数控机床主要由控制介质、＿＿＿＿＿＿＿、＿＿＿＿＿＿＿和机床本体四部分及辅助装置组成。

2. 常用的旋转位置检测元件有＿＿＿＿＿＿＿、＿＿＿＿＿＿＿和＿＿＿＿＿＿＿等。

3. 滚珠的循环方式有两种，滚珠在返回过程中与丝杠脱离接触的为＿＿＿＿＿＿＿，滚珠在循环过程中与丝杠始终接触的为＿＿＿＿＿＿＿。

4. 高速主轴选用的轴承主要是＿＿＿＿＿＿＿轴承和＿＿＿＿＿＿＿轴承。

5. 莫氏圆锥分成＿＿＿＿＿＿＿个号码，其中＿＿＿＿＿＿＿号最小。

6. 英制螺纹的公称尺寸是内螺纹的＿＿＿＿＿＿＿。

7. 钢中常规元素有＿＿＿＿＿、＿＿＿＿＿、＿＿＿＿＿、＿＿＿＿＿、＿＿＿＿＿等，铸铁也

常含有这些元素，但其中所含有_____比钢高得多。

8. 常用切削液分_____、_____和_____三大类。

9. 不锈钢按其化学成分可分为_____和_____两类。

10. 刀具补偿分_____补偿和_____补偿两种。

四、简答题（每题 5 分，共 10 分）

1. 刀具材料应具备哪些性能？

2. 进行滚珠丝杠副的轴向间隙预紧消隙的方法有哪些？

五、计算题（每题 5 分，共 10 分）

1. 某一数控机床的 x 轴、y 轴滚珠丝杠的螺距为 6mm，步进电机与滚珠丝杠间的齿轮减速传动比为 5:6，步进电机的步距角为 $0.36°$，其最高转速为 1200r/min，试计算：

（1）坐标分辨率；

（2）滚珠丝杠每转步进电机的脉冲数；

（3）步进电机最高速时的脉冲数。

2. 如图 15-5 所示，在轴颈上套一轴套，加垫圈后用螺母紧固，求轴套在轴颈上的轴向间隙。

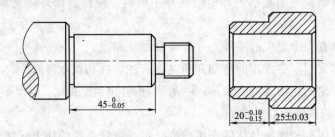

图 15-5　计算轴向间隙

六、综合题（本题 20 分；根据要求作答，要求字迹工整；不答不给分）

如图 15-6 所示的零件，材料为 45# 钢，调质处理。未注倒角：$1.5×45°$。按图纸要求，请完成下面的工作。（工件坐标原点设在图示右端面时，$P1$：$Z=-55.602$，$X=22.429$；$P2$：$Z=-36.303$，$X=20.714$）

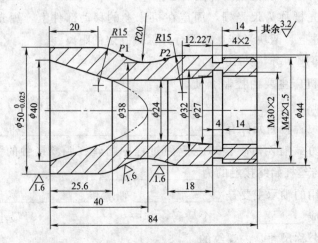

图 15-6　综合题图样

1. 制定加工方案，包括：加工顺序、装夹定位方式以及走刀路线。（4 分）

2. 简要说明所用刀具的类型及加工内容，并填写在下面的表格中。（3 分）

序号	刀具编号	刀具名称及规格	数量	加工内容	刀具半径

3. 编写外轮廓加工程序。（6 分）

4. 根据图纸确定内轮廓抛物线方程，并只编写这段抛物线的加工程序。（7 分）

15.2.2 理论模拟试题 2 参考答案

一、单项选择题

1. A；2. C；3. D；4. C；5. B；6. B；7. A；8. C；9. C；10. C；11. A；12. B；13. A；14. A；15. A；16. B；17. A；18. B；19. D；20. B；21. A；22. A；23. C；24. C；25. B；26. C；27. B；28. D；29. C；30. B

二、判断题

1. ×；2. ×；3. ×；4. ×；5. ×；6. ×；7. ×；8. ×；9. √；10. √；11. √；12. ×；13. √；14. √；15. ×；16. √；17. ×；18. ×；19. ×；20. ×

三、填空题

1. 数控装置　伺服系统；2. 光电盘　编码器　旋转变压器；3. 外循环　内循环；4. 高速球　磁力；5. 7　0；6. 牙底直径；7. C　Si　Mn　P　S　C；8. 水溶液　乳化液　切削油；9. 铬不锈钢　镍不锈钢；10. 长度　半径

四、简答题

1. 答：（1）60HRC 以上的硬度；（2）高耐磨性；（3）高强度和韧性；（4）高温下的红热性；（5）加工工艺性好；（6）经济性好。

2. 答：（1）修磨垫片厚度；（2）用锁紧螺母消隙；（3）齿差式调整。

五、计算题

1. 坐标分辨率 $=\dfrac{0.36 \times 6}{360} \times \dfrac{5}{6} = 0.005$（mm）

滚珠丝杠每转步进电机的脉冲数 $=\dfrac{360}{0.36} \times \dfrac{6}{5} = 1200$

步进电机最高速时的脉冲数 $=\dfrac{360}{0.36} \times \dfrac{1200}{60} = 20000$（$s^{-1}$）

2. $A_0 = 45 - 20 - 25 = 0$

$es_{A_0} = 0 - (-0.15) - (-0.03) = 0.18$

$ei_{A_0} = -0.05 - (-0.1) - (0.03) = 0.02$

最大间隙为 0.18mm，最小间隙为 0.02mm。

六、综合题

1. 加工方案如表 15-1 所示。

表 15-1　加工方案

加工顺序	装夹定位方式	走刀路线	刀具编号
1	装夹 M44×2 螺纹一端	钻 ϕ23 底孔	
2		平端面→加工外轮廓加工至 Z−68	T01
3		加工内孔抛物线→加工 ϕ24 内孔至 Z−56	T04
4	装夹 ϕ50 一端	加工外螺纹外径	T01
5		加工 4×2 螺纹退刀槽	T02
6		加工 M42×1.5 外螺纹	T03
7		加工剩余内轮廓	T01(重新装刀)
8		加工 M30×2 内螺纹退刀槽	T02(重新装刀)
9		加工 M30×2 内螺纹	T03(重新装刀)

2. 填写表格如表 15-2 所示。

表 15-2　刀具类型及加工内容

序　号	刀具编号	刀具名称及规格	数　量	加工内容
1	T01	75°外圆车刀	2	粗精加工外轮廓
2	T02	刀宽 4mm 外圆切槽刀	1	加工 4×2 螺纹退刀槽
3	T03	60°外螺纹刀	1	加工 M42×1.5 螺纹
4		ϕ23 锥柄麻花钻	1	钻 ϕ23 底孔
5	T01	内镗孔刀	2	粗精加工内孔
6	T02	内切槽刀	1	加工内螺纹退刀槽
7	T03	60°内螺纹刀	1	加工 M30×2 内螺纹

3. 外轮廓加工程序如下（HNC-21T 数控系统）：

(1) 装夹 M44×2 螺纹一端

```
%6001；
T0101；
M3 S500；
G0 X52；
Z10；
G1 Z2 F300；
G71 U2 R1 P10 Q20 E0.5 F100；
N10 G1 X50；
Z−20；
G3 X44.858 Z−28.398 R15；
G2 X41.428 Z−36.303 R20；
```

G3 X44 Z－53.773 R15;

N20 G1 Z－68;

G0 X70;

Z150;

M5;

M30;

（2）装夹 ϕ50一端

%6002;

T0101;

M3 S500;

G0 X52;

Z10;

G1 Z2 F300;

G71 U2 R1 P30 Q40 X0.5 F100;

N30 G1X39;

Z0 F100 S1000;

G1 X41.7 Z－1.35;

Z－18;

N40 G1X44;

G0X70;

Z150;

T0202;

G0 X46;

Z10;

G1 Z－18 F300 S400;

G1 X38 F30;

G04 X5;

G1 X45 F100;

G0 X70;

Z150;

T0303;

G0 X46 S300;

Z5;

G82 X41.2 Z－16 F1.5;

G82 X40.6 Z－16 F1.5;

G82 X40.2 Z－16 F1.5;

G82 X40 Z－16 F1.5;

G82 X40.04 Z－16 F1.5;

G82 X40.04 Z－16 F1.5;

G0 X60;

Z150；

M5；

M30；

4. 解：因为 $Y^2 = 2PX$，根据抛物线上点的坐标（0，0）（40，20）代入方程得 $P = 5$，因此抛物线方程为：$X^2 = 10Z$。

参考程序（使用机床 CK6140 配 HNC-21T 数控系统），工件坐标系建在抛物线大端中心：

%1234；

T0101；

M03 S500；

G00 X22；

Z10；

G01 Z2 F300；

G71 U1 R1 P30 Q40 X－0.5 Z0 F100；

N30 G01 X40；

Z0 S600 F60；

♯1－40；Z 的初值

♯2＝25.6；Z 的终值

WHILE ♯1 GE ♯2；

♯3＝SQRT［10∗♯1］；抛物线计算公式

G1 X［♯3∗2］Z［♯1－40］；直线逼近

♯1＝♯1－0.1；

ENDW；

N40 G01 X22；

Z2 F300；

G00 Z150；

M05；

M30；

15.3　数控车工高级工技能鉴定实操考试模拟试题及答案

15.3.1　数控车工高级工实操考试模拟试题及评分表

试题如图 15-7 所示，评分表如表 15-3 所示。

15.3.2　数控车工高级工实操考试参考答案（答案不唯一，仅供参考）

（1）设备选用

数控车床型号 C2-6136HK/1，配置 HNC-21T 华中世纪星数控系统。

（2）制定加工工艺方案

刀具设置及工艺安排如表 15-4 所示。

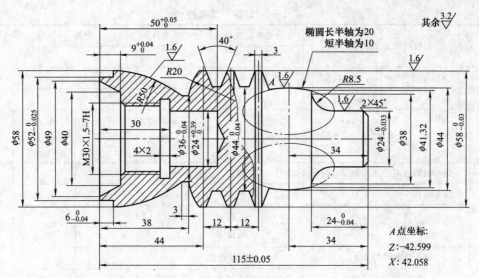

图 15-7　零件图

表 15-3　评分表

工件编号					总　得　分		
项目与分配	序号	技术要求	配分		评分标准	检测记录	得分
外轮廓 (62%)	1	$\phi58_{-0.03}^{0}$	4		超差 0.01mm 扣 1 分		
	2	$\phi52_{-0.025}^{0}$	4		超差 0.01mm 扣 1 分		
	3	$\phi44_{-0.04}^{0}$	4		超差 0.01mm 扣 1 分		
	4	$\phi36_{-0.04}^{0}$	4		超差 0.01mm 扣 1 分		
	5	$\phi24_{-0.033}^{0}$	4		超差 0.01mm 扣 1 分		
	6	115 ± 0.05	3		超差 0.05mm 扣 1 分		
	7	$24_{-0.04}^{0}$	3		超差 0.05mm 扣 1 分		
	8	$6_{-0.04}^{0}$	3		超差 0.05mm 扣 1 分		
	9	$R50$、$R20$、$R8.5$	3×3		圆弧不对全扣		
	10	椭圆轮廓	8		轮廓不对全扣		
		40°梯形槽两处	2×3		每错一处扣 3 分		
	11	一般尺寸及倒角	4		每错一处扣 2 分,不倒扣		
	12	$R_a1.6\mu m$	3		每降一级扣 0.5 分,不倒扣		
	13	$R_a3.2\mu m$	3		每降一级扣 0.5 分,不倒扣		
内轮廓 (28%)	14	$\phi24_{0}^{+0.039}$	4		超差 0.01mm 扣 1 分		
	15	$9_{0}^{+0.04}$	3		超差 0.01mm 扣 1 分		
	16	$50_{0}^{+0.05}$	3		超差 0.01mm 扣 1 分		
	22	M30×1.5-7H	6		超差全扣		
	24	一般尺寸及倒角	6		每错一处扣 2 分,不倒扣		
	25	$R_a1.6\mu m$	3		每降一级扣 0.5 分,不倒扣		
	26	$R_a3.2\mu m$	3		每降一级扣 0.5 分,不倒扣		
加权(10%)	32	工件无缺陷	10				
安全文 明生产	34	安全操作	倒扣		停止操作或酌情扣 5～20 分		

表 15-4　数控加工工序卡

数控加工工序卡片			产品名称或代号	零件名称	材料	零件图号
工序号	程序编号	夹具名称	夹具编号	使用设备		车间
工步号	工步内容	刀具号	刀具规格	主轴转速/(r/min)	进给速度/(mm/min)	吃刀深度/mm	备注
1	粗车椭圆一端并加工至 Z—77	T01	75°外圆车刀	500	100	2	
2	精车椭圆一端并加工至 Z—77	T02	75°外圆车刀	1000	100	0.5	
3	加工 2-40°梯形槽	T03	3mm 宽切槽刀	300	30	3	
4	掉头装夹并打 $\phi23$ 孔		$\phi23$ 麻花钻	500			
5	加工 R50 等外圆	T01	35°外圆车刀	500	100	2	
6	加工 $\phi24$ 等孔	T04	内镗孔车刀	300	50	1	
7	加工 4×2 退刀槽	T02	内切槽刀	500	30	3	
8	加工 M30×1.5 螺纹	T03	内螺纹车刀	300			

（3）编写数控加工程序

① 右侧椭圆一端轮廓加工程序如下。

O2000；

％1000；

T0101；

M3 S500；

G0 X61 Z10；

G1 Z2 F300；

G71 U2 R1 P10 Q20 X0.5 F100；

G0 X80 Z150；

T0202；

G0 X60 Z10；

G1 Z2 F300；

N10 G1 X20；

Z0 S1000 F100；

G1 X23.984 Z—1.992；

Z—15.48；

G2 X38 Z—23.98 R8.5；

G1 X41.32；

#101=10；Z；

#102=0；X；

WHILE［#101 GE［—8.599］］；

#102=SQRT［10*10—10*10*#101*#101/20/20］；

G1X[2*#102+24] Z[#101-34]；

#101=#101-0.1；

ENDW；

G1 X42.058 Z-42.599；A 点；

X58 Z-45.5；

Z-77；

N20 X60；

G0 X70 Z150；

T0303；

G0 X62；

Z2；

G1 Z-54.5 F300 S300；

X43.98 F30；

G04 X0.5；

X60 F200；

Z-51.136；

X43.98 Z-54.048 F30；

G04 X0.5；

X60 F300；

Z-57.864；

X43.98 Z-54.952 F30；

G04 X0.5；

X60 F300；

Z-66.5；

X43.98 F30；

G04 X0.5；

X60 F300；

Z-63.136；

X43.98 Z-66.048 F30；

G04 X0.5；

X60 F300；

Z-69.864；

X43.98 Z-66.952 F30；

G04 X0.5；

X60 F300；

G0 X80 Z150；

M5；

M30；

② 掉头加工程序如下。

O3000；

%1100;

T0101;

M3 S500;

G0 X61 Z10;

G1 Z2 F300;

G71 U2 R1 P20 Q30 E0.5 F100;

N20 G1 X52;

Z-5.98 F100 S1000;

X58;

G3 X35.98 Z-35 R50;

G1 Z-38;

N30 G3 X60.246 Z-43.5 R20;

G0 X70 Z150;

T0404;

G0 X22 Z10;

G1 Z2 F300 S500;

G71 U1 R1 P35 Q40 X-0.5 Z0.05 F50;

N35 G1X49;

Z0;

X40 Z-9.02;

X31.2;

X28.2 Z-10.5;

Z-30;

X24.02;

Z-50.025;

N40 G1 X22;

Z2 F300;

G0 Z150;

T0202;

G0 X22;

Z5 S300;

G1 Z-30;

X34 F30;

X22;

Z2 F300;

G0 Z150;

T0303;

G0 X26 Z10;

G1 Z2 F300 S300;

G82 X28.8 Z-28 F1.5;

G82 X29.2 Z—28 F1.5；

G82 X29.6 Z—28 F1.5；

G82 X29.8 Z—28 F1.5；

G82 X30 Z—28 F1.5；

G82 X30 Z—28 F1.5；

G0 Z200；

M5；

M30；

15.4 自动编程及仿真考试模拟试题及答案

已知毛坯尺寸为 $\phi70\times180$，材质为 45 调质钢，根据图 15-8 所示尺寸，完成零件的车削加工造型（建模），生成加工轨迹，根据 HNC-21T 系统要求进行后置处理，生成 NC 代码。

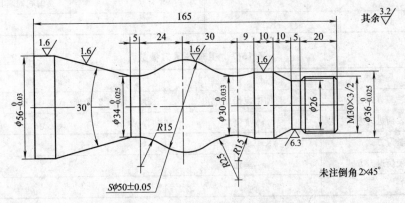

图 15-8 自动编程模拟试题图样

利用 CAXA 数控车实现零件的自动编程并通过上海宇龙数控加工仿真系统进行仿真加工。图 15-8 由外圆面、端面、锥体、沟槽、螺纹以及圆弧组成，采用通用三爪卡盘装夹，以 $\phi56$ 端为装夹位置，一次装夹加工完成工件尺寸。

15.4.1 零件造型并生成加工轨迹

（1）制定零件的数控加工工艺（如表 15-5 所示）

表 15-5 数控加工工艺卡

序号	工艺内容	刀具号	刀具规格	刀尖半径/mm	主轴转速/(r/min)	进给速度/(mm/min)	背吃刀量/mm	加工余量/mm	
								X	Z
1	粗车外轮廓	01	93°	0.4	800	150	1.5	0.2	0.2
2	精车外轮廓	02	93°	0.2	1000	100	0.1	0	0
8	车外螺纹	03	60°		200	300		0	0

（2）零件的加工造型及其轨迹生成

① 绘制零件加工轮廓以及毛坯轮廓，如图 15-9 所示。

② 生成外轮廓粗加工刀具轨迹：在"粗车参数表"对话框中，分别按表 15-6～表 15-9 填写参数。

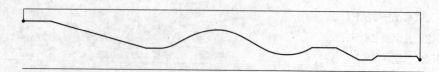

图 15-9　零件加工轮廓与毛坯轮廓

表 15-6　粗车加工参数

内　容	选项或参数	内　容	选项或参数
加工表面类型	外轮廓	干涉后角	45
加工方式	行切方式	拐角过渡方式	尖角
加工精度	0.1	反向走刀	否
加工余量	0.2	详细干涉检查	是
加工角度	180	退刀时沿轮廓走刀	是
切削行距	1.5	刀尖半径补偿	编程时考虑半径补偿
干涉前角	0		

表 15-7　粗车进退刀参数

内　容	选　项	参　数
每行相对毛坯进刀方式	与加工表面成定角	长度 1 输入 2；角度 A(度)输入 0
每行相对加工表面进刀方式	垂直	
每行相对毛坯退刀方式	垂直	
每行相对加工表面退刀方式	垂直	
快速退刀距离 L		5

表 15-8　粗车切削用量参数

内　容	选　项	参　数
速度设定	接近速度/(mm/min)	100
	退刀速度/(mm/min)	200
	进刀量/(mm/min)	150
主轴转速选项	恒转速	
	主轴转速/(r/min)	800
样条拟合方式	圆弧拟合	99999

表 15-9　粗车刀具参数

内　容	选项或参数	内　容	选项或参数	内　容	选项或参数
刀具	It1	刀具前角 F	87	刀角长度 N	10
刀具号	1	刀具后角 B	48	对刀点方式	刀尖尖点
刀具补偿号	1	刀柄长度 L	40	刀具类型	普通刀具
刀尖半径 R	0.4	刀柄宽度 W	15	刀具偏置方向	左偏

　　根据屏幕左下角的提示，选择图 15-9 中的粗实线为"被加工工件表面轮廓"，按空格键选择"限制链拾取"，只需拾取首和尾两处就可以把之间的轮廓线都选中，单击右键，

再选择其余线条为毛坯轮廓，注意工件表面轮廓和毛坯轮廓应该围成封闭区域，要求"输入进退刀点"时，按回车键输入换刀点的坐标（X200，Y40），生成的粗加工轨迹如图 15-10 所示。

图 15-10　粗加工轨迹

③ 生成外轮廓精加工刀具轨迹：填写精加工参数表中的各项参数，如表 15-10～表15-13所示。

表 15-10　精车加工参数

内　容	选项或参数	内　容	选项或参数
加工表面类型	外轮廓	干涉后角	45
加工方式	行切方式	最后一行加工次数	1
加工精度	0.01	拐角过渡方式	圆弧
加工余量	0	反向走刀	否
切削行数	1	详细干涉检查	是
切削行距	0.2	刀尖半径补偿	编程时考虑半径补偿
干涉前角	0		

表 15-11　精车进退刀参数

内　容	选　项	参　数
每行相对加工表面进刀方式	与加工表面成定角	长度 l 输入 2；角度 A(度)输入 0
每行相对加工表面退刀方式	垂直	
快速退刀距离 L		5

表 15-12　精车切削用量参数

内　容	选　项	选项或参数
速度设定	进退刀时快速走刀	否
	接近速度/(mm/min)	100
	退刀速度/(mm/min)	200
	进刀量/(mm/min)	100
主轴转速选项	恒转速	
	主轴转速/(r/min)	1000
样条拟合方式	圆弧拟合	99999

表 15-13　精车刀具参数

内　容	选项或参数	内　容	选项或参数
刀具	It2	刀尖半径 R	0.2
刀具号	2	刀具前角 F	87
刀具补偿号	2	刀具后角 B	48
刀柄长度 L	40	对刀点方式	刀尖尖点
刀柄宽度 W	15	刀具类型	普通刀具
刀角长度 N	10	刀具偏置方向	左偏

其他操作同粗加工。要求"输入进退刀点"时，按回车键输入换刀点的坐标（X200，Y40），所生成的精加工轨迹如图 15-11 所示。

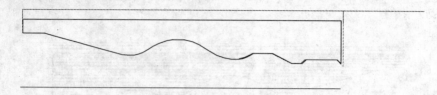

图 15-11 精加工轨迹

④ 生成螺纹加工轨迹：从螺纹起点的大径处向右画一正交线，长 9mm，作为螺纹的升速段，同样在螺纹终点的大径处向左画一正交线，长 3mm，作为螺纹的降速段，如图 15-12 所示。要求"拾取螺纹起始点"时，拾取右侧端点，要求"拾取螺纹终点"时，拾取左侧端点，在出现的"螺纹参数表"中会自动添加"起点坐标"、"终点坐标"和"螺纹长度"，从而减少计算量，不需要各自输入了。另外，"螺纹参数表"中的"螺纹头数"输入 2，"节距"输入 1.5，其他设置同单元 6 中的图 6-18，生成的螺纹加工轨迹如图 15-13 所示。

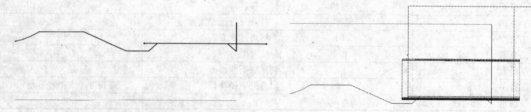

图 15-12 外螺纹增加升速段和降速段线条   图 15-13 双线螺纹的加工轨迹

15.4.2 生成 G 代码

先将"后置处理设置"中的"X值表示直径"选项选中，"机床设置"中各项内容参照 6.4.1 节按使用的数控系统设置，顺序选择多条刀具轨迹，生成数控程序，如图 15-14 所示。

```
1.cut - 记事本
文件(F) 编辑(E) 格式(O) 查看(V)
帮助(H)
%1239;
N10 T0101;
N12 S800M03;
N14 M08;
N16 G00 X80.000 Z200.000 ;
N18 G00 Z2.200 ;
N20 G00 X77.400 ;
N22 G01 X67.400 F100.000 ;
N24 G01 Z0.200 ;
N26 G01 Z-166.000 F150.000 ;
N28 G01 X77.400 F200.000 ;
N30 G00 Z2.200 ;
......
N552 G01 X49.850 ;
N554 G00 X49.650 Z7.000 ;
N556 G01 X29.650 F5.000 ;
N558 G01 X29.650 ;
N560 G01 X28.050 F1.500 ;
N562 G32 Z-21.000 F1.500 ;
N564 G01 X29.450 ;
N566 G01 X29.650 F20.000 ;
N568 G01 X49.650 ;
N570 G00 X80.000 ;
N572 G00 Z200.000 ;
N574 M09;
N576 M05;
N578 M30;
```

图 15-14 生成的 NC 程序（中间部分省略显示）

15.4.3 仿真加工

将 CAXA 数控车生成的 NC 程序用上海宇龙数控加工仿真系统仿真加工。

（1）加工准备

① 选择"华中数控"，"车床"中的"标准（平床身前置刀架）"。

② 旋开急停按钮，加工方式选择回零，点击＋X、＋Z,使机床回参考点。

③ 定义毛坯 φ70×180，45#钢。

④ 放置零件，外伸 170mm。

（2）加工

① 选择刀具如表 15-14 所示。

② 试切对刀。在模拟机床菜单中点击"MDI"，再点击"刀偏表"，在"试切长度"、"试切直径"中输入试切毛坯得到的尺寸，如图 15-15 所示。详细对刀步骤见机床操作模块。

表 15-14　使用刀具情况

序　　号	刀片类型	刀片角度	刀尖半径	刀　　柄
1	V形刀片	35°	0.4	93°正偏刀
2	V形刀片	35°	0.2	93°正偏刀
3	螺纹刀	60°		螺纹刀刀柄

刀偏表：

刀偏号	X偏置	Z偏置	X磨损	Z磨损	试切直径	试切长度
#0001	-390.332	-783.283	0.000	0.000	63.132	0.000
#0002	-389.483	-783.248	0.000	0.000	58.116	-0.051
#0003	-388.634	-802.700	0.000	0.000	58.100	-0.051
#0004	0.000	0.000	0.000	0.000	0.000	0.000
#0005	0.000	0.000	0.000	0.000	0.000	0.000

图 15-15　刀偏表界面

③ 运行程序仿真加工。在模拟机床菜单中点击"选择程序"，将 CAXA 数控车生成的 NC 程序调入后，点击循环启动键进行加工。零件的仿真加工结果如图 15-16 所示。

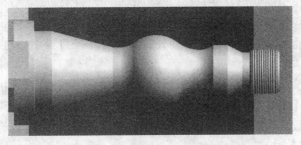

图 15-16　零件的仿真加工结果

单元 16   数控车工技师技能鉴定模拟试题

16.1   数控车工技师技能鉴定理论模拟试题及答案

16.1.1   理论模拟试题

一、判断题（将判断结果填入括号中，正确的画"√"，错误的画"×"。每题 0.5 分，共 40 题）

（   ）1. 将薄壁工件装夹在花盘上车削的目的是将径向夹紧改成轴向夹紧。

（   ）2. 工件定位中，限制的自由度数少于六个的定位一定不会是过定位。

（   ）3. 职业道德是指人们在履行本职工作中所应遵守的规章制度。

（   ）4. 为防止工件变形，夹紧部位尽可能与支承件靠近。

（   ）5. 编制程序时一般以机床坐标系零点作为坐标原点。

（   ）6. C 功能刀具半径补偿能自动处理两个程序段刀具中心轨迹的转接，编程人员可完全按工件轮廓编写。

（   ）7. 测量偏心距为 5mm 偏心轴时，工件旋转一周，百分表指针应转动五圈。

（   ）8. 画零件图时可用标准规定的统一画法来代替真实的投影图。

（   ）9. 每当数控装置发出一个脉冲信号，就使步进电机的转子旋转一个固定角度，该角度称为步距角。

（   ）10. 在不产生振动的前提下，主偏角越大，刀具寿命越高。

（   ）11. 偏刀车端面，采用从中心向外进给，不会产生凹面。

（   ）12. 沿两条或两条以上在轴向等距分布的螺旋线所形成的螺纹，叫多线螺纹。

（   ）13. 斜视图的作用是表达机件倾斜部分的真实形状。

（   ）14. 以冷却为主要作用的切削液是切削油。

（   ）15. 液压元件按其功能可分为四个部分即：动力部分，执行部分，控制部分和辅助部分。

（   ）16. 液压传动中，压力的大小取决于油液流量的大小。

（   ）17. 最为常用的刀具材料是高速钢和硬质合金。

（   ）18. 切削钢材一般选用钨钴类硬质合金。

（   ）19. 用攻丝法加工螺纹时，直径小于 M16 的常用手动攻丝法，大于 M16 用机动攻丝法。

（   ）20. 画装配图要根据零件图的实际大小和复杂程度，确定合适的比例和图幅。

（   ）21. 深孔加工的关键是如何解决深孔钻的几何形状和冷却、排屑问题。

（   ）22. 检查各控制箱的冷却风扇是否正常运转是数控车床的操作规程之一。

（   ）23. 划线盘划针的直头端用来划线，弯头端用于对工件安放位置的找正。

（   ）24. 安全离合器是定转矩装置，可用来防止机床工作时因超载而损坏零件。

（   ）25. 若油缸两腔油压 P 相等，两活塞杆直径 D 相等，则双活塞杆油缸向左和向右两个方向的液压推力 F 不等。

（　　）26. 旋转变压器是一种具有电动机结构的转角检测装置。

（　　）27. 不同相数的步进电动机的启动转矩不同，一般相数越多，拍数越多，则启动转矩越大。

（　　）28. 为了保证数控机床安全可靠地工作，高速数控机床必须采用高速动力卡盘，而不能用一般卡盘。

（　　）29. 硬质合金是在钢中加入较多的钨、钼、铬、钒等合金元素，用于制造形状复杂的切削刀具。

（　　）30. 纯铁在精加工时的切削加工性能不好。

（　　）31. 数控机床数控部分出现故障死机后，数控人员应关掉电源再重新开机，然后执行程序即可。

（　　）32. FMS 的工件输送系统按所用运输工具可分为自动传送车、轨道传送系统、带式传送系统、机器人传送系统四大类。

（　　）33. 若一台微机感染了病毒，只要删除所有带毒文件，就能消除所有病毒。

（　　）34. 粗基准因精度要求不高，所以可以重复使用。

（　　）35. 尺寸链是在设计图样上相互联系且按一定顺序排列的封闭尺寸配合。

（　　）36. 交流变频调速，当低于额定频率调速时，要保证 $U/f=$ 常数，也就是随着频率的下降，电压保持不变。

（　　）37. 图样上绘制斜度及锥度的符号时，要注意其方向。

（　　）38. P 类硬质合金车刀适于加工长切屑的黑色金属。

（　　）39. 高速钢刀具的韧性虽然比硬质合金刀具好，但也不能用于高速切削。

（　　）40. 滚珠丝杠不适用于升降类进给传动机构。

二、选择题（选择一个正确的答案，将相应的字母填入题内的括号中。每题 0.5 分，共 80 题）

1. 安全管理可以保证操作者在工作时的安全或提供便于工作的（　　　）。

A. 生产场地　　　B. 生产环境　　　C. 生产空间　　　D. 生产车间

2. 用中心架支承工件车内孔时，如内孔出现倒锥，则是由于中心架中心偏向（　　　）所造成。

A. 操作者一方　　B. 操作者对面　　C. 座　　　　　D. 卡盘

3. 两拐曲轴的划线工序中要在工件两端面共划（　　　）偏心部分的中心线。

A. 五个　　　　　B. 两个　　　　　C. 三个　　　　　D. 四个

4. 通过分析装配视图，掌握该部件的形体结构，彻底了解（　　　）的组成情况，弄懂各零件的相互位置、传动关系及部件的工作原理，想象出各主要零件的结构形状。

A. 零部件　　　　B. 装配体　　　　C. 位置精度　　　D. 相互位置

5. 退火、正火一般安排在（　　　）之后。

A. 毛坯制造　　　B. 粗加工　　　　C. 半精加工　　　D. 精加工

6. 编排数控加工工序时，采用一次装夹，工件上多工序集中加工原则的主要目的是（　　　）。

A. 简化加工程序　B. 减少空运动时间　C. 减少重复定位误差　D. 简化加工程序

7. 蜗杆分度圆直径实际上就是（　　　），其测量的方法和三针测量普通螺纹中径的方法相同，只是千分尺读数值 M 的计算公式不同。

 A. 中径   B. 大径   C. 齿距   D. 模数

8. 加工细长轴要使用中心架和跟刀架，以增加工件的（ ）刚性。

 A. 工作   B. 加工   C. 回转   D. 夹装

9. 测量与反馈装置的作用是为了（ ）。

 A. 提高机床的安全性   B. 提高机床的使用寿命

 C. 提高机床的定位精度   D. 提高机床的灵活性

10. 数控系统中大多有子程序功能，并且子程序（ ）嵌套。

 A. 只能有一层 B. 可以有有限层 C. 可以有无限层 D. 不能

11. 把直径为 $D1$ 的大钢球放入锥孔内，用高度尺测出钢球 $D1$ 最高点到工件的距离，通过计算可测出工件（ ）的大小。

 A. 圆锥角   B. 小径   C. 高度   D. 孔径

12. 画半剖视图时，习惯上将左右对称图形的（ ）画成剖视图。

 A. 左半边   B. 右半边   C. 左、右半边皆可 D. 无法确定

13. 一台普通的数控车床，为提高效率，粗加工工件时，优先考虑的参数是（ ）。

 A. 主轴转速   B. 进给量   C. 背吃刀量   D. 快速进给速度

14. 程序段 G91 G03 X50 Z−30 I0 K−30，其中 I、K 表示（ ）。

 A. 圆弧终点坐标   B. 圆心相对圆弧起点的增量

 C. 圆弧起点坐标   D. 圆心相对圆弧终点的增量

15. 热继电器在控制电路中起的作用是（ ）。

 A. 短路保护   B. 过载保护   C. 失压保护   D. 过电压保护

16. 车削圆锥体时，刀尖高于工件回转轴线，加工后锥体表面母线将呈（ ）。

 A. 直线   B. 圆弧   C. 双曲线   D. 无法确定

17. 产生机械加工精度误差的主要原因是由于（ ）。

 A. 润滑不良   B. 机床精度下降 C. 材料不合格 D. 空气潮湿

18. 刀片盒上 ISO 标识 H 表示刀具适宜加工的零件材料为（ ）。

 A. 钢   B. 不锈钢   C. 耐热合金   D. 淬火钢

19. 大型重载机床导轨中应用最普遍的导轨型式是（ ）。

 A. 静压导轨   B. 滚动导轨   C. 滑动导轨   D. 塑料导轨

20. 数控车床能进行螺纹加工，其主轴上一定安装了（ ）。

 A. 测速发电机 B. 脉冲编码器 C. 温度控制器 D. 光电管

21. 以下说法中（ ）是正确的。

 A. 只有 G92 是工件坐标系设定指令

 B. 所有数控机床加工时必须回参考点

 C. 根据需要，一个工件可以设置几个工件坐标系

 D. 程序开头必须用 G00 运行到程序原点

22. HEIDENHAIN 数控系统制造厂家是（ ）。

 A. 日本   B. 中国   C. 西班牙   D. 德国

23. 高速钢又称风钢、锋钢或白钢。高速钢刀具切削时能承受（ ）的温度。

 A. 540～600℃以下   B. 600～800℃

C. 800～1000℃   D. 1000℃以上

24. 全闭环进给伺服系统与半闭环进给伺服系统的主要区别在于（   ）。

A. 采用的驱动电机不同   B. 位置检测元件的安装位置不同

C. 速度检测元件的安装位置不同   D. 数控系统的性能不同

25. 某轴直径为 $\phi30mm$，当实际加工尺寸为 $\phi29.979mm$ 时，允许的最大弯曲值为（   ）mm。

A. 0   B. 0.01   C. 0.021   D. 0.015

26. 绝大部分的数控系统都装有电池，它的作用是（   ）。

A. 给系统的 CPU 运算提供能量，更换电池时一定要在数控系统断电的情况下进行

B. 在系统断电时，用电池储存的能量来保持 RAM 中的数据，更换电池时一定要在数控系统通电的情况下进行

C. 为检测元件提供能量，更换电池时一定要在数控系统断电的情况下进行

D. 在突然断电时，为数控机床提供能量，使机床能暂时运行几分钟，以便退出刀具，更换电池时一定要在数控系统通电的情况下进行

27. 用两顶尖测量较小的偏心距时，其偏心距应是百分表指示的最大值与最小值之（   ）。

A. 差的一倍   B. 差   C. 差的一半   D. 无法确定

28. 限位开关在机床中起的作用是（   ）。

A. 短路开关   B. 过载保护   C. 欠压保护   D. 行程控制

29. 在工件自动循环加工中，若要跳过某一程序段，在所需跳过的程序段前加（   ）且必须通过操作面板或 PLC 接口控制信号使跳跃程序段生效。

A. | 符号   B. 一 符号   C. \ 符号   D. / 符号

30. 车削薄壁零件的关键是（   ）。

A. 强度   B. 刚度   C. 变形   D. 同轴度

31. 下列分类中，不属于交流伺服驱动系统驱动的电机是（   ）。

A. 无刷电机   B. 交流永磁同步电动机

C. 步进电机   D. 笼型异步电动机

32. 三相步进电机的步距角是 $1.5°$，若步进电机通用电频率 f 为 2000Hz，则步进电机的转速 n 为（   ）r/mm。

A. 3000   B. 500   C. 1500   D. 1000

33. 目前数控机床的加工精度和速度主要取决于（   ）。

A. CPU   B. 机床导轨   C. 检测元件   D. 伺服系统

34. 具有"在低速移动时不易出现爬行现象"特点的导轨是（   ）。

A. 滑动导轨   B. 铸铁-淬火钢导轨   C. 滚动导轨   D. 静电导轨

35. 数控机床位置检测装置中（   ）属于旋转型检测装置。

A. 光栅尺   B. 磁栅尺   C. 感应同步器   D. 脉冲编码器

36. 米制圆锥的锥度是（   ）。

A. 1：16   B. 1：18   C. 1：20   D. 1：22.5

37. 数控机床加工调试中遇到问题想停机应先停止（   ）。

A. 主运动   B. 进给运动   C. 冷却液   D. 辅助运动

38. 数控机床液压系统的用途有（   ）。

A. 卡盘及顶尖的控制   B. 切屑清理

C. 电磁阀控制　　　　　　　　　　D. 刀具控制

39. 车削中心与数控车床的主要区别是（　　）。

A. 刀库的刀具数多少　　　　　　　B. 有动力刀具和 C 轴

C. 机床精度的高低　　　　　　　　D. 有自动排屑装置

40. 在非圆曲线的节点计算中，最简单的直线逼近法是（　　）。

A. 圆弧逼近法　　　　　　　　　　B. 等弦长直线逼近法

C. 等间距直线逼近法　　　　　　　D. 等误差直线逼近法

41. 数控机床加工零件时是由（　　）来控制的。

A. 数控系统　　　B. 操作者　　　C. 伺服系统　　　D. 电机

42. 按 ISO 1832—1991 国标标准，机夹式可转位刀片的代码由（　　）位字符串组成。

A. 6　　　　　　B. 8　　　　　　C. 9　　　　　　D. 10

43. 莫氏锥度号数不同，尺寸大小（　　），锥度不相同。

A. 相同　　　　B. 不相同　　　　C. 不完全相同　　　D. 没有关系

44. 数控机床上有一个机械原点，该点到机床坐标零点在进给坐标轴方向上的距离可以在机床出厂时设定。该点称（　　）。

A. 工件零点　　　B. 机床零点　　　C. 机床参考点　　　D. 编程原点

45. 加工薄壁套筒时，车刀应选用（　　）的后角。

A. 较大　　　　B. 较小　　　　C. 中等　　　　D. 任何角度

46. 零件加工长度与直径比不是很大，余量较小，需多次安装的细长轴采用（　　）装夹方法。

A. 两顶尖　　　B. 一夹一顶　　　C. 中心架　　　D. 跟刀架

47. 零件加工深孔加工对直径较大和较深的孔，可采用（　　）挤压的方法进行精加工。

A. 钢球　　　　B. 钢柱　　　　C. 硬质合金　　　D. 高速钢

48. 零件加工深孔半精加工的余量不宜过大，一般在（　　）mm 左右，为精加工创造良好条件。

A. 0.4～0.5　　B. 0.3～0.4　　C. 0.2～0.3　　D. 0.05～0.2

49. 零件加工螺纹车刀刀尖角的大小，决定螺纹的牙型角，刀尖角应（　　）牙型角。

A. 略小　　　　B. 大于　　　　C. 小于　　　　D. 等于

50. $\phi20f6$、$\phi20f7$、$\phi20f8$ 三个公差带（　　）。

A. 上偏差相同且下偏差相同　　　　B. 上偏差相同但下偏差不相同

C. 上偏差不相同且下偏差相同　　　D. 上、下偏差各不相同

51. 粗车铸铁应选用（　　）牌号的硬质合金车刀。

A. YG3　　　　B. YG8　　　　C. YT5　　　　D. YT15

52. 尺寸 $40^{+0.30}_{+0.20}$ 的公差为（　　）。

A. 0.3　　　　B. +0.1　　　　C. 0.1　　　　D. +0.3

53. 主轴毛坯锻造后需进行（　　）热处理，以改善切削性能。

A. 正火　　　　B. 调质　　　　C. 淬火　　　　D. 退火

54. G04 P1000　代表停留几秒（　　）。

A. 1000　　　　B. 100　　　　C. 10　　　　D. 1

55. 数控机床的位置精度主要指标有（　　）。

A. 定位精度和重复定位精度　　　　B. 分辨率和脉冲当量

C. 主轴回转精度　　　　　　　　　　D. 几何精度

56. 对于非圆曲线加工，一般用直线和圆弧逼近，在计算节点时，要保证非圆曲线和逼近直线或圆弧之法向距离小于允许的程序编制误差，允许的程序编制误差一般取零件公差的（　　　）。

　　A. 1/2～1/3　　　B. 1/3～1/5　　　C. 1/5～1/10　　　D. 等同值

57. 数控机床采用伺服电机实现无级变速仍采用齿轮传动主要目的是增大（　　　）。

　　A. 输入速度　　　B. 输入扭矩　　　C. 输出速度　　　D. 输出扭矩

58. HT200 中的"200"是指（　　　）。

　　A. 抗拉强度　　　B. 抗压强度　　　C. 抗弯强度　　　D. 抗冲击韧性

59. 检验机床主轴回转精度时，芯棒上远轴端的检测点距近轴端的检测点的距离是（　　　）mm。

　　A. 250　　　　　B. 300　　　　　C. 350　　　　　D. 400

60. G90 G01 X_Z_F_　其中 X、Z 的值是表示（　　　）。

　　A. 终点坐标值　　B. 增量值　　　C. 向量值　　　D. 机械坐标值

61. 中间工序的工序尺寸公差按（　　　）。

　　A. 上偏差为正，下偏差为零标准　　B. 下偏差为负，上偏差为零标准

C. 按"入体"原则标准　　　　　　　D. 按"对称"原则标准

62. 用板牙套螺纹时，应选择（　　　）的切削速度。

　　A. 较高　　　　　B. 中等　　　　C. 较低　　　　　D. 高速

63. 钨钴类硬质合金的刚性、可磨削性和导热性较好，一般用于切削（　　　）和有色金属及其合金。

　　A. 碳钢　　　　　B. 工具钢　　　C. 合金钢　　　　D. 铸铁

64. 粗加工应选用（　　　）。

　　A. 3%～5% 的乳化液　　　　　　　B. 10%～15% 乳化液

C. 切削液　　　　　　　　　　　　　D. 煤油

65. 莫尔条纹的形成主要是利用光的（　　　）现象。

　　A. 透射　　　　　B. 干涉　　　　C. 反射　　　　　D. 衍射

66. 切削金属材料时，在切削速度较低，切削厚度较大，刀具前角较小的条件下，容易形成（　　　）。

　　A. 挤裂切屑　　　B. 带状切屑　　C. 崩碎切屑　　　D. 条状切屑

67. 攻制"M12×1.5"螺纹，其钻削底孔之直径宜为（　　　）mm。（分析：钻孔直径＝公称直径－螺距）

　　A. 8.5　　　　　B. 9.5　　　　　C. 10.5　　　　　D. 11.5

68. 为了降低残留面积高度，以便减小表面粗糙度值，（　　　）对其影响最大。

　　A. 主偏角　　　　B. 副偏角　　　C. 前角　　　　　D. 后角

69. 三爪卡盘安装工件，当工件被夹住的定位圆柱表面较长时，可限制工件（　　　）个自由度。

　　A. 三　　　　　　B. 四　　　　　C. 五　　　　　　D. 六

70. 取游标卡尺本尺的 19mm，在游尺上分为 20 等分时，则该游标卡尺的最小读数为

（　　）mm。

　　A. 0.01　　　　　　B. 0.02　　　　　　C. 0.05　　　　　　D. 0.1

　　71. 游标卡尺以 20.00mm 之块规校正时，读数为 19.95mm，若测得工件读数为 15.40mm，则实际尺寸为（　　）mm。

　　A. 15.45　　　　　　B. 15.30　　　　　　C. 15.15　　　　　　D. 15.00

　　72. 钻 $\phi 3 \sim \phi 20$ 小直径深孔时，应选用（　　）比较适合。

　　A. 外排屑枪孔钻　　　　　　　　　　B. 高压内排屑深孔钻

　　C. 喷吸式内排屑深孔钻　　　　　　　D. 麻花钻

　　73. 数控机床如长期不用时最重要的日常维护工作是（　　）。

　　A. 清洁　　　　　B. 干燥　　　　　C. 通电　　　　　D. 关闭电源

　　74. 在车床上铰孔，发现铰后孔比刀直径小，其原因是（　　）。

　　A. 热膨胀　　　　B. 刀具磨损　　　　C. 进给速度快　　　　D. 刀具打滑

　　75. 某轴类零件尺寸为 $\phi 28_{-0.013}^{~~0}$，同时给出其轴线的直线度公差为 $\phi 0.01$，同时遵守最大实体要求，则其体外作用尺寸 MMVS 为（　　）。

　　A. $\phi 28$　　　　B. $\phi 28.01$　　　　C. $\phi 27.987$　　　　D. $\phi 27.977$

　　76. 数控机床切削精度检验又称（　　），对机床几何精度和定位精度的一项综合检验。

　　A. 静态精度检验，是在切削加工条件下　　B. 动态精度检验，是在空载条件下

　　C. 动态精度检验，是在切削加工条件下　　D. 静态精度检验，是在空载条件下

　　77. 最大极限尺寸与基本尺寸的关系是（　　）。

　　A. 前者大于后者　　　　　　　　　　B. 前者小于后者

　　C. 两者相等　　　　　　　　　　　　D. 两者大小依据具体数字确定。

　　78. 在运算指令中，形式为 ♯i＝ATAN［♯j］代表的意义是（　　）。

　　A. 余切　　　　　B. 反正切　　　　　C. 切线　　　　　D. 反余切

　　79. 陶瓷刀具适用于（　　）工件的加工。

　　A. 断续切削　　　　B. 强力切削　　　　C. 铝、镁、钛等合金　　　　D. 连续切削

　　80. 干切削技术对刀具性能、机床结构、工件材料及工艺过程等提出了新的要求，下列说法中不正确的是（　　）。

　　A. 干切削要求刀具具有极高的红硬性和热韧性，良好的耐磨性、耐热冲击和抗黏结性

　　B. 设计干切削机床时要考虑的特殊问题主要有两个：一是切削热的迅速散发；另一个是切削和灰尘的快速排出

　　C. 金刚石（PCD）刀具宜于在干切削中用来加工钢铁工件

　　D. 聚晶立方氮化硼（PCBN）刀具能够对淬硬钢、冷硬铸铁进行干切削

三、简答题（每题 5 分，共 6 题）

　　1. 难加工材料是从哪三个方面来衡量的？

　　2. 简述数控机床控制系统因故障类型不同，大体有哪些检查方法？

　　3. 车削螺纹时，螺距精度超差从机床方面考虑，是由哪些原因造成的？

　　4. 保证套类零件的同轴度、垂直度有哪些方法？

　　5. 推行刀具的标准化工作与数控加工有何关系？

　　6. 表面粗糙度对机器零件使用性能有何影响？常用检查表面粗糙度的方法有哪些？

四、综合题（每题5分，共2题）

1. 如图16-1所示，已知主、左视图，补画俯视图。

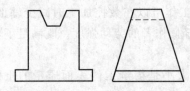

图 16-1　主视图和左视图

2. 用三针量法测量 M24×2 的螺纹，测得千分尺的读数 $M=24.70\text{mm}$。量针 d_0 和螺距 P 的关系式见表16-1，求被测螺纹中径 d_2 等于多少？

表 16-1　三针量法测量螺纹的简化公式一览表

螺纹牙型角 α	量针 d_0 简化计算公式	千分尺应测得读数的简化公式
29°	$d_0=0.516P$	$M=d_2+4.994d_0-1.933P$
30°	$d_0=0.518P$	$M=d_2+4.864d_0-1.886P$
40°	$d_0=0.533P$	$M=d_2+3.924d_0-1.374P$
55°	$d_0=0.564P$	$M=d_2+3.166d_0-0.96P$
60°	$d_0=0.577P$	$M=d_2+3d_0-0.866P$

16.1.2　理论模拟试题参考答案

一、判断题

1. √；2. ×；3. ×；4. √；5. ×；6. √；7. ×；8. √；9. √；10. ×；11. √；
12. √；13. √；14. ×；15. √；16. ×；17. √；18. ×；19. √；20. ×；21. √；
22. ×；23. √；24. √；25. ×；26. √；27. √；28. √；29. ×；30. √；31. ×；
32. √；33. ×；34. ×；35. √；36. ×；37. √；38. √；39. √；40. √。

二、选择题

1. B；2. B；3. D；4. B；5. A；6. C；7. A；8. D；9. C；10. B；11. A；12. B；
13. C；14. B；15. B；16. C；17. B；18. D；19. A；20. B；21. C；22. D；23. A；
24. B；25. C；26. B；27. C；28. D；29. D；30. C；31. C；32. B；33. D；34. C；
35. D；36. C；37. B；38. A；39. B；40. C；41. A；42. C；43. B；44. C；45. A；
46. A；47. C；48. D；49. C；50. B；51. B；52. C；53. A；54. C；55. A；56. C；
57. D；58. A；59. B；60. A；61. C；62. C；63. D；64. A；65. D；66. C；67. C；
68. B；69. B；70. C；71. A；72. A；73. C；74. A；75. B；76. C；77. D；78. B；
79. D；80. C

三、简答题

1. 答：所谓难加工材料，从已加工表面的质量及切屑形成和排出的难易程序三个方面来衡量。只要上述三个方面中有一项明显差，就可称为是难加工材料。

2. 答：（1）常规检查：①外观检查，②连接线、连接电缆检查，③连接端及接插件检查，④电源电压检查；（2）面板显示与指示灯分析；（3）信号追踪法；（4）系统分析法。

3. 答：主要有以下2个方面原因：（1）丝杆的轴向窜动量超差；（2）从主轴至丝杆间的传动链传动误差超差。

4. 答：主要有以下3种方法：（1）在一次装夹中加工内外圆和端面；（2）以内孔为基

准使用心轴来保证位置精度；（3）以外圆为基准用软卡爪装夹来保证位置精度，但软卡爪一般只能保证位置精度 0.05mm 以内。

5. 答：推行刀具的标准化工作可以在数控加工时减少辅助时间，不断提高产品质量和生产效率，节省刀具费用，减轻操作者的劳动强度。既满足了数控车床加工的需要，又缩短了工艺准备周期。

6. 答：表面粗糙度数值的大小是衡量工件表面质量的重要指标，它对零件的耐磨性、耐腐蚀性、疲劳强度和配合性质均有很大的影响，检查的方法有：比较法、光切法、干涉法和针描法（又称感触法）。

四、综合题

1. 答：如图 16-2 所示。

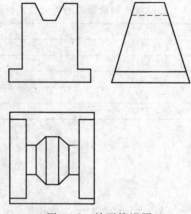

图 16-2　补画俯视图

2. 解：$M = d_2 + 3d_0 - 0.866P$

$\Rightarrow d_2 = M - 3d_0 + 0.866P = 24.7 - 3 \times 0.577 \times 2 + 0.866 \times 2 = 22.97mm$

答：螺纹的中径 d_2 应是 22.97mm。

16.2　数控车工技师技能鉴定实操考试模拟试题及答案

16.2.1　数控车工技师实操考试模拟试题及评分表

试题如图 16-3 所示，评分表如表 16-2 所示。毛坯尺寸材料：45 号钢，规格 $\phi50 \times 110$ 和 $\phi50 \times 75$ 各一件。

16.2.2　制定加工工艺方案（答案不唯一，仅供参考）

（1）图纸分析

本例难点 1 螺纹配合；难点 2 圆锥配合，要选择好刀尖圆弧半径和刀尖方位；难点 3 两个工件的外轮廓组合后精加工。取公差带的中值编程。

（2）加工方案

① 设备选用。选用 HNC-21T 华中世纪星数控系统数控车床，八工位卧式刀架，机床检查后开机，回零。

② 刀具设置。T1：93°硬质合金外圆粗车刀，负偏角＞40°，刀尖圆弧半径 0.8；T2：93°硬质合金粗镗刀，刀尖圆弧半径 0.8；T3：93°硬质合金外圆精车刀，负偏角＞40°，刀尖圆弧半径 0.8；T4：93°硬质合金粗镗刀，刀尖圆弧半径 0.8；T5：4mm 宽硬质合金外切槽

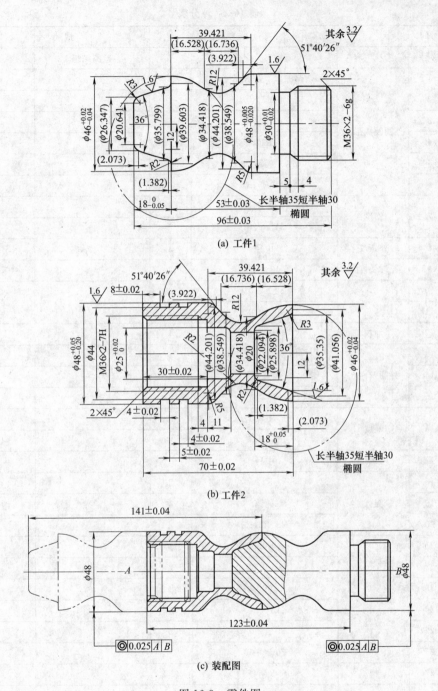

(a) 工件1

(b) 工件2

(c) 装配图

图 16-3　零件图

刀；T6：60°硬质合金内螺纹刀；T7：60°硬质合金外螺纹车刀。

（3）制定加工工艺路线及程序分配。先加工工件 2 的左侧内外轮廓到尺寸要求；再加工工件 1 的右侧，留出工艺轴头，钻工艺孔以便后续工序使用顶尖，用工件 2 试配螺纹；工件 2 掉头加工左侧轮廓，圆锥加工到尺寸，其余部分留出精加工余量 0.5mm；加工工件 2 右侧内外轮廓，内锥加工到尺寸，并用工件 1 试配，外轮廓留出精加工余量 0.5mm；不拆卸件 2，组合装配件 1，顶尖顶住工艺孔，一起精加工工件 1、工件 2 的外轮廓到尺寸；最后切去工艺轴头。

表 16-2 评分表

定额时间			6h	考核日期		成绩	
项目	序号	考核内容	配分			检测结果	扣分
轴 32分	1	外圆及成形面	$\phi48^{+0.005}_{-0.020}$ 及 $R_a1.6$	2			
	2		$\phi46^{+0.02}_{-0.04}$	2			
	3		$\phi30^{+0.01}_{-0.02}$	2			
	4		$R12$	2			
	5		椭圆	3			
	6		$R2$、$R3$、$R5$	3×1			
	7	锥度	$36°$ 及 $R_a1.6$	3			
			$51°40'26''$	2			
	8	外螺纹	中径	3			
	9	轴长度	$18^{\ 0}_{-0.05}$	2			
	10		53 ± 0.03	2			
	11		96 ± 0.03	2			
	12	加权	特征完整	4			
套件 44分	13	外圆及内孔	$\phi48^{+0.005}_{-0.020}$ 及 $R_a1.6$	2			
	14		$\phi46^{+0.02}_{-0.04}$	2			
	15		$\phi25^{+0.02}_{0}$	2			
	16	锥度	$36°$ 及 $R_a1.6$	3			
			$51°40'26''$	2			
	17	内螺纹	中径	3			
	18	圆弧	$R12$	2			
	19		椭圆	3			
	20		$R5$、$R2$、$R3$	3×1			
	21	套件长度	8 ± 0.02	2			
	22		5 ± 0.02	2			
	23		4 ± 0.02(两处)	2×2			
	24		$18^{+0.05}_{0}$	2			
	25		30 ± 0.02	2			
	26		70 ± 0.02	2			
	27	槽	$\phi44$(两处)	2×2			
	28	加权	特征完整	4			
配合 24分	29	锥度配合	70%	4			
	30	配合长度	141 ± 0.04	3			
	31		123 ± 0.04	3			
	32		椭圆	4			
	33	形位公差	同轴度(两处)	3×2			
	34	螺纹配合		4			

备注:超差 0.01 扣 1 分,降一级扣 0.5 分

工序 1：工件 2 的左侧内外轮廓加工，工步安排如表 16-3 所示。

用三爪自定心卡盘装夹，工件伸出 50mm 左右，找正后夹紧，编程原点设置在图 16-4 所示的右端面与轴线交点。检查刀具是否干涉。

a. 用 T1 车工件端面，用 φ3 的中心钻手动钻中心孔，用 φ20 的麻花钻手动钻孔；

b. T1～T6 对刀，用 T1 粗车外轮廓，T3 精车外轮廓，加工程序名为 O1601，加工后测量；

c. 用 T5 切槽，加工程序名为 O1602，加工后测量槽宽；

d. 用 T2 粗镗内轮廓，螺纹底孔镗至 φ34，加工程序名为 O1603，加工后测量；

e. 用 T4 精镗内轮廓，加工程序名为 O1603，加工后测量；

f. 用 T6 车内螺纹，加工程序名为 O1604，加工后测量；

g. 取下工件，检查长度。

工序 2：工件 1 的右侧轮廓加工，工步安排如表 16-4 所示，T1、T3、T7 重新对刀。

用三爪自定心卡盘装夹，工件伸出 65mm 左右，如图 16-5 所示，找正后夹紧。

a. 用 T1 手动或 MDI 方式车工件端面；

b. 用 φ3 的中心钻手动钻中心孔；

c. 用 T1 粗车、T3 精车外轮廓，加工程序名为 O1605，加工后测量工件；

d. 用 T7 车外螺纹，加工程序名为 O1606，加工后测量螺纹。

工序 3：工件 1 的左侧轮廓加工，工步安排如表 16-5 所示。

用三爪自定心卡盘装夹 φ48.5 处，垫上 0.5mm 以上的铜皮，伸出 60mm 左右，百分表吸在横向托板上，触头抵在 φ48.5 的外圆上，用手缓慢转动卡盘，观察跳动量，用铜棒轻敲高处，反复找正后夹紧。编程原点设置在图 16-6 所示的右端面与轴线交点，T1、T3 重新对刀。

a. 用 T1 手动车工件端面；

b. 用 T1 粗车外轮廓，T3 精车外轮廓，加工程序名为 O1607，加工后测量尺寸，取下工件 1。

表 16-3 工件 2 的数控加工工序卡片

单 位 名 称	×××	产品名称或代号	零件名称	零件图号
		×××	轴	16-3
工序号	程序编号	夹具名称	使用设备	车间
1	O1601～O1604	三爪卡盘		数控中心

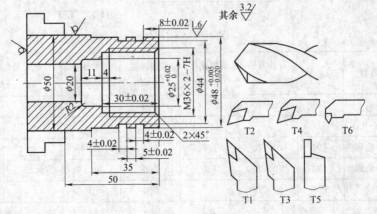

图 16-4 工序 1

续表

工步号	工步内容	刀具号	刀具规格/mm	切削速度/(m/min)	主轴转速/(r/min)	进给速度/(mm/r)	背吃刀量/mm	余量	备注
1	平端面	T01	20×20		640	0.1	0.3		手动
2	钻中心孔		φ3	14	1500	0.05			手动
3	钻孔		φ20	40	640	0.05			手动
4	粗车外轮廓	T01	20×20	100	640	0.25	2	0.5	自动
5	精车外轮廓	T03	20×20	130	860	0.1	0.25		自动
6	切槽	T05	20×20	80	530	0.1	4		自动
7	粗镗内轮廓	T02	φ12	50	800	0.15	1.5	0.5	自动
8	精镗内轮廓	T04	φ12	80	1270	0.08	0.25		自动
9	车内螺纹	T06	φ12		200	2			自动
编制	×××	审核	×××	批准	×××	年 月 日		共1页	第1页

表16-4　工件1的数控加工工序卡片

单位名称	×××		产品名称或代号	零件名称	零件图号
			×××	轴	16-3
工序号	程序编号		夹具名称	使用设备	车间
2	O1605～O1606		三爪卡盘		数控中心

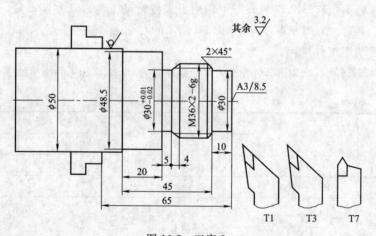

图 16-5　工序 2

工步号	工步内容	刀具号	刀具规格/mm	切削速度/(m/min)	主轴转速/(r/min)	进给速度/(mm/r)	背吃刀量/mm	余量	备注
1	平端面	T01	20×20		640	0.1			手动
2	钻中心孔		φ3	14	1500	0.05			手动
3	粗车外轮廓	T01	20×20	100	640	0.25	2	0.5	自动
4	精车外轮廓	T03	20×20	130	860	0.1	0.25		自动
5	车螺纹	T07	20×20		200	2			自动
编制	×××	审核	×××	批准	×××	年 月 日		共1页	第1页

表 16-5　工件 1 的数控加工工序卡片

单 位 名 称	×××	产品名称或代号	零件名称	零件图号
		×××	轴	16-3
工序号	程序编号	夹具名称	使用设备	车间
1	O1607	三爪卡盘		数控中心

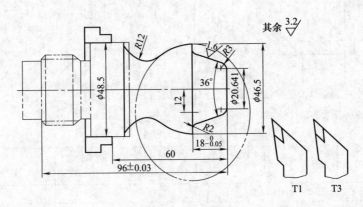

图 16-6　工序 3

工步号	工步内容	刀具号	刀具规格 /mm	切削速度 /(m/min)	主轴转速 /(r/min)	进给速度 /(mm/r)	背吃刀量 /mm	余量	备注
1	粗车外轮廓	T01	20×20	100	640	0.25	2	0.5	自动
2	精车外圆锥	T03	20×20	130	860	0.1	0.25		自动
编制	×××	审核	×××	批准	×××	年　月　日		共 1 页	第 1 页

工序 4： 工件 2 掉头，用三爪自定心卡盘夹 $\phi48$ 的外圆直径（垫上 0.5mm 以上的铜皮），如图 16-7 所示，百分表吸在横向托板上，触头抵在 $\phi48$ 的外圆上，用手缓慢转动卡盘，观察跳动量，用铜棒轻敲高处，反复找正后夹紧，工步安排如表 16-6 所示。

　　a. 用 T1 刀手动或 MDI 方式车端面，以确定总长；

　　b. T1～T4 对刀，用 T2 粗镗内轮廓，加工程序名为 O1608，加工后测量；

　　c. 用 T4 精镗内轮廓，加工程序名为 O1608，加工后测量，并用工件 1 试配圆锥；

　　d. 用 T1 粗车外轮廓，加工程序名为 O1609，加工后测量。

　　工序 5： 不拆卸工件 2，将工件 1 与工件 2 组合，顶尖顶住工件 1 的中心孔。一起精加工外轮廓，加工程序名为 O1609，如图 16-8 所示。工步安排如表 16-7 所示。

　　工序 6： 重新装夹工件 1，手动切掉工艺轴头。

表 16-6　工件 2 的数控加工工序卡片

单 位 名 称	×××	产品名称或代号	零件名称	零件图号
		×××	轴	16-3
工序号	程序编号	夹具名称	使用设备	车间
4	O1608～O1609	三爪卡盘		数控中心

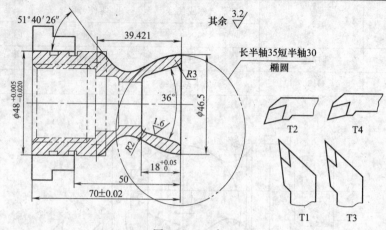

图 16-7 工序 4

工步号	工步内容	刀具号	刀具规格 /mm	切削速度 /(m/min)	主轴转速 /(r/min)	进给速度 /(mm/r)	背吃刀量 /mm	余量	备注
1	平端面	T01	20×20		640	0.1			手动
2	粗镗内轮廓	T02	φ12	50	800	0.15	1.5	0.5	自动
3	精镗内轮廓	T04	φ12	80	1270	0.08	0.25		自动
4	粗车外轮廓	T01	20×20	100	640	0.25	2	0.5	自动
5	精车外轮廓	T03	20×20	130	860	0.1	0.25		自动
编制	×××	审核	×××	批准	×××	年 月 日		共1页	第1页

表 16-7　组合加工的数控加工工序卡片

单 位 名 称	×××		产品名称或代号	零件名称	零件图号
			×××	轴	16-3
工序号	程序编号		夹具名称	使用设备	车间
5	O1610		三爪卡盘		数控中心

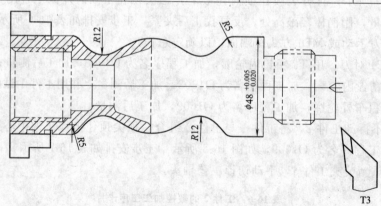

图 16-8　工序 5

工步号	工步内容	刀具号	刀具规格 /mm	切削速度 /(m/min)	主轴转速 /(r/min)	进给速度 /(mm/r)	背吃刀量 /mm	余量	备注
1	精车外轮廓	T03	20×20	130	860	0.1	0.25		自动
编制	×××	审核	×××	批准	×××	年　月　日		共1页	第1页

16.2.3 编写数控加工程序

(1) 工件 2 左侧的参考程序

O1601;	加工前换高速挡，加工工件 2
%1601;	
T0101 M03 S640;	
G90 G00 X51 Z2;	
X48.5;	粗车外轮廓
G01 Z—35 F0.25;	
G00 X51;	
G00 X100 Z100 M05;	
M09;	
M00;	测量工件
T0303 M03 S860;	精车外轮廓
G00 X47.993 Z2 M08;	按公差带的中值编程
G01 Z—35 F0.1;	
G00 X51;	
X100 Z100 M05;	
M09;	
M30;	测量工件，如果尺寸超差，二次精加工，以保证尺寸精度

O1602;	
%1602;	
T0505 M03 S530;	
G90 G00 X50 Z5 M08;	
Z—12;	
G01 X44 F0.1;	
G04 P500;	
X51;	
G00 Z—21;	
G01 X44 F0.1;	
G04 P500;	
X51;	
G00 X100 Z100 M05;	
M30;	测量工件

O1603;	内轮廓加工，已钻 ϕ20 通孔
%1603;	
T0202 M03 S800;	
G90 G00 X19 Z2 M08;	

G71 U1.5 R1 P10 Q20 X－0.5 Z0.2 F0.15；　　　　粗镗内轮廓

G00 X100 Z100 M05；

M09；

M00；　　　　测量工件

T0404；

M03 S1270；

G00 X19 Z2 M08；

N10 G00 X42；　　　　精镗内轮廓

G01 X34 Z－2 F0.08；

Z－30；

X25.01；

Z－39；

G03 X21.01 Z－41 R2；

N20 G01 X19；

G00 Z2；

X100 Z100 M05；

M09；

M30；　　　　测量工件，保证尺寸精度

O1604；　　　　加工前换低速挡，准备车内螺纹

%1604；

T0606 M03 S200；

G90 G00 X30 Z4 M08；

G82 X34.7 Z－26 F2；　　　　车螺纹

G82 X35.2 Z－26 R－2 E－1.299 F2；

G82 X35.6 Z－26 R－2 E－1.299 F2；

G82 X35.9 Z－26 R－2 E－1.299 F2；

G82 X36 Z－26 R－2 E－1.299 F2；

G82 X36 Z－26 R－2 E－1.299 F2；

G00 X100 Z100 M05；

M09

M30；　　　　加工后测量

(2) 工件 1 的右侧加工

O1605；

%1605；

T0101 M03 S640；

G90 G00 X51 Z2；

G71 U2 R1 P10 Q20 E0.5 F0.25；　　　　粗车外轮廓

G00 X100 Z100 M05；

M09；

M00；　　　　　　　　　　　　　　　　　　测量工件

T0303 M03 S860；　　　　　　　　　　　　精车外轮廓

G00 X51 Z2 M08；

N10 G00 X30；

G01 Z－10；

X32；

X35.72 Z－11.86 F0.1；　　　　　　　　　螺纹外径小了 0.28

Z－26；

X29.995 Z－30；

Z－35；

X48.5；

N20 Z－55；

G00 X100 Z100 M05；

M09；

M30；　　　　　　　　　　　　　　　　　　测量 ϕ30 尺寸

O1606；　　　　　　　　　　　　　　　　　加工前换低速挡

%1606；

T0707；　　　　　　　　　　　　　　　　　车外螺纹

M03 S200；

G90 G00 X40 Z－6 M08；

G82 X35.1 Z－31 F2；　　　　　　　　　　车螺纹

G82 X34.5 Z－31 F2；

G82 X33.9 Z－31 F2；

G82 X33.5 Z－31 F2；

G82 X33.402 Z－31 F2

G82 X33.402 Z－31 F2；

G00 X100 Z100 M05；

M09；

M30；　　　　　　　　　　　　　　　　　　加工后检验螺纹，用工件 2 试配

（3）工件 1 的左侧加工

O1607；　　　　　　　　　　　　　　　　　加工前换高速挡，刀偏表♯0001、♯
　　　　　　　　　　　　　　　　　　　　　0003 的 X 磨损为 0.5，留精加工余量

%1607；

T0101 M03 S640；

G95 G90 G00 X52 Z2；

G71 U1.5 R1 P10 Q20 E0.5 F0.25；　　　　粗车外轮廓

G00 X100 Z100 M05；

M09；

M00；   测量工件，刀补表＃0001、＃0003 的

半径为 0.8，刀尖方位为 3

T0303 M03 S860；

G42 G00 X52 Z2 M08；

N10 X－1；

G01 Z0 F0.1；

X20.641；

G03 X26.347 Z－2.073 R3；

G01 X35.799 Z－16.618；

G02 X39.603 Z－18 R2；

G01 X46；

＃101＝0；   椭圆 Z

WHILE［＃101 GE［－16.5］］；

＃102＝35＊SQRT［1－＃101＊＃101/30/30］；   椭圆 X

G01 X［［＃102－12］＊2］Z［＃101－18］；   椭圆从工件坐标系下移 12（半径量）
                                               左移 18

＃101＝＃101－0.1；

ENDW；

G01 X34.418 Z－34.528；

G02 X38.549 Z－51.264 R12；

G01 X44.201 Z－53.499；

N20 X50；

G40 G00 X55 Z10 M05；

M00；   检验各处直径是否大 0.5mm，刀偏
                                               表＃0001、＃0003 的 X 磨损改为 0，
                                               精加工圆锥

M03；

G42 G00 X－1 Z2；

G01 Z0 F0.1；

X20.641；

G03 X26.347 Z－2.073 R3；

G01 X35.799 Z－16.618；

G02 X39.603 Z－18 R2；

G01 X46；

Z－20；

G40 G00 X100 Z100 M05；

M09；

M30；   检验圆锥尺寸

（4）工件 2 的右侧加工

O1608；　　　　　　　　　　　　　　　　手动车端面。刀补表♯0002、♯0004
　　　　　　　　　　　　　　　　　　　　的半径输入 0.8，刀尖方位输入 2

%1608；

T0202 M03 S800；

G90 G00 X19 Z2 M08；

G71 U1.5 R1 P10 Q20 X－0.5 Z0.2 F0.15；　　粗镗内轮廓

G00 X100 Z100 M05；

M09；

M00；　　　　　　　　　　　　　　　　测量工件，修改刀偏表♯0004 的 X
　　　　　　　　　　　　　　　　　　　　磨损为－0.2

T0404 M03 S1270；

G41 G00 X18 Z2 M08；

N10 X43；　　　　　　　　　　　　　　精镗内轮廓

G01 Z0 F0.08；

X41.056；

G02 X35.35 Z－2.073 R3；

G01 X25.898 Z－16.618；

G03 X22.094 Z－18.025 R2；

G01 X20；

N20 X18；

G00 Z2；

G40 X100 Z100 M05；

M09；

M30；　　　　　　　　　　　　　　　　测量工件，修改刀偏表♯0004 的 X
　　　　　　　　　　　　　　　　　　　　磨损为 0，二次精加工，以控制尺寸
　　　　　　　　　　　　　　　　　　　　精度

O1609；　　　　　　　　　　　　　　　　刀补表♯0003 的半径输入 0.8，刀尖
　　　　　　　　　　　　　　　　　　　　方位输入 3；刀偏表♯0001、♯0003
　　　　　　　　　　　　　　　　　　　　的 X 磨损为 0.5

%1609；　　　　　　　　　　　　　　　　外轮廓粗加工

T0101 M03 S640；

G90 G00 X51 Z2 M08；

G71 U2 R1 P10 Q20 E0.5 F0.25；　　　　粗车外轮廓

G00 X100 Z100 M05；

T0303 M03 S860；

G42 G00 X51 Z2 M08；

N10 X40；

G01 Z0 F0.1；

X46；

♯101＝0；　　　　　　　　　　　　　　　　　椭圆 Z

WHILE［♯101 GE［－16.5］］；

♯102＝35＊SQRT［1－♯101＊♯101/30/30］；　椭圆 X

G01 X［［♯102－12］＊2］Z［♯101］；　　　将椭圆从工件坐标系向下移 12（半径量）

♯101＝♯101－0.1；

ENDW；

G01 X34.418 Z－16.528；

G02 X38.549 Z－33.264 R12；

G01 X44.201 Z－35.499；

G03 X48 Z－39.421 R5；

G01 Z－42；

N20 X51；

G40 G00 X100 Z100 M05；

M09；

M30；　　　　　　　　　　　　　　　　　　测量工件，留 0.5mm 精加工余量

（5）工件 2 与工件 1 组合，顶尖顶住工件 1 的中心孔，靠锥度的自动定心和相互锁紧力，一起精加工外轮廓。不用对刀。

%1610；　　　　　　　　　　　　　　　　外轮廓精加工，刀补表♯0003 的半径
　　　　　　　　　　　　　　　　　　　　输入 0.8，刀尖方位输入 3；刀偏表
　　　　　　　　　　　　　　　　　　　　♯0001、♯0003 的 X 磨损为 0

T0303 M03 S860；

G90 G42 G00 X51 Z55 M08；　　　　　　坐标系还在工件 2 的端面上

X47.993；

G01 W－15.579 F0.1；　　　　　　　　　Z 向增量值 55－39.421

G03 X44.201 W－3.922 R5；

G01 X38.549 W－2.235；　　　　　　　　Z 向增量值 39.421－16.528－16.736－
　　　　　　　　　　　　　　　　　　　　3.922

G02 X34.418 W－16.736 R12；

♯101＝16.5；　　　　　　　　　　　　　椭圆 Z；

WHILE［♯101 GE［－16.5］］；

♯102＝35＊SQRT［1－♯101＊♯101/30/30］；　椭圆 X

G01 X［［♯102－12］＊2］Z［♯101］；　　　将椭圆从工件坐标系向下移 12（半径量）

♯101＝♯101－0.1；

ENDW；

G01 X34.418 Z－16.528；

G02 X38.549 Z－33.264 R12；

G01 X44.201 Z－35.499；

G03 X48 Z－39.421 R5；

G01 Z－42；

G00 X51；

G40 X100 Z55 M05；

M09；

M30；　　　　　　　　　　　　　　　　测量工件尺寸

　　另一种加工方案供大家参考：先加工工件 1 外圆只加工锥面，螺纹段只加工外圆但不加工外螺纹，$\phi48$ 段要加工到尺寸，其余不加工；工件 2 加工内孔和螺纹，外圆不加工。然后相互配合夹工件 1 外螺纹外圆靠面定位，顶尖顶在工件 2 内螺纹上整体加工外圆。最后夹工件 1 的 $\phi48$ 外圆加工外螺纹。

附录 数控车工国家职业标准

1. 职业概况

1.1 职业名称

数控车工。

1.2 职业定义

从事编制数控加工程序并操作数控车床进行零件车削加工的人员。

1.3 职业等级

本职业共设四个等级,分别为:中级(国家职业资格四级)、高级(国家职业资格三级)、技师(国家职业资格二级)、高级技师(国家职业资格一级)。

1.4 职业环境

室内、常温。

1.5 职业能力特征

具有较强的计算能力和空间感,形体知觉及色觉正常,手指、手臂灵活,动作协调。

1.6 基本文化程度

高中毕业(或同等学历)。

1.7 培训要求

1.7.1 培训期限

全日制职业学校教育,根据其培养目标和教学计划确定。晋级培训期限:中级不少于400标准学时;高级不少于300标准学时;技师不少于200标准学时;高级技师不少于200标准学时。

1.7.2 培训教师

培训中、高级人员的教师应取得本职业技师及以上职业资格证书或相关专业中级及以上专业技术职称任职资格;培训技师的教师应取得本职业高级技师职业资格证书或相关专业高级专业技术职称任职资格;培训高级技师的教师应取得本职业高级技师职业资格证书2年以上或取得相关专业高级专业技术职称任职资格2年以上。

1.7.3 培训场地设备

满足教学要求的标准教室、计算机机房及配套的软件、数控车床及必要的刀具、夹具、量具和辅助设备等。

1.8 鉴定要求

1.8.1 适用对象

从事或准备从事本职业的人员。

1.8.2 申报条件

——中级：（具备以下条件之一者）

（1）经本职业中级正规培训达规定标准学时数，并取得结业证书。

（2）连续从事本职业工作5年以上。

（3）取得经劳动保障行政部门审核认定的，以中级技能为培养目标的中等以上职业学校本职业（或相关专业）毕业证书。

（4）取得相关职业中级《职业资格证书》后，连续从事本职业2年以上。

——高级：（具备以下条件之一者）

（1）取得本职业中级职业资格证书后，连续从事本职业工作2年以上，经本职业高级正规培训，达到规定标准学时数，并取得结业证书。

（2）取得本职业中级职业资格证书后，连续从事本职业工作4年以上。

（3）取得劳动保障行政部门审核认定的，以高级技能为培养目标的职业学校本职业（或相关专业）毕业证书。

（4）大专以上本专业或相关专业毕业生，经本职业高级正规培训，达到规定标准学时数，并取得结业证书。

——技师：（具备以下条件之一者）

（1）取得本职业高级职业资格证书后，连续从事本职业工作4年以上，经本职业技师正规培训达规定标准学时数，并取得结业证书。

（2）取得本职业高级职业资格证书的职业学校本职业（专业）毕业生，连续从事本职业工作2年以上，经本职业技师正规培训达规定标准学时数，并取得结业证书。

（3）取得本职业高级职业资格证书的本科（含本科）以上本专业或相关专业的毕业生，连续从事本职业工作2年以上，经本职业技师正规培训达规定标准学时数，并取得结业证书。

1.8.3 鉴定方式

分为理论知识考试和技能操作考核。理论知识考试采用闭卷方式，技能操作（含软件应用）考核采用现场实际操作和计算机软件操作方式。理论知识考试和技能操作（含软件应用）考核均实行百分制，成绩皆达60分及以上者为合格。技师和高级技师还需进行综合评审。

1.8.4 考评人员与考生配比

理论知识考试考评人员与考生配比为1：15，每个标准教室不少于2名相应级别的考评员；技能操作（含软件应用）考核考评员与考生配比为1：2，且不少于3名相应级别的考评员；综合评审委员不少于5人。

1.8.5 鉴定时间

理论知识考试为120分钟，技能操作考核中实操时间为：中级、高级不少于240分钟，技师和高级技师不少于 300 分钟，技能操作考核中软件应用考试时间为不超过 120 分钟，技师和高级技师的综合评审时间不少于 45 分钟。

1.8.6　鉴定场所设备

理论知识考试在标准教室里进行，软件应用考试在计算机机房进行，技能操作考核在配备必要的数控车床及必要的刀具、夹具、量具和辅助设备的场所进行。

2.　基本要求

2.1　职业道德

2.1.1　职业道德基本知识

2.1.2　职业守则

（1）遵守国家法律、法规和有关规定；

（2）具有高度的责任心、爱岗敬业、团结合作；

（3）严格执行相关标准、工作程序与规范、工艺文件和安全操作规程；

（4）学习新知识新技能、勇于开拓和创新；

（5）爱护设备、系统及工具、夹具、量具；

（6）着装整洁，符合规定；保持工作环境清洁有序，文明生产。

2.2　基础知识

2.2.1　基础理论知识

（1）机械制图

（2）工程材料及金属热处理知识

（3）机电控制知识

（4）计算机基础知识

（5）专业英语基础

2.2.2　机械加工基础知识

（1）机械原理

（2）常用设备知识（分类、用途、基本结构及维护保养方法）

（3）常用金属切削刀具知识

（4）典型零件加工工艺

（5）设备润滑和冷却液的使用方法

（6）工具、夹具、量具的使用与维护知识

（7）普通车床、钳工基本操作知识

2.2.3　安全文明生产与环境保护知识

（1）安全操作与劳动保护知识

（2）文明生产知识

（3）环境保护知识

2.2.4　质量管理知识

（1）企业的质量方针

（2）岗位质量要求

（3）岗位质量保证措施与责任

2.2.5　相关法律、法规知识

（1）劳动法的相关知识

（2）环境保护法的相关知识

（3）知识产权保护法的相关知识

3. 工 作 要 求

　　本标准对中级、高级、技师和高级技师的技能要求依次递进，高级别涵盖低级别的要求。

3.1　中级

职业功能	工作内容	技能要求	相关知识
一、加工准备	（一）读图与绘图	1. 能读懂中等复杂程度（如：曲轴）的零件图 2. 能绘制简单的轴、盘类零件图 3. 能读懂进给机构、主轴系统的装配图	1. 复杂零件的表达方法 2. 简单零件图的画法 3. 零件三视图、局部视图和剖视图的画法 4. 装配图的画法
	（二）制定加工工艺	1. 能读懂复杂零件的数控车床加工工艺文件 2. 能编制简单（轴、盘）零件的数控加工工艺文件	数控车床加工工艺文件的制定
	（三）零件定位与装夹	能使用通用卡具（如三爪卡盘、四爪卡盘）进行零件装夹与定位	1. 数控车床常用夹具的使用方法 2. 零件定位、装夹的原理和方法
	（四）刀具准备	1. 能够根据数控加工工艺文件选择、安装和调整数控车床常用刀具 2. 能够刃磨常用车削刀具	1. 金属切削与刀具磨损知识 2. 数控车床常用刀具的种类、结构和特点 3. 数控车床、零件材料、加工精度和工作效率对刀具的要求
二、数控编程	（一）手工编程	1. 能编制由直线、圆弧组成的二维轮廓数控加工程序 2. 能编制螺纹加工程序 3. 能够运用固定循环、子程序进行零件的加工程序编制	1. 数控编程知识 2. 直线插补和圆弧插补的原理 3. 坐标点的计算方法

续表

职业功能	工作内容	技 能 要 求	相 关 知 识
二、数控编程	(二)计算机辅助编程	1. 能够使用计算机绘图设计软件绘制简单(轴、盘、套)零件图 2. 能够利用计算机绘图软件计算节点	计算机绘图软件(二维)的使用方法
三、数控车床操作	(一)操作面板	1. 能够按照操作规程启动及停止机床 2. 能使用操作面板上的常用功能键(如回零、手动、MDI、修调等)	1. 熟悉数控车床操作说明书 2. 数控车床操作面板的使用方法
	(二)程序输入与编辑	1. 能够通过各种途径(如 DNC、网络等)输入加工程序 2. 能够通过操作面板编辑加工程序	1. 数控加工程序的输入方法 2. 数控加工程序的编辑方法 3. 网络知识
	(三)对刀	1. 能进行对刀并确定相关坐标系 2. 能设置刀具参数	1. 对刀的方法 2. 坐标系的知识 3. 刀具偏置补偿、半径补偿与刀具参数的输入方法
	(四)程序调试与运行	能够对程序进行校验、单步执行、空运行并完成零件试切	程序调试的方法
四、零件加工	(一)轮廓加工	1. 能进行轴、套类零件加工,并达到以下要求: (1)尺寸公差等级:IT6 (2)形位公差等级:IT8 (3)表面粗糙度:$R_a1.6\mu m$ 2. 能进行盘类、支架类零件加工,并达到以下要求: (1)轴径公差等级:IT6 (2)孔径公差等级:IT7 (3)形位公差等级:IT8 (4)表面粗糙度:$R_a1.6\mu m$	1. 内外径的车削加工方法、测量方法 2. 形位公差的测量方法 3. 表面粗糙度的测量方法
	(二)螺纹加工	能进行单线等节距的普通三角螺纹、锥螺纹的加工,并达到以下要求: (1)尺寸公差等级:IT6~IT7 (2)形位公差等级:IT8 (3)表面粗糙度:$R_a1.6\mu m$	1. 常用螺纹的车削加工方法 2. 螺纹加工中的参数计算
	(三)槽类加工	能进行内径槽、外径槽和端面槽的加工,并达到以下要求: (1)尺寸公差等级:IT8 (2)形位公差等级:IT8 (3)表面粗糙度:$R_a3.2\mu m$	内、外径槽和端槽的加工方法
	(四)孔加工	能进行孔加工,并达到以下要求: (1)尺寸公差等级:IT7 (2)形位公差等级:IT8 (3)表面粗糙度:$R_a3.2\mu m$	孔的加工方法
	(五)零件精度检验	能够进行零件的长度、内外径、螺纹、角度精度检验	1. 通用量具的使用方法 2. 零件精度检验及测量方法
五、数控车床维护与精度检验	(一)数控车床日常维护	能够根据说明书完成数控车床的定期及不定期维护保养,包括:机械、电、气、液压、数控系统检查和日常保养等	1. 数控车床说明书 2. 数控车床日常保养方法 3. 数控车床操作规程 4. 数控系统(进口与国产数控系统)使用说明书

职业功能	工作内容	技能要求	相关知识
五、数控车床维护与精度检验	(二)数控车床故障诊断	1. 能读懂数控系统的报警信息 2. 能发现数控车床的一般故障	1. 数控系统的报警信息 2. 机床的故障诊断方法
	(三)机床精度检查	能够检查数控车床的常规几何精度	数控车床常规几何精度的检查方法

3.2 高级

职业功能	工作内容	技能要求	相关知识
一、加工准备	(一)读图与绘图	1. 能够读懂中等复杂程度(如:刀架)的装配图 2. 能够根据装配图拆画零件图 3. 能够测绘零件	1. 根据装配图拆画零件图的方法 2. 零件的测绘方法
	(二)制定加工工艺	能编制复杂零件的数控车床加工工艺文件	复杂零件数控加工工艺文件的制定
	(三)零件定位与装夹	1. 能选择和使用数控车床组合夹具和专用夹具 2. 能分析并计算车床夹具的定位误差 3. 能够设计与自制装夹辅具(如心轴、轴套、定位件等)	1. 数控车床组合夹具和专用夹具的使用、调整方法 2. 专用夹具的使用方法 3. 夹具定位误差的分析与计算方法
	(四)刀具准备	1. 能够选择各种刀具及刀具附件 2. 能够根据难加工材料的特定,选择刀具的材料、结构和几何参数 3. 能够刃磨特殊车削刀具	1. 专用刀具的种类、用途、特点和刃磨方法 2. 切削难加工材料时的刀具材料和几何参数的确定方法
二、数控编程	(一)手工编程	能运用变量编程编制含有公式曲线的零件数控加工程序	1. 固定循环和子程序的编程方法 2. 变量编程的规则和方法
	(二)计算机辅助编程	能用计算机绘图软件绘制装配图	计算机绘图软件的使用方法
	(三)数控加工仿真	能利用数控加工仿真软件实施加工过程仿真以及加工代码检查、干涉检查、工时估算	数控加工仿真软件的使用方法
三、零件加工	(一)轮廓加工	能进行细长、薄壁零件加工,并达到以下要求: (1)轴径公差等级:IT6 (2)孔径公差等级:IT7 (3)形位公差等级:IT8 (4)表面粗糙度:$R_a1.6\mu m$	细长、薄壁零件加工的特点及装卡、车削方法
	(二)螺纹加工	1. 能进行单线和多线等节距的T形螺纹、锥螺纹加工,并达到以下要求: (1)尺寸公差等级:IT6 (2)形位公差等级:IT8 (3)表面粗糙度:$R_a1.6\mu m$ 2. 能进行变节距螺纹的加工,并达到以下要求: (1)尺寸公差等级:IT6 (2)形位公差等级:IT7 (3)表面粗糙度:$R_a1.6\mu m$	1.T形螺纹、锥螺纹加工中的参数计算 2. 变节距螺纹的车削加工方法

续表

职业功能	工作内容	技能要求	相关知识
三、零件加工	(三)孔加工	能进行深孔加工,并达到以下要求: (1)尺寸公差等级:IT6 (2)形位公差等级:IT8 (3)表面粗糙度:$R_a1.6\mu m$	深孔的加工方法
	(四)配合件加工	能按装配图上的技术要求对套件进行零件加工和组装,配合公差达到:IT7级	套件的加工方法
	(五)零件精度检验	1. 能够在加工过程中使用百(千)分表等进行在线测量,并进行加工技术参数的调整 2. 能够进行多线螺纹的检验 3. 能进行加工误差分析	1. 百(千)分表的使用方法 2. 多线螺纹的精度检验方法 3. 误差分析的方法
四、数控车床维护与精度检验	(一)数控车床日常维护	1. 能判断数控车床的一般机械故障 2. 能完成数控车床的定期维护保养	1. 数控车床机械故障和排除方法 2. 数控车床液压原理和常用液压元件
	(二)机床精度检验	1. 能够进行机床几何精度检验 2. 能够进行机床切削精度检验	1. 机床几何精度检验内容及方法 2. 机床切削精度检验内容及方法

3.3　技师

职业功能	工作内容	技能要求	相关知识
一、加工准备	(一)读图与绘图	1. 能绘制工装装配图 2. 能读懂常用数控车床的机械结构图及装配图	1. 工装装配图的画法 2. 常用数控车床的机械原理图及装配图的画法
	(二)制定加工工艺	1. 能编制高难度、高精密、特殊材料零件的数控加工多工种工艺文件 2. 能对零件的数控加工工艺进行合理性分析,并提出改进建议 3. 能推广应用新知识、新技术、新工艺、新材料	1. 零件的多工种工艺分析方法 2. 数控加工工艺方案合理性的分析方法及改进措施 3. 特殊材料的加工方法 4. 新知识、新技术、新工艺、新材料
	(三)零件定位与装夹	能设计与制作零件的专用夹具	专用夹具的设计与制造方法
	(四)刀具准备	1. 能够依据切削条件和刀具条件估算刀具的使用寿命 2. 根据刀具寿命计算并设置相关参数 3. 能推广应用新刀具	1. 切削刀具的选用原则 2. 延长刀具寿命的方法 3. 刀具新材料、新技术 4. 刀具使用寿命的参数设定方法
二、数控编程	(一)手工编程	能够编制车削中心、车铣中心的三轴及三轴以上(含旋转轴)的加工程序	编制车削中心、车铣中心加工程序的方法
	(二)计算机辅助编程	1. 能用计算机辅助设计/制造软件进行车削零件的造型和生成加工轨迹 2. 能够根据不同的数控系统进行后置处理并生成加工代码	1. 三维造型和编辑 2. 计算机辅助设计/制造软件(三维)的使用方法
	(三)数控加工仿真	能够利用数控加工仿真软件分析和优化数控加工工艺	数控加工仿真软件的使用方法
三、零件加工	(一)轮廓加工	1. 能编制数控加工程序车削多拐曲轴达到以下要求: (1)直径公差等级:IT6 (2)表面粗糙度:$R_a1.6\mu m$	1. 多拐曲轴车削加工的基本知识

续表

职业功能	工作内容	技能要求	相关知识
三、零件加工	(一)轮廓加工	2. 能编制数控加工程序对适合在车削中心加工的带有车削、铣削等工序的复杂零件进行加工	2. 车削加工中心加工复杂零件的车削方法
	(二)配合件加工	能进行两件(含两件)以上具有多处尺寸链配合的零件加工与配合	多尺寸链配合的零件加工方法
	(三)零件精度检验	能根据测量结果对加工误差进行分析并提出改进措施	精密零件的精度检验方法 检具设计知识
四、数控车床维护与精度检验	(一)数控车床维护	1. 能够分析和排除液压和机械故障 2. 能借助字典阅读数控设备的主要外文信息	1. 数控车床常见故障诊断及排除方法 2. 数控车床专业外文知识
	(二)机床精度检验	能够进行机床定位精度、重复定位精度的检验	机床定位精度检验、重复定位精度检验的内容及方法
五、培训与管理	(一)操作指导	能指导本职业中级、高级进行实际操作	操作指导书的编制方法
	(二)理论培训	1. 能对本职业中级、高级和技师进行理论培训 2. 能系统地讲授各种切削刀具的特点和使用方法	1. 培训教材的编写方法 2. 切削刀具的特点和使用方法
	(三)质量管理	能在本职工作中认真贯彻各项质量标准	相关质量标准
	(四)生产管理	能协助部门领导进行生产计划、调度及人员的管理	生产管理基本知识
	(五)技术改造与创新	能够进行加工工艺、夹具、刀具的改进	数控加工工艺综合知识

4. 比 重 表

4.1 理论知识

项 目		中级(%)	高级(%)	技师(%)
基本要求	职业道德	5	5	5
	基础知识	20	20	15
相关知识	加工准备	15	15	30
	数控编程	20	20	10
	数控车床操作	5	5	—
	零件加工	30	30	20
	数控车床维护与精度检验	5	5	10
	培训与管理	—	—	10
	工艺分析与设计	—	—	—
合 计		100	100	100

4.2 技能操作

项 目		中级(%)	高级(%)	技师(%)
机能 要求	加工准备	10	10	20
	数控编程	20	20	30
	数控车床操作	5	5	—
	零件加工	60	60	40
	数控车床维护与精度检验	5	5	5
	培训与管理	—	—	5
	工艺分析与设计	—	—	—
合 计		100	100	100

参 考 文 献

[1] 沈建峰，朱勤惠. 数控加工生产实例. 北京：化学工业出版社，2007.

[2] 徐伟，张伦玠. 数控车工职业技能培训教程. 北京：高等教育出版社，2004.

[3] 范悦等. CAXA 数控车实例教程. 第 2 版. 北京：北京航空航天大学出版社，2007.

[4] 张安全. 数控加工与编程. 北京：中国轻工业出版社，2008.

[5] 康新龙，秦启书. 数控车床中级工实训教程. 北京：中国林业出版社，北京希望电子出版社，2006.

[6] 胡相斌. 数控加工实训教程. 西安：西安电子科技大学出版社，2007.

[7] 沈建峰，金玉峰. 数控编程 200 例. 北京：中国电力出版社，2008.